Das Buch

Wien im Herbst 1530: In einem der beliebtesten Wirtshäuser am Stadtrand wird der wohlhabende Baumeister und Ratsherr Philipp Schacht tot aufgefunden. Der Wirt wird des Mordes verdächtigt. Seine Tochter Fanny ist bestürzt. Nach dem frühen Tod ihres Mannes war die Winzertochter gerade erst wieder bei ihrem Vater eingezogen. Jetzt setzt sie alles daran, seine Unschuld zu beweisen.

Ausgerechnet der schweigsame Mathematiker Sebastian wird von der Stadt beauftragt, den Mordfall zu klären. Zunächst geraten er und die tatkräftige Fanny heftig aneinander. Doch sie haben ein gemeinsames Ziel: die Wahrheit …

Die Autorin

Beate Maly, geboren in Wien, ist Autorin zahlreicher Kinderbücher, Sachbücher und historischer Romane. Sie ist verheiratet und lebt mit ihrem Mann und drei Kindern in Wien.

Von Beate Maly sind in unserem Hause bereits erschienen:

Die Hebamme von Wien · Die Hebamme und der Gaukler
Das Sündenbuch · Der Fluch des Sündenbuchs
Die Zeichenkünstlerin von Wien

Beate Maly

Die Donauprinzessin

Historischer Kriminalroman

Ullstein

Besuchen Sie uns im Internet:
www.ullstein-taschenbuch.de

Originalausgabe im Ullstein Taschenbuch
1. Auflage Oktober 2014

Umschlaggestaltung: ZERO Werbeagentur, München
Titelabbildung: © Adriaen Jansz van Ostade/
The Bridgeman Art Library (Taverne); © Superstock/
Getty Images (Frau); © FinePic®, München (Hintergrund)
Satz: LVD GmbH, Berlin
Gesetzt aus der Stempel Garamond
Papier: Holmen Book Cream von Holmen Paper
Central Europe, Hamburg GmbH
Druck und Bindearbeiten: CPI books GmbH, Leck
Printed in Germany
ISBN 978-3-548-28641-9

Prolog

27. September 1529

Mit zusammengekniffenen Augen versuchte Franz, die tiefe Fleischwunde am rechten Oberschenkel zu ignorieren, aber es gelang ihm nicht, denn bei jedem Schritt durchdrang ein stechender Schmerz seinen Körper. Ein Janitschar hatte ihm die Verletzung mit einem Yatagan zugeführt, jenem gefürchteten Dolch mit geschwungener Klinge, den die Krieger der Elitetruppe des Sultans im Kampf bei sich trugen.

Der einzige Trost, den Franz im Moment finden konnte, war die Tatsache, dass der Osmane nun nicht mehr lebte. Franz hatte sich mit seiner Pike revanchiert und den Feind aufgespießt, bevor er selbst sich durch die Bresche beim Kärntnertor hatte schlagen können. Zwei Tiroler Bergleute, die gekommen waren, um die Wiener im Kampf gegen die Osmanen zu unterstützen, hatten ihm Deckung gegeben. Was passiert wäre, wenn sie ihn im Getümmel nicht erkannt hätten, wollte er sich lieber nicht ausmalen.

Rasch war er hinter die dichte Reihe der Verteidiger geschlüpft, und jetzt befand er sich innerhalb der Stadtmauern, auf dem Weg von der Kärntnerstraße zur Weihburggasse, wo der Ratsherr Nikolaus Rötzer in einem prächtigen Patrizierhaus wohnte. Kaum, dass

Franz in die enge Gasse mit den hohen Häusern aus Stein einbog, umgab ihn eine merkwürdige Stille. Nach den Gefechten der letzten Stunden wirkte diese Gasse wie ein Ort des Friedens. Eine Oase der Ruhe inmitten von Kampf und Gewalt.

Die Schüsse der Arkebusen und Schreie der Verletzten drangen nur von fern an Franz' Ohr. Auch die riesigen Bottiche, die vor den Häusern standen, sahen nicht aus, als hätten sie etwas mit den Kriegshandlungen zu tun. Dabei sollte der Wellenschlag des Wassers anzeigen, wie weit die Osmanen mit ihren Grabungen unterhalb der Stadtmauer gekommen waren. Niemand in dieser Gasse kümmerte sich um Wasser, Wellenschlag oder Grabungen. Die Fensterläden waren geschlossen, und dahinter schienen die Menschen zu schlafen, so, als ginge sie der Krieg nichts an.

Irritiert ob dieser Ignoranz, schleppte sich Franz zum Haus des Ratsherren. Der Stoff seiner Hose war mittlerweile blutdurchtränkt. In seinen Ohren rauschte es. Er brauchte dringend einen Bader oder besser noch einen Medikus, der die Wunde nähte und verband. Aber zuvor musste er noch seinen Auftrag erfüllen, schließlich hatte Rötzer ihm bloß einen Teil seines Lohnes bezahlt. Den Rest sollte er jetzt erhalten. Franz wollte sich die Summe auf keinen Fall entgehen lassen. So kraftvoll wie möglich klopfte er mit der Faust gegen die solide Tür aus dunklem Eichenholz.

Schon wenige Augenblicke später wurde sie geöffnet. Ein dünner alter Mann mit grauem Haar und milchig trüben Augen stand mit gebeugtem Rücken vor ihm. Neugierig musterte er Franz. Sein Blick blieb an dem verletzten Oberschenkel hängen.

»Was wollt Ihr?«, fragte er misstrauisch.

»Mein Name ist Franz Sollinger, ich bin Bote und habe dringende Nachrichten für den Ratsherren Rötzer. Es geht um die Vororte Dornbach und Hernals.«

Der alte Mann schien wenig beeindruckt. Nur zögerlich machte er einen Schritt zur Seite, öffnete die Tür ein Stück weiter und ließ Franz ins Haus. Angenehm warm war es hier, und der Geruch nach frischem Braten lag in der Luft. Ob der Ratsherr wusste, dass andere Bewohner hungerten und froren und die Menschen, die tapfer vor den Stadtmauern kämpften, schon seit Wochen kein Brot mehr hatten? Ihre Kinder schrien nachts vor Hunger und Angst. Die Mütter beruhigten sie mit lauwarmem Wasser statt mit Milch.

»Folgt mir«, sagte der Alte. Dann drehte er sich um und blickte erneut auf Franz' Bein. »Könnt Ihr die Treppe hochsteigen?«

Franz nickte.

»Mir soll's recht sein.« Der Alte zuckte mit den Schultern. »Aber eins sag ich gleich. Ich kann Euch mit meinen alten Händen nicht auffangen. Wenn Ihr stürzt, purzelt Ihr die Treppe runter und brecht Euch das Genick. Dann kann kein Bader der Welt Euch mehr helfen.«

Er stieg über eine schmale Holztreppe in den ersten Stock, Franz folgte ihm. Bei jedem Schritt klammerte er sich am hölzernen Treppenlauf fest, drückte die Finger schmerzhaft ins Holz und zog möglichst steif sein verletztes Bein nach. Vor einer niedrigen Tür machte der Alte halt, klopfte an und wartete auf Antwort. Als eine Stimme: »Herein!« rief, öffnete er die Tür. Der warme Schein flackernder Kerzen drang aus dem Raum. Franz vernahm leises Murmeln, das mit dem Öffnen der Tür aber rasch verstummte.

»Ein Bote will Euch sprechen, mein Herr!«, sagte der

Diener. Er richtete seine Worte an einen der drei Männer, die auf Stühlen rund um einen massiven Tisch saßen.

»Er soll hereinkommen!«

Zögerlich humpelte Franz in den niedrigen Raum, der einen wegen der dunklen Täfelung regelrecht zu erdrücken schien. Er erkannte zuerst die Stimme des Ratsherren, dann sein kantiges Gesicht. Letzten Sommer hatte Rötzer Franz zum ersten Mal mit einem wichtigen Botengang beauftragt. Seither stand er regelmäßig in seinem Dienst. Rötzer war groß und kräftig gebaut. Sein blondes Haar fiel ihm in modernen, mit dem Haareisen gedrehten Locken über die Schultern. Ein sorgfältig gestutzter Bart zeigte, dass der Mann auf sein Äußeres großen Wert legte.

Die beiden anderen Anwesenden kannte Franz bloß vom Sehen. Es waren ebenfalls Ratsherren. Einer war beinahe doppelt so breit wie Rötzer, mit einem riesigen Bauch und einem glänzenden roten Gesicht. Er zuckte nervös mit kleinen Augen und fuhr sich immer fort mit seiner Zunge über die fleischigen Lippen. Der andere sah aus, als hätte ein böser Illustrator ein lebendes Gegenteil des Dicken erschaffen. Hager, dürr und mit eingefallenen Wangen saß er kerzengerade auf seinem Stuhl, ohne mit dem Rücken die Lehne zu berühren. Der graue Vollbart konnte nicht verhindern, dass seine Lippen so dünn aussahen, als wären sie nicht mehr als ein feiner Strich. Dunkelbraune Augen musterten Franz kalt und blieben abweisend auf dem verletzten Bein hängen.

Verunsichert griff Franz nach der Wunde und bereute es sofort. Ein stechender Schmerz fuhr durch seinen Körper. Das Rauschen in seinen Ohren wurde lauter. Er geriet ins Wanken.

»Was ist mit Euch?«, fragte Rötzer ungehalten.

»Der Mann ist verletzt«, quiekte der Dicke neben ihm. Seine Stimme klang merkwürdig hoch, aber das Mitgefühl darin war nicht zu überhören. »Er braucht Hilfe. Wir sollten den Bader Peter Potz rufen lassen.«

Rötzer sah seinen Diener fragend an. Doch der schüttelte den Kopf. »Potz ist gestern in den Gefechten am Stubentor gefallen. Wir müssen einen Medikus rufen.«

Rötzer schnaufte empört: »Ein Medikus verlangt doppelt so viel Geld wie ein Bader.«

Mit zusammengekniffenen Augen musterte er Franz' Bein, verzog angewidert den Mund und meinte verärgert: »Meinetwegen, ein Medikus soll kommen.«

Er richtete seinen Zeigefinger auf Franz. »Ich werde die Summe von Eurem Lohn abziehen.« Der Ratsherr stand auf, nahm einen der Stühle vom Tisch und stellte ihn neben Franz. »Setzt Euch«, befahl er.

Franz schleppte sich zum Stuhl und ließ sich erleichtert auf den gepolsterten Sitz fallen. Augenblicklich ließ das heftige Rauschen in den Ohren nach und wurde zu einem leisen Summen. Er wischte seine feuchte Hand an seinem Wams ab und blinzelte. Nach und nach gewöhnten seine Augen sich an das Halbdunkel im Raum. An den Wänden hingen kleine, gerahmte Ölgemälde, Zeichen des Wohlstandes und des Reichtums, die hier herrschten. Ein Bild zeigte das Profil einer Frau, das andere das eines Mannes. Es hatte deutliche Ähnlichkeit mit Rötzer. Entweder war es der Ratsherr selbst oder dessen Vater. Franz konnte es aus der Entfernung nicht erkennen.

»Nun redet. Wir haben noch wichtige Dinge zu besprechen und können uns nicht ewig Zeit für Euch nehmen. Was habt Ihr zu berichten?«, fragte Rötzer ungeduldig. Er war ein Mann, der es gewohnt war, nicht lange zu warten.

Auf dem Tisch standen ein Krug voll Wein, mehrere Becher, Käse und Obst. Offenbar der Nachtisch. Aber der Ratsherr bot Franz weder Trinken noch Essen an, vielleicht würde er später in der Küche einen Happen bekommen.

Franz befeuchtete seine trockenen, aufgesprungenen Lippen mit der Zunge und sagte: »Hernals und Dornbach sind gefallen!«

»Damit haben wir gerechnet«, antwortete Rötzer wenig beeindruckt. »Gibt es Überlebende?«

Traurig schüttelte Franz den Kopf. »Ich glaube nicht. Beide Dörfer sind in Flammen gestanden, in Dornbach ist sogar die Kirche abgebrannt.«

Der dürre Mann mit den kalten Augen schnaufte verächtlich: »Der Verlust der Kirche ist zu verkraften. Der Priester hat sich im letzten Monat auf die Seite seiner protestantischen Gemeinde gestellt und ist ebenfalls Anhänger dieses Ketzers Luther aus Eisleben geworden. Man hätte dem Pack ohnehin Einhalt gebieten müssen. Auf diese Weise ersparen wir uns die Arbeit.«

Überrascht ob der Heftigkeit der Worte, machte Franz eine Pause, bevor er weitersprach. »Eine Horde Janitscharen köpfte die Männer und vergewaltigte die Frauen. Kinder wurden vor den Augen ihrer Eltern auf riesige Stangen gespießt. Ein Mann bei lebendigem Leib gehäutet …«

Franz Stimme brach ab. Sobald er von den Gräueltaten erzählte, entstanden die Bilder dazu in seinem Kopf. Bilder, die er nie vergessen würde. Von Frauen, die mit angsterfüllten Gesichtern wegliefen, aber ihren Peinigern nicht entkamen, von Müttern, die sich schützend über ihre Kinder warfen und sie dennoch nicht retten konnten, und von Männern, die hilflos dabei zusehen mussten, wie alles, was sie aufgebaut hatten, mutwillig zerstört wurde. Franz wusste, dass die Erinnerungen an diesen unglückseligen 27. September im Jahr 1529 ihn für den Rest seines Lebens begleiten würden. Doch bis auf den Dicken, dessen Gesichtsfarbe fahl geworden war, schien niemand von seinen Beschreibungen beeindruckt.

»Sind die Osmanen noch im Dorf?«, fragte Rötzer.

»Nein, sie nahmen mit, was nicht niet- und nagelfest war. Zurückgeblieben sind bloß Leichen und verkohlte Häuser.«

»Steht der Gutshof der Herren von Als noch?«

»Der Gutshof Wendelstein der Familie Moser?«

»Genau der.«

Franz schüttelte bedauernd den Kopf. »Nein, die Feinde haben alles, wirklich alles vernichtet. Selbst die Weinstöcke haben sie abgefackelt.«

»Was für ein Jammer!«, sagte Rötzer, »es wird Jahre dauern, bis frische Reben neuen Wein liefern.« Er schnalzte mit der Zunge. »Was ist mit den Besitzern des Gutshofs?«

»Ich habe doch schon gesagt, dass …«

»… alle tot sind.« Bildete Franz es sich nur ein, oder wirkte Rötzer zufrieden über das, was er gehört hatte?

»Ich danke Euch für den Bericht, Franz …«, Rötzer hatte seinen Namen vergessen.

»Franz Sollinger!«

»Richtig, Sollinger. Ihr habt Eure Aufgabe brav erfüllt. Deshalb sollt Ihr auch den vereinbarten Lohn erhalten. In der Küche bekommt Ihr zu essen und zu trinken, mein Diener wird Euch Euren Lohn zahlen, abzüglich der Kosten für den Medikus, der gleich kommen sollte.«

Als der Ratsherr seine Wunde ansprach, wurde Franz wieder übel. Kalter Schweiß trat ihm auf die Stirn. Er wollte aufstehen, aber plötzlich drehte sich der Raum, und die dunklen, getäfelten Wände drohten samt Ölbilder auf ihn zu stürzen. Franz kippte von seinem Stuhl und landete unsanft auf dem sauberen Boden aus massiven Holzbrettern. Der dicke Ratsherr kreischte auf wie ein junges Mädchen.

Der Dürre sagte trocken: »Der Medikus muss sich nicht mehr bemühen, der Mann stirbt.«

Die nächsten Worte stammten von Rötzer, sie drangen nur noch aus weiter Ferne an Franz' Ohr. Es war aber auch möglich, dass der Ratsherr seine Stimme senkte. Franz war zu sehr auf sich selbst konzentriert.

»Es ist höchste Zeit, dass wir unseren Freund Richard Pernfuß informieren. Bestimmte Unterlagen müssen verschwinden, und Laurentius kann ans Werk gehen.«

»Ich weiß nicht, ob ich das kann.« Das war mit Sicherheit der dicke Mann, die Stimme klang aufgeregt und verängstigt.

»Natürlich kannst du. Der Gutshof Wendelstein braucht dringend neue Besitzer, auch wenn es derzeit keine lehnsrechtliche Zusage gibt. Die Zeit wird alles regeln.«

»Aber was ist mit den Osmanen?«

»Wenn uns das Wetter weiterhin wohl gesonnen ist, wird Süleyman in spätestens zwei Wochen abziehen müssen. Er ist auf einen frühen Wintereinbruch nicht vorbereitet. Und sobald er weg ist …«

Einer der Männer lachte: »Dann müssen Weingärten neu bepflanzt und Steinbrüche bearbeitet werden. Die

Stadt braucht eine solide Befestigungsanlage, und dazu bedarf es vieler Ziegel und Steine. Schließlich muss Wien sich gegen zukünftige Angreifer verteidigen können.«

Zufriedenes Lachen folgte.

Franz hatte das Gefühl, als befänden sich die Männer in einem anderen Raum. Sie schienen ihn nicht mehr wahrzunehmen. Vielleicht glaubten sie, er sei schon tot. Mit einem Mal war er selbst nicht mehr sicher, ob er noch lebte. Mit jedem Atemzug entfernte er sich weiter von ihnen und ihren Stimmen. Fühlte sich so das Sterben an?

Die letzten Worte, an die er sich später erinnern sollte, waren: »Darauf trinken wir!«

Franz' Kehle war ausgetrocknet, aber die Aufforderung galt nicht ihm. Die Tür wurde geöffnet, kühle Luft streifte seine Wangen. Kurz darauf packte ihn jemand unsanft am Oberkörper. Als sein Oberschenkel bewegt wurde, stockte ihm der Atem. Er wollte schreien, hatte aber keine Kraft, wollte die Augen öffnen, doch es gelang ihm nicht mehr. Vielleicht lag es daran, dass er schon tot war. Als man ihn hochzerrte und versuchte aufzurichten, tauchte er in sanfte, erlösende Dunkelheit. Je tiefer er sank, umso deutlicher ließ der Schmerz nach. Franz ließ sich bedenkenlos fallen.

Nussberg, Ende Juni 1530

Laut zischend spritzte das Fett auf die dunkle Herdplatte. Fanny machte einen Schritt zurück, fluchte und entschuldigte sich augenblicklich bei Gott für ihre bösen Worte.

Stattdessen schimpfte sie: »Rosa, du hast wieder zu viel Fett in die Pfanne gegeben!« Aber das Mädchen, dem der Tadel galt, hörte die Worte nicht. Es war seit einiger Zeit wie vom Erdboden verschluckt.

Fanny schob die Bratpfanne mit den frischen Würsten zur Seite und wischte sich mit dem Handrücken die kastanienbraunen Strähnen aus der Stirn, die sich unter der Haube gelöst hatten. Sie schloss für einen Moment die Augen, atmete kurz durch, bevor sie beide Hände in ihrer nicht mehr ganz sauberen Schürze abwischte und sich erneut den Würsten in der Pfanne widmete. An Abenden wie heute wünschte sie, ihr Vater würde eine zusätzliche Magd oder einen zweiten Knecht einstellen. Aber es gab in dem kleinen Winzerhäuschen nicht genug Platz für weitere Bewohner. Ihr Vater war dagegen, dass Dienstboten in der Scheune oder am Fußboden des Schankraums schliefen, wie es in anderen Wirtshäusern und Bauernhöfen der Fall war. Grundsätzlich teilte Fanny seine Meinung, aber was sprach dagegen, einen

Teil des Schankraums abzutrennen? Dann würden auch nicht jeden Abend so viele Männer hier Platz finden.

Eigentlich sollte zu dieser Jahreszeit der Ausschank im Garten stattfinden, aber es war einer der kältesten Junimonate, die Wien je erlebt hatte. Nach einem endlos langen Winter, der letztes Jahr schon im September eingesetzt und die Stadt vor dem Sieg der Osmanen bewahrt hatte, folgten ein erbarmungslos kalter Frühling und nun auch ein eisiger Sommerbeginn. Es nieselte, Mitte Mai hatte es in der Nacht sogar gefroren. Zum Glück hatten die Reben die Kälte bis jetzt problemlos überstanden.

Statt unter saftigen Nussbäumen zu sitzen, hockten die Gäste dicht gedrängt in der Schankstube, wo die Luft zum Schneiden dick war. Dampf aus der Küche sammelte sich unter den massiven, dunklen Balken an der Decke und mischte sich mit dem Geruch von Wein, Schweiß und dem Rauch der Öllampen. Die Männer schien es nicht zu stören, ganz im Gegenteil. Sie unterhielten sich prächtig. Aus dem Schankraum drang lautes Stimmengewirr, das Rücken von Stühlen auf den abgetretenen Bodenholzbrettern und hin und wieder lautes Grölen. Fanny nahm es nicht richtig wahr. Ihre Aufmerksamkeit galt dem Zischen und Brutzeln vom Fett vor ihr. Sie musste sich konzentrieren und blinzelte. Die Beleuchtung in der Küche war nur spärlich. Die beiden Öllampen am Tisch gaben mehr Ruß ab als Licht. Erst morgen, wenn Tageslicht durch die Fenster drang, würde sie das wahre Ausmaß des Schadens sehen, den das Fett eben angerichtet hatte. Sicher würde es Stunden kosten, das klebrige Zeug mit Seife und Bürste wieder wegzuputzen.

Max, der Knecht im Haus der Steiner, kam in die Küche und füllte vier Tonkrüge mit Wein aus einem großen Fass.

»Draußen sitzen die drei Ratsherren Schacht, Rötzer und Pilhamer. Wir sollten heute keine Würste mehr servieren«, sagte er stirnrunzelnd.

Max war etwas älter als Fanny, einen Kopf größer als sie, hatte dichtes rotes Haar, das immer kurz geschnitten war, einen breiten Nacken und noch viel breitere Schultern. Er lebte bei Fanny und ihrem Vater, seit sie sich zurückerinnern konnte. Offiziell hatte ihr Vater Max bei sich aufgenommen, weil dessen Eltern bei einem Brand ums Leben gekommen waren. In Wahrheit war der Knecht das Kind einer Dirne, die gesoffen und ihn für einen Kreuzer verkauft hatte. Der verwitwete Hans Steiner hatte ganz sicher nicht vorgehabt, einen kleinen Jungen zu kaufen, und wollte auch nicht, dass andere davon erfuhren, aber Max, der sonst auf der Straße gelandet wäre, hatte sein Mitleid erweckt, so dass er eine Lüge erfunden und ihn bei sich aufgenommen hatte. Seither lebte er im Winzerhaus »Zur Donauprinzessin« am Nussberg. Max konnte kräftig zupacken und verfügte über einen gesunden Menschenverstand. Aus diesem Grund warnte er Fanny jetzt wegen der Würste.

»Der Fleischer Knotter hat sie selbst mitgebracht«, verteidigte sich Fanny, wohlwissend, dass sie keine Würste servieren sollte, denn eine Verordnung der Stadt verbot es Winzern, warme Speisen zu verkaufen. Ihr Vater hatte in weinseliger Stimmung für diese unangenehme Situation gesorgt.

Als letzte Woche der Schuster Riem ein Paar Schweinswürste vom Fleischer Knotter mitgebracht und darum gebeten hatte, sie für ihn anzubraten, hatte ihr Vater zugestimmt. Nicht zuletzt deshalb, weil er selbst den köstlichen Würsten nie widerstehen konnte. Seither verlangten nicht nur der Schuster und seine Freunde, sondern auch andere Gäste nach den Knotter Würsten. Neulich hatte der Fleischer angeboten, die Würste in großen Mengen zu günstigem Preis zu liefern. Fanny hoffte inständig, dass ihr Vater das Angebot ablehnen würde. Sie wollte keine Schwierigkeiten mit der Stadtverwaltung bekommen. Außerdem hatte sie keine Lust, sich jeden Abend mit spritzendem Fett herumzuärgern.

»Geh raus und schau, ob die Ratsherren beschäftigt sind. Sobald sie in ein Gespräch vertieft sind, serviere ich die Würste. Vielleicht sehen sie mich nicht«, sagte Fanny.

Max schüttelte missbilligend den Kopf: »Die Würste riechen so stark nach Majoran, Knoblauch und Fett, dass man sie nicht sehen muss.« Dennoch tat er, worum Fanny ihn bat, und ging in den Schankraum, um nachzusehen. Schon nach wenigen Augenblicken kam er zurück.

»Die Gelegenheit könnte nicht besser sein«, sagte er. »Zwei der Ratsherren streiten heftig. Vielleicht achten sie jetzt nicht auf gebratene Würste.«

»Das ist gut!«

Fanny kippte die Würste in eine große Holzschüssel und lief los. Im Schankraum war die Luft noch dichter als in der Küche. Eine Rauchwolke umgab die Besucher. Mit etwas Glück würden die Ratsherren tatsächlich nichts von den Würsten mitbekommen. Zum ersten Mal war Fanny froh, dass ihr Vater auch in der Gaststube die rußenden Öllampen noch nicht gegen teure Kerzen eingetauscht hatte.

Aus den Augenwinkeln schaute Fanny zum Tisch der

Ratsherren. Im dichten Dunst erkannte sie die drei hochrangigen Männer, die am besten Tisch in einer kleinen abgetrennten Nische saßen. Max hatte recht, der dicke Laurentius Pilhamer war in ein heftiges Gespräch mit dem dürren Philipp Schacht verwickelt. Nikolaus Rötzer schien unbeteiligt danebenzusitzen.

Fanny konnte nicht verstehen, worum es in dem Gespräch ging, die Stimmen der Ratsherren gingen im allgemeinen Lärm unter. Es interessierte sie auch nicht. Im Moment hatte sie andere Sorgen. Direkt neben der Eingangstür hatte einer der Bäckergesellen offensichtlich mehr vom Wein ihres Vaters erwischt, als gut für ihn war. Der kräftige Bursche schlug grölend mit der Faust auf den Tisch, so dass die Tonkrüge zu wackeln begannen. Die anderen Burschen lachten, und er sprang auf, schnappte seinen leeren Weinbecher und hielt ihn drohend über den Kopf eines seiner Trinkkumpane. Der war jedoch schnell genug, um dem Schlag auszuweichen. Flink setzte er sich auf den leeren Stuhl daneben. Für einen Moment wirkte der Angreifer verwirrt.

»Nicht die auch noch!«, stöhnte Fanny. Sie stellte die Holzschüssel schwungvoll vor dem Schuster und dem Fleischer auf den Tisch, so dass eine der Würste aus der Schüssel rutschte.

»Nicht so stürmisch, Prinzessin«, sagte dieser und fing die Wurst auf, bevor sie auf dem Boden landen konnte.

»Ich bin keine Prinzessin«, konterte Fanny verärgert. Jeden Abend nannten einige Männer sie so. Fanny hasste den Namen und fragte sich nicht zum ersten Mal, was ihr Vater sich dabei gedacht hatte, seine Schankstube »Zur Donauprinzessin« zu nennen.

Es folgte ein derber Witz über Würste, junge Frauen und Prinzessinnen, die der Schuster zum Besten gab, aber Fanny reagierte nicht. Ihre Aufmerksamkeit galt den Bäckergesellen. Sie sah sich hilfesuchend nach ihrem Vater um, doch der war wieder einmal nirgends zu finden. Sicher hockte er mit einem der Gäste im Weinkeller und kostete sich durch den Inhalt der verschiedenen Weinfässer. Auch Rosa, die Magd, war noch immer verschwunden, inzwischen seit Stunden. Als Fanny sie das letzte Mal gesehen hatte, hatte sie heulend herumgestanden, statt tatkräftig in der Küche mitzuhelfen. Gewiss hatte Rosa wieder einmal Liebeskummer. Sobald Fanny die Magd sah, musste sie ein ernstes Wort mit ihr reden. Zum Glück war Max wie immer zur Stelle.

»Lass nur, ich mach schon«, sagte er, klopfte mit seiner tellergroßen Hand beruhigend auf ihre Schulter und ging auf den Unruhestifter zu. Fanny blieb dicht hinter ihm, hatte aber nicht vor, die sichere Deckung zu verlassen.

»Siegfried, du hast genug für heute!«, sagte Max leise, aber bestimmt. Er überragte den Bäckergesellen um einen halben Kopf.

»Wer sagt das?«, lallte der junge Mann.

»Ich sag das, und wenn du nicht hörst, muss ich dich vor den Augen aller Gäste vor die Tür setzen und dafür sorgen, dass du die Stube in den nächsten Wochen nicht betreten wirst.«

»Du kannscht mir gar nischts –« Der Bursche stockte. Mitten im Satz hatte er vergessen, was er sagen wollte. Benommen schwankte er nach vorne und wieder zurück. Seine Augenlider waren halb geschlossen, auf seiner Stirn standen Schweißperlen. Für einen Moment fürchtete Fanny, dass der junge Mann krachend auf dem Boden landen würde. Aber trotz des Wankens schienen seine Füße wie Wurzeln fest im Boden verankert zu sein.

Der Bursche neben ihm hatte ebenfalls getrunken, war aber weitaus nüchterner. Umständlich stand er auf und brachte den Stuhl gefährlich ins Kippen, fing ihn rechtzeitig auf und schob ihn krachend zum Tisch zurück.

»Lass gut sein, Siegfried«, sagte er zu seinem Freund. »Max hat recht, du solltest nach Hause in dein Bett.«

»Will awer nisch!«, jammerte Siegfried und klang nun gar nicht mehr aggressiv.

»Komm, ich bring dich heim«, sagte der Freund. Er kramte drei Münzen aus dem Beutel, der an seinem Gürtel hing, und legte sie auf den Tisch. Dann trat er auf den Gesellen zu, packte ihn unterm Arm und versuchte, ihn zum Ausgang zu zerren. Für einen Moment zögerte dieser noch, doch schließlich torkelte er mit. Als die Tür sich hinter den beiden schloss, atmete Fanny erleichtert auf.

Die anderen Gäste hatten nur kurz die Köpfe gehoben und dem Zwischenfall kaum Beachtung geschenkt. Szenen wie diese gehörten zum Alltag in einer Gaststube.

»Hast du meinen Vater gesehen?«, fragte Fanny Max.

»Der hat vorhin mit einem der Ratsherren gestritten.«

»Wie bitte?« Fanny glaubte, sich verhört zu haben. »Was ist denn heute bloß los?«

»Vollmond ist!«, sagte Rosa, die plötzlich wieder aufgetaucht war. Wo hatte sie bloß gesteckt? »Die alte Liese behauptet, dass manche Menschen davon verrückt werden.«

Die Augen der Magd waren immer noch rot vom Weinen, aber sonst wirkte sie frisch und erholt. Ihre rosigen Wangen glänzten, und ein paar blonde Strähnen hingen ihr keck in die Stirn.

Wie immer, wenn Rosa in der Nähe war, wurde Max

nervös. Er errötete und suchte rasch das Weite. »Muss in die Küche«, murmelte er undeutlich und verschwand.

»Wo warst du?«, fragte Fanny vorwurfsvoll.

»Euer Vater hat mich in den Vorratsschuppen geschickt, um einen Sack voll Nüsse zu holen. Ich musste auf die Leiter klettern, dabei ist einer der Säcke vom Regal gefallen und aufgeplatzt. Es hat eine Zeitlang gedauert, bis ich alle wieder eingesammelt hatte.«

»Und wo ist mein Vater?«

»Im Weinkeller. Er hat mit dem Ratsherrn Schacht gestritten. Dann ist er in den Keller gegangen. Er wollte *nachdenken*!« Rosa zog das letzte Wort bedeutungsvoll in die Länge.

Fanny verdrehte die Augen und seufzte laut. Sie wusste, dass ihr Vater heute zu nichts mehr zu gebrauchen sein würde. Wenn er erst mal allein im Keller verschwand, würde er erst im Laufe des nächsten Vormittags wieder nach oben kommen.

Vielleicht lag es wirklich am Vollmond, dass heute nichts nach Plan lief, dabei war der Himmel mit Wolken verhangen, und niemand konnte den Mond sehen.

»Worüber hat Vater mit dem Ratsherrn gestritten?«, wollte Fanny wissen.

Rosa zog die Lippen kraus und zuckte mit den Schultern. »Keine Ahnung! Er hat es mir nicht verraten.«

Natürlich nicht, warum auch, dachte Fanny. Sie hatte gehofft, dass Rosa den Streit gehört hatte und ihr deshalb etwas über den Grund verraten konnte.

»Nun gut. Wir werden es morgen erfahren«, sagte sie. »Da Vater uns heute nicht mehr helfen wird, müssen wir den Abend allein über die Runden bringen.«

Sie stemmte die Hände in die Hüften und sah sich in der Wirtsstube um. Drei Gäste hoben zeitgleich die

Hände und riefen nach weiteren Weinkrügen. Am Tisch der Ratsherren hatten sich die Gemüter wieder beruhigt. Einer schien gerade am Abort zu sein. Die Schüssel mit den Würsten am Tisch des Schusters war leer, und mit etwas Glück hatten die drei nichts davon bemerkt. Fanny würde heute ganz sicher für keinen Wurstnachschub mehr sorgen. Aber der Abend würde auch ohne Bratwürste lang werden.

Es war weit nach Mitternacht, als Fanny endlich die schmale, steile Treppe zu ihrer kleinen Kammer unter dem Dach hochstieg. Das Holz knarrte unter ihren Füßen, die sich anfühlten wie Blei, und ihre Augen brannten vor Müdigkeit und vom Rauch. Es kostete Fanny Überwindung, sich auszuziehen. Am liebsten hätte sie sich einfach mit Kleid und Schürze auf die Matratze plumpsen lassen. Aber sie schlüpfte in ihr Nachthemd und kniete sich wie jeden Abend vors Bett, um rasch ein kurzes Gebet zu formulieren. Sie faltete die Hände und neigte den Kopf, so wie ihre Mutter es ihr als kleines Mädchen beigebracht hatte. Ein Ritual, das ihr Sicherheit und Halt gab, und das Einzige, was ihr an Erinnerungen an ihre Mutter geblieben war.

Fanny wusste nicht mehr, wie das Gesicht ihrer Mutter ausgesehen oder ihre Stimme sich angehört hatte. Sie war bei ihrem Tod erst vier Jahre alt gewesen. Ihr Vater behauptete, dass sie das kastanienbraune volle Haar, die dunkelbraunen Augen und die helle Haut von Constanze geerbt hätte. Die Figur hatte sie ganz sicher nicht von ihr. Angeblich war Constanze Steiner eine große, sehr zarte Frau gewesen, Fanny hingegen war klein und verfügte über hübsche weibliche Rundungen, deretwegen ihr die Männer nachstarrten.

Der Gedanke, dass sie alles über ihre Mutter vergessen hatte, machte Fanny auch heute noch, zweiundzwanzig Jahre nach ihrem Tod, sehr traurig. Das tägliche Gebet hatte ihr stets etwas Trost verschafft. Auch wenn Fanny nicht sicher war, ob ein Priester mit der Art ihrer Gebete einverstanden wäre. Ihr Vater hatte es mit dem Besuch des Gottesdienstes und der Beichte nie so ernst genommen. Die Arbeit im Weingarten war immer wichtiger gewesen. Deshalb hatte Fanny eine eigene Weise entwickelt, sich mit Gott zu unterhalten.

»Lieber Gott, ich will mich nicht beschweren, denn mein Leben ist deutlich besser, seit ich wieder bei Vater lebe. Dennoch kann ich nicht glauben, dass es dein Wille ist, dass ich jeden Tag betrunkenen Männern Wein ausschenke. Manche trinken so viel, dass sie die Qualität des Rebsafts gar nicht mehr erkennen. Wein ist wundervoll, du selbst hast ihn auserwählt, damit die Priester ihn jeden Sonntag in das Blut deines Sohnes verwandeln, und du hättest ganz sicher nicht den Wein genommen, wenn er nicht ein so edles Getränk wäre.«

Fanny senkte den Kopf ein Stück tiefer und überlegte, wie sie die nächsten Worte wählen sollte, ohne überheblich, undankbar oder unbescheiden zu klingen. Sie fand keine passende Lösung, deshalb sprach sie einfach weiter.

»Du weißt, dass ich unsere Weingärten liebe. Mein Wissen über den Rebschnitt, die Weinlese und das Reifen des Weins ist reicher als das vieler Winzer. Ich kann winzige Geschmacksnuancen erkennen und nicht bloß sauren von süßem Wein unterscheiden. Wenn ich dürfte, würde ich den besten Wein der Stadt keltern. Vater will mir nicht glauben, dass durch das Vermischen von zwei unterschiedlichen Rebsorten ein noch besserer Wein entstünde. Verlange ich zu viel, wenn ich dich darum bitte, Winzerin werden zu dürfen? Ich weiß, dass ich dazu wieder heiraten muss, aber solange Vater noch lebt, und ich hoffe, du bescherst ihm noch ein langes Leben, kann ich auch ohne Ehemann auf dem Hof arbeiten. Ich verspreche dir, als Winzerin einen Wein zu keltern, mit dem die Priester jeden Sonntag deine Herrlichkeit preisen werden wie nie zuvor.«

Fanny machte eine kurze Pause. War sie eben zu weit gegangen? Vielleicht. Aber es war zu spät, die Worte waren gesagt. Etwas leiser und ehrfurchtsvoller fügte sie hinzu: »Danke, lieber Gott. Denn Dein ist das Reich und die Kraft und die Herrlichkeit in Ewigkeit. Amen.«

Dann bekreuzigte sie sich, bevor sie ins Bett kletterte und sich die Decke bis zum Kinn zog. Sie hörte die schwarzweiße Katze nicht mehr, die leise übers Dach schlich und durch den Spalt des offenen Fensters zu ihr auf die Decke sprang. Das Tier putzte sich ausgiebig das nasse Fell, bevor es sich schnurrend am Fußende einrollte und zufrieden einschlief.

Es waren nicht die immer noch gegen die Fensterläden prasselnden Regentropfen, die Fanny aufweckten. Ein markerschütternder Schrei ließ sie hochschrecken.

Hatte sie geträumt? Fanny konnte sich an nichts erinnern. Sie drehte sich um und zog die Decke über den Kopf, dabei stießen ihre Füße gegen die Katze. Empört miaute das Tier. Fanny schloss erneut die Augen, um noch eine Weile vor sich hin zu dösen.

Aber daraus wurde nichts.

»Zu Hilfe, hört mich denn keiner!« Die Stimme gehörte Rosa, und sie klang völlig aufgelöst.

Mit einem Mal munter, kletterte Fanny aus dem Bett

und stieß die Fensterläden vollständig auf. Kühle, saubere Regenluft drang in ihre Kammer. Fanny zog die Decke eng um ihren Körper, denn sie fror. Beleidigt sprang die Katze nun vom Bett und auf das Fensterbrett. Ohne Fanny eines Blickes zu würdigen, stolzierte sie auf das nasse, vom Regen glänzende Dach. Fanny sah ihr kurz nach, dann lehnte sie sich selbst so weit es ging aus dem Fenster. Doch sie konnte bloß den äußersten Teil des Innenhofes sehen. Rosa war nicht zu entdecken. Trotzdem rief Fanny: »Was ist denn los?«

»Schnell, kommt. Da liegt einer!«

»Wie bitte? Wer liegt wo?«

Aber Rosa antwortete nicht mehr. Stattdessen heulte sie laut auf, so dass Fanny nichts anderes übrigblieb, als sich anzuziehen und selbst nachzusehen. Manchmal mochte sie ob Rosas Umständlichkeit verzweifeln. Warum konnte die Magd einen übriggebliebenen Gast nicht einfach wach rütteln und wegschicken?

Ohne ihr Haar mit der Haube, die sich für eine Witwe ziemte, aufzusetzen, kletterte Fanny barfuß die Treppe hinunter, lief durch die Küche und stürzte in den Hof. Zeitgleich mit ihr kam Max aus dem Haus, im Gehen schnürte er seine Hose und schlüpfte geschickt in seine Stiefel.

»Schnell, kommt!«, rief Rosa. Die Magd winkte die beiden heran. Sie stand neben dem Abort, einem kleinen Holzhäuschen, aus dem ein unangenehmer Geruch drang. Mit einer ihrer Hände bedeckte Rosa ihr eigenes Gesicht, um sich entweder vor dem Gestank oder vor dem Anblick auf dem Boden zu schützen.

Fanny bereute es, keine Schuhe anzuhaben. Ihre Füße versanken im nasskalten Schlamm. Sie fror noch immer, da half es auch nicht, das Tuch enger um die Schultern zu binden. Erst als sie direkt beim Abort war, sah sie, was dahinterlag: der leblose Körper eines Mannes. Das feine Tuch des Mantels und der weiße Spitzenkragen bewiesen, dass es sich um keinen Handwerker handelte. Als Fanny sich über den Körper beugte, erkannte sie den dürren Ratsherrn Philipp Schacht wieder. Schon wollte sie ihn wach rütteln. Er war nicht der erste Mann, der seinen Heimweg erst am nächsten Tag antrat, auch wenn selten jemand so betrunken war, dass er eine Nacht im Regen durchschlief. Aber mitten in ihrer Bewegung hielt Fanny inne. Sie erkannte, dass sie diesmal das Problem nicht mit einem Eimer voll kaltem Wasser lösen konnte.

»Vater im Himmel!«, flüsterte sie und bekreuzigte sich.

Philipp Schacht würde nirgendwo mehr hingehen. Er hatte seine letzte Reise bereits angetreten.

Max schien dasselbe zu denken, leise sagte er: »Wir werden den Stadtrichter holen müssen.«

»Nimm Linda, Vaters Stute, und reite in die Stadt«, antwortete Fanny tonlos. Ihr wurde plötzlich furchtbar übel, und das lag nicht an dem schrecklichen Gestank, der aus dem Abort drang.

Sie geriet ins Wanken. Haltsuchend lehnte sie sich gegen die Tür des stillen Örtchens, zum Glück war sie fest verschlossen, sonst wäre Fanny direkt hineingestolpert. Trotz der Hässlichkeit des Bildes, das sich ihr bot, war sie nicht in der Lage, ihren Blick abzuwenden.

»Was soll ich dem Richter sagen?«, fragte Max.

»Dass der Ratsherr Schacht bei uns im Hof liegt.« Sie zögerte, bevor sie hinzufügte: »Und dass ihn jemand erschlagen hat.«

Seit über einer Stunde starrte Sebastian auf die komplizierte Skizze, die ausgebreitet auf seinem Schreibtisch lag, doch er kam auf keinen grünen Zweig. Trotz der frühen Morgenstunde benötigte er eine Kerze, um die Kopie von Leonardo da Vincis Pariser Manuskripten genau zu studieren, denn die dicke Wolkendecke über Wien riss auch an diesem Junimorgen nicht auf. Es war, als wollte Gott der Stadt heuer keinen Sommer bescheren.

Sebastian hatte das Manuskript letztes Jahr für viel Geld von einem fahrenden Buchhändler erstanden. Es bestand kein Zweifel an der Echtheit der Abschrift, auch wenn der Händler Gabriel Doufon ein abenteuerlicher Draufgänger war, der seit Jahren zwischen Paris, Bordeaux und Rom hin- und herreiste und nur ungern preisgab, woher er seine Ware bezog. Sebastian vermutete, dass Doufon nicht immer auf legalem Weg an die Manuskripte gelangte, die er verkaufte. Doch das war ihm egal. Leider hatte Doufon ihm diesmal nur einen Teil des Manuskripts anbieten können. Sebastian hatte sich dennoch begeistert darauf gestürzt, schließlich handelte es sich um eine Abschrift, in der da Vinci sich mit Flugobjekten auseinandersetzte, jenem Thema, dem Sebastian jede freie Minute schenkte. Er war fest davon überzeugt, dass der Mensch eines Tages Geräte bauen würde, mit denen er sich in der Luft bewegen konnte. Am liebsten wäre ihm natürlich, wenn er selbst dieser Mann wäre.

Im Moment zweifelte er jedoch daran, dass er seinen Traum mit da Vincis Plan verwirklichen konnte. Der große toskanische Meister, der sich wie kein anderer mit den Gesetzen der Natur auseinandersetzte, musste sich bei der Wahl des Materials geirrt haben. Die Konstruktion der Luftschraube schien perfekt. Bloß waren Schilfholz und Leinentuch schlicht zu schwer, um mit dem Prinzip des Auftriebs in Wendelform in die Luft zu steigen.

Sebastian vermutete, dass Da Vinci im anderen Teil der Schrift, in jenem Teil des Manuskripts, den er leider nicht besaß, Änderungen bezüglich des Materials und vielleicht auch der Konstruktion vorgenommen hatte. Die Frage war bloß: welche?

Verzweifelt fuhr er sich mit beiden Händen durch sein dichtes blondes Haar, das ihm wirr in die Stirn hing. Hätte er doch bloß mehr Zeit, um sich dem Bau seiner Flugmaschine zu widmen. Doch als Mathematiker und Bauingenieur Wiens musste er sich ein Jahr nach der großen Belagerung um Brücken, einsturzgefährdete Türme und Häuser kümmern, die ohne Bewilligung der Stadt wiedererrichtet worden waren. Sein kreativer Geist war damit schlicht unterfordert. Leider erkannten die Ratsherren das nicht.

Gedankenversunken klappte er seinen Zirkel aus edlem Kirschholz zusammen, legte ihn neben die Skizze und ließ sich auf den Schreibtischstuhl sinken. Er hörte den Lärm an der Haustür nicht. Deshalb fuhr er erschrocken hoch, als seine Schwester Margarethe, ohne anzuklopfen, sein Arbeitszimmer betrat und ihn ansprach. »Der Bürgermeister will, dass du augenblicklich zu ihm kommst. Es gibt einen Notfall, in dem er deine Hilfe benötigt.«

»Warum klopfst du nie an?«, murrte Sebastian verärgert.

»Du würdest mich ohnehin nicht hören, wenn du über deinen Plänen brütest«, meinte Margarethe mit einem Schulterzucken.

Sie war um einige Jahre älter als Sebastian, hatte dasselbe dichte blonde Haar und die gleichen hellblauen Augen wie ihr Bruder. Ihre fast weiße Haut war von unzähligen Sommersprossen übersät, und sie wäre eine äußerst attraktive Frau, wären ihre rechte Gesichtshälfte, ihre Schulter und ihr rechter Oberarm nicht von hässlichen Brandnarben entstellt. Das Ergebnis eines schrecklichen Unfalls. Wenn Margarethe das Haus verließ, achtete sie darauf, dass ihre Narben von einem Schleier bedeckt waren. Zu Hause jedoch verzichtete sie auf ein Tuch, auch wenn sie wusste, dass es ihrem Bruder nach all den Jahren immer noch schwerfiel, sich mit ihrer Entstellung abzufinden. Regelmäßig tauchten Traurigkeit und Ärger in seinem Blick auf, wenn er die rosige, faltige Haut sah.

Heute jedoch war keines davon zu erkennen. »Was will Treu von mir?«, fragte Sebastian. »Ist einer der Stadttürme eingestürzt, oder wackelt gar das Rathaus?«

»Das hat der Bote nicht gesagt. Aber es scheint sich um eine dringende Angelegenheit zu handeln. Du sollst unverzüglich aufbrechen.«

Margarethe trat zu einem der Haken, die sich neben Sebastians Schreibtisch befanden, nahm den Mantel und hielt ihn ihrem Bruder entgegen. Früher hatte das kleine, weiß gestrichene Arbeitszimmer mit dem hübschen Kachelofen und dem großen Erkerfenster ihrem Vater gehört, doch seit seinem Tod nahm Sebastian es für sich in Anspruch. Er hatte seine Bücher, Manuskripte und Schriften in den schweren Regalen verstaut und die wenigen Dinge, die ihr Vater zurückgelassen hatte, auf den Dachboden geräumt.

»Sicher geht es wieder um irgendeine Streiterei zwischen den Ratsherren«, sagte Sebastian. »Ich habe die Diskussionen mittlerweile satt.« Er ignorierte den Mantel und rollte stattdessen die Pläne auf seinem Schreibtisch sorgfältig ein.

»Ständig liegen sie sich in den Haaren. Einer will, dass der beschädigte Turm beim Kärntnertor abgerissen wird, ein anderer möchte ihn ausbessern lassen, und ein Dritter verlangt einen völlig neuen Turm. Wie Kinder, die um Bausteine streiten, bloß dass es bei diesem Streit um unheimlich viel Geld geht.«

Margarethe machte einen Schritt auf Sebastian zu. Sie spähte über seine Schulter und erhaschte einen letzten Blick auf die Skizze in dem aufgeschlagenen Buch.

»Hör auf zu jammern, und mach dich auf den Weg. Dein Flugobjekt und dein erster Probeflug müssen warten.« Die Belustigung in ihrer Stimme war nicht zu überhören.

»Mach dich nicht über meinen Helix Pteron lustig. Die Luftschraube wird fliegen«, fuhr Sebastian sie an. Es war die Art scharfer Worte, die zwischen Geschwistern selbstverständlich war, ohne dass jemand beleidigt sein musste.

»Ich würde mich nie über dich lustig machen«, sagte Margarethe. »Ich weiß gar nicht, was ein Helix ist.«

»Der Spott tropft aus deiner Stimme wie flüssiger Honig.« Sebastian war nun doch beleidigt.

Versöhnlich legte Margarethe ihrem Bruder den Mantel um die Schultern, denn er machte immer noch keine Anstalten, ihn entgegenzunehmen: »Ich habe nichts gegen deine Flugträume. Aber manchmal mache ich mir Sorgen. Du bist ein junger Mann und solltest ausgehen, dich amüsieren, Leute kennenlernen.«

»Das sagst ausgerechnet du mir?« Sebastian blickte in Margarethes Augen, bemüht, die Narben nicht zu beachten, die der Grund dafür waren, dass sie so viel Zeit im Haus verbrachte. Vergeblich suchte er nach Traurigkeit darin. Margarethe hatte sich mit ihrem zurückgezogenen Leben längst arrangiert. Sie schien zufrieden, wenn auch nicht wirklich glücklich.

»Wenn du heimkommst, steht das Abendessen auf dem Tisch. Frau Bloch hat uns zwei Hühner gebracht, die fülle ich mit frischen Kräutern aus dem Garten.«

Frau Bloch war ihre kinderlose Nachbarin, die sich seit dem Tod von Matthias und Sophia Grün für die Geschwister verantwortlich fühlte. Immer wieder brachte sie ihnen Hühner oder Eier aus dem eigenen Stall.

Sebastian hätte es vorgezogen, wenn Frau Bloch die Hühner auch zubereitet hätte, die Aussicht auf ein Abendessen aus der Küche seiner Schwester konnte Sebastian nicht wirklich das Herz erwärmen. Margarethe war eine großartige Gärtnerin, aber eine lausige Köchin.

»Also was ist nun, gehst du endlich?« Margarethe wurde zunehmend ungeduldig.

»Hühner mit Kräuterfüllung?«, fragte Sebastian vorsichtig.

»Wenn Marie die Kräuter nicht aufgefressen hat.«

»Ich drehe dem Vieh irgendwann den Hals um!«

»Dazu bist du gar nicht im Stande. Du kannst ja nicht einmal eine Maus erschlagen«, erwiderte Margarethe grinsend.

»Das nicht, aber einer alten Ziege den Hals umdrehen, das würde mir schon gelingen.«

»Untersteh dich!«, sagte Margarethe. Natürlich wusste sie, dass ihr Bruder nie im Leben dem alten Vieh, das ihnen letzten Winter zugelaufen war und immer noch darauf wartete, dass sein rechtmäßiger Besitzer sich meldete, etwas zuleide tun würde.

»Also gut, dann mach ich mich auf den Weg«, sagte Sebastian lustlos.

Als er bei der Tür war, rief Margarethe ihm nach: »Vergiss deine Mütze nicht!« Sie warf ihm die Kopfbedeckung entgegen, und Sebastian fing sie geschickt auf.

»Irgendwann vergisst du deinen Kopf«, stöhnte sie.

Sebastian hörte sie nicht mehr. Er überlegte erneut, welches Material sich wohl am besten für seinen Helix Pteron eignen würde. Ob der Stoff seiner Mütze leicht genug wäre?

Der Regen der letzten Tage war in ein feines Nieseln übergegangen. Sebastian lief einen eigenartigen Zickzackweg, um all den großen Regenlachen und Schlammlöchern auszuweichen. Selbst auf den gepflasterten Straßen der Stadt sammelte sich das Regenwasser in den Unebenheiten, und sobald man unachtsam war, landete man knöcheltief darin.

Auf der Kärntnerstraße herrschte um diese Uhrzeit reger Betrieb. Hausfrauen waren unterwegs zu den Märkten, wo Bäuerinnen aus dem Umland frisches Obst und Gemüse anpriesen. Reiche Bürgerinnen dagegen strebten zu den feinen Kaufläden in der Tuchlauben.

Dort boten Kaufleute aus aller Welt kostbare Waren an. Männer mit großen Körben liefen neben Burschen mit Handkarren. Sogar ein paar Pferdefuhrwerke ratterten über die Pflastersteine und spritzen die Vorbeigehenden mit stinkendem Schlamm an. Sebastian beachtete eines davon eine Spur zu spät und sprang fluchend zur Seite, als es ihm beinahe über die Ferse fuhr.

»Hast du keine Augen im Kopf?«, schimpfte ein zahnloser Alter vom Kutschbock und streckte ihm die Faust wütend entgegen.

»Ich schon, aber Ihr offensichtlich nicht«, knurrte Sebastian verärgert. Seinen Bemühungen zum Trotz war er jetzt knöcheltief in einer Regenschlammpfütze gelandet. Es würde ihn Stunden kosten, das feine Leder wieder sauber zu bekommen, und was noch schlimmer war: Er würde den ganzen Tag mit kaltnassen Füßen herumlaufen und im unangenehmsten Fall einen Schnupfen bekommen, und das Ende Juni. Die Welt stand kopf und das Wetter mit ihr.

Deutlich schneller, um rasch in einen warmen, trockenen Raum zu gelangen, lief er weiter, vorbei an der Himmelpfortgasse und der Johannesgasse, bevor er an der nächsten Ecke nach links in die Annagasse einbog. Hier reihte sich ein herrschaftliches Haus an das andere. Vor einem besonders prächtigen Gebäude aus Stein blieb er stehen. Im ersten Stock sprangen zwei kleine Erker mit großen verglasten Fenstern aus der Fassade. Wilder Wein wuchs rechts von der Eingangstür bis unters Dach und rankte sich um die hölzernen Fensterläden.

Sebastian ergriff den glänzenden Metallring an der schweren Holztür und klopfte. Es dauerte eine Weile, bis der Diener des Bürgermeisters, ein hagerer Mann mit kahlem Kopf, öffnete. Sebastian kannte ihn, schließlich war er nicht zum ersten Mal hier.

»Herr Treu wartet schon auf Euch«, sagte der Diener und ging schnell über die breite Treppe in den ersten Stock, so als könne er die verlorene Zeit auf diese Weise wieder einholen. Sebastian folgte ihm. Vor dem Arbeitszimmer des Bürgermeisters machten beide halt. Ohne anzuklopfen, öffnete der Diener die Tür für Sebastian und ließ ihn eintreten. Sebastian fragte sich, ob nun alle Menschen die Unart seiner Schwester angenommen hatten.

»Der Bauingenieur Sebastian Grün ist hier«, sagte er, wartete keine Antwort ab und schloss die Tür hinter sich wieder.

»Na endlich!« Der Bürgermeister klang vorwurfsvoll.

»Wenn ich mehr Zeit für mein Flugobjekt hätte, könnten wir alle in Zukunft unsere Wege schneller, nämlich fliegend, zurücklegen«, entgegnete Sebastian.

»Ach, Grün. Träumt Ihr immer noch davon, dass der Mensch eines Tages die Luft erobern wird?«, fragte der Bürgermeister amüsiert. Er saß hinter einem hohen, schweren Schreibtisch aus dunklem Kirschholz und schüttelte milde lächelnd den Kopf. Die Einlegearbeit auf der Tischplatte war ein kleines Vermögen wert und passte zu der prachtvollen Gesamtausstattung des Raums.

An allen Wänden standen Regale, die schwer beladen mit Büchern waren. Religiöse Schriften befanden sich neben den neuesten Werken berühmter Astronomen und Physiker. Sebastian hätte hier Tage verbringen können, ohne Gefahr zu laufen, sich auch nur einen Moment zu langweilen.

Im Kamin hinter dem Bürgermeister brannte ein kleines Feuer. Wolfgang Treu litt an Rheuma, er konnte Kälte nicht ausstehen und ließ sein Haus bis auf ein paar Tage im Hochsommer immer beheizen. Leider stieg warme Luft bekanntlich auf, und so war es von der Hüfte aufwärts viel zu warm im Raum, während der Boden, auf dem sich Sebastians nasse Füße befanden, kalt war.

»Nehmt Platz«, sagte der Bürgermeister. Er war ein kleiner Mann mit einem enormen Bauch, einem imposanten Schnurrbart und außergewöhnlich dunklen Augen.

Sebastian kam der Aufforderung nach und setzte sich.

»Wollt Ihr eine Erfrischung?«, fragte Treu.

Sebastian lehnte dankend ab. Er kannte die Erfrischungen des Bürgermeisters. Der Mann trank ausschließlich schweren Rotwein, Sebastian dagegen mied den Rebsaft.

»Trinkt Ihr immer noch keinen Wein?«, fragte der Bürgermeister missbilligend.

»Ich habe schon zu oft miterlebt, wie der Wein Männer in Ungeheuer verwandelt hat. Ich trinke lieber Wasser.«

»Unsinn!«, sagte Treu und machte eine ungeduldige Handbewegung. Dann seufzte er schwer und sagte: »Ich will nicht lang um den heißen Brei herumreden. Heute Morgen hat man im Innenhof des Winzers Hans Steiner den Ratsherrn Philipp Schacht tot aufgefunden. Er wurde ermordet. Jemand hat ihm den Kopf eingeschlagen.«

Der Bürgermeister griff nach der Weinkaraffe, die auf einem silbernen Tablett vor ihm auf dem Tisch stand, und füllte beide Becher randvoll mit Wein, dann schob er einen über die Tischplatte zu Sebastian. Offensichtlich ignorierte er dessen Wunsch nach Wasser.

Sebastian ließ den Becher unberührt stehen. »Weiß man, wer der Mörder war?«

»Die Ratsherren Pilhamer und Rötzer behaupten, dass es Steiner gewesen sein muss. Angeblich hat es einen schlimmen Streit zwischen Schacht und Steiner gegeben, bevor Schacht ermordet wurde. Aber es gibt keine Beweise, und selbst Richter Pernfuß hat es noch nicht gewagt, den Winzer einzusperren und zu befragen. Auch wenn er es gerne gemacht hätte. Eine rasche Lösung ist bequem, aber nicht immer richtig.«

Sebastian ließ die letzte Bemerkung des Bürgermeisters unkommentiert. Es war kein Geheimnis, dass der Bürgermeister und der Stadtrichter einander nicht ausstehen konnten. »Wo befindet sich der Winzerhof?«, fragte er.

»Der Hof liegt am Nussberg und die dazugehörende Gaststube »Zur Donauprinzessin« ebenfalls.«

»Warum ist dann Richter Pernfuß zuständig? Der Nussberg liegt außerhalb der Stadtmauern.«

»Das stimmt, aber Steiner hat auch Weingärten innerhalb der Stadtmauern. Sein Gut ist ein heikler Fall. Er ist Eigentümer seiner Weingärten und nicht nur Pächter. Er zahlt Steuern an die Stadt Wien und unterliegt als freier Mann unserer Gerichtsbarkeit.«

Verwirrt ob der vielen Ausnahmen, die es in der Verwaltung zu geben schien, schüttelte Sebastian den Kopf. Er hatte längst aufgegeben, ein System dahinter zu erkennen. Wenn es denn eines gab, so war es darauf ausgerichtet, dem, der es erstellt hatte, möglichst viele Vorteile zu verschaffen.

»Die Angelegenheit ist äußerst unangenehm«, sagte Treu. »Ihr wisst, dass wir mitten in den Verhandlungen wegen des Ausbaus der Befestigungsanlagen der Stadt sind. Die Belagerung der Türken hat gezeigt, dass unsere Stadtmauer veraltet ist. Wir brauchen Bastionen, Wehrtürme, moderne Anlagen, und zwar rasch, damit wir für einen neuen Angriff der Osmanen gerüstet sind.«

Sebastian konnte ein leises Seufzen nicht unterdrücken. Er wusste nur zu gut über den geplanten Ausbau und die dazugehörenden Streitereien bezüglich Auftragsvergaben Bescheid. Wenn er sich richtig erinnerte, hatte auch Schacht sich um einen der Aufträge beworben. Der tote Ratsherr war Besitzer einer Ziegelei im Vorort Hernals gewesen.

»Der Mord muss rasch aufgeklärt werden, denn im Moment sind Baumeister aus dem Norden und aus dem Süden in der Stadt, gestern sind zwei Ingenieure aus der Hansestadt Hamburg und einer aus Florenz angereist. Sobald sich der ungeklärte Mord an einem Ziegeleibesitzer herumspricht, könnten die Männer das Verbrechen mit dem Umbau in Zusammenhang bringen und sich allesamt bedroht fühlen.« Treu wischte sich die schweißnasse Stirn mit dem Handrücken ab. »Die Preise würden in atemberaubende Höhe getrieben werden, und die Stadt wäre nicht mehr in der Lage, den dringend notwendigen Umbau zu finanzieren.«

Das Reden schien den Bürgermeister durstig zu machen. Er griff nach seinem Wein und nahm einen weiteren kräftigen Schluck. Dann stellte er den Becher zurück und wischte mit dem Ärmel seines teuren Hemdes über die vollen Lippen. Ein dunkelroter Fleck blieb auf dem weißen Stoff zurück. Eine arme Dienstmagd würde sich später damit herumärgern müssen.

Der Wein hatte auf den kleinen Mann nicht die übliche beruhigende Wirkung. Nervös biss sich der Bürgermeister auf seine Lippen und trommelte mit den Fingern der linken Hand auf der Tischplatte. »Das alles ist sehr, sehr unangenehm«, sagte er.

»Das verstehe ich«, erwiderte Sebastian, »aber was habe ich mit der Sache zu tun?«

Treu richtete seine dunklen Augen fragend auf Sebastian. »Ich dachte, das sei völlig klar«, sagte er irritiert.

Ahnungslos wartete Sebastian auf eine Erklärung. Seine Augenbrauen rutschten fragend nach oben.

»Ihr sollt den Fall aufklären.« Treu sprach, als wäre es das Selbstverständlichste der Welt.

»Ich ... bin ... Bauingenieur.«

»Das stimmt«, pflichtete ihm Treu bei. »Außerdem seid Ihr einer der hellsten Köpfe der Stadt, verschwiegen und loyal, was in dieser delikaten Angelegenheit besonders wichtig sein wird.«

»Ich habe keine Erfahrung in diesen Dingen«, sagte Sebastian. Er bemühte sich, seine Stimme weiterhin ruhig klingen zu lassen, auch wenn er das nicht mehr war. Wie eine ansteckende Krankheit ergriff Treus Nervosität auch von ihm Besitz.

»Natürlich habt Ihr Erfahrung mit der Verbrechensbekämpfung. Erinnert Euch nur an den Raub an dem Florentiner Kaufmann Morzini. Ihr habt den Täter gefunden.«

»Das war purer Zufall«, entgegnete Sebastian verlegen. Bis heute war es ihm unangenehm, dass die ganze Stadt glaubte, er wäre an der Aufklärung beteiligt gewesen. In Wirklichkeit hatte ein unerwarteter Umstand ihm den Täter in die Hände gespielt. Der Mann war ihm regelrecht in die Arme gelaufen und bei dem Zusammenprall bewusstlos am Boden liegen geblieben. Dabei hatte sich seine Tasche geöffnet, und die gestohlenen Juwelen waren herausgefallen. Sebastian hatte nur noch nach den Stadtwachen rufen und die Juwelen einsammeln müssen. Er hatte sich wahrlich bemüht, hinterher allen zu erklären, dass es sich bloß um einen Zufall gehandelt hatte. Aber die Stadt hatte nach einem Helden gesucht und ihn für kurze Zeit in Sebastian gefunden.

»Ich glaube nicht, dass ich der geeignete Mann für diese Aufgabe bin«, sagte er entschieden. »Wenn Ihr dem Richter misstraut, könnt Ihr Hilfe vom König anfordern.«

»Pah!«, schnaufte Treu verächtlich. »Das wäre genau die Gelegenheit, auf die Ferdinand wartet. Der König will ein starkes, zentralistisch regiertes Reich, in dem Stadtregierungen bloß untergeordnete Rollen spielen. Denkt nur an seinen Bruder Karl, der versucht von Madrid aus, die halbe Welt zu regieren. Ferdinand ist ein Habsburger, er denkt genauso. Wir dürfen ihm unsere Stadt nicht auf dem Silbertablett servieren. Wenn wir ihn um Hilfe bitten, weil wir allein keine Lösung finden, wird er nicht lange fackeln und derart helfen, indem er die Stadt ihrer Rechte beschneidet. Er giert nach Macht und Einfluss. Dann wäre die Zeit vorbei, in der wir eigenständige Entscheidungen treffen könnten.«

Vor Aufregung – oder war es die Wirkung des Weins und die Wärme aus dem Kamin – waren Treus Wangen dunkelrot geworden. Sebastian war klar, dass Treu mit »wir« nicht alle Wiener meinte, sondern ein ausgesuchtes Grüppchen von reichen Männern, die die Stadtregierung bildeten und an deren Spitze er selbst thronte.

Es entstand eine kurze Pause, in der Treu erneut einen tiefen Schluck aus seinem Becher nahm. Als er ihn wieder auf den Tisch setzte, schaute er Sebastian direkt an. Die dunkelbraunen Augen hatten nun eine Härte angenommen, die so manchem Gegenüber Angst eingeflößt hätte. Sebastian hingegen blieb unbeeindruckt.

»Es liegt in Eurem eigenen Interesse, dass Ihr den Auftrag annehmt. Denn es ist fraglich, ob der König sich einen eigenen Bauingenieur für die Stadt leisten würde, der hin und wieder einen Blick auf baufällige Gebäude richtet und den Rest seiner Zeit mit obskuren Flugobjekten verbringt.«

»Ihr droht mir?«, fragte Sebastian ruhig.

»Ich würde es nicht als Drohung bezeichnen, sondern vielmehr als Versuch, Euch zu überzeugen«, sagte Treu nun wieder deutlich freundlicher. Er schien gerade einzusehen, dass er seine Taktik ändern musste, denn Sebastian wirkte weder eingeschüchtert noch verunsichert. Ganz im Gegenteil, als er antwortete, klang seine Stimme belustigt. »Ich glaube, dass es im Moment genug Arbeitsaufträge für Bauingenieure in der Stadt gibt.«

Sichtlich genervt stieß Treu laut Luft aus. »Nun ziert Euch nicht so, Grün. Ihr könnt doch auch kein Interesse daran haben, dass ein Mörder ungestraft in unserer Stadt sein Unwesen treibt.«

Mit einem Mal setzte Sebastian sich gerade in seinem Stuhl auf. Ohne es zu wissen, hatte der Bürgermeister gerade seinen wunden Punkt getroffen. Ungerechtigkeit war etwas, wogegen Sebastian bereit war zu kämpfen. Das entstellte Gesicht seiner Schwester tauchte vor seinem inneren Auge auf, und sosehr er sich auch bemühte, er konnte es nicht gleich wieder zur Seite schieben. Wie ein Mahnmal schaute es ihm entgegen. Niemand sollte ungestraft davonkommen, wenn er einen anderen Menschen verletzt oder gar getötet hatte.

»Gibt es denn irgendeinen Anhaltspunkt?«, fragte Sebastian vorsichtig.

Die Erleichterung im Gesicht des Bürgermeisters war nicht zu übersehen. Rasch, so dass Sebastian das Interesse nicht wieder verlor, sagte er: »Man hat einen Brief in der Tasche des Toten gefunden. Leider hat der Regen der letzten Nacht einen Teil der Tinte zerlaufen lassen. Man kann nur noch ein paar Sätze lesen.«

Umständlich rückte er mit seinem schweren Stuhl nach hinten, öffnete vor seinem mächtigen Bauch eine der kleinen verborgenen Laden seines wundervollen Schreibtisches und holte ein zerknittertes Stück Papier hervor.

»Hier«, sagte er und reichte es Sebastian.

Treu hatte recht, der Regen hatte einen Großteil der Schrift weggewaschen. Was übriggeblieben war, schien wenig hilfreich: »... wer Menschenblut vergießt, dessen Blut soll auch durch Menschen vergossen werden, denn Gott hat den Menschen zu seinem Bilde gemacht ...«

Statt einer Unterschrift befand sich am rechten unteren Rand des Blattes ein Tintenzeichen, das einer schwarzen Krähe glich. Sebastian vermutete, dass der Regen dafür verantwortlich war und hier ursprünglich ein Name gestanden hatte.

»Das ist ein Zitat aus dem Alten Testament«, sagte Sebastian. »Wenn ich mich richtig erinnere, aus dem Buch Mose.«

»Ich kenne die Bibel nicht so genau«, gab Treu etwas verlegen zu.

»Denkt Ihr, dass es sich um ein religiöses Tatmotiv handelt?«, wollte Sebastian wissen. Er gab Treu das Schreiben zurück, doch der meinte, Sebastian sollte es behalten. Vielleicht würde er es bei den Untersuchungen benötigen.

»Ich kann mir kein religiöses Motiv vorstellen,

schließlich war Schacht ein braver Katholik, der der Kirche immer große Summen gespendet hat. Aber er war ein reicher Mann, und wie viele einflussreiche Männer hatte er Feinde.«

»Kennt Ihr seine Feinde?«

Der Bürgermeister lachte, aber das Lachen erreichte seine dunklen Augen nicht: »Ihr macht Scherze. Ich kenne einen Teil meiner eigenen Feinde nicht, wie soll ich wissen, wer Schachts Feinde waren?«

»Wer sind Eure Feinde?«, fragte Sebastian neugierig.

»Männer, die es nicht gerne sehen, wenn ich erneut Bürgermeister werde. Allen voran Richter Pernfuß, er ist ein Gegner einer starken Stadtregierung und erhofft sich mehr Einfluss, wenn Ferdinand wichtige Entscheidungen übernimmt. Ein Grund mehr, den König nicht um Hilfe zu bitten.«

»Denkt Ihr, der Richter könnte hinter dem Mord stecken?«

Entschieden schüttelte Treu den Kopf: »Nein, natürlich nicht. Er ist ein Intrigant, aber kein Mörder. Außerdem war er an diesem Abend mit Sicherheit in Wien. Er hat gemeinsam mit mir in einer unangenehmen Sitzung im Rathaus gesessen. Es ging um das leidige Thema des Unrats in der Stadt. Wir müssen uns etwas überlegen bezüglich der Entleerung der Nachttöpfe. Die Belagerung der Türken hat gezeigt, dass die Menschen ihren Kot nicht einfach auf die Straße kippen dürfen, wie sie es bisher gemacht haben. Wir brauchen dringend eine andere Lösung.«

Sebastian stimmte dem Bürgermeister zu. Er selbst und seine Schwester besaßen einen Abort im hintersten Teil ihres Gartens, der regelmäßig vom Kotkönig entleert wurde.

»Das Zeichen am Ende des Briefes sieht aus, als gehörte es einer Loge, einem Orden oder sonst einer geheimen Gruppierung«, sagte Treu.

»Habt Ihr eine Idee, in welche Richtung man suchen soll?«, fragte Sebastian etwas ratlos. Er hatte weder von Logen noch von geheimen Ritterorden eine Ahnung. Schon als Student hatte er sich von organisierten Gruppen ferngehalten, weil ihm all die merkwürdigen, bei der Aufnahme üblichen Rituale zuwider gewesen waren. Sebastian wollte sich weder mit anderen prügeln noch Krüge voll Wein und Bier trinken und schon gar nicht mit gefährlichen Waffen kämpfen.

»Nein, ich habe keine Ahnung, wer Schacht umgebracht haben könnte. Aber eines ist klar, der Mord sollte den Winzer Hans Steiner in Verruf bringen, und der wiederum ist ein guter alter Freund von mir. Der Wein hier stammt übrigens von ihm. Ihr solltet ihn wirklich kosten. Er ist ein Kunstwerk.«

Treu deutete auf Sebastians vollen Becher, der immer noch unberührt auf dem Tisch stand. Sein eigener war längst leer. Der Bürgermeister nahm sich selbst Nachschub. Ein paar Tropfen landeten auf dem Schreibtisch. Er wischte sie mit seinem Ärmel weg. Nun war die feine Brüsseler Spitze endgültig ruiniert.

»Ich werde Euch mit allen Vollmachten ausstatten, die Ihr braucht, um Verdächtige zu befragen und Häuser zu durchsuchen.«

»Ich soll Häuser durchsuchen?«, fragte Sebastian entsetzt.

»Nur, wenn Ihr es für wichtig erachtet«, beschwichtigte Treu.

»Aber ist nicht der Stadtrichter für derlei Untersuchungen zuständig?«

»Er wird sich um die Befragung der Angeklagten kümmern, aber dazu muss es erst einmal Angeklagte geben. Er ist selbst an einer raschen Aufklärung interessiert, kann sein, dass er hin und wieder bei Euch nachfragen wird. Aber Ihr wisst, wer Euch diesen Auftrag erteilt hat.« Treu beugte sich über den Tisch und ließ klar erkennen, dass Sebastian ihm unverzüglich Bescheid geben sollte, wenn Pernfuß sich einschaltete.

Sebastian spürte, dass ihm ganz heiß wurde, was nicht nur am Feuer im Kamin lag. Wenn er nicht gut aufpasste, würde er in kürzester Zeit in einem Netz aus Lügen und Intrigen gefangen sein.

Treu beugte sich noch ein Stück weiter zu Sebastian. Er senkte die Stimme, als er sprach: »Es ist mir zu Ohren gekommen, dass Ihr auf der Suche nach dem zweiten Teil der Pariser Manuskripte von Leonardo da Vinci seid.«

Woher wusste Treu davon? Sebastians Unbehagen wuchs. Jeder Mensch hat seinen Preis, dachte er verärgert. Der Gedanke gefiel ihm nicht, aber leider entsprach er der Wahrheit.

»Ich bin im Besitz dieser Schriften und würde sie Euch gerne zur Verfügung stellen, wenn ...«

»... ich diese undankbare Aufgabe übernehme«, beendete Sebastian den Satz. Seine nasskalten Füße machten sich bemerkbar, er nieste laut.

»Darf ich Euer Niesen als ein Ja verstehen?«

Vater, in unserem Weinkeller liegt ein toter Ratsherr. Er wurde in unserem Innenhof erschlagen. Warum willst du nicht über den Streit reden, den du gestern mit ihm geführt hast?«

Am liebsten hätte sich Fanny die Haare gerauft, aber die kleine weiße Haube auf ihrem Kopf hielt sie davon ab. Stattdessen stemmte sie die Hände in die Hüften und starrte ihren Vater ärgerlich an. Manchmal benahm der alte Mann sich wie ein trotziges Kleinkind. Schmollend schob er die Unterlippe vor und betrachtete eingehend seine alten schwieligen Hände, die gefaltet auf der Tischplatte lagen, so als befände sich dort die Antwort, die er Fanny verweigerte.

»Was wir gestern besprochen haben, geht nur den Ratsherrn und mich etwas an. Es lasten ohnehin genug Aufgaben und Sorgen auf deinen schmalen Schultern, ich will nicht, dass es noch mehr werden«, sagte er ernst.

»Ah!« Fanny stampfte auf, bevor sie an den Tisch trat und sich dort abstützte. Sie lehnte sich weit zu ihrem Vater und zwang ihn, ihr direkt in die Augen zu sehen. »Begreifst du denn nicht, dass diese Unwissenheit mich viel mehr belastet, als die Wahrheit es je tun könnte? In meinem Kopf wachsen die Sorgen und Phantasien zu riesengroßen Gespenstern an, die ich bald nicht mehr im Zaum halten kann. Jede Minute kann der Mann vom Bürgermeister kommen, den ein Bote angekündigt hat. Er soll den Fall untersuchen. Willst du den auch an der Nase herumführen und ihm den Inhalt über das Streitgespräch verweigern? Wenn ja, kannst du die Angelegenheit abkürzen und dich gleich schuldig bekennen. Der Stadtrichter wartet nur darauf, dass er jemanden hinter Gitter bringen und die Sache abschließen kann.«

Hans Steiners bernsteinfarbene Augen waren von der durchzechten Nacht immer noch rot unterlaufen, seine Wangen vom jahrelangen Weinkonsum gerötet. Kleine Äderchen zogen ein feines Geflecht über sein Gesicht. Nach einer Weile des Schweigens öffnete er den Mund, und Fanny hoffte schon auf eine Antwort, aber sie blieb aus. Stattdessen klappte er den Mund wieder zu und betrachtete erneut seine Hände.

Resignierend seufzte Fanny. Sie würde nichts aus ihm herausbekommen. »Dann eben nicht«, sagte sie niedergeschlagen und stieß sich eine Spur zu heftig vom Tisch ab. Das Möbelstück geriet ins Wackeln, und die Flamme der teuren Wachskerze in der kleinen Laterne, ein Luxus, den Fanny sich in der Stube leistete, flackerte hektisch.

»Was erwartest du von mir?«, fragte Hans müde. »Welcher Vater würde seine Tochter mit Sorgen, die den Hof betreffen, belasten?«

»Haben wir Geldprobleme?«

Hans zuckte mit den Schultern. »Das sind keine Angelegenheiten für junge Frauen.«

Verärgert fuhr Fanny ihn an: »Warum traust du mir so wenig zu? Wann habe ich dich je enttäuscht? Führe ich diesen Haushalt schlecht? Oder kümmere ich mich nicht um die Gaststube, wenn du im Keller schmollst?«

»Du verstehst das nicht«, sagte Hans.

»Ja, das stimmt. Ich verstehe dich nicht, und es ärgert und verletzt mich, dass du mir so wenig Vertrauen schenkst.«

»Ich will doch nur das Beste für dich!«

»So wie damals, als du der Meinung warst, ich müsste Michael Roth heiraten?« Fanny schleuderte ihm die Frage entgegen. Aber als sie die Betroffenheit und die Traurigkeit in den Augen ihres Vaters sah, bereute sie ihre harten Worte. Am liebsten hätte sie sie wieder zurückgenommen. Aber das ging nicht mehr, wieder einmal war ihre Zunge schneller als ihr Verstand gewesen. Ärgerlich über sich selbst biss sie auf ihre Lippen, so dass es schmerzte.

»Es tut mir leid«, sagte sie leise.

»Das braucht es nicht«, antwortete Hans. »Wir wissen beide, dass ich damals falsch entschieden habe. Aus diesem Grund werde ich dich nicht noch einmal zu einer Ehe zwingen. Aber ich werde nicht ewig leben, und ich hoffe, dass du dir selbst einen neuen Ehemann suchst.«

Fanny schüttelte wieder den Kopf, sie hatte das Gespräch in eine unbeabsichtigte Richtung gelenkt. »Ich wünsche mir nur, dass du mich ernst nimmst und mich an unseren Problemen teilhaben lässt. Denn wenn es den Hof betrifft, sind es nicht nur deine, sondern unsere Sorgen, schließlich werde ich das Gut irgendwann übernehmen.«

Eine tiefe Sorgenfalte grub sich in Hans Steiners hohe Stirn. »Du kannst das Gut nur übernehmen, wenn du heiratest.«

Fanny schluckte hart. Sie wollte diese Diskussion jetzt nicht führen. »Wie könnte ich das je vergessen?«, sagte sie verärgert. Hans erinnerte sie täglich an den unerfreulichen Umstand.

Auch jetzt ließ er nicht locker: »Die Vorstellung, dass nach meinem Tod der König und seine Lehnsherren sich mit der Stadt Wien um unsere Weingärten streiten, gefällt mir gar nicht. Noch dazu, da ich niemanden kenne, der besser geeignet wäre, guten Wein zu machen, als du.«

Er lächelte versöhnlich, und Fanny schöpfte neue Hoffnung. Die Chancen standen jetzt gut. Vielleicht würde ihr Vater doch noch von dem Streitgespräch erzählen. Es trennte sie nur noch ein kleines Stückchen von dem, was gestern zwischen ihm und dem Ratsherrn passiert war. Alles, was sie jetzt brauchte, waren eine Scheibe frisches Walnussbrot, süße Butter, ein paar Erdbeeren aus dem Garten und ein Becher vom Wein aus dem Vorjahr. Mit etwas Glück würde Hans reden.

Schon war Fanny unterwegs in die Speisekammer, als es an der Haustür klopfte. Das musste der Mann vom Bürgermeister sein. »Verdammt!«, schimpfte sie und bekreuzigte sich sofort. In letzter Zeit passierte es ihr immer öfter, dass sie mitten am Tag fluchte. Diese Unsitte musste ein Ende haben. »Vergib mir, Herr, ich hab's nicht so gemeint«, murmelte sie. Vor der Tür blieb sie einen Augenblick stehen. Rasch klopfte sie ihre Röcke zurecht, glättete ihre Schürze und steckte die Haarsträhnen zurück unter die Haube. Dann atmete sie tief durch und öffnete dem Mann des Bürgermeisters.

Doch der junge Mann, der vor ihr stand, konnte unmöglich der Beamte der Stadt sein. Er sah aus wie einer der vielen Studenten, die in den Kneipen rund um das Universitätsgebäude herumlungerten. Unter der schräg aufgesetzten Mütze quoll blondes Haar hervor, ein Zipfel seines Hemdes hing nachlässig aus der Hose, und unter seinem Arm trug er eine Mappe mit Papieren, deren Ränder unordentlich und unsortiert heraushingen.

Fanny stellte sich auf die Zehenspitzen und warf einen Blick hinter seinen Rücken. Irgendwo musste der Beauftragte des Bürgermeisters sich verstecken, dieser Mann konnte bestenfalls der Schreiber sein. Doch noch während sie sich suchend umschaute, stellte der junge Mann sich vor: »Guten Tag, ich bin Sebastian Grün. Der Bürgermeister hat mich im Namen der Stadtregierung dazu beauftragt, den Mordfall am Stadtrat Philipp Schacht zu untersuchen.« Fragend drehte er sich um: »Erwartet Ihr noch jemanden?«

»Ihr seid allein hier?«, fragte Fanny verwirrt.

»Habt Ihr etwa mit einer Truppe gerechnet?«

»Äh, nein. Ich hatte bloß ... »Fanny beendete ihren Satz nicht. Stattdessen sagte sie: »Bitte kommt herein, wir haben Euch bereits erwartet.«

Sie öffnete die Tür, doch er trat noch nicht ein, sondern drehte sich erneut um und zeigte zum Brunnen in der Mitte des Hofes. »Ich habe das Pferd dort angebunden. Ich hoffe, das ist in Ordnung.«

»Ich werde Max darum bitten, sich um Euer Pferd zu kümmern.«

»Oh, es gehört mir nicht«, erklärte Grün. »Ich habe es bloß gemietet, denn für das Leben in der Stadt lohnt es sich nicht, ein eigenes Tier durchzufüttern. Man kann die Wege bequem zu Fuß zurücklegen.«

»Auch recht«, sagte Fanny. Es war ihr völlig egal, ob der Mann auf seinem eigenen oder einem gemieteten Pferd ritt. »Mein Vater ist in der Stube.«

Sie ging los, und Grün folgte ihr.

Fanny war froh, dass sie ihren Vater im letzten Jahr zu

dem teuren Butzenglas in den Fenstern der Wohnräume überredet hatte. Auf diese Weise drang immer Tageslicht in den Raum. Auch wenn die Fenster an kühlen Tagen wie heute geschlossen waren. Die Kerze, die in Hans Steiners Augen reine Verschwendung war, hatte er ausgeblasen, sobald Fanny den Raum verlassen hatte. Der süße Duft des Honigwachses hing aber noch in der Luft.

Als der Beamte eintrat, hob Hans, der immer noch am Tisch saß, seinen Kopf und nickte ihm grüßend zu. Fanny stellte die beiden Männer einander vor. Dann forderte sie den Besucher auf, sich zu setzen. »Soll ich Max und Rosa suchen?«, fragte sie. »Die beiden waren dabei, als wir den Toten fanden.«

»Ja, bitte.«

Rasch machte Fanny sich auf den Weg. Sie wollte so schnell wie möglich wieder zurückkommen, um nichts von dem Gespräch zu versäumen. Sie fand Rosa im Hühnerstall und Hans bei den alten Dauben den Fässern, die nicht mehr zu gebrauchen waren. Er sortierte einige Holzstücke aus, um damit den Hühnerstall neu abzudecken. Fanny bat die beiden mitzukommen.

Als sie zurück in die Stube kam, hatte ihr Vater bereits einen Krug seines besten Rotweins geholt. Es überraschte sie nicht, dass der Becher des jungen Mannes unberührt und der ihres Vaters bereits leer war. Nur zu gern hätte sie ihm den Becher weggenommen. Stattdessen ergriff sie einen braunen Tonkrug voll Wasser, der vom Mittagessen noch auf der Anrichte stand, und stellte ihn demonstrativ vor ihrem Vater auf den Tisch.

»Kann ich dir nachschenken?«, fragte sie. Ihr Vater richtete seine geröteten Augen auf sie und sagte: »Gerne, aber kein Wasser, davon kriege ich Flöhe im Bauch.«

Er schob den Wasserkrug zur Seite und angelte nach dem Wein. Manchmal empfand Fanny den edlen Rebensaft, den sie schätzte und liebte, als Fluch, der auf ihr und ihrer Familie lastete.

Sie wandte sich an Sebastian Grün: »Ich habe Rosa, unsere Magd, geholt – sie hat die Leiche gefunden – und Max, unseren Knecht, er ist zeitgleich mit mir in den Innenhof gekommen.«

»Danke, aber ich werde eine Person nach der anderen befragen«, erklärte Grün. Fanny dachte jedoch nicht daran, den Raum zu verlassen.

»Ich muss Euch jetzt bitten zu gehen.«

»Aber …«, entgegnete Fanny.

Die hellen Augenbrauen des Beamten rutschten fragend nach oben, und Fanny gab sich geschlagen. Kaum hatte sie die Tür hinter sich und Max geschlossen, fauchte sie wütend: »Wie kann der Beamte, der aussieht wie ein verlotterter Student, es wagen, mich aus meiner eigenen Stube zu werfen? Ich will gar nicht darüber nachdenken, was Vater redet, wenn er zu viel von seiner Spätlese trinkt.«

Beruhigend legte Max seine große Hand auf ihre Schulter. »Keine Sorge, er wird schon das Richtige sagen. In der Zwischenzeit kümmere ich mich um sein Pferd. Der alte Klepper scheint müde zu sein, sicher hat das Tier Hunger. Frisches Heu und gebürstetes Fell können nicht schaden, wenn es darum geht, einen guten Eindruck zu hinterlassen.«

Fanny verzog den Mund zu einer Grimasse. »Spar dir die Mühe, das Vieh gehört ihm gar nicht.«

Es dauerte schier eine Ewigkeit, bis sich die Tür zur Stube wieder öffnete und der blonde Kopf des Beamten herausschaute. Der Mann hatte seine Mütze abgenommen. Fanny fragte sich, wann er sich das letzte Mal frisiert hatte und ob es überhaupt möglich war, diese Haare mit einem Kamm zu bändigen.

Sie wollte gerade von der Truhe springen, auf der sie saß, als der Beamte ihr abwehrend die Hand entgegenhielt. »Bitte zuerst die Magd, dann der Knecht und zuletzt Ihr«, erklärte er.

Fanny spürte, wie der Ärger ihre Wangen rot färbte.

»Dann werde ich in der Zwischenzeit in die Küche gehen«, schnaufte sie. »Schließlich wartet eine Menge Arbeit auf mich. Ich kann nicht den ganzen Nachmittag mit Warten verbringen.«

»Ganz wie Ihr wollt.« Der Mann bat Rosa zu sich, während ihr Vater die Stube mit knieweichen Schritten verließ.

»Was hast du ihm erzählt?«, wollte Fanny neugierig wissen.

»Die Wahrheit«, sagte Hans Steiner kurz angebunden. Jedes weitere Nachfragen war sinnlos. Im Moment würde sie nicht mehr erfahren.

Resignierend sah sie ihm nach. Zur Abwechslung führten Hans' Schritte nicht in den Weinkeller, sondern hinaus in den Hof. Fanny war sich sicher, dass er in den Weingarten ging. Die Laubarbeit musste erledigt werden, damit die langsam wachsenden Trauben mit ausreichend Licht versorgt wurden. Fanny wäre gerne mit ihm gegangen, aber stattdessen lief sie in die Küche und widmete sich dem ölbespritzten Herd, den sie immer noch nicht geputzt hatte. Rosa natürlich auch nicht. Seit die Magd den Leichnam des Ratsherrn gefunden hatte, war sie zu gar nichts zu gebrauchen. Fanny hoffte inständig, dass sie nichts durcheinanderbringen würde und dem jungen Beamten in ihrer geschwätzigen Art nicht etwas erzählte, was ihrem Vater schaden oder ein falsches Licht auf ihn werfen könnte.

Schon nach kurzer Zeit hörte Fanny, wie die Tür der Stube sich wieder öffnete, Rosa herauskam und Max statt ihrer den Raum betrat. Noch bevor die Magd in den Hof gehen konnte, winkte Fanny sie zu sich in die Küche.

»Was wollte er von dir wissen?«, fragte sie neugierig.

Rosas Wangen waren vor Aufregung leicht gerötet, ihre Augen glänzten: »Der Herr Beamte ist ein sehr netter Mann. Obwohl ich bloß eine Magd bin, hat er höflich und nicht herablassend wie viele andere mit mir gesprochen.«

Fanny verdrehte ungeduldig die Augen: »Und was hat er mit dir besprochen?«

»Ach, nur das Wichtigste. Habt Ihr seine hellblauen Augen gesehen? Ich kenne niemanden, der so schöne Augen hat«, schwärmte Rosa.

Fanny gab auf. »Hier!«, sagte sie und drückte Fanny den Putzfetzen in die Hand, mit dem sie begonnen hatte, den Herd zu schrubben. »Schau, dass du das Fett wegbekommst.«

»Aber ich muss doch zurück in den Stall zu den Hühnern«, jammerte Rosa. Sie drückte sich gerne vor körperlich anstrengender Arbeit und zog sich bei jeder günstigen Gelegenheit in den Stall zu den Hühnern zurück. Sicher hatte die Magd zu den Tieren ein innigeres Verhältnis als jeder andere, gemessen an der Zeit, die sie dort verbrachte.

»Das Federvieh kann warten«, sagte Fanny ungerührt. Dann verließ sie die Küche. Gerade als sie in den Flur trat, öffnete sich die Tür zur Stube erneut, und Max kam heraus.

»Du kannst jetzt rein«, sagte er.

»Na endlich«, flüsterte Fanny. Sie versuchte, Max' Gesichtsausdruck zu interpretieren. Aber Max sah aus wie immer: entspannt und unbeeindruckt.

Sorgfältig wischte sie die Reste der Gallseife von ihren Händen in die Schürze, nahm sie ab und reichte sie Max. »Bitte bring die Schürze in die Küche, Rosa putzt gerade den Herd und ist sicher froh über Gesellschaft.« Sie hatte nun doch ein schlechtes Gewissen, weil sie eben so forsch zu ihrer Magd gewesen war.

Max nickte und nahm die Schürze entgegen, während Fanny die Stube betrat.

Der Beamte war aufgestanden. Er lehnte nun mit verschränkten Armen und dem Rücken zum Tisch an einem der Stühle. Seine Augen waren leicht geschlossen, vielleicht dachte er nach. Als Fanny eintrat, zuckte er zusammen.

»Ich wollte Euch nicht erschrecken«, sagte sie, ohne die Worte ernst zu meinen. Gerne hätte sie ihn noch viel heftiger zusammenzucken sehen. Auch dafür würde sie sich am Abend bei Gott entschuldigen müssen. Ihre Liste mit Vergehen wurde immer länger. Aber Gott würde ein Einsehen haben, schließlich hatte der Beamte sie viel zu lange warten lassen.

Ein gewinnendes Lächeln machte sich auf dem hellen Gesicht breit, und für den Bruchteil eines Moments sah der Mann sympathisch aus.

Fanny ging unaufgefordert zum Tisch und setzte sich, schließlich war es ihre Stube. Nach kurzem Zögern nahm auch der Beamte Platz.

»Gestern Abend gehörten die Ratsherren Pilhamer, Schacht und Rötzer zu Euren Gästen. Euer Knecht hat ausgesagt, dass zwei der Männer sich stritten, und Euer

Vater gab an, dass er selbst mit dem Ratsherrn Schacht eine heftige Diskussion geführt hat. Er sagt, diese Meinungsverschiedenheit sei der Grund gewesen, warum er sich später in seinen Weinkeller zurückgezogen und Euch und Eure Bediensteten allein gelassen habe.«

»Hat mein Vater auch gesagt, warum er mit dem Ratsherrn gestritten hat?«

Neugierig wandte sich Grün ihr zu. Sein ganzes Gesicht war über und über mit Sommersprossen bedeckt. Er sah aus wie ein zu groß geratener Zehnjähriger. »Ja, das hat er.«

Fanny wartete. Sicher nahm der Mann an, dass sie den Grund des Streites längst kannte, und würde gleich darüber reden.

»Euer Vater ist der Meinung, dass Ihr nicht erfahren sollt, worum es in dem Streit ging. Er glaubt, es würde Euch unnötig aufregen.«

»Das darf doch nicht wahr sein!«, entfuhr es Fanny laut. Sie rutschte auf ihrem Stuhl zurück, der laut knarrte. »Wie soll ich ihm denn helfen, wenn ich nicht mal weiß, worum es in dem Streit gegangen ist?«

Der Beamte blieb gelassen. »Ihr helft Eurem Vater, indem Ihr bei der Wahrheit bleibt.«

»Natürlich bleibe ich bei der Wahrheit«, sagte Fanny patzig. »Mein Vater ist kein Mörder!«

»Das habe ich auch nicht behauptet. Im Moment seid Ihr die Einzige, die diese Vermutung ausspricht.«

Fanny schluckte laut. Der Mann verdrehte ihr die Worte im Mund, sie musste auf der Hut sein.

»Das stimmt nicht«, sagte sie entschieden. »Die Ratsherren Rötzer und Pilhamer beschuldigen meinen Vater. Pernfuß hat ihn nur deshalb nicht verhaftet, weil es keine Beweise für ihre Behauptung gibt.«

»Woher wisst Ihr das?«

»Das hat der Gerichtsschreiber gesagt, der da war, um den Tod des Ratsherrn zu bestätigen.«

»Was hat der Mann sonst noch gemacht?«

»Uns gebeten, den Toten im Weinkeller aufzubewahren, bis die Angehörigen ihn abholen lassen.«

Grün schien zu überlegen, ob er den Toten gleich sehen wollte, doch er entschied sich dagegen. »Würdet ihr mir vom gestrigen Abend erzählen?«

Schritt für Schritt wiederholte Fanny, woran sie sich erinnern konnte. Sogar die Würste erwähnte sie. Doch dem Beamten waren die Würste völlig egal. Er war daran interessiert, wer wann die Wirtsstube verlassen hatte. Aber das konnte Fanny nicht mehr mit Sicherheit sagen. »Es war so viel los, und ich war müde, weil mein Vater ja im Weinkeller saß.«

»Sind die drei Ratsherren gemeinsam aufgebrochen?«

Fanny dachte angestrengt nach. Nach dem Ärger mit den Bäckergesellen hatte sie zum Tisch der Ratsherren geschaut. Es hatten nur zwei Männer am Tisch gesessen. Fanny hatte angenommen, dass einer von ihnen zwischendurch am Abort war. Sie konnte aber nicht sagen, wer von ihnen es gewesen war. Später hatte Max einen weiteren Krug Wein zum Tisch gebracht und kassiert. Er müsste wissen, wer noch da gewesen war. Fanny selbst hatte die Ratsherren aus den Augen verloren, weil sie den Schuster davon überzeugen musste, dass sie keine Würste mehr anbraten würde.

»Es tut mir leid, aber ich kann es wirklich nicht sagen. Vielleicht sind sie gemeinsam gegangen, vielleicht hintereinander. Sie haben sich nicht verabschiedet. Aber das ist nicht ungewöhnlich, denn das tun sie nie.«

»Die Männer verlassen die Gaststube ohne Gruß?«

Fanny nickte. »Schacht und Rötzer betreten die Stube meist auch ohne Gruß. Nur Pilhamer lässt sich dazu herab.«

Diese Bemerkung ließ Grün unkommentiert. »Schade, dass Ihr Euch nicht erinnert. Leider können auch Euer Knecht und Eure Magd nicht weiterhelfen.«

Während Grün sprach, öffnete er die Mappe, die vor ihm am Tisch lag. Er hatte lange, feine Finger mit sauberen Fingernägeln. Beschämt legte Fanny ihre Hände in den Schoß. Vom Scheuern des Herdes waren sie rot und spröde. Sie würde später Ringelblumensalbe verwenden.

Grün blätterte durch seine Unterlagen und zog schließlich ein zerknittertes Blatt hervor. »Da ist es ja«, murmelte er, hielt es Fanny entgegen und zog es wieder zurück. »Könnt Ihr lesen?«

»Natürlich kann ich lesen«, sagte Fanny empört und schnappte beleidigt nach dem Blatt. Sie war zwar nicht jeden Sonntag in der Messe gewesen, aber ihr Vater hatte dafür gesorgt, dass Fanny lesen, schreiben und rechnen konnte.

»Was ist das?«, fragte sie und überflog die Worte.

»Diesen Brief hat man in der Tasche der Leiche gefunden. Habt Ihr das Schreiben an dem Abend gesehen? Hat Schacht es vielleicht einem seiner Freunde gezeigt?«

»Nein, aber ich habe das Blatt heute Morgen bemerkt«, sagte Fanny. »Der Gerichtsschreiber hat es an sich genommen, als er die Leiche durchsucht hat.«

»Aber davor habt Ihr es nicht gesehen.«

Fanny nickte.

»Warum hat man Euch gebeten, den Toten in Eurem Keller aufzubahren?«

»Wir haben keine Kapelle. Die nächstgelegene Kirche wurde während der Türkenbelagerung zerstört, und

Schachts Witwe besteht auf einer Beisetzung in der Familiengruft in St. Stephan. Da der Pfarrer morgen früh einen Toten zu Grabe tragen wird, ist die Aufbewahrungskapelle heute noch belegt.«

»Ist die Witwe denn nicht gekommen, um ihren toten Mann zu sehen?«, fragte Grün.

»Bis jetzt nicht, und ich glaube auch nicht, dass sie noch kommen wird. In wenigen Stunden geht die Sonne unter, und wie Ihr wisst, ist der Weg zu uns auf den Nussberg lang und beschwerlich.«

»Trotzdem nehmen jeden Abend Dutzende Männer die Strapazen auf sich, um Euren Wein zu trinken«, sagte Grün nachdenklich.

»Es ist der beste Wein in ganz Wien und Umgebung, das liegt einerseits am Nussberg, unser Boden ist kalkhaltig mit einem geringen Anteil Ton und Sandstein, was einen hervorragenden Untergrund für die Reben bietet, zum anderen haben wir viele Sonnenstunden, die die Trauben süß machen. Und dann sind da all die anderen Pflanzen, die hier gut gedeihen und dem Wein ihre Würze geben, wie Ginster, Johannisbeere und natürlich die Haselnuss ...« Fanny hätte noch Stunden weitersprechen können, aber sie bemerkte den irritierten Blick ihres Gegenübers und verstummte.

»Bitte entschuldigt«, sagte sie verlegen. »Wenn ich vom Wein spreche, vergesse ich jedes Mal, dass nicht alle Menschen ihn so faszinierend finden wie ich. Aber probiert selbst.« Sie wies auf den Becher vor ihrem Gast.

»Ich trinke keinen Wein!«

»Niemals?«

»Nein, niemals!«

Fanny wollte es nicht glauben. Wie konnte jemand Wein nicht mögen? Eine Bemerkung lag ihr auf der

Zunge, aber sie verkniff sie sich. Es war wohl besser, keine Witze auf Kosten des Beamten zu machen.

Stattdessen fragte sie: »Wollt Ihr die Leiche sehen?«

»Ja bitte.«

Der Eingang zum Weinkeller befand sich gleich neben dem Haus. Hinter einem schmiedeeisernen Tor lag eine weitere Tür aus Holz, die direkt in den Hügel führte. Fanny sperrte beide Türen auf und ging voran. In ihrer Rechten trug sie die kleine Laterne mit der Bienenwachskerze, die zuvor in der Stube am Tisch gestanden hatte. Sie war froh über ihre Entscheidung, denn das Licht qualmte weder, noch rußte es, sondern spendete wohlriechende Helligkeit. Ein breiter Gang, der mit Ziegelsteinen ausgelegt war, zog sich tief ins Innere des Berges. Der Weg verlief stetig abwärts. Nach wenigen Schritten gab es keine Ziegelsteine mehr, sondern nur noch hellen Sandstein. Im flackernden Schein der Flamme tauchten große Weinfässer zu beiden Seiten des Gangs auf. Aufgereiht wie Perlen auf einer Schnur standen sie dicht nebeneinander. Ein modriger, feuchtkalter Geruch hing in der Luft.

»Wie schafft Ihr diese riesigen Fässer in den Keller?«, fragte Grün fasziniert.

Fanny warf ihm einen belustigten Blick von der Seite zu: »Die großen Fässer werden von den Daubenbindern im Keller fertiggestellt. Sie fassen über dreitausend Liter Wein. Nicht einmal eine Gruppe der stärksten Männer der Welt könnte eines der Fässer hier herunterbringen.«

»Ja natürlich«, murmelte Grün rasch.

In einer kleinen Nische in der Wand stand ein wackeliger Tisch mit einem bequemen Stuhl. Auf dem Tisch befanden sich ein Becher, ein Krug, ein Weinheber aus Glas, mit dem der Winzer den Wein aus dem Fass nahm, und eine Öllampe, die nicht brannte.

»Das ist der Lieblingsplatz meines Vaters. Wenn er sich zurückziehen will, so wie gestern Abend, dann kommt er hierher.«

»Nicht gerade ein sehr einladender Ort«, meinte Grün. Der Mann fror und zog seine Jacke aus dünnem Leinen enger um seinen Körper.

»Kommt ganz darauf an«, meinte Fanny und blieb kurz stehen. »Für den Wein ist es der ideale Ort, um in Ruhe zu reifen. Hier hat es sommers wie winters eine konstante Temperatur, und nach ein paar Gläschen spürt man die Kälte nicht mehr.«

Sie ging weiter. Spinnweben hingen von der Decke, der modrige Geruch wurde intensiver und paarte sich mit Wein, Erde, Pilzen und Mäusepisse. Wie zum Beweis, dass die kleinen Nager hier wohnten, huschte ein besonders dickes Exemplar direkt vor Fannys Füßen von einer Seite des Gangs auf die andere. Fanny sprang zurück, die Kerzenflamme flackerte hektisch und warf bizarre Schatten an die Decke. Es dauerte eine Weile, bis das Licht sich wieder beruhigte.

»Jetzt ist es hier völlig unbedenklich«, erklärte Fanny. »Aber im Herbst, wenn der frische Wein in den Fässern lagert, kann es gefährlich werden. Dann steigen giftige Dämpfe aus den Fässern, und es ist schon öfter vorgekommen, dass ein Winzer in seinem eigenen Keller erstickt ist.«

»Und wie schützt Ihr Euch dagegen?«

»Mit einer offenen Kerze. Wenn die Flamme erlischt, hat man noch wenige Augenblicke, um zurück zum Ausgang zu gelangen.«

»Ja natürlich«, sagte Grün. »Die Flamme braucht Luft. Verzeiht meine dumme Frage.«

Fanny lächelte zufrieden.

»Hier entlang.« Sie deutete in einen schmalen Seitengang, in dem es deutlich saurer roch als zuvor.

»Vater wollte nicht, dass der Tote neben seinen vollen Weinfässern liegt. Deshalb haben wir ihn in diesen Seitengang gebracht. Wir bewahren hier nur den Wein auf, den wir zur Essigherstellung verwenden.«

»Ihr habt eine Menge Essig.« Stirnrunzelnd musterte Grün die kleinen Holzfässer, die in hohen Regalen lagerten.

»Früher haben wir den Wein, der nicht Vaters Vorstellungen entsprach, weggeleert, aber das war schade, denn sein schlechtester Wein ist immer noch besser als so manch anderer Tropfen, der verkauft wird. Seit ein paar Jahren machen wir aus dem schlechten Wein Essig.«

»Verkauft Ihr Euren Essig?«

»Selbstverständlich. Was sollen wir denn mit all den Fässern anfangen? So viele Gurken kann man gar nicht einlegen, um ihn selbst zu verbrauchen. Ein Kaufmann aus Aachen hat den Essig entdeckt und Abnehmer gefunden. Jedes Jahr liefern wir eine große Menge in den Norden.«

»Menschen in Aachen kaufen Essig aus Wien?« Grün klang, als würde er Fanny nicht glauben.

»Und ob. Unser Essig ist besonders mild und bekömmlich.«

»Ich finde es dennoch sehr merkwürdig, dass Essig so weit transportiert wird.«

»Was ist daran merkwürdig? Wenn unser Essig besser ist als der in Aachen, warum sollen die Menschen ihn dann nicht haben wollen?«

»Weil Essig immer gleich schmeckt: sauer.«

»Mir scheint, dass Ihr wenig Ahnung vom guten Essen habt, sonst würdet Ihr wissen, dass das Gelingen eines Linseneintopfes von der Qualität des Essigs abhängt.«

Grün wollte etwas erwidern, aber Fanny blieb abrupt stehen, und er hatte Mühe, rechtzeitig anzuhalten, um nicht mit ihr zusammenzustoßen. Vor ihnen stand ein halbhoher Tisch, und darauf lag der leblose Körper des ermordeten Ratsherrn.

Erneut flackerte die Flamme unruhig, was nun an Fannys Hand lag, die zitterte. Schacht war nicht der erste Tote, den sie in ihrem Leben gesehen hatte. Aber das Wissen, dass dieser Mann absichtlich und böswillig von jemandem erschlagen worden war, flößte ihr Unbehagen ein. Das Zittern breitete sich über ihren ganzen Körper aus. Sie hätte ihr Schultertuch mitnehmen sollen. Grün schien ähnlich zu empfinden. Auch er wirkte, als fühlte er sich unwohl. Fanny konnte seinen flachen Atem in ihrem Nacken spüren. Sie hielt die Laterne etwas höher, aber ihre Hand zitterte nun so stark, dass sie den Arm wieder senkte. Das unruhige Licht ließ den Leichnam gespenstisch aussehen.

»Darf ich?«, fragte Grün und nahm Fanny die Laterne ab. Bereitwillig überließ sie ihm das Licht.

Er trat auf den Toten zu, hielt die Laterne direkt über dessen Oberkörper. Der Kerzenschein fiel auf das teigige Gesicht und ließ es gelblich aussehen. Obwohl Fanny den Toten schon heute Morgen gefunden hatte, erfüllte sein Anblick sie erneut mit Grauen. Ihr Herz klopfte schneller, und ihr Atem ging rasch. Jemand musste diesen Mann sehr gehasst haben.

Leise, so als könnte ihre Stimme die Ruhe des Toten

stören, sagte sie: »Mein Vater, Max und der Gerichtsschreiber haben Schacht auf einen alten Arbeitstisch gelegt. Ich fürchte, das ist kein sehr ehrwürdiger Platz für einen Toten.«

Grün stellte die Laterne ans Kopfende des Tisches. »Der Tisch ist so gut wie jeder andere. Ich glaube nicht, dass es den Mann noch stört. Wenn jemand damit unzufrieden sein könnte, dann die Witwe, aber die ist ja bisher nicht erschienen«, meinte Grün.

Widerwillig trat Fanny zu ihm, um ebenfalls den Toten zu betrachten. Bereits bei Tageslicht hatte sie den Leichnam abstoßend gefunden, aber hier im Keller hatte er etwas gruselig Unwirkliches, wie ein Teil jener Schauergeschichten, die Max so gerne hörte. Der steife Körper des Ratsherrn lag auf dem Rücken. Das leblose Gesicht war zu einer starren Fratze verzerrt, mit weit aufgerissenem Mund, so als wollte der Tote schreien.

Es gab Menschen, die behaupteten, die Seele eines Toten würde Stunden nach dem Tod noch zwischen Himmel und Erde schweben, bevor sich Gott oder der Teufel seiner annahm. Fanny fragte sich, ob Schachts Seele noch irgendwo hier im Keller unterwegs war. Vielleicht beobachtete er sie und war verärgert, weil er auf einem Arbeitstisch im Weinkeller liegen musste, statt in einer hübschen Kapelle aufgebahrt zu sein. Fanny hoffte inständig, dass Grün recht hatte und der Tote sich darüber nicht mehr grämte.

»Ich glaube nicht, dass er sich vor seinem Mörder gefürchtet hat«, sagte Grün und holte Fanny aus ihren Überlegungen. Auch er sprach leiser als zuvor.

»Woraus schließt Ihr das?«

»Ich kann in seinem Blick keine Angst erkennen.« Grün wandte sich zu ihr. »Was meint Ihr?«

Überrascht, dass der Beamte sie nach ihrer Meinung fragte, überwand Fanny ihren Ekel und beugte sich tiefer über den Toten. Je genauer sie ihn betrachtete, umso deutlicher verlor er sein gespenstisches Aussehen. Nach und nach wirkte er nur noch bemitleidenswert.

»Ihr habt recht. Überraschung und Schmerz, aber keine Angst«, bestätigte Fanny.

»Würdet Ihr mir helfen, den Toten zu drehen?«

»Ungern«, gab Fanny zu, packte aber mit an. Sie war überrascht, wie schwer der dürre Körper war. Die Leichenstarre hatte längst eingesetzt und würde sich erst im Laufe der Nacht wieder lösen. Schachts Kleidung war vom Regen immer noch feucht. Fanny ekelte es vor dem kaltnassen, glitschigen Stoff. Gemeinsam mit dem Beamten drückte und zerrte sie, endlich lag der Leichnam seitlich, und die Verletzung am Hinterkopf wurde sichtbar. Die Wunde war so tief, dass der zertrümmerte Schädelknochen frei lag. Grün sog lautstark die Luft ein, und Fanny wandte sich ab. Sie legte ihre Hand vor den Mund, um sich selbst am Aufschreien zu hindern. Es war merkwürdig, aber manchmal machte ein lauter Schrei einen Anblick erträglicher. Fanny schrie nicht. Stattdessen presste sie die Hand fest auf den Mund.

»Da hat jemand mit einem Hammer oder einem ähnlichen Gegenstand gründliche Arbeit geleistet«, sagte Grün. »Der Mörder muss sein Opfer von hinten überrascht und mit einem einzigen kräftigen Hieb niedergestreckt haben.«

Fanny nahm die Hand vom Mund und trat einen Schritt zurück.

»Vielleicht ist das der Grund, warum wir keine Angst in seinen Augen finden können. Er wurde völlig überrascht.«

»Kann sein.«

Fanny überlegte fieberhaft. Ihr Blick glitt über den Toten. Seine Füße reichten über den Tisch hinaus.

»Schacht war ein großer, dürrer Mann«, sagte sie nachdenklich, »auch wenn sein Leichnam unglaublich schwer ist.« Sie machte eine Pause und sagte dann überzeugt: »Mein Vater fällt als Verdächtiger aus.«

»Weil?«

Aufgeregt sprudelten die Worte aus ihrem Mund: »Schacht war ein großer Mann, deutlich größer als Ihr, obwohl Ihr im Vergleich zu mir schon groß seid und ich wiederum selbst für eine Frau sehr klein bin ...«

»Worauf wollt Ihr hinaus?«, unterbrach Grün sie ungeduldig.

»Mein Vater ist ein kleiner Mann, wie Euch vielleicht aufgefallen ist. Um einen großen Mann wie Schacht zu erschlagen, hätte er mit einem Hammer oder einem anderen schweren Gegenstand weit über dem eigenen Kopf ausholen müssen.« Fanny trat zu Grün, um ihm ihre Überlegung zu demonstrieren.

»Ja und?«

Fanny stand sehr nah bei ihm, rasch trat sie wieder zurück, dabei stieß sie gegen eines der Regale, in denen der Essig lagerte.

»Mein Vater leidet seit Jahren an Rheuma«, erklärte sie. »Er kann seine Arme nicht über den Kopf heben und ganz sicher keinen Hammer schwingen.« Fanny streckte beide Arme auf Schulterhöhe weg. »Bestenfalls so hoch. Das reichte ganz sicher nicht, um Schacht zu erschlagen.«

»Er hätte sich auf ein Podest stellen können.«

»Wir haben kein Podest neben dem Abort.«

»Er hätte eine Kiste oder etwas Ähnliches bei sich tragen können.«

Nun wurde Fanny ärgerlich. »Das ist doch völlig absurd«, sagte sie erbost. »Bis mein Vater seine Kiste aufgebaut hätte und darauf geklettert wäre, hätte Schacht ihn längst bemerkt.«

Zu spät erkannte sie das Grinsen, das sich auf Grüns Gesicht breitgemacht hatte. Sie atmete tief ein und wollte ihm erklären, dass er sich nicht über sie lustig machen sollte. Aber Grün kam ihr zuvor: »Ihr habt recht. Ein Podest neben dem Abort wäre absurd.«

Als sie den Keller verließen und den Hof wieder betraten, riss nach Tagen des Regens die graue Wolkendecke auf, und einzelne Sonnenstrahlen blitzten hervor. Leider war die Pracht nur von kurzer Dauer, denn die Sonne ging bereits orangegelb hinter dem Nussberg unter.

Doch für wenige Augenblicke glänzte das nasse Schindeldach des Wohnhauses im warmen Licht, und Fanny musste die Hand an die Stirn halten und blinzeln, da die Augen nach dem finsteren Keller mit der Helligkeit überfordert waren.

Das breite Tor zum Hof, sein Holz vom Wetter längst grau und porös, stand offen und ermöglichte einen Blick über die Weinberge, die im satten Frühsommergrün vor Kraft strotzten. Am Fuße der Hügel lagen die Stadtmauern Wiens, hinter denen rotbraune Dächer und Kirchturmspitzen in den Himmel ragten. Im Zentrum stach unübersehbar der Turm von St. Stephan heraus. Wegen Geldknappheit hatte man den geplanten zweiten Turm nie vollendet und würde es wohl auch nicht mehr tun, denn mittlerweile hatten die Wiener ihren halbfertigen Steffl liebgewonnen. So würde der Dom auch in Zukunft mit nur einem Turm der ganze Stolz einer christlichen

Stadt sein, die sich tapfer gegen den Ansturm der Ungläubigen gewehrt hatte. Er war aus dem Stadtbild nicht wegzudenken.

Grün stand neben Fanny und schaute auf die Stadt, als würde er sie zum ersten Mal erblicken. »Die Sicht auf Wien ist atemberaubend«, sagte er ehrfurchtsvoll.

»Ja, ich bin auch jedes Mal aufs Neue beeindruckt, wie schön sie ist. Ich möchte diesen Platz mit niemandem tauschen.«

»Euer Hof scheint von den Angriffen der Türken verschont geblieben zu sein. Oder habt Ihr die Schäden in Windeseile repariert?«

»Wir liegen etwas abgelegen und hatten Glück. Die Osmanen haben die Weingärten unserer Nachbarn abgefackelt, zwei Höfe zerstört und die Kapelle am Fuße des Berges. Der überraschend einsetzende Wintereinbruch und die heftigen Schneefälle haben uns gerettet. Die Truppen zogen ab, bevor sie sich über unseren Hof hermachen konnten.«

»Der Schnee hat nicht nur Euren Hof, sondern die ganze Stadt gerettet«, sagte Grün. »Die Stadtmauern hätten keine weiteren Detonationen und Angriffe der Osmanen überstanden.«

Bevor er weiter ausholen und über die mitgenommene Stadtmauer reden konnte, wurde er von Hufgeklapper unterbrochen. Ein Reiter kam den steinigen Pfad zum Hof herauf. Fanny erkannte den hochgewachsenen Mann mit dem wehenden dunklen Haar und dem modischen gelben Wams sofort. Es handelte sich um ihren Langzeitgast Kasper Liechti. Der Schweizer Uhrmacher und Mechanikus wohnte seit über zwei Monaten bei ihnen. Er hoffte auf einen Auftrag im Zusammenhang mit den Verteidigungsanlagen der Stadt, denn er hatte sich in den letzten Jahren auf hochkomplexe Verteidigungsmaschinen spezialisiert. Im Moment reparierte er Uhren reicher Kaufleute.

»Grüezi«, rief er Fanny fröhlich zu, kam näher und hielt direkt vor ihr sein Pferd an, einen Rappen, dessen tiefschwarzes Fell in der Sonne glänzte. Fanny war die seltsam anmutende Sprache des Schweizers mit all den Verniedlichungen und krächzenden Lauten, die tief in der Kehle gebildet wurden, mittlerweile gewöhnt. Sie wusste, dass sein *Grüezi* »Gott grüße Euch« hieß.

»Ich wünsche Euch ebenfalls einen schönen Tag«, sagte sie.

Der Schweizer zog seinen Hut und fügte mit einem schiefen Grinsen hinzu: »Ihr betretet den Hof, und die Sonne kehrt hinter den Wolken hervor, das muss an Eurer Schönheit liegen!«

Der Mann konnte auch ohne seinen Akzent sprechen. Geschickt sprang er vom Pferd und landete elegant eine Spur zu nah vor Fanny und verbeugte sich vor ihr. Sie schüttelte lachend den Kopf, mittlerweile hatte sie sich an seine Komplimente gewöhnt und errötete nicht bei jeder Schmeichelei. Insgeheim hoffte sie, dass eines Tages aus seinen bedeutungslosen Annäherungsversuchen mehr werden könnte. Sie mochte den Schweizer und konnte sich weitaus unangenehmere Ehemänner vorstellen. Die Illusion, dass Ehe etwas mit Liebe zu tun haben könnte, hatte sie längst aufgegeben. Der Schweizer sah gut aus und war unterhaltsam. Leider war er aber ein Mann, der nicht sesshaft werden wollte und die Wanderschaft der Verantwortung, die eine Familie bedeutete, vorzog.

»Ihr versteht es, eine Frau in Verlegenheit zu bringen«, sagte Fanny mit gespielter Empörung.

Ein sympathisches Grinsen breitete sich auf dem hübschen Gesicht mit dem ausgeprägten Kinn aus, verschwand aber sofort wieder, als er fragte: »Ist die unerfreuliche Sache aus der Welt geschafft?«

»Ihr meint den Mord an Philipp Schacht?«

»Ich habe heute Morgen in der Stadt davon erfahren«, sagte Liechti.

»Es ist jedes Mal aufs Neue erstaunlich, wie schnell sich schlechte Neuigkeiten verbreiten«, meinte Fanny und fügte dann hinzu: »Ihr habt Euch eine Menge Ärger erspart, indem Ihr die letzte Nacht in Wien verbracht habt.«

Grün, der bis jetzt schweigend danebengestanden und scheinbar unbeteiligt den Ausblick auf Wien genossen hatte, mischte sich nun ins Gespräch: »Habe ich das eben richtig verstanden, Ihr wohnt für gewöhnlich in diesem Haus?«

Liechti wandte sich dem Fremden mit dem zerzausten Haar zu, dem ein Hemdzipfel nachlässig aus der Hose hing. Er musterte ihn mit unverhohlener Neugier. »Warum interessiert Euch das?« Seine Stimme hatte einen herablassenden Tonfall angenommen.

»Ich bin Sebastian Grün und wurde vom Bürgermeister dazu beauftragt, den Mordfall zu untersuchen.«

»Oh, ich verstehe«, sagte Liechti und fügte hinzu: »Ihr habt recht, für gewöhnlich wohne ich hier. Diese reizende junge Frau war so freundlich und hat mir eine ihrer Kammern unter dem Dachboden zu einem fairen Preis vermietet. Gestern Nachmittag ritt ich nach Wien, um bei einem Freund zu übernachten, weil ich heute Morgen schon sehr zeitig im Haus des Kaufmanns Kruger erwartet wurde, und wie Fanny Roth Ihnen bestätigen kann«, er grinste und warf ihr einen zweideutigen

Blick zu, »gehöre ich zu den Menschen, die nicht gerne zeitig aus dem Bett springen.«

Nun errötete Fanny doch, auch wenn es keinen Grund dazu gab, schließlich war es im Haus der Steiners kein Geheimnis, dass der Untermieter oft erst gegen Mittag seine Kammer verließ.

»Wann seid Ihr nach Wien aufgebrochen?«, fragte Grün.

»Noch vor Einbruch der Dunkelheit. Ich wollte die Stadt erreichen, bevor die Stadttore geschlossen werden, denn beim letzten Mal habe ich eine unerhört hohe Summe bezahlt, um Einlass zu erhalten.«

Grün nickte. Es war allgemein bekannt, dass die Stadtwache sich ein ordentliches Zubrot verdiente, indem sie die Tore für Geld öffnete. Er selbst hoffte, dass einer der Männer der Stadtwache von Treus Schreiben beeindruckt sein würde und eines der kleinen Seitentore ohne Zusatzzahlung aufmachte.

»Ist Euch beim Verlassen des Winzerhauses irgendetwas Ungewöhnliches aufgefallen?«

Liechti schüttelte den Kopf: »Die ›Donauprinzessin‹ hat sich langsam gefüllt, wie jeden Nachmittag, denn Hans Steiner keltert den besten Wein der Stadt. Ich bin viel in der Welt herumgekommen, war im sonnigen Rom, in der wunderschönen Toskana und im feuchten Venedig, und ich kann Euch sagen, selbst der dunkelrote Wein aus Volterra kann nicht mit Steiners Rebensaft mithalten. Er ist einfach vorzüglich. Habt Ihr schon davon gekostet?«

Der Beamte verneinte.

»Das solltet Ihr unbedingt tun!«

»Master Grün trinkt keinen Wein«, erklärte Fanny.

»Niemals?«, fragte Liechti.

»Niemals«, seufzte Grün, der es langsam leid wurde, seine Trinkgewohnheiten zu erklären. Er wechselte das Thema: »Womit beschäftigt Ihr Euch, wenn Ihr keine Uhren repariert?«

»Ich habe eine Maschine entwickelt, mit der man drei Kanonenkugeln in Folge abfeuern kann.«

»Das klingt interessant. Ich bin auch an der Technik interessiert.«

»Ihr baut Verteidigungsanlagen?«

»Nein, mein großes Interesse gehört der Konstruktion von Flugmaschinen.«

»Flugmaschinen?«

»Ja, ich würde gerne einen Helix Pteron nach den Plänen von Leonardo da Vinci bauen.«

Für einen Moment starrte Liechti den Beamten ungläubig an, dann brach er in schallendes Gelächter aus. »Das kann nicht Euer Ernst sein«, rief er, hielt sich eine Hand an den flachen Bauch, mit der anderen wischte er sich eine Träne aus dem Auge.

Beleidigt schwieg Grün.

Fanny versuchte, die Situation zu retten: »Vielleicht wollt Ihr heute eine Ausnahme machen und einen Becher vom Wein meines Vaters kosten?«

Der Blick des Beamten verfinsterte sich.

»Wir haben auch Traubensaft vom Vorjahr«, beeilte sich Fanny. »Es sollten auch noch Würste vom Fleischer Knotter in der Vorratskammer liegen, die kann Rosa für uns anbraten.«

»Nein danke«, sagte Grün, der Ärger in seiner Stimme war nicht zu überhören. »Ich werde jetzt gehen.«

Er klang beleidigt, und Fanny wäre dem Schweizer, den sie für gewöhnlich sehr mochte, am liebsten auf die Zehen gesprungen. Warum konnte er seine Gedanken über Helimaschinen nicht für sich behalten? Er hatte doch mitbekommen, dass Grün den Mordfall untersuchte.

»Ich wünsche Euch noch einen schönen Tag«, sagte Grün knapp, tippte an seinen schlappen Hut, der sein wirres Haar nur notdürftig bedeckte, und sah sich suchend um.

»Wo steht mein Pferd?«

Genau in dem Moment kam Max mit dem alten klapprigen Hengst aus dem Schuppen. »Ich habe dem Tier frisches Heu und Wasser gegeben, außerdem habe ich sein Fell gestriegelt«, sagte er. »Aber ich fürchte, dass das Tier Euch dennoch nicht weit tragen wird.«

Alle Blicke richteten sich auf den lahmenden alten Gaul.

Fanny hoffte inständig, dass Liechti keine Bemerkung über das alte Pferd machte. Aber zu spät, der Schweizer hatte sich schon an Grün gewandt: »Jetzt verstehe ich, warum Ihr Euch nach einer Flugmaschine sehnt. Aber glaubt mir, ein neues Pferd ist realistischer.«

Grün antwortete nicht. Er trat auf Max zu und nahm ihm das Pferd ab.

»Master Grün«, sagte Fanny. »Hattet Ihr zuvor nicht eine Mappe bei Euch?«

Verwirrt sah der Beamte an seinem Körper entlang. So als würde er dort die Mappe finden. »Wo hab ich nur …«

»Sie muss noch in der Stube liegen. Soll ich sie holen?«

Doch Max war schneller, er lief zurück ins Haus und kam kurz darauf mit der Mappe zurück, aus der nun noch mehr Blätter Papier lugten. »Hier, bitte!«, sagte er und reichte Grün seine Unterlagen.

»Danke.« Der Beamte klemmte die Mappe unter seinen linken Arm und hielt die Zügel des lahmenden Pferdes in der rechten Hand. Ohne ein weiteres Wort an Fanny, Max oder Liechti zu richten, marschierte er los.

Als er hinter dem Tor verschwand, meinte der Schweizer: »Ein lächerlicher Bursche und unhöflich obendrein, hat sich nicht einmal verabschiedet.«

»Der Bürgermeister muss viel von ihm halten. Er soll den Mord aufklären«, sagte Fanny.

»Vielleicht will der Bürgermeister, dass der Mörder nicht gefunden wird.«

»Wie kommt Ihr darauf?«

»Glaubt Ihr im Ernst, dass dieser Bursche, der noch dazu glaubt, eine Flugmaschine bauen zu können, einen Mord aufklären kann?«

Liechti lachte erneut. Aber Fanny fand die Sache gar nicht lustig. Trotzdem fragte sie sich, ob Liechti nicht vielleicht recht hatte? War für den Bürgermeister der Fall längst geklärt und ihr Vater der Schuldige?

»Ich hoffe, dass er den wahren Mörder findet«, sagte sie leise und dachte, dass es vielleicht besser wäre, dem Mann unterstützend unter die Arme zu greifen.

Als Fanny am nächsten Morgen erwachte, schien die Sonne durch den Spalt ihrer Fensterläden, die wie immer ein Stück geöffnet waren, damit die Katze den Weg zu ihr fand. Schwungvoll stieß Fanny die Läden auf und atmete tief ein. Es war erstaunlich, um wie viel leichter das Aufstehen fiel, wenn der Himmel blau und die Luft vom Duft blühender Pflanzen erfüllt war. Die Weingärten hinter der Hofmauer glitzerten im Morgentau, die ersten Insekten machten sich bereits brummend auf den Weg. Nach all den Wochen der Kälte schien nun endlich der Sommer einzuziehen. Die milden Morgentemperaturen versprachen viel Sonnenschein.

Für einen Moment vergaß Fanny ihre Sorgen und genoss diesen friedlichen Start in einen neuen Tag. Doch sobald sie angezogen und auf dem Weg in die Küche war, kehrten die dunklen Gedanken zurück.

Der tote Ratsherr lag immer noch in ihrem Weinkeller, und ihr Vater galt in den Augen des Stadtrichters als einziger Verdächtiger in diesem Mordfall, in dem man rasch einen Schuldigen finden wollte. Der Beauftragte des Bürgermeisters weckte in Fanny nur wenig Hoffnung. Wenn sie ihren Vater vor dem Galgen retten wollte, musste sie selbst den wahren Mörder finden.

Wahrscheinlich hatte sie den Täter am Abend des Mordes gesehen, ihm womöglich sogar Wein serviert. Hatte sich einer der Gäste verdächtig benommen? Fanny konnte sich einfach nicht mehr erinnern. Sie konnte nicht einmal mit Sicherheit sagen, wer an dem Abend da gewesen war. Es war zum Verzweifeln.

Laut seufzend betrat sie die Küche, wo ein köstlicher Duft sie empfing. Rosa war bereits dabei, einen Topf voll Hirsebrei zu kochen. Eine Geruchsmischung aus Zimt und Honig lag in der Luft. Fanny hatte der Magd schon oft gesagt, dass sie die teure Zimtrinde nur sparsam verwenden durfte, aber die Worte prallten ungehört an Rosa ab. Kurz war Fanny geneigt, erneut zu schimpfen, aber dann ließ sie es bleiben, sie hatte im Moment andere Probleme.

»Guten Morgen«, sagte sie, ging zum Regal mit den Tonschüsseln und begann, den Tisch zu decken. Rosa erwiderte den Gruß leise, konzentrierte sich aber auf den Brei, damit er nicht am Topfboden festklebte, was jammerschade gewesen wäre.

Kaum hatte Fanny Becher, Löffel und Schüsseln auf dem Tisch verteilt, hörte sie die festen Schritte von Kasper Liechti die Treppe herunterkommen. Der Schweizer hatte teure Lederstiefel mit festen Absätzen, die beim Auftreten ein unverkennbares Geräusch verursachten.

»Hier duftet es ganz wundervoll«, sagte er und ließ sich auf der Küchenbank nieder.

Rosa errötete und senkte den Kopf verschämt.

»Ist Vater schon auf?«, fragte Fanny die Magd.

»Er hat schon gefrühstückt und ist in den Weingarten gegangen, er will nachsehen, was der Regen der letzten Wochen angerichtet hat, und mit der Laubarbeit weitermachen.«

»Und Max?«

»Der ist im Stall, er kommt, wenn er die wackelige Tür repariert hat.«

»Dann hat es wohl keinen Sinn, auf ihn zu warten. Besser, wir beginnen mit dem Frühstück«, sagte Fanny.

Rosa umwickelte ihre Hände mit einem Tuch und nahm den Topf vom Haken. Rasch trug sie ihn zum Tisch und stellte ihn auf einen gusseisernen Untersetzer. Der betörende Duft wurde intensiver. Fanny fürchtete, dass der Honigtopf in der Vorratskammer jetzt leer war.

»Ihr macht es Euren Gästen wahrlich leicht, sich bei Euch wohl zu fühlen«, sagte Liechti. Er war frisch rasiert, in seinem dunklen Haar hingen noch ein paar Tropfen von der morgendlichen Toilette. Er grinste Fanny von einem Ohr zum anderen an und beugte sich zu ihr.

Fanny rückte des Anstandes wegen zurück, aber nicht zu weit, denn sie mochte den Geruch der Seife.

»Eure Magd kocht den besten Frühstücksbrei.«

Und den teuersten, ergänzte Fanny in Gedanken. Sie faltete die Hände und sprach ein kurzes Tischgebet, bevor sie drei Schüsseln mit Hirsebrei auffüllte.

»Habe ich Euch schon erzählt, dass auch die Baumeister aus Florenz, Mailand und Regensburg den Wein Eures Vaters schätzen?« Liechti schaufelte eine große Portion Brei auf seinen Löffel und führte ihn zum Mund. »Einer der Baumeister aus Regensburg will Weinberge in der Stadt kaufen und Wein nach dem Vorbild Eures Vaters keltern.«

Neugierig geworden schaute Fanny auf: »Ein Baumeister, der Wein herstellen will?«

»Ich denke, dass er ihn nicht selbst keltern wird. Aber er will Weinberge besitzen und guten Wein teuer in seine Heimat verkaufen.« Liechti sprach mit vollem Mund.

»Gibt es in Regensburg denn keine Weinberge?«

Liechti zuckte mit den Schultern: »Ich war noch nie dort.«

»Wisst Ihr, wie der Baumeister heißt?«

Liechti wischte mit dem Ärmel über seinen Mund und lächelte, dabei zeigte er seine Zähne. Die beiden Schneidezähne standen etwas schief, waren aber von tadellosem Weiß.

»Meine liebste Fanny Roth, Ihr wisst, dass ich mir keine Namen merken kann. Ich weiß immer noch nicht, wie der Bürgermeister heißt. Wie soll ich mir da den Namen eines Baumeisters im Kopf behalten.«

»Schade«, sagte Fanny. Sie hätte gerne darüber Bescheid gewusst, wer ihrem Vater Konkurrenz machen wollte.

Sie nahm den ersten Löffel von ihrem Frühstücksbrei, er schmeckte noch besser, als er roch. Rosa hatte die Hirse zusätzlich mit ein paar alten Winteräpfeln und Rosinen aufgebessert.

Fanny wankte zwischen Lob wegen des guten Breis und Tadel ob der maßlosen Verschwendung. Gerade als sie sich fürs Lob entscheiden wollte, kam Max in die Küche, murmelte einen unverständlichen Gruß und setzte sich.

Kaum hatte er seine Schüssel gefüllt, richtete Liechti eine Frage an ihn: »Verratet mir, was Ihr mit dem riesigen Hammer gemacht habt, der vorgestern Abend beim Abort gelehnt hat. Seit gestern ist er verschwunden. Wozu benötigt Ihr dieses Werkzeug?«

Verständnislos hob Max den Kopf. »Welcher Hammer?«

»Na, der schwere Gegenstand, der vorgestern beim Abort lag. Ich dachte, Ihr hättet vor, damit den Stall einzureißen und neu aufzubauen, oder einen neuen Weinkeller in den Berg zu graben. Ein Hammer, so lang!« Liechti hielt die Hände mindestens einen Meter weit auseinander, ohne seinen Löffel zur Seite zu legen. Ein kleiner Patzen des köstlichen Breis landete auf dem Boden. »Mein Großvater und seine Kumpel haben solche Hämmer im Berg verwendet, um Erz zu klopfen.«

»Wir besitzen keinen Hammer dieser Größe«, sagte Max bestimmt.

»Aber ich habe ihn doch mit eigenen Augen gesehen«, empörte sich Liechti.

Fanny schob ihre Schüssel von sich. Sie war satt. »Sprecht Ihr von dem Abend, an dem Schacht in unserem Hof erschlagen wurde?«, fragte sie.

»Ja natürlich«, sagte Liechti. »Bevor ich mich auf den Weg nach Wien machte, habe ich mich noch einmal erleichtert. Ich muss Euch sagen, dass Euer Abort dringend gesäubert werden sollte. Er ist kein einladender Ort.« Der Schweizer verzog das Gesicht.

»Ich weiß«, sagte Fanny. »Wir warten seit zwei Wochen auf den Kotkönig. Der Mann hat sich den Knöchel gebrochen.«

»Wie unangenehm«, sagte Liechti. »Auf jeden Fall sah ich, dass ein Hammer vor dem Abort lag. Gestern war er jedoch verschwunden.«

»Warum habt Ihr dem Beamten der Stadt nichts von Euren Beobachtungen gesagt?«

Liechti zog den rechten Mundwinkel nach unten. »Glaubt Ihr wirklich, dieser Flugmaschinen bauende Waldtroll könnte mit der Information etwas anfangen? Zum Schluss glaubt er noch, Ihr, Max oder Euer Vater hättet den Ratsherrn damit erschlagen. Ich wusste ja nicht, dass Ihr keinen Hammer in der Größe besitzt. Ich dachte, es wäre Euer Werkzeug.«

Fanny zögerte einen Moment: »Ihr wolltet uns schützen?«

»Ich bin davon überzeugt, dass niemand in diesem Haus ein Mörder ist. Ich wollte zuerst mit Euch reden, bevor ich dem Mann von der Stadt irgendetwas erzähle.«

»Das ist sehr nett von Euch«, sagte Fanny gerührt.

Liechti legte seine Hand einen Moment lang auf die ihre, und Fannys Herz schlug schneller. Hoffnung keimte auf. Vielleicht würde der Schweizer sich eines Tages doch dazu entscheiden, für immer in Wien zu bleiben.

»Das würde ich jeder Zeit wieder tun!« sagte Liechti. Er saß jetzt ganz nah bei ihr. Fanny konnte seinen Atem auf ihrer Haut spüren. Er roch nach Zimt.

»Vielen Dank.«

Fanny zog ihre Hand weg, und Liechti sah ihr wehmütig nach. Schließlich stand er auf. »Dann werde ich mich auf den Weg in die Stadt machen. Ich habe dem Stadtrichter versprochen, einen Blick auf seine Standuhr zu werfen. Angeblich ist das Uhrwerk völlig verrostet, während die hölzerne Hülle überall Brandflecken aufweist.« Liechti schüttelte den Kopf. »Es ist mir ein Rätsel, wie man Gegenstände so verkommen lassen kann.«

Einen Moment lang überlegte Fanny, ob sie Liechti bitten sollte, bei Pernfuß ein gutes Wort für ihren Vater einzulegen, aber sie verwarf den Gedanken sofort wieder. Es war sinnlos. Der Richter ließ sich nicht beeinflussen. Stattdessen bat sie: »Falls Ihr Neuigkeiten über den Mord erfahrt, lasst es mich bitte wissen.«

»Selbstverständlich. Ich habe großes Interesse daran,

dass Eurem Vater und Euch nichts passiert.« Diesmal legte er seine Hand nicht auf ihre, aber das Lächeln des Schweizers war warm und intensiv.

»Ich wünsche Euch einen schönen Tag«, sagte sie leise.

»Den wünsche ich Euch auch!«

Kaum waren seine Schritte verklungen, meinte Rosa: »Der Mann hat ein Auge auf Euch geworfen. Er ist sehr charmant.«

»Ich brauche keinen Mann, der mir Komplimente macht, sondern einen, der mich heiratet.« Fanny kehrte auf den Boden der Tatsachen zurück, ohne die Hoffnung aufzugeben.

Rosa zuckte mit den Schultern: »Ich würde ihn nicht von meinem Bett weisen.«

»Ich weiß«, sagte Fanny, die das komplizierte Liebesleben ihrer Küchenmagd nur zu gut kannte.

Max seufzte laut. Es war unschwer zu erkennen, dass er gerne einer der Männer in Rosas Leben gewesen wäre. Um die Magd an weiteren Bemerkungen zu hindern, schickte Fanny das Mädchen mit den leeren Schüsseln und dem Topf zum Spülstein. »Und jetzt schau zu, dass das Geschirr gewaschen wird. Nach dem Regen der letzten Tage wartet im Weingarten und im Hof eine Menge Arbeit auf uns.«

Margarethe hatte Sebastian regelrecht aus dem Haus werfen müssen. Wenn es nach ihm gegangen wäre, hätte er noch Stunden in seinem Arbeitszimmer verbracht. Die helle Frühsommersonne hatte den Raum, den Schreibtisch und die Da-Vinci-Pläne voll ausgeleuchtet. Jeden feinen Bleistiftstrich des großen Meisters hatte er erkennen und genaue Berechnungen dazu anstellen können. Aber statt ein kleines Modell der Luftschraube anzufertigen, musste er dem Ratsherrn Pilhamer einen Besuch abstatten. Nur widerwillig verließ er die Obere Bäckerstraße und machte sich auf den Weg in die Herrengasse.

Der Regen der letzten Tage hatte einen Großteil des Unrats weggespült. Ein leichter Westwind vertrieb die unangenehmen Gerüche, und die sauberen Dächer glänzten in der Sonne. Die ganze Stadt schien auf den Beinen zu sein, hungrig nach Licht und Wärme. Selbst die beiden Studenten, die mit gefesselten Händen ins Stadtgefängnis geführt wurden, weil sie die Nacht durchgezecht und laut randaliert hatten, schienen bester Laune zu sein. Sie grinsten den Passanten zu und riefen ihnen derbe Scherze entgegen. Sebastian schenkte ihnen keine Aufmerksamkeit. Er sehnte sich zurück in seine

Arbeitsstube. Er hatte auch keine Augen für die alte Frau an der Ecke, die kleine Maiglöckchensträuße verkaufte, und sah weder das verliebte Paar, das sich allen Regeln des Anstandes zum Trotz in der Öffentlichkeit küsste, noch den dürren Straßenjungen, der verdächtig nah am Verkaufsstand eines Bäckers vorbeiging und eine Semmel in seiner zerlumpten Tasche verschwinden ließ.

Es grenzte schier an ein Wunder, dass er vor dem dreistöckigen Haus des Ratsherrn Pilhamer stehen blieb, anstatt gedankenversunken daran vorbeizulaufen. Die Fassade des Gebäudes war über und über mit bunten Fresken bemalt. Neben den Darstellungen von Heiligen erkannte Sebastian Szenen aus dem Alten Testament. Links von der riesigen Eingangstür kämpfte der heilige Georg mit einem Drachen, der Feuer spuckte. Sebastian fand diese farbenfrohe, lebensgroße Wandmalerei, die neu aussah, reichlich übertrieben und geschmacklos. Der Drache erinnerte ihn an eine Mischung aus Krokodil und Wal. Einmal mehr wünschte er sich an seinen Schreibtisch zurück.

Sebastian klopfte an die Tür, die ihm wenig später von einer rundlichen Frau mittleren Alters geöffnet wurde. Ihre rosigen Bäckchen waren so prall, dass sie an frische Äpfel erinnerten.

»Ja bitte?«, fragte sie freundlich.

Sebastian nannte seinen Namen und brachte sein Anliegen vor.

»Kommt nur herein, ich werde Euch gleich ankündigen«, sagte die Frau. Wahrscheinlich war sie die Haushälterin. Ihre Haube war vom gleichen makellosen Weiß wie ihre Schürze und stand in starkem Kontrast zum dunklen Kleid. Sebastian war auf Widerstand vorbereitet gewesen. Was für eine Überraschung, dass der Empfang nun so herzlich war. Die Frau war ihm auf Anhieb sympathisch.

Das Innere des Hauses war nicht weniger imposant als die Fassade. Hohe, verglaste Fenster sorgten für viel Licht, eine breite Treppe führte in den ersten Stock. Die Wände waren mit dicken Wandteppichen und kleinen Ölgemälden geschmückt. Der Kaufmann hatte sich selbst, seine Frau und seine Eltern malen lassen. Auch hier sah alles neu aus, so als hätte man die Teppiche erst letzte Woche an die Wände hängen lassen. Noch bevor die nette Haushälterin nach dem Ratsherrn schauen konnte, hörte Sebastian eine Frauenstimme vom oberen Stockwerk. »Grete, was will der Mann?«

Sebastian verrenkte seinen Kopf, konnte die Frau, der die Stimme gehörte, aber nicht sehen.

»Er untersucht den Mordfall an Philipp Schacht und will mit Eurem Mann sprechen.«

»Was hat Laurentius mit der Angelegenheit zu tun?« Die Stimme klang abweisend und kalt. Sie passte besser in das vorgefasste Bild, das Sebastian von den Bewohnern dieses Hauses gehabt hatte. Er setzte zu einer Erklärung an, aber Frau Pilhamer kam ihm zuvor.

»Er soll in der Stube warten.«

»Folgt mir bitte«, sagte die Haushälterin leise.

Mit raschen, geschäftigen Schritten stieg sie die Stufen empor und führte Sebastian in einen Raum, der sich ebenso gut in der Hofburg hätte befinden können. Sebastian fragte sich, wie ein Kaufmann, Steinbruchbesitzer und Winzer so viel Geld anhäufen konnte, um sich derlei Luxus zu leisten.

In der Mitte des quadratischen Raums, der ebenfalls mit bunten Wandteppichen behängt und ebensolchen ausgelegt war, stand ein Tisch mit geschwungenen Beinen. Vier Stühle, auf denen kostbare, chinesisch anmutende bestickte Kissen lagen, standen um den Tisch.

Auf einem der Stühle saß Frau Pilhamer. Eine nicht mehr ganz junge Frau, die trotz ihres vorangeschrittenen Alters umwerfend aussah. Sie trug ein dunkelblaues Kleid aus Seide und Damast mit weißem Spitzenkragen, mit dem sie selbst am spanischen Hof ein gutes Bild abgegeben hätte. Die goldbestickte Haube auf ihrem Kopf diente als Kopfschmuck und war nicht dazu gedacht, das Haar zu bedecken. Ganz im Gegenteil, die Haube brachte die langen, glänzenden Locken, die rechts und links schwer über ihren Schultern hingen, erst richtig zur Geltung. Sebastian vermutete, dass die Frau mit Safran, Kamille und anderen Farbstoffen nachgeholfen hatte, um dem Haar das strahlende Gelb zu verleihen. Das Rouge an den Wangen und der Kohlestift um ihre Augen waren so gekonnt aufgetragen, dass die Farbe dezent ihre Schönheit unterstützte, ohne vulgär zu wirken. Einzige Wermutstropfen an ihrem Äußeren waren die Kälte, die ihre veilchenblauen Augen ausstrahlten, und der harte Zug um ihren purpurroten Mund.

Sie nickte Sebastian zu, dass er sich setzen sollte.

»Darf ich Erfrischungen bringen?«, fragte die Haushälterin.

»Ich denke nicht, dass Master Grün so lange bleiben wird. Das Gespräch kann nicht mehr als ein paar Minuten in Anspruch nehmen.«

Die Haushälterin warf Sebastian einen entschuldigenden Blick zu, zuckte mit den Schultern und verließ den Raum.

Kaum hatte sie die Tür hinter sich geschlossen, fragte Frau Pilhamer: »Also, was wollt Ihr von meinem Mann?«

»Ich würde ihm gerne ein paar Fragen stellen.«

»Welche Fragen?«

Sebastian zögerte einen Moment: »Fragen, die den Abend betreffen, an dem Herr Schacht erschlagen wurde.«

Frau Pilhamer blieb völlig ungerührt. »Ich wüsste nicht, was mein Mann Euch erzählen könnte. Er fühlt sich im Moment nicht sehr wohl. Der schreckliche Vorfall hat ihn sehr mitgenommen.« Ihren Worten fehlte jegliches Mitgefühl.

»Das tut mir sehr leid, aber ich muss ihn trotzdem sprechen.«

Frau Pilhamer beugte sich nach vorne und kniff die Augen zusammen, während sie sprach. Der intensive Geruch teuren Rosenwassers stieg Sebastian in die Nase. »Ihr scheint nicht zu verstehen: Meinem Mann geht es nicht gut. Er hat ein schwaches Herz. Ich werde nicht zulassen, dass ein kleiner, unwichtiger Beamter seine Gesundheit gefährdet.« Sichtlich zufrieden mit ihren Worten, lehnte Frau Pilhamer sich zurück und verschränkte die Arme vor ihrem wohlgeformten Busen, den sie mit Hilfe eines Leibrocks hochgeschnürt hatte.

»Auch wenn Ihr mich beleidigt, muss ich darauf bestehen, dass ich Eurem Mann ein paar Fragen stelle. Ich habe ein Schreiben vom Bürgermeister dabei, notfalls muss ich noch einmal kommen, dann jedoch mit zwei Männern der Stadtwache«, sagte Sebastian unbeeindruckt.

»Wie könnt Ihr es w-«

Sie wurde mitten im Satz unterbrochen, denn quietschend öffnete sich eine Tür, die hinter einem der Wandteppiche verborgen lag. Sebastian hatte bis jetzt nicht gewusst, dass auch Kaufleute über geheime Verbindungstüren in ihren Häusern verfügten. Er hatte derlei Geheimnisse in Burgen und Schlössern vermutet.

Ein kleiner, sehr dicker Mann mit einem hochroten glänzenden Gesicht zwängte sich durch den niedrigen Durchgang. Sebastian nahm an, dass er die ganze Zeit hinter der Wand gelauscht hatte.

»Guten Tag«, sagte Sebastian. Er stand auf, um den Mann zu begrüßen. »Ich nehme an, Ihr seid Laurentius Pilhamer.«

»Ja.« Die Stimme war viel zu hoch für einen derart korpulenten Menschen. »Bleibt sitzen, ich habe Grete schon darum gebeten, ein paar Erfrischungen zu holen.«

»Ich habe …«, Frau Pilhamer öffnete den Mund, schloss ihn aber wieder und tippte stattdessen ungeduldig mit den Fingern ihrer rechten Hand auf ihren linken Oberarm.

Der dicke Ratsherr setzte sich auf einen der Stühle, der unter ihm gefährlich knarrte. Kaum dass er saß, kam die Haushälterin erneut in den Raum. Sie trug ein silbernes Tablett, auf dem drei Gläser aus Bleikristall standen, in denen eine dunkelrote Flüssigkeit glänzte. Sebastian vermutete, dass es Rotwein war.

»Danke, Grete!«, sagte der Ratsherr mit seiner hohen, weiblichen Stimme, nachdem die Haushälterin alle drei Kelche auf den Tisch gestellt hatte. Sie nickte zuerst Sebastian freundlich zu, dann ihrem Dienstgeber. Einen kurzen Moment glaubte Sebastian, dass das Lächeln eine Spur zu innig war, aber der Eindruck verschwand sofort wieder.

»Ich würde gerne unter vier Augen mit Euch sprechen«, sagte er zu Pilhamer.

Doch der Ratsherr schüttelte beinahe entsetzt den

Kopf: »Ich habe vor meiner Frau keine Geheimnisse. Alles, was ich Euch erzähle, würde ich auch ihr sagen.«

Es fiel Sebastian schwer, den Blick der Ehefrau zu deuten. Aber er glaubte, Triumph darin zu erkennen. Sebastian wusste, dass er diese Frau, so unangenehm sie auch war, nicht loswerden würde.

»Wie Ihr wollt«, seufzte er geschlagen und klappte seine Mappe mit den Notizen auf, die er sich bisher gemacht hatte. Aus den Augenwinkeln konnte er Frau Pilhamers überhebliches Kopfschütteln sehen, das der Anblick seiner zerknitterten Unterlagen bei ihr auslöste.

»Ihr habt Euch vorgestern Abend mit den Ratsherren Philipp Schacht und Nikolaus Rötzer im Winzerhaus von Hans Steiner getroffen. Entspricht das der Wahrheit?«

»Ja«, quiekte der dicke Mann.

»Wann seid Ihr dort angekommen?«

»Es muss knapp nach fünf gewesen sein, denn wir haben uns kurz nach der vierten Stunde nach Mittag beim Arsenal getroffen. Nikolaus war pünktlich, aber auf Philipp mussten wir fast eine halbe Stunde lang warten.«

»Warum könnt Ihr das so genau sagen?«

»Weil die Turmuhr von St. Stephan die halbe Stunde geschlagen hat, als wir durch das Stadttor beim Arsenal ritten.«

»Der Ratsherr Schacht kam also doch noch.«

»Ja, aber zu spät.«

»Hat Herr Schacht gesagt, warum er sich verspätete?«

»Nein!«, die Antwort kam schnell und schroff. Als Sebastian von seinen Notizen aufblickte, nahm er wahr, dass Herr Pilhamer seine Frau mit einem vorwurfsvollen Blick bedachte. Oder bildete er sich das bloß ein? Beide schienen sehr nervös zu sein.

»Ihr seid also kurz nach der fünften Stunde im Winzerhaus »Zur Donauprinzessin« am Nussberg angekommen. Weshalb habt Ihr Euch getroffen?«

»Nikolaus und Philipp sind meine engsten Freunde, wir treffen uns regelmäßig. Habt Ihr denn keine Freunde?«

Sebastian zuckte irritiert mit den Schultern. Es ging den Mann nichts an, ob er Freunde hatte. Statt zu antworten, sagte er: »Ihr habt meine Frage nicht beantwortet.«

»Wir wollten einfach Spaß haben, einen netten Abend miteinander verbringen.«

Die Art, wie Pilhamer seine Worte aussprach, ließ Sebastian aufhorchen. Ohne sagen zu können, warum, wusste er, dass der Mann ihn anlog. »Erzählt weiter«, forderte er.

»Wir haben Wein bestellt. Die Spätlese, einen besonders köstlichen Tropfen.« Die Gesichtszüge des dicken Mannes entspannten sich bei der Erinnerung an den Wein. »Steiner selbst brachte den Wein, seine Tochter, der Knecht und die Magd waren noch nicht da. Wir unterhielten uns über dies und das, und dann forderte Philipp ein Gespräch mit dem Winzer unter vier Augen. Der Mann schien überrascht, ging aber mit Philipp in einen Nebenraum. Wir konnten die wütenden Schreie der beiden bis in die Gaststube hören. Zu diesem Zeitpunkt waren nur ein paar Gäste in der Stube, sie nahmen von dem Wortgefecht keine Notiz, und als Philipp schließlich zurückkam, sagte Steiner verärgert, dass er uns heute ganz sicher keinen Wein mehr servieren werde. Dann rauschte er beleidigt ab. Sein Knecht entschuldigte sich bei uns und übernahm unsere Bewirtung.«

Sebastian schrieb mit seinem Graphitstift ein paar Bemerkungen an den Rand eines Papierbogens.

»Worum ging es in dem Streit?«

Pilhamer schnaufte empört: »Woher soll ich das denn wissen? Philipp hat uns nichts davon erzählt.«

»Ihr wollt mir weismachen, dass Ihr Euren besten Freund nach einem Streit nicht gefragt habt, worum es in diesem Gespräch ging?«

»Wir haben ihn nicht gefragt«, sagte Pilhamer.

»Der Knecht der Steiners sagt, dass Ihr etwas später ebenfalls eine heftige Diskussion mit Philipp Schacht geführt habt.«

Die bereits rosigen Wangen des Ratsherrn färbten sich nun dunkelrot. »Ich ... wir haben nicht gestritten.«

»Der Knecht ist anderer Meinung.«

»Wie könnt Ihr es wagen, meinem Mann einen Streit mit einem seiner besten Freunde zu unterstellen?«, fragte Frau Pilhamer scharf.

»Ich gehe bloß den Zeugenaussagen nach.«

»Ihr glaubt dem Wort eines Knechts mehr als dem eines Ratsherrn?« Der Spott in Frau Pilhamers Stimme war nicht zu überhören.

Sebastian versuchte, sie zu ignorieren. »Euer Mann hat sich dazu noch nicht geäußert.«

Eine Weile herrschte Schweigen.

»Sag endlich was!« Frau Pilhamer stieß ihren Gatten unsanft mit der Spitze ihres bestickten Samtpantoffels an.

»Es stimmt«, sagte Pilhamer schließlich leise. »Philipp und ich hatten eine Diskussion.«

Völlig unerwartet sprang Frau Pilhamer von ihrem Stuhl auf. »Laurentius, du weißt nicht, was du sagst«, fuhr sie ihn an.

»Doch, ich weiß genau, was ich sage, ich habe mit Philipp gestritten, aber ich werde den Inhalt des Streits nicht preisgeben, der ist zu …« Er zögerte, und Sebastian war sich nicht sicher, ob er den Satz beenden würde, aber schließlich sagte Pilhamer: »zu persönlich.«

»In einem Mordfall ist nichts zu persönlich«, konterte Sebastian. Aber der Blick, den sich das Ehepaar zuwarf, gab ihm die Gewissheit, dass er keine Antwort mehr erhalten würde.

Die ganze Angelegenheit begann, ihn zu nerven. »Neben der Leiche hat man einen Brief gefunden. Könnt Ihr mit dem Inhalt etwas anfangen?« Sebastian zog das mittlerweile aufgetrocknete Schreiben aus seiner Mappe und reichte es dem Ratsherrn. Nur widerwillig nahm er es entgegen, hielt das Papier in einiger Entfernung von sich, offensichtlich hatten seine Augen sich schon auf weitere Entfernungen eingestellt, und las.

Sebastian konnte beobachten, wie die Gesichtszüge des Mannes sich veränderten und seine Augen einen ängstlichen, fast panischen Ausdruck annahmen. Mit zitternden Fingern gab er Sebastian das Schreiben zurück.

»Ich will es auch lesen!«, sagte Frau Pilhamer entschieden und schnappte nach dem Papier, bevor Sebastian es ergreifen konnte. Rasch las sie die Worte, die darauf standen. Als sie am Ende angelangt war, lachte sie auf. »Pah, was soll das denn sein? Die Loge der toten Krähen? Wie lächerlich.«

»Ich glaube, dass die Unterschrift im Regen verronnen ist«, sagte Sebastian.

Frau Pilhamer lachte erneut, aber das Lachen erreichte ihre Augen nicht. »Das muss ein Streich betrunkener Studenten sein. Die Stadtwache führt jede Nacht ein paar der Trunkenbolde ab. Junge Burschen aus allen Teilen des Kontinents.«

Laurentius Pilhamer saß immer noch weiß wie die frisch getünchte Decke über ihm da und zitterte. Auf seiner Stirn hatten sich Schweißperlen gebildet.

»Seht nur, was Ihr mit dem kindischen Schreiben angerichtet habt«, schimpfte Frau Pilhamer vorwurfsvoll. »Mein Mann hat ein schwaches Herz. Ich muss Euch bitten, unser Haus unverzüglich zu verlassen, bevor mein Mann wegen Eurer lächerlichen Fragen einen Schwächeanfall erleidet.«

»Aber ich muss noch ein paar Fragen …«

»Alles, was Ihr müsst, ist Euren Hintern heben und rasch, wirklich rasch aus diesem Haus verschwinden, denn sonst rufe ich die Stadtwache, den Stadtrichter und wen es sonst noch zu rufen gibt. Habt Ihr mich verstanden?«

Sebastian wog kurz alle Möglichkeiten ab. Frau Pilhamers Drohungen machten ihm keine Angst, aber Herr Pilhamer schien wirklich außer sich und knapp vor einem Zusammenbruch. Im Moment war er ganz sicher nicht im Stande, weitere Fragen zu beantworten. Wahrscheinlich war es das Beste, dieses Gespräch ein anderes Mal fortzusetzen.

»Nun gut«, sagte er und erhob sich. »Ich werde in den nächsten Tagen wiederkommen.«

Der Mund der Ratsherrin verzog sich säuerlich. Sebastian war sich sicher, dass die beiden mehr zu verbergen hatten als bloß den Grund des Streites zwischen Pilhamer und Schacht. Als er das Haus wieder verließ, hatte er mehr Fragen im Kopf als zuvor. Woher stammte all der Reichtum in diesem Haus? Ob das Ehepaar in den Mord verwickelt war? Sebastians Neugier wuchs.

Kaum hatte Sebastian Grün das Haus der Pilhamers verlassen, trat Frau Pilhamer zu ihrem Mann, der zusammengesunken auf dem Stuhl hockte und nach Luft rang.

»Du bist die traurigste Gestalt, die mir je begegnet ist.«

Der Mann lockerte seinen weißen Kragen, hob die Schultern und schnappte nach Luft wie ein Fisch.

»Wie konntest du nur zugeben, dass du mit Philipp gestritten hast? Willst du dich selbst verdächtig machen?«

»Ich habe Philipp nicht erschlagen.«

»Kann sein, kann aber auch nicht sein. Ich kenne dich seit Jahren nicht mehr.«

»Du musst mir glauben, ich habe ihn nicht getötet!« Laurentius Pilhamer hob nun den Blick und sah seine Frau direkt an, aber was er in ihren Augen las, war wenig ermutigend. Spott, Ekel und Hass lagen darin. »Wir sind uns fremd geworden«, seufzte er traurig.

»Wundert dich das?«, fragte Frau Pilhamer spitz. »Ein Mann, der seit Jahren keine Manneskraft mehr besitzt, kann von seiner Frau nicht erwarten, dass sie ihn liebt und verehrt.«

»Ich hoffe schon lang auf keine Liebe mehr, aber ich erwarte Treue und Respekt.« Die Worte klangen wie ein sehnlicher Wunsch, eine Bitte.

Frau Pilhamer lachte humorlos auf: »Du kannst erwarten, was du willst. Ich werde meine Nächte nicht in einem kalten, leeren Bett verbringen. Wenn du nicht in der Lage bist, deine Pflichten als Ehemann zu erfüllen, werde ich mir anderswo Ersatz holen.«

»Was du tust, ist Sünde.«

Wieder lachte Frau Pilhamer auf, diesmal so laut und

schrill, dass sie der Stimme ihres Mannes Konkurrenz machte. »Wie nennst du deine maßlose Völlerei, die dich zum Schlappschwanz macht?«

Pilhamer schluckte hart, stützte seinen Kopf in beide Hände und begann, leise zu schluchzen.

Er sah nicht, wie seine Frau aus dem Zimmer ging, aber er hörte ihre Stimme, bevor sie die Tür laut hinter sich zuknallte: »Ich verachte dich!«

Fanny saß in der Arbeitsstube ihres Vaters und zählte zum dritten Mal die Münzen, die sie am Vorabend eingenommen hatte, kam aber erneut auf ein anderes Ergebnis. Wie viele Kreuzer ergaben nun einen Goldgulden? Was hatte sich an der Umrechnung nach der Belagerung der Osmanen geändert, und waren die Kreuzer aus Passau jetzt mehr oder weniger wert? Fanny, die sonst im Umgang mit Zahlen sehr patent war, hatte plötzlich Probleme mit dem Rechnen. Sie war mit ihren Gedanken nicht bei der Sache und konnte sich nicht konzentrieren. Immer wieder musste sie daran denken, was Liechti heute Morgen gesagt hatte. Am Abend des Mordes hatte ein riesiger Hammer hinter ihrem Abort gelegen. Fanny selbst hatte ihn nicht gesehen, weil sie den Abort nicht betreten hatte. Seit zwei Wochen wartete sie auf den Kotkönig, aber der arme Mann lag im Bett mit einem gebrochenen Knöchel und konnte sich nicht rühren. Fanny war nicht die Einzige, die seine Dienste dringend benötigte. Aber im Fall einer Gaststube war das Warten besonders schlimm, schließlich wurde der Abort der »Donauprinzessin« von mehr Menschen benutzt als der Abort einer durchschnittlichen Familie.

»Neununddreißig und ein Viertel«, sagte sie und warf den Stapel ganzer und in der Mitte durchgeschnittener Münzen wieder zusammen. Dann seufzte sie tief. »Es hat keinen Sinn!« Sie sammelte das Geld ein und gab es zurück in den Lederbeutel. Den trug sie zur Truhe unter dem Fenster, hob den mit Schnitzarbeit verzierten Deckel, nahm den doppelten Boden heraus und legte den Sack zurück. Sie würde sich später den Einnahmen widmen. Jetzt wollte sie nach Wien reiten, und zwar sofort. Sie musste Grün aufsuchen und ihm von dem Hammer erzählen, sonst würde sie den ganzen Tag keine Ruhe finden.

Entschlossen lief sie die Stufen hinunter, nahm immer zwei auf einmal und übersprang die letzten in einem Satz. In der Küche traf sie Rosa.

»Ich reite in die Stadt und komme am Abend wieder!«, erklärte sie. »Bereite die Gaststube vor, und wasch das Geschirr. Die Wäsche hinter dem Haus ist sicher schon trocken, nimm sie bitte ab, und räum sie weg. Vergiss die Hühner nicht, und bereite den Sauerteig für morgen vor.«

Die Magd nickte, aber Fanny war sicher, dass sie die Hälfte der Aufgaben gar nicht gehört hatte. Als sie Max im Hof begegnete, zählte sie die Liste mit den Arbeiten erneut auf und bat ihn, Rosa an alle Aufgaben zu erinnern. Dann ging sie in den Stall und sattelte Linda. Sie hoffte inständig, dass die alte Stute ihres Vaters sie sicher nach Wien und wieder zurückbringen würde. Bei ihrem letzten Ausflug hatte das Pferd mitten am Weg schlappgemacht, Fanny hatte zu Fuß gehen müssen.

Genau wie Grün, dachte Fanny, kletterte geschickt in den Sattel und streichelte liebevoll den Hals des alten Tiers.

»Wenn du mich heute nicht im Stich lässt, kriegst du am Abend eine Extraportion Heu, altes Brot und einen wundervollen Apfel«, sagte sie. Das Pferd schnaufte, und Fanny war sich sicher, dass es sie verstanden hatte.

Wenig später, Linda war gelaufen wie ein junges Fohlen, ging Fanny mit dem Tier am Zügel die Obere Bäckerstraße entlang. Sie hatte dreimal erfolglos nachgefragt, wo der Bauingenieur Sebastian Grün wohnte. Erst ein alter Schuster, der wegen des warmen Wetters seine Arbeit auf einem Stuhl auf der Straße verrichtete, hatte ihr Auskunft geben können.

Vor einem niedrigen Haus mit frischgedecktem Dach machte sie halt. Rechts vor der Haustür wuchs wilder Wein die Wand empor, links blühte eine Pfingstrose in sattem Dunkelrosa. Neben dem Wein stand ein Besen, der dazu diente, die Straße vor dem Haus sauber zu halten. Entweder war Grün sehr ordentlich oder verheiratet. Fanny würde es gleich erfahren. Sie klopfte beherzt an die Tür. Kurz darauf öffnete eine junge Frau mit einem Gesicht, das zur Hälfte von schrecklichen Narben entstellt war.

»Oh, verzeiht!«, sagte sie erschrocken, als sie Fanny sah. Rasch legte sie ein leichtes Tuch, das lose auf ihren Schultern lag, über ihren Kopf und bedeckte damit ihre vernarbte Wange. »Ich dachte, dass mein Bruder wieder einmal seinen Schlüssel vergessen hat. Er ist manchmal sehr zerstreut.«

Fanny wusste sofort, dass die Frau von Sebastian Grün sprach.

»Euer Bruder ist also nicht zu Hause?«, fragte sie enttäuscht.

»Sebastian ist kurz nach dem Frühstück aufgebrochen, hat aber gesagt, dass er vor dem Mittagessen wieder da sein wird. Er muss also jeden Moment kommen.«

»Ich muss dringend mit ihm sprechen.«

Mit wachsender Neugier musterte die Frau Fanny: »Wollt Ihr auf ihn warten?«

»Ja gerne!«

»Euer Pferd könnt Ihr im Garten unterbringen«, erklärte Sebastian Grüns Schwester. »Dazu müsst Ihr jedoch die Gasse wieder zurückgehen und in die nächste Parallelgasse, die Untere Bäckerstraße einbiegen. Hier gibt es keinen Zugang zum Garten.« Die Frau lächelte mit Blick auf Linda. »Unser Häuschen ist zu klein, als dass ein Pferd hindurchmarschieren könnte.«

Fanny schaute die Gasse hinunter. Am Ende befanden sich ein Brunnen und ein mächtiger Walnussbaum. Es war nicht weit.

»Ich werde am Zaun auf Euch warten«, sagte die Frau.

»Danke.« Rasch ging Fanny los und zog Linda hinter sich her. Das Tier ging nur widerwillig, anscheinend hatte es all seine Kraft aufgebraucht und benötigte nun dringend eine Pause.

»Gleich kriegst du Wasser, komm!«

Während Fanny die sehr enge Gasse englanglief, dachte sie darüber nach, dass die junge Frau dem Beamten sehr ähnlich sah. Sicher hätte sie auch ohne Erklärung die Verwandtschaft zwischen den beiden erkannt. Sie hatten dieselbe Augenfarbe und beide auffallend viele Sommersprossen.

Als sie in die Parallelgasse einbog, winkte ihr Grüns Schwester vom Gartentor bereits zu. »Ich habe mich noch nicht vorgestellt. Mein Name ist Margarethe Grün«, sagte sie und reichte Fanny die zierliche, schmale Hand.

»Ich bin Fanny Roth, die Tochter von Hans Steiner.«

»Ihr seid verheiratet?«

»Verwitwet.«

»Oh, das tut mir leid.« Ihre Stimme klang neugierig und nicht betroffen. Sie bat Fanny in den Garten, der ein kleines Juwel inmitten der Stadt war.

Hier blühte ein Hollerbusch neben Lorbeer und Haselnuss. Eine hohe Quitte überragte eine üppige Kornelkirsche, entlang des Hauses befand sich ein Kräutergarten, dessen Beete mit niedrigen Zäunen aus Weiden begrenzt waren. Die Auswahl ausgefallener Heilpflanzen neben den gängigen Küchenkräutern wie Kamille, Ysop und Petersilie machte jedem Klostergarten Konkurrenz. Ein geschotterter Weg führte zwischen den Beeten hindurch. In einer windstillen, sonnigen Ecke blühte ein ausladender Lavendelstrauch neben einem hüfthohen Rosmarinstock. Überall auf der Wiese wuchsen leuchtende Frühsommerblumen.

»Ihr habt einen wunderschönen Garten«, sagte Fanny beeindruckt.

»Danke, ich verbringe hier sehr viel Zeit«, erklärte Margarethe. »Ihr könnt Euer Pferd zum Schuppen bringen. Dort steht die Regentonne, aus der es trinken kann, aber bitte bindet es fest, damit es meine Pflanzen nicht frisst, meine Ziege hat in den letzten Tagen schon genug Schaden angerichtet.«

Fanny konnte diesen Schaden zwar nicht sehen, band Linda aber trotzdem möglichst kurz an.

»Wollen wir ins Haus gehen?«, fragte Margarethe, und Fanny nickte.

Die Schwester des Beamten führte Fanny vorbei an einem Hühnerstall und einer niedrigen Hütte, die mit einem Zaun vom Rest des Gartens abgetrennt war. Der

Geruch einer Ziege drang Fanny in die Nase. Durch einen Hintereingang gelangten sie zuerst in eine gemütliche, saubere Küche und schließlich in eine geräumige Stube. Hier saß ein Mann am Tisch, der etwas älter als Margarethe Grün war. Sein Haar war bereits grau, und sein Bauch zeigte einen ersten leichten Ansatz.

Als er Fanny sah, sprang er vom Tisch auf, um sie zu begrüßen. Bevor er etwas sagen konnte, erklärte Margarethe: »Das ist Matthias Zotter, Medikus der Stadt und ein guter Freund der Familie.«

»Guten Tag«, sagte Fanny und stellte sich selbst vor.

»Steiner?«, fragte der Medikus, und sein Gesicht hellte sich auf. Er hatte sanfte, freundliche Augen. Fanny konnte sich gut vorstellen, wie allein sein Blick und seine Anwesenheit nervöse Patienten beruhigen konnten.

»Dann seid Ihr die Donauprinzessin?«

»Die Gaststube meines Vaters heißt so«, sagte Fanny leicht gereizt. Sie war es leid, dass die Menschen sie so nannten.

»Oh, ich wollte Euch nicht beleidigen. Der Name der Gaststube ist in aller Munde, weil Euer Vater den besten Wein der Stadt herstellt«, sagte Zotter schnell.

»Danke. Ich fürchtete, dass man über uns spricht, weil man einen Toten in unserem Hof gefunden hat.«

»Das leider auch«, gab der Medikus ehrlich zu. »Schlechte Nachrichten verbreiten sich rasch. Dabei wäre es viel schöner, wenn die Menschen erfreuliche Neuigkeiten weitergäben. Wie: ›Heute Nacht hat das Kind der Hafnerin den ersten Zahn bekommen und dabei nicht geweint.‹ Oder: ›Die Rosen der Nachbarin blühen so üppig, dass der Duft bis in meine Stube weht.‹«

Fanny fand den Mann sympathisch. »Die Welt wäre ganz sicher freundlicher«, sagte sie.

In der Zwischenzeit hatte Margarethe Grün einen Krug mit Wasser, das nach Zitronenmelisse roch, sowie drei Becher geholt. »Ihr seid nach Eurem Ritt sicher durstig«, sagte sie und stellte Becher und Krug auf den Tisch. Zotter beobachtete sie dabei. Der Blick, den er der jungen Frau zuwarf, war eindeutig. Er war in sie verliebt. Fanny fragte sich, ob er ihr Verlobter war. Warum sonst sollte er in ihrer Stube sitzen, wenn niemand im Haus krank war.

Gerade als Margarethe einschenken wollte, öffnete sich die Haustür. Sebastian Grün rief einen Gruß in die Stube und kam wenige Augenblicke später herein. Erstaunt blieb er im Türrahmen stehen. Mit Matthias Zotter schien er gerechnet zu haben, nicht aber mit Fanny.

»Was wollt Ihr hier?«, fragte er unfreundlich.

»Ich muss dringend mit Euch sprechen«, platzte Fanny heraus. »Kasper Liechti hat heute Morgen von einer wichtigen Beobachtung erzählt.«

»Warum hat er mir die gestern nicht selbst mitgeteilt?«, fragte Grün misstrauisch und fügte dann ärgerlich hinzu: »Ach ja, er war damit beschäftigt, sich über mich lustig zu machen.«

Grün nahm seine Kappe ab, rollte sie zusammen und warf sie Richtung Kleiderhaken an der Wand. Zu Fannys Überraschung landete die Kappe auf dem Haken. Dann ließ er sich auf die Bank an der Wand plumpsen, sein helles Haar drängte in alle Himmelsrichtungen, und er sah Fanny abwartend an.

Eilig, bevor der Beamte sich weiter über Liechtis Spott beklagen konnte, erzählte sie vom Hammer, den der Schweizer gesehen hatte.

Grün hörte aufmerksam zu und schüttelte dann den Kopf: »Wie kann es sein, dass niemand sonst den Hammer bemerkt hat? Wenn es ein so großes Werkzeug war, hätte es Euch doch selbst auffallen müssen.«

»Ich habe den Abort nicht benutzt.«

»Oh, und wie macht Ihr das, wenn ich fragen darf?«

Etwas verlegen suchte Fanny nach Worten. »Unser Abort ist im Moment kein sehr einladender Ort.«

»Das ist ein Abort nie.«

»Das stimmt. Aber wir warten nun schon über zwei Wochen auf den Kotkönig. Er hat sich den Knöchel gebrochen. Mittlerweile ziehe ich meinen Nachttopf vor.«

»Den Ihr hoffentlich in den Abort kippt«, sagte Grün.

»Selbstverständlich«, erwiderte Fanny empört. »Aber das habe ich erst am nächsten Morgen gemacht, und da war kein Hammer mehr da.«

Nun meldete sich Zotter zu Wort: »Der Kotkönig ist einer meiner Patienten. Er hat sich den Knöchel nicht bloß gebrochen, sondern den Knochen böse zertrümmert. Er wird auch in den nächsten Wochen nicht arbeiten können. Ich nehme an, dass sein Schwiegersohn Wolf Pfiff einen Teil seiner Arbeit übernehmen wird.«

»Oh nein«, stöhnte Fanny. Es war allgemein bekannt, dass der junge Pfiff nicht sehr verlässlich war. Oft wartete man Wochen auf ihn.

Zotter erhob sich. »Ich muss jetzt leider gehen. Die Gerberin wartet auf mich. Ihr Backenzahn ist eitrig und muss gezogen werden.«

»Ach, Matthias, setz dich wieder!« Margarethe drängte ihn zurück auf den Stuhl am Tisch. »Ich habe Linseneintopf gemacht. Die Gerberin rennt schon seit einer Woche mit einer dicken Backe herum, sie kann noch eine Stunde warten.«

Dann drehte sie sich zu ihrem Bruder. »Wir sollten

Pfiff rechtzeitig um einen Termin bitten oder uns nach einem anderen Kotkönig umsehen.«

»Es gibt keinen anderen«, schnaufte Sebastian. »Rumpolt und Wieninger sind im Kampf um Wien gefallen, und der Bürgermeister und seine Stadträte haben es verabsäumt, Männer aus dem Umland nach Wien zu holen, die diese Arbeit verrichten würden.«

»Ich frage mich, was die Männer im Rathaus den ganzen Tag über machen? Um die wahren Probleme der Stadt kümmern sie sich nicht«, sagte Margarethe.

Niemand widersprach ihr, und Zotter nahm erneut Platz.

Sebastian Grün zog einen der Becher, die am Tisch standen, zu sich und schenkte ein. »Ihr sagt also, dass der Schweizer am Abend einen großen Hammer gesehen hat, der weder Euch noch Eurem Vater oder Eurem Knecht gehört hat. Am nächsten Morgen war das Werkzeug verschwunden. Hat außer Eurem Gast aus der Schweiz noch jemand den Hammer bemerkt?«

»Max war im Laufe des Abends am Abort. Ihm war nichts aufgefallen. Mein Vater war im Keller, und Rosa meidet den Ort wie ich.«

»Wann ist Master Liechti nach Wien aufgebrochen?«

»Kurz nach fünf.«

»Etwa zur gleichen Zeit sind die Ratsherren bei Euch eingetroffen«, sagte Grün nachdenklich. »Ich werde mich bei den weiteren Befragungen nach dem Hammer erkundigen.«

»Habt Ihr denn schon etwas Wichtiges herausgefunden?«, fragte Fanny hoffnungsvoll.

»Im Moment kann alles wichtig sein.«

Diese Antwort befriedigte Fannys Neugier nicht. Sie überlegte, wie sie mehr von dem Beamten erfahren könnte. Eigentlich gab es für ihren Besuch keinen Grund mehr, schließlich hatte sie erzählt, was sie sagen wollte.

Bewusst oder unbewusst löste Margarethe Fannys Problem. Sie war in die Küche verschwunden und kehrte nun mit einem Topf voll dampfender Linsen zurück. »Ihr seid doch unser Gast?« Sie sah Fanny fragend an.

»Sehr gerne«, sagte Fanny erleichtert. Was hinter Grüns Stirn vor sich ging, konnte sie nur erahnen. Der Mann wirkte nicht sehr erfreut, konnte aber nichts gegen die Einladung, die seine Schwester ausgesprochen hatte, unternehmen.

Kurz darauf saßen alle rund um den Tisch. Margarethe sprach ein Tischgebet und verteilte dann den Eintopf auf flache Tonteller.

Zotter lobte den Geschmack des Eintopfs, und Fanny pflichtete ihm höflich bei, auch wenn sie das Gericht schrecklich fand. Es fehlten Gewürze wie Lorbeer und Majoran, dabei wuchs beides üppig im Garten hinter dem Haus. Grüns Schwester war offenbar eine lausige Köchin.

»Welches Öl habt Ihr zum Anbraten Eurer Zwiebel verwendet?«, fragte Fanny.

»Ich verwende kein Öl und brate keine Zwiebel an«, erklärte Margarethe, ohne von ihrem Teller aufzusehen.

»Niemals?«, fragte Fanny erstaunt.

»Niemals, ich hasse den Geruch von Öl.« Sie hielt sich immer noch gebeugt, sprach aber mit einer Schärfe, die Fanny davon abhielt, weiter Fragen zu stellen. Sie fand, dass das Geschwisterpaar seltsame Ess- und Trinkgewohnheiten pflegte. Kein Wein, kein Öl. Vielleicht mochten sie auch kein Fleisch, keinen Zucker und keinen Honig.

Als die Teller leer waren, sagte Zotter: »So gerne ich noch bleiben würde, ich muss nun wirklich gehen. Nach der Gerberin habe ich noch einen Termin bei einem der Baumeister aus Regensburg. Der Mann leidet an einem Ausschlag, den er nicht wegbekommt. Er hat mich gebeten, danach zu sehen.«

Fanny horchte auf: »Ich habe gehört, dass einer der Baumeister aus Regensburg Weinberge in Wien kaufen will.«

Zotter schüttelte den Kopf: »Ich weiß nicht, ob er an Weinbergen interessiert ist. Aber er will sich am Bau der Stadtmauer beteiligen, und soviel ich weiß, plant er den Ausbau ausschließlich mit Ziegelsteinen, was das Herz aller Ziegeleibesitzer höherschlagen lassen wird.«

Er bedankte sich noch einmal für das Mittagessen, stand auf, verabschiedete sich von allen und ging zur Tür. Margarethe begleitete ihn.

Die Erwähnung der Ziegeleibesitzer hatte Fanny neugierig gemacht.

»Philipp Schacht besaß eine Ziegelei«, sagte sie nachdenklich.

Grün schob seinen halbvollen Teller zur Seite. »Schacht hatte eine Ziegelei, und er war an Weinbergen interessiert«, ergänzte er.

»Wie kommt Ihr darauf?«

»Ich habe mich gestern mit Eurem Vater unterhalten.«

Es dauerte einen Moment, bis Fanny begriff, was der Beamte ihr gerade gesagt hatte.

»Der Streit mit meinem Vater ...«, sagte sie tonlos. »Schacht hat versucht, ihn zum Verkauf zu überreden.«

Grün verzog den Mund und schüttelte langsam den Kopf.

»Er hat versucht, ihn zu erpressen?«, fragte Fanny.

Nun nickte Grün. »Euer Vater hat mich gebeten, Euch nicht über den Inhalt des Streites zu informieren. Ich habe ihm nicht versprochen zu schweigen und ihm gesagt, dass Ihr ein Recht auf die Wahrheit habt, schließlich betrifft Euch die Angelegenheit ebenso wie ihn.«

Zum ersten Mal fand Fanny das, was Grün sagte, sehr vernünftig. »Womit wollte er ihn erpressen?«, fragte sie.

»Angeblich hat Euer Vater nicht die geforderten dreißig Prozent Steuern bezahlt, die jeder Wiener Winzer der Stadt abgeben muss.«

»Diese Steuer richtet sich nur an Winzer, die innerhalb der Stadtmauern ausschenken«, empörte sich Fanny.

»Das hat Euer Vater auch erklärt. Aber ich fürchte, die Rechtslage ist etwas komplizierter. Euer Vater hat das Bürgerrecht der Stadt. Er genießt Privilegien und kann bei der Wahl der Stadträte mitstimmen. Ich weiß nicht, wie viel Steuern er für Wein zahlen muss, der außerhalb der Stadtmauern ausgeschenkt wird.«

Fanny schüttelte den Kopf. »Bis jetzt hat es noch nie Probleme gegeben.«

»Ich bin kein Jurist und kenne mich mit derlei Dingen nicht aus. Auf alle Fälle hat Schacht mit einer genauen Steuerprüfung gedroht, wenn Euer Vater nicht einen Teil seiner Weinberge verkauft. Ich glaube, dass er einen angemessenen Preis geboten hat.«

»Unsere Weinberge sind nicht mit Geld aufzuwiegen.«

Fanny wurde es heiß. Konnte es sein, dass ihr Vater inoffizielle Abmachungen mit der Stadt getroffen hatte, von denen sie nichts wusste? Er war im Besitz von Land, weil Fannys Mutter eine Adelige gewesen war, deren Vater die Ehe mit einem Bürgerlichen erlaubt und darauf bestanden hatte, dass das Land, das er seiner Tochter vermachen wollte, in den Besitz des Ehemanns überging. Fanny hatte keine Ahnung, wie es ihrem längst verstorbenen Großvater oder ihrem Vater gelungen war, die Männer der Stadtregierung zu all diesen Privilegien zu überreden, aber sie fürchtete, dass eine Menge Geld und noch mehr Wein geflossen waren. Leider war ihr Vater ein Chaot. So sorgfältig er sich um seine Rebstöcke kümmerte, so nachlässig ging er mit Rechnungen und Zahlen um. Seit Fanny wieder bei ihm lebte, hatte sie die Buchhaltung übernommen und staunte jedes Mal aufs Neue über die Unordnung, die in den Papieren ihres Vaters herrschte. Ihre Aufgabe glich einer Sisyphusarbeit. Kaum hatte sie den Stein den Berg hinaufgeschleppt, rollte er mit voller Wucht wieder herunter, und sie fand neue Aufträge, Einnahmen und Ausgaben, die nirgendwo verzeichnet waren.

»Wissen die anderen Ratsherren von dem Streit? Wollten sie meinen Vater ebenfalls zum Verkauf zwingen?«, fragte sie aufgeregt.

»Ich weiß es nicht«, sagte Grün ehrlich.

Nachdenklich steckte Fanny ihren Zeigefinger in den Mund und kaute auf ihrem Nagel. Das hatte sie seit Jahren nicht mehr getan und war ein Zeichen großer Nervosität.

»Dieses Streitgespräch und die Tatsache, dass ein Hammer vor unserem Abort gesehen wurde, macht meinen Vater zum Hauptverdächtigen.«

»Ihn oder einen Menschen, der ebenfalls Angst vor einer Steuerprüfung hat, die Weinberge nicht verkaufen will und stark genug ist, einen Hammer zu schwingen.«

Fanny nahm den Finger aus dem Mund und starrte

den Beamten fassungslos an. Was wollte er ihr damit sagen?

»Glaubt Ihr, dass ich oder Max der Mörder sein könnten?«

»Im Moment sind alle Menschen, die ein Motiv und die Gelegenheit zum Mord hatten, verdächtig.«

Eigentlich hätte Fanny verunsichert oder ängstlich reagieren sollen, aber alles, was sie spürte, war Verärgerung.

»Wann hätten wir das denn tun sollen? Zwischen dem Anbraten der Würste und dem Schlichten eines Streits zwischen betrunkenen Gesellen?«, fragte sie bissig.

»Würste, die Ihr angebraten habt, obwohl Ihr keine Genehmigung dafür hattet.« Je aufgebrachter Fanny wurde, umso ruhiger schien er zu sein. Er hatte die Arme lässig vor der Brust verschränkt und lehnte sich entspannt zurück.

»Ich wusste, dass Ihr diese Information gegen mich verwenden würdet. Ich hätte Euch nichts von den Würsten erzählen dürfen.« Am liebsten hätte Fanny vor Wut mit der Faust auf den Tisch geschlagen, aber sie war nicht zu Hause, und ein solches Verhalten gehörte sich selbst dort nicht.

Langsam schüttelte Grün den Kopf. »Vergesst die Würste, die sind mir egal. Bratet, was Ihr wollt, und verkauft es den Männern, die so betrunken sind, dass sie ohnehin nicht schmecken, was sie essen. Mich interessiert, wer Philipp Schacht erschlagen hat.«

»Ihr habt keine Ahnung vom Essen und von gutem Wein«, schnaufte Fanny verächtlich. Der fahle Geschmack des schrecklichen Eintopfs war immer noch in ihrem Mund. Die letzte Bemerkung überhörte sie. Wie konnte er ihre Kochkunst in Frage stellen?

»Was ich esse und trinke, sollte nicht Euer Problem sein«, sagte Grün amüsiert. Fanny hätte schwören können, dass das Glitzern in seinen Augen Spott war.

Sie setzte zu einer Erwiderung an, als seine Schwester die Stube betrat. »Der Stadtrichter hat einen Boten geschickt, er will dich unverzüglich sehen«, sagte sie. Falls sie einen Teil des Streitgesprächs gehört hatte, so ließ sie sich nichts anmerken.

»Ich mag das Wort ›unverzüglich‹ nicht!«, sagte Grün. »Anscheinend glauben alle, ich hätte nichts Besseres zu tun, als mitten im Essen aufzuspringen und zu ihnen zu laufen, sobald sie mit dem Finger schnippen.«

Margarethe legte den Kopf schräg. »Du bist mit dem Essen längst fertig, und seit ich dich kenne, bist du noch nie aufgesprungen, wenn man dich rief. Wenn ich dich nicht jedes Mal aus dem Haus drängen würde, bliebst du einfach hier und würdest dich hinter den Plänen deiner Flugmaschinen verstecken.«

»Was ist daran schlecht?«, murmelte Grün. Dennoch stand er auf und holte die Mütze, die er zuvor so elegant auf den Haken geworfen hatte.

»Ich begleite Euch«, sagte Fanny entschieden und stand ebenfalls auf.

»Warum das denn?« Er hielt mitten in der Bewegung inne.

»Ich habe Angst, dass der Stadtrichter meinen Vater einsperren lässt.«

»Und wenn es so wäre, was wollt Ihr dagegen unternehmen?« Grün setzte die Kappe auf den Kopf, ein paar Haarsträhnen stellten sich widerspenstig quer und hingen ihm nun direkt in die Stirn. Er strich sie achtlos zur Seite. »Wollt Ihr ihn mit einer Flasche Wein und gebratenen Würsten zum Umdenken bewegen?«

»Das ist keine schlechte Idee«, sagte Fanny ernst.

»Doch, das ist es«, entgegnete Grün ärgerlich. »Ihr würdet Eurem Vater damit nicht helfen, sondern die Angelegenheit nur noch schlimmer machen.«

Fanny zuckte beleidigt mit den Schultern. Sie wusste, dass Grün recht hatte.

»Ich will Euch trotzdem gerne begleiten«, sagte sie. »Ich verspreche, dass ich vor dem Haus des Richters auf Euch warte und Euch nicht störe. Aber in Ungewissheit zurückzureiten, wäre schrecklich. Ich hätte den ganzen Tag keine Ruhe, weil ich mir Sorgen machen würde. Wenn mein Vater in Gefahr ist, will ich es gleich wissen.«

»Bitte!«, fügte Fanny nach kurzem Schweigen hinzu.

»Meinetwegen.« Grün gab sich geschlagen. Bevor der Beamte seine Meinung wieder ändern konnte, stand Fanny schon neben ihm. Gemeinsam verließen sie das Haus und bemerkten Margarethes neugierigen Blick nicht, der ihnen folgte, bis sie an der nächsten Straßenecke verschwanden.

Laurentius Pilhamer ging unruhig in seiner Arbeitskammer auf und ab. Auf dem Schreibtisch vor ihm stand ein Silbertablett mit frischem Marzipangebäck. Grete, seine fürsorgliche Haushälterin, hatte ihm die Süßigkeiten gebracht in der Hoffnung, dass der Zucker ihn aufheitern könnte. Aber im Moment gab es nichts, was seine Stimmung hätte bessern können.

Laurentius hatte Angst, furchtbare Angst. Er konnte nachts nicht schlafen und quälte sich tagsüber mit Schuldgefühlen. Er hatte ein Verbrechen begangen, und nun sollte er die Rechnung dafür bezahlen. Gott bestrafte ihn schon seit längerer Zeit, denn wie sonst war es möglich, dass er keine Manneskraft mehr besaß und unglücklich war? Er hatte Geld, Macht, Einfluss. Er konnte sich all das leisten, was ihm immer viel bedeutet hatte: Wandteppiche, Gemälde, wertvolle Bücher und eine der schönsten Frauen der Stadt. Leider liebte sie ihn nicht. Aber sie war immer noch seine Frau, und er konnte sich mit ihrer Eleganz und Schönheit brüsten. Werte, die das Leben versüßten wie Gretes Marzipan.

Aber all das, worum ihn viele Männer beneideten, half ihm im Moment nicht weiter, denn die Angst hielt ihn unbarmherzig fest, lähmte ihn und machte ihn arbeitsunfähig. Er hatte Schuld auf sich geladen, nicht allein, denn das hätte er niemals gewagt. Ohne seine Freunde hätte er die Sache niemals ausgeführt. Dazu wäre er viel zu feige und zu unerfahren gewesen. Gemeinsam hatten sie den vermeintlich sicheren Plan ausgeheckt und in die Tat umgesetzt.

Aber jemand hatte Wind davon bekommen. Ein Neider oder ein Geschädigter, ein Mensch, der sich rächen wollte. Der Unbekannte lauerte irgendwo und wartete darauf, Laurentius zu vernichten. Während er hier saß und sich fürchtete, lachte dieser Mensch sich ins Fäustchen und plante den nächsten Schritt.

Der Brief, den der unwissende, einfältige Bauingenieur ihm gezeigt hatte, war ihr aller Todesurteil. Philipp war der Erste gewesen, aber er würde nicht der Einzige bleiben, dessen war Laurentius sicher. Die tote Krähe war der Beweis. Das Tier, das einst das Wappen einer einflussreichen Familie gewesen war, sollte nun der Überbringer des Todes sein. Wie oft hatte Laurentius versucht, es zu kopieren? Er konnte sich nicht mehr daran erinnern. Das Zeichnen und Malen hatte ihm immer Freude bereitet. Als Knabe hatte er in ein Kloster eintreten und Bücher illustrieren wollen. Es war alles ganz anders gekommen.

Plötzlich fiel ihm siedend heiß ein, dass in seinem Schreibtisch noch ein Stück Pergament lag, auf dem er geübt hatte. Immer und immer wieder hatte er die alte Tierhaut mit dem Messer bearbeitet, bis sie schier unbrauchbar geworden war. Warum hatte er sie noch nicht vernichtet? Weil er sie vergessen hatte und weil man Pergament nicht wegwarf, auch dann nicht, wenn man wohlhabend war. Das hatte sein Vater ihm beigebracht. Der war kein Betrüger gewesen und hatte für seinen

Sohn immer das Beste gewollt. Ach, hätte er Laurentius nur ins Kloster gehen lassen.

Am liebsten hätte er jetzt wie ein kleiner Junge geheult. Verzweifelt fuhr er sich mit beiden Händen über den haarlosen Kopf. Er wollte nicht mit einem Hammer erschlagen werden und tot neben einem erbärmlich stinkenden Abort sterben wie Philipp. Er wollte überhaupt noch nicht sterben.

Das Schlimme war, dass er seinem Freund an diesem Abend den Tod gewünscht hatte. Man durfte solche Wünsche niemals denken. Auch das hatte sein Vater versucht, ihm beizubringen. Vergebens.

Vielleicht lag es daran, dass Laurentius ein schlechter Mensch war. Philipp hatte ihn am Abend seines Todes gebeten, Weinberge im Westen der Stadt abzutreten, aber Laurentius hatte ihm die Bitte verweigert. Er hätte ihm alle Bitten verweigert, weil er ahnte, warum Philipp zu spät gekommen war. Er hatte das Bett mit seiner Frau geteilt. Laurentius hatte keine Beweise dafür, aber er wusste, dass Lucretia ihn seit Jahren betrog. Niemals hätte er gedacht, dass einer seiner Freunde ihn hinterging. Am allerwenigsten Philipp, der ein strenggläubiger, verheirateter Mann war. Aber Philipps eigene Frau hatte Laurentius den Hinweis gegeben. Warum sollte sie lügen?

Als Laurentius Philipp zur Rede stellte, war dieser erbost aufgesprungen und hatte alle Anschuldigungen abgestritten. Was für ein schrecklicher Abend. Warum konnte Gott ihn nicht einfach ungeschehen machen? Laurentius hatte seinem Freund nicht geglaubt. Enttäuscht und verärgert war er frühzeitig aufgebrochen und allein nach Wien geritten. Das hatte er Grün nicht verraten, denn Nikolaus hatte ihn gebeten, etwas anderes zu behaupten. Er wollte, dass Laurentius für ihn log und behauptete, sie wären gemeinsam aufgebrochen.

Laurentius hatte zugestimmt. Im Gegenzug wollte er, dass Nikolaus über seinen Streit mit Philipp schwieg. Eine Hand wusch die andere. So wie seit vielen Jahren.

Kurz hatte Laurentius vorgehabt, dem Bauingenieur die Wahrheit zu verraten, nur damit er ihm auch von der Krähe erzählen konnte. Aber er hatte es nicht getan. Selbst dazu fehlte ihm der Mut. Laurentius musste mit seiner Angst allein fertig werden.

Denn wem sollte er sich mitteilen? Lucretia? Würde sie ihn danach noch mehr verachten? Wohl kaum. Im schlimmsten Fall würde sie ihn auslachen, aber daran war Laurentius gewöhnt. Ihr Spott tat ihm nicht mehr weh. Doch die Angst fraß ihn auf.

Er griff nun doch zum Marzipan. Der süße Geschmack nach Rosenwasser und Mandeln breitete sich in seinem Mund aus und beruhigte ihn. Gierig griff er nach dem zweiten und dann nach einem dritten Stück. Erst nach dem vierten setzte er sich auf den Stuhl hinter seinem Schreibtisch und schloss für einen Moment die Augen. Ja, er würde Lucretia von der Krähe erzählen. Sollte sie ihn auslachen, das konnte er ertragen. Aber danach würde sie einen Teil seiner Schuld mittragen müssen und ihm die Last dadurch erleichtern.

Das Haus des Stadtrichters befand sich direkt hinter der Hofburg. Fanny lief schweigend neben Grün her. Für jeden seiner Schritte musste sie zwei machen, der Mann schien regelrecht auf der Flucht zu sein. In der Tuchlauben blieb er abrupt und völlig unerwartet vor einem der feinen Tuchläden stehen. Wollte er die kostbaren Wollballen durchsehen? Fanny, die gerade eine Armeslänge hinter ihm war, prallte gegen seinen Rücken.

»Was ist los?«, fragte sie irritiert und rieb sich die Stirn. Aber Grün hatte den Zusammenstoß gar nicht bemerkt. Er schien völlig in seine Gedanken versunken. »Ich habe meine Unterlagen zu Hause liegen lassen«, sagte er.

»Schon wieder?« Fannys Stirn brannte, vielleicht bekam sie eine Beule. Wie konnte ein Mensch einen derart harten Rücken haben?

»Nun gut, dann muss ich mir die Antworten eben merken«, sagte Grün.

»Habt Ihr denn ein so gutes Gedächtnis?«

»Nein, aber ich will nicht den ganzen Weg zurücklaufen!« Und schon marschierte er weiter.

Fanny fand, dass Richter Pernfuß' Worte besser aufgeschrieben werden sollten, aber sie hielt ihre Bedenken zurück. Es war nicht gut, erneut einen Streit vom Zaun zu brechen. Die Stimmung zwischen ihr und dem Beamten hatte sich halbwegs beruhigt, und so sollte es auch bleiben.

Wie immer, wenn das Wetter sommerlich war, drängten sich die Wiener auf den Straßen ihrer Stadt. Fanny hatte des Öfteren innerhalb der Stadtmauern zu tun, aber die vielen Menschen, der Lärm und die Vielzahl von Gerüchen übten jedes Mal eine neue Faszination auf sie aus. Aus den Hauseingängen drangen Stimmengewirr, das Hämmern und Sägen von Werkzeug oder Tierlaute. Der Duft frisch gebackener Pasteten mischte sich mit dem Unrat, der einfach auf die Straßen gekippt wurde. Im letzten Moment wich sie einem riesigen Haufen Pferdemist aus. Als sie wieder aufsah, fiel ihr Blick auf eine junge Frau, die an der Straßenecke bunte Haarbänder verkaufte. Sie trug ein hellgrünes grelles Kleid mit einem großzügigen Ausschnitt und bot lautstark ihre Ware an. Dazu trat sie Grün direkt in den Weg, nur widerwillig blieb er stehen.

»Wollt Ihr Eurer Liebsten nicht ein schönes Haarband schenken? Ich habe Samtbänder aus Venedig und Seide aus dem Orient.« Sie hielt ihm ein grünes Samtband so nah vors Gesicht, dass er sich weit zurücklehnen musste, um es nicht mit der Nase zu berühren.

»Die Bänder sind wunderschön. Seht nur, das Grün passt perfekt zum rotbraunen Haar Eurer Liebsten.« Nun trat sie zu Fanny und hielt das Band gegen eine der Strähnen, die sich unter der Haube gelöst hatten.

»Danke, wir haben kein Interesse«, sagte Fanny und versuchte, die junge Frau zur Seite zu drängen, auch wenn ihr die Bänder außerordentlich gut gefielen. Wäre

Grün nicht bei ihr gewesen, hätte sie der Frau eines der Bänder abgekauft, wahrscheinlich ein gelbes. Die junge Frau erkannte Fannys Interesse und wollte nicht aufgeben. Sie wandte sich wieder an Grün.

»Die gelben Bänder sind die freundlichsten. Sie erinnern an duftende Zitronen aus dem Süden.«

»Wir wollen kein Band, auch keines, das an Zitronen erinnert. Die Frau an meiner Seite ist nicht meine Liebste, und nun tretet bitte zur Seite, damit wir weitergehen können.«

Mit einem Schmollmund startete die junge Frau einen letzten Versuch. »Aber sie kann es noch werden, wenn Ihr der Schönen eines meiner herrlichen Bänder schenkt.« Nun zwinkerte sie Fanny keck zu, doch die verdrehte bloß die Augen.

Bitte, lieber Gott, mach, dass diese Frau weggeht, bevor Grün es sich anders überlegt und mich fortschickt, dachte Fanny inständig, und zur Abwechslung schien Gott sie zu erhören.

Nach einem letzten Versuch gab die Frau auf und meinte beleidigt: »Dann eben nicht!« Sofort suchte sie nach anderen potentiellen Kunden. Sie warf ihr blondes Haar über die kantige Schulter und sah sich um. Schon kamen zwei junge Frauen und drängten sich um ihren Korb. Rasch zwängten sich Fanny und Grün an ihnen vorbei und gingen weiter Richtung Hofburg. Schräg gegenüber von den Stallungen befand sich das Haus des Stadtrichters, ein stattliches dreistöckiges Patrizierhaus aus Stein mit verglasten Fenstern aus dunkelgrünen Butzenscheiben und zwei hübschen Erkern zu jeder Seite.

»Soll ich Euch nicht doch begleiten?«, fragte Fanny vorsichtig.

»Auf gar keinen Fall«, sagte Grün warnend. »Ihr habt versprochen, vor dem Haus zu warten.«

»Aber Ihr habt Eure Mappe vergessen, ich könnte Euch …«

Weiter kam Fanny nicht, denn Grün unterbrach sie mitten im Satz.

»Ihr wartet vor der Tür!«, bestimmte er, drehte sich um und trat auf die außergewöhnlich hohe Haustür zu. Er klopfte an und verschwand wenig später dahinter. Fanny sah ihm verärgert nach. Es wäre klüger von ihm gewesen, sie mitzunehmen. In seiner Zerstreutheit vergaß er sicher die Hälfte der Dinge, die er mit Pernfuß besprach. Doch es war wertlos, weiter darüber nachzudenken, besser, sie sah sich nach einem geeigneten Ort zum Warten um.

Ihr Blick fiel auf den Brunnen in der Mitte des Platzes. Hausfrauen aus den umliegenden Häusern standen dort und unterhielten sich. Ein kleiner Tratsch war mit Sicherheit unterhaltsamer, als untätig herumzustehen. Also ging Fanny zum Brunnen und stellte sich zu den Frauen. Die Sonne hatte ordentlich an Kraft zugelegt, und es war wirklich heiß geworden. Fanny trat zum Stein, der die Form eines etwas zu dick geratenen Hahns hatte, vielleicht sollte es auch ein Drache sein. Der Bildhauer hatte sich nicht recht für ein Tier entscheiden können. Aus dem offenen schnabelförmigen Mund sprudelte unentwegt Wasser. Fanny ließ das kühle Wasser über ihre Handgelenke laufen. Die Erfrischung tat ihr gut. Dann formte sie ihre Hände zu einer Schale und trank. Das Wasser schmeckte frisch, wenn auch nicht ganz so gut wie das aus ihrem Hausbrunnen am Nussberg.

»Heiß heute, nicht wahr?«, sagte eine der Frauen. Sie

war fast doppelt so breit wie hoch und hatte eine hässliche Warze auf der roten Knollennase.

»Ja, das stimmt«, pflichtete Fanny ihr bei. Es fiel ihr schwer, der Frau nicht auf die Nase zu starren, dabei hatte sie schöne dunkelbraune Augen und außergewöhnlich lange Wimpern.

»Ihr seid nicht aus diesem Teil der Stadt.« Die Frau musterte Fanny von den Zehenspitzen bis zum Kopf.

»Ich wohne außerhalb der Stadtmauern«, sagte Fanny. Sie wollte ihr nicht verraten, dass sie die Tochter jenes Winzers war, in dessen Hof man einen Ratsherrn erschlagen hatte.

»Da könnt Ihr aber von Glück sagen, dass Ihr noch am Leben seid. Ich habe Verwandte in der Nähe von Hernals, dort haben die Türken alles dem Erdboden gleichgemacht und sämtliche Bewohner aufgespießt.«

»Ja, wir hatten Glück!« Nur widerwillig dachte Fanny an die Zeit des Bangens zurück, in der sie ständig Angst gehabt hatte, die Osmanen würden auch ihren Hof entdecken und niederbrennen.

»Was macht Ihr in Wien?« Die Frau war neugierig. Die beiden Jüngeren, die neben ihr standen, schauten Fanny ebenfalls erwartungsvoll an. Anscheinend war ihnen jede Abwechslung vom Alltag recht.

»Ich begleite einen Freund, der gerade beim Stadtrichter ist«, sagte Fanny. Gut, dass Grün sie nicht hören konnte, es hätte ihm ganz sicher nicht gefallen, dass sie ihn als Freund bezeichnete.

»Mitzi, hörst du, ihr Freund ist beim Stadtrichter!« Sie stieß eine der jungen Frauen, sie hatte ein hübsches rundes Gesicht mit rosigen Backen und einen wohlgeformten Busen, mit dem Ellbogen an.

»Mitzi arbeitet beim Stadtrichter. Sie ist seine Küchenmagd«, erklärte die Dicke.

Neugierig geworden, horchte Fanny auf. »Da erfährt Ihr ganz bestimmt die letzten Neuigkeiten«, sagte sie und bemühte sich, beeindruckt zu klingen.

»Nun ja. Manchmal«, sagte das Mädchen verlegen. Sie trat von einem Fuß auf den anderen, nahm eine ihrer hellen Locken zwischen Daumen und Zeigefinger und drehte sie ein.

»Der Stadtrichter ist einer der mächtigsten Männer in der Stadt«, sagte Fanny.

»Und einer der selbstgefälligsten«, keifte die Dicke. Offensichtlich hielt sie nicht allzu viel von Pernfuß.

»Er ist eben der Richter«, sagte Mitzi leise. Fanny bemerkte, dass das Mädchen älter war, als sie zuerst gedacht hatte. Sicher zählte sie an die zwanzig Lenze und war eine junge Frau.

»Ist er streng?«, fragte Fanny.

Die Frau mit der Warze auf der Nase lachte. »Ich würde sagen: Er kann sich nicht zurückhalten und nutzt seine Position schamlos aus.«

Die junge Frau errötete.

Fanny konnte sich gut ausmalen, für welche Dienste das Mädchen mit den üppigen Rundungen herhalten musste. Mitzi war mit Sicherheit nicht die einzige Dienstmagd in Wien, die von ihrem Herrn missbraucht wurde.

»In dem Haus geht bestimmt eine Menge wichtiger Männer ein und aus«, fragte Fanny. Sie wollte nicht, dass das Mädchen sich unwohl fühlte.

»Oh ja«, erwiderte die Küchenmagd. »Ich kenne alle Ratsherren, Bankiers und reichen Gewürzhändler der Stadt. Seit Jahren kommen einmal in der Woche immer dieselben Männer. Sie trinken gemeinsam, und ich glaube, dass sie auch …« Sie machte eine Pause und drehte sich zu allen Seiten um aus Angst, jemand könnte sie beim Tratsch erwischen. Erst als sie niemanden sah, den sie fürchtete, legte sie die Hand vor den Mund und sagte leise: »… Karten spielen!«

»Daran ist doch nichts Verwerfliches«, mischte sich die Dicke ein.

»Aber es ist Glücksspiel«, sagte die Küchenmagd empört. »Mein Bruder musste dafür an den Pranger, wo sie ihn einen halben Tag lang mit Dreck beworfen haben. Es waren auch ein paar Steine darunter. Auf seiner Stirn ist immer noch eine Narbe von einer Platzwunde, die wochenlang nicht verheilen wollte.«

»Das Glücksspiel ist nur in den Gasthäusern verboten, wenn die Männer um Geld spielen, du dummes Ding«, sagte die Dicke. »Ich muss jetzt weiter. Ich kann nicht den ganzen Tag mit Tratsch verbringen. Ich wünsche Euch noch einen schönen Tag!«

Mit einem lauten Seufzer nahm sie ihre beiden bis oben hin gefüllten Wassereimer, ächzte und marschierte los. Die Frau, die bis jetzt geschwiegen hatte, folgte ihr, und auch Mitzi wollte gehen, aber Fanny hielt sie zurück.

»Das ist ganz schön ungerecht. Die reichen Herren dürfen in ihren feinen Häusern Karten spielen, und denen, die ohnehin nichts haben, woran sie sich erfreuen können, wird das Spiel verboten«, sagte sie nicht ohne Hintergedanken. Fanny hoffte darauf, von der jungen Frau noch ein paar Informationen zu bekommen, und wollte daher das Gespräch in Gang halten.

Ihre Taktik schien aufzugehen, denn Mitzi nickte eifrig und sagte: »Ja, genau so sehe ich das auch!«

»Wisst Ihr denn, wie die Männer heißen, die jede Woche kommen?« Fanny versuchte, ihre Frage beiläufig klingen zu lassen.

Mitzi zögerte einen Moment, aber nicht weil sie die Antwort nicht geben wollte, sondern weil ihr die Namen nicht einfielen.

»Ein Dicker ohne Haare auf dem Kopf.« Sie blähte ihre Wangen auf. »Ein Spindeldürrer mit mürrischem Gesicht«, nun zog sie eine Grimasse. »Und einer, der zwar ganz hübsch, aber furchtbar arrogant ist.«

Die Antwort gefiel Fanny ganz und gar nicht. »Heißen die Männer: Schacht, Pilhamer und Rötzer?«

Das Gesicht des Mädchens hellte sich auf. »Ja!«, rief sie aus. »Es geht das Gerücht um, dass man den Dürren vor ein paar Tagen erschlagen hat.« Das Mädchen bekreuzigte sich und beugte sich dann vertraulich zu Fanny: »Aber ich kann Euch verraten, dass er der Unfreundlichste von den dreien war. Er war noch herablassender als der Hübsche. Manchmal hat er mich angeschaut, als wäre ich der Leibhaftige selbst. Dabei habe ich ihm nie etwas getan. Ich glaube, dass er Frauen nicht leiden konnte.«

Fanny dachte über Mitzis Worte nach. Sie selbst hatte nie den Eindruck gewonnen, dass Schacht Frauen verachtete. Ganz im Gegenteil, oft hatte sie sich über seine allzu intensiven Blicke auf ihren Busen geärgert. Es musste einen anderen Grund gehabt haben, dass er die Küchenmagd nicht ausstehen konnte. »Arbeitet Ihr schon lange für den Richter?«, fragte sie und hoffte, dass sie nicht aufdringlich wirkte und sich damit verdächtig machte.

Aber die Küchenmagd wurde offenbar nicht misstrauisch. Vertrauensselig sprach das Mädchen weiter:

»Nein, erst seit einem Jahr. Ich stamme aus Dornbach. Meine Familie wurde beim Angriff der Türken getötet. Ich habe großes Glück gehabt, denn ich habe kurz vor der Belagerung die Stelle bei Richter Pernfuß angenommen und war während der Belagerung innerhalb der Stadtmauern in Sicherheit. Die anderen aus unserem Dorf mussten dort bleiben und das Umland verteidigen.«

»Aber die Menschen sind doch freiwillig geblieben«, sagte Fanny erstaunt. »Sicher wollten sie ihre Höfe und Häuser den Osmanen nicht wehrlos übergeben.«

»Pah«, schnaufte die Küchenmagd. »Natürlich wollten viele nach Wien flüchten, aber das war nicht möglich. Vor allem die Männer mussten die Stellung halten.«

»Da habt Ihr wirklich großes Glück gehabt«, sagte Fanny. Ihr war nie in den Sinn gekommen, dass jemand freiwillig seinen Hof verlassen wollte, um Schutz innerhalb der Stadtmauern zu suchen. Vielleicht lag es daran, dass ihr selbst vor einem Jahr das wahre Ausmaß der Gefahr nicht bewusst gewesen war. Nie im Leben hätte sie ihren geliebten Weinberg verlassen.

Sie verwarf den Gedanken und kehrte zurück zu Pernfuß und den Stadtherren. »Ihr sagt, dass Ihr erst ein Jahr beim Richter arbeitet. Wie könnt Ihr da wissen, dass die Ratsherren schon seit Jahren zum Kartenspiel kommen?«, fragte sie.

»Oh, das hat mir die Köchin verraten. Sie sagt, dass die Männer sich seit Kindertagen kennen. Und sie muss es wissen, denn sie hat schon für Richter Pernfuß' Vater gearbeitet.«

»Das ist eine lange Zeit«, meinte Fanny.

»Ja, ich hoffe, dass ich nicht so lange bleiben muss. Eine andere Arbeitsstelle wäre mir schon recht. So, jetzt muss ich auch los. Es war nett, mit Euch zu plaudern. Wie heißt Ihr?«

»Fanny.«

»Auf Wiedersehen, Fanny!«

Die Küchenmagd nahm den Korb voll Gemüse, das sie zuvor am Brunnen gewaschen hatte, und hievte ihn auf ihre rechte Schulter.

»Auf Wiedersehen«, sagte Fanny.

Mitzi hatte nicht nach ihrem Familiennamen gefragt. Vielleicht nahm sie an, dass Fanny wie viele Dienstboten keinen besaß. Anmutig wie eine Tänzerin lief die junge Frau mit ihrem geschulterten Korb auf den niedrigen Seiteneingang des Hauses vom Stadtrichter zu. Fanny sah ihr gedankenversunken nach. Pernfuß war also mit den drei Stadtherren dick befreundet. Sie ahnte, dass diese Tatsache die ganze Angelegenheit nicht einfacher machte.

Fast zeitgleich kam Grün beim Haupttor wieder heraus. Es war wie in einem der Schauspiele, die im Herbst und kurz nach Ostern am Jahrmarkt aufgeführt wurden. Eine Person trat ab, die andere wieder auf. Grün trug seine Kappe zusammengerollt in der Hand und fuhr sich unwirsch mit der anderen durch sein blondes Haar. Fanny versuchte, am Gesichtsausdruck des Mannes zu erkennen, was sich eben im Haus des Richters zugetragen hatte. Was sie sah, gefiel ihr ganz und gar nicht. Grün war wütend, sehr wütend. Was hatte der Richter gesagt, dass der Beamte nun so verärgert war?

Neugierig lief sie auf ihn zu und setzte zur ersten Frage an, doch Grün hielt ihr abwehrend die Hand entgegen. »Wartet einen Moment!«

»Aber ich wollte doch nur wissen …«

»Ich weiß, dass Ihr jedes kleine Detail über das Gespräch erfahren wollt. Aber im Moment bin ich nicht in der Lage, Euch höflich Antworten zu geben. Nehmt das zur Kenntnis, und fragt mir keine Löcher in den Bauch!«

Wie vom Teufel gebissen lief er an der Hofburg vorbei, die Stadtmauer entlang Richtung Wienfluss. Fanny musste ihre Röcke heben, um mithalten zu können. Rasch ging ihr die Luft von der Anstrengung aus, und sie schnaufte. »Ihr rennt, … als hättet … Ihr … im Haus des Richters … etwas gestohlen.«

Grün gab ihr keine Antwort, der schien das Laufen gewöhnt zu sein. Er drängte sich an Hausfrauen vorbei, wich spielenden Kindern aus und sprang über Pferdeäpfel, die am Boden lagen. Am Wienfluss angekommen, hüpfte er in einem Satz über die Böschung, schnappte sich den erstbesten Stein und schleuderte ihn mit voller Wucht ins Wasser. Mit einem lauten Platschen spritzte Wasser auf. Grün nahm einen weiteren Stein und warf ihn, dann noch einen und noch einen. Fanny beobachtete sein merkwürdiges Tun. Dann kletterte sie ebenfalls über die Böschung. Völlig außer Atem setzte sie sich in einigen Metern Abstand auf einen der großen, flachen, von der Sonne gewärmten Steine am Ufer und sah dem Mann zu. Sollte sie ihn unterbrechen? Wohl besser nicht. Fanny wartete, bis ihr Atem wieder ruhig floss und ihr Herzschlag sich beruhigt hatte. Als ihre Wangen nicht mehr glühten und sie wieder gleichmäßig atmen konnte, schien auch Grün sich gefasst zu haben. Er warf einen letzten Stein, schaute den Kreisen, die der Aufprall im Wasser verursachte, nach und drehte sich schließlich zu Fanny. Kurz schien er zu überlegen, einen weiteren Stein aufzuheben, ließ es aber bleiben und kam stattdessen langsam auf sie zu. Ein Teil seiner Wut schien verflogen, als er sich neben ihr ins Gras plumpsen ließ.

»Ist Euch jetzt besser?«, fragte sie stirnrunzelnd.

»Ich denke, ja.« Er grinste.

»Macht Ihr das öfter?«

»Nur, wenn der Ärger so groß ist, dass ich meine, sonst zu platzen.« Er hob seinen Kopf und richtete seinen Blick nun direkt auf sie. »Oder wenn ich Angst habe, Menschen anzuschreien, die mit meiner Wut nichts zu tun haben.«

»Verratet Ihr mir jetzt, was Euch so verärgert hat?«, fragte sie.

»Es wird Euch nicht gefallen.«

»Wir sind hier an einem sicheren Ort.« Fanny zeigte aufs Wasser. »Wenn ich mich ärgere, kann ich Steine werfen.«

»Macht Ihr Euch über mich lustig?«

»Nein, wirklich nicht«, sagte Fanny eilig. »Bitte erzählt mir, was der Richter gesagt hat.«

»Kennt Ihr Pernfuß?«

»Nur flüchtig. Er war ein paar Mal bei uns in der Gaststube, aber ich habe bloß seine Bestellung entgegengenommen und ihm den gewünschten Wein gebracht. Er bestellt regelmäßig große Mengen von Vaters Spätlese. Wir liefern rechtzeitig, und Pernfuß zahlt immer in der vorgesehenen Zeit. Ich kann nichts Schlechtes über ihn berichten.«

»Er will Euren Vater hängen sehen!«

Die Worte trafen Fanny wie ein Fausthieb. Hatte sie sich eben verhört?

»Was …«, sie musste sich räuspern, weil ihr die Stimme brach, »sagtet … Ihr eben?«

»Pernfuß glaubt, dass Euer Vater der Mörder ist.«

Fannys Herz raste, dabei saß sie nun ruhig auf einem Stein und lief nicht quer durch die Stadt hinter einem Beamten her.

»Aber … warum?«, stammelte sie.

»Entweder will er, wie Treu auch, dass die Angelegenheit rasch geregelt wird, oder er hegt einen persönlichen Groll gegen Euren Vater, was ich jedoch nicht glaube. Wahrscheinlicher ist, dass er einfach so schnell wie möglich einen Schuldigen haben will. »

»Vater hat Schacht nicht erschlagen. Er wäre dazu gar nicht in der Lage gewesen. Habt Ihr ihm das gesagt?« Fanny ergriff Grüns Unterarm und drückte ihn fest. Hätte sie ihn bloß begleitet. Sicher hatte der Mann wieder die Hälfte vergessen.

Sichtlich irritiert wegen der unerwarteten Berührung starrte der Bauingenieur auf Fanny Hand. Sofort zog sie sie zurück.

»Ja, ich habe ihm von der Krankheit Eures Vaters erzählt«, erklärte Grün. »Aber Pernfuß hat mir nicht zugehört. Er wollte überhaupt keine Tatsachen hören. Stattdessen hat er mir gesagt, welches Untersuchungsergebnis er haben will. Aus irgendeinem Grund scheint er ein sehr hohes Interesse daran zu haben, dass der Fall nicht viel Aufsehen erregt.«

»Wie bitte?« Fanny rutschte von ihrem Stein. Sofort setzte sie sich wieder darauf.

»Der Richter hat mir klipp und klar gesagt, dass er in einer Woche Beweise für die Schuld Eures Vaters auf dem Tisch haben möchte, anderenfalls …« Grün geriet ins Stocken.

»Anderenfalls?«

»… verliere ich meinen Posten als Bauingenieur der Stadt Wien.«

Fanny schluckte einen Kloß, der sich eben in ihrer Kehle gebildet hatte.

»Aber das kann er doch nicht tun!« Ihr wurde übel. Die Bäume und Sträucher um sie herum rückten in weite Ferne. Selbst das Rauschen des Wassers und das Surren der Insekten wurden leiser. Sie sah die Welt um sich herum durch einen dichten Filter, wie in einem bösen Traum.

Fanny legte die Hände an die heißen Schläfen und dachte fieberhaft nach. Warum wollte Pernfuß ihren Vater des Mordes bezichtigen? Welchen Vorteil versprach er sich davon? Hatte es etwas mit Schachts Erpressungsversuch zu tun? Schließlich war er ein guter Freund von ihm gewesen. Eine Hand wäscht die andere. Ihr war, als befände sie sich in einem stinkenden Sumpf. Je mehr Fragen sie stellte, umso tiefer versank sie im Morast der Lügen und Intrigen.

»Was habt Ihr ihm gesagt?«, fragte sie tonlos.

»Dass ich mich nicht erpressen lasse und, solange es keine Beweise gibt, an die Unschuld Eures Vaters glaube. Ich werde mich bemühen, den wahren Mörder zu finden.«

»Das habt Ihr gesagt?«, fragte Fanny ungläubig.

»Ja natürlich. Was hätte ich sonst sagen sollen?«

Die Art, wie er die Worte sprach, ließ Fanny nicht an deren Wahrheit zweifeln. Mit steigendem Interesse musterte sie den Mann von der Seite. Sahen so Verrückte aus?

»Warum riskiert Ihr Eure Anstellung?«

Grün zuckte mit den Schultern. »Die Vorstellung, dass jemand unschuldig gehenkt wird und ein Mörder ungestraft durch Wien zieht, gefällt mir nicht. Außerdem glaube ich, dass Pernfuß seine Macht überschätzt.

Er müsste den gesamten Stadtrat davon überzeugen, dass ich korrupt bin.«

Fanny fürchtete, dass der Bauingenieur die Macht des Stadtrichters unterschätzte. Pernfuß brauchte nur ein glaubwürdiges Gerücht gegen Grün in die Welt zu setzen, und schon würden sich alle darauf stürzen. Aber vor dieser Möglichkeit schien Grün keine Angst zu haben.

Beide schwiegen. Angespannt biss sich Fanny auf die Unterlippe.

»Ich habe noch nie jemanden kennengelernt, der so merkwürdig ist wie Ihr«, sagte sie ernst. »Ihr bietet dem Stadtrichter die Stirn, werft Steine ins Wasser und glaubt, daran, dass der Mensch eines Tages fliegen kann.«

»Der letzte Punkt ist keine Frage des Glaubens«, sagte er beleidigt, »sondern eine Frage der Wissenschaft. Der Mensch wird eines Tages fliegen!« Seine Augen leuchteten im Sonnenlicht hellblau.

Fanny verkniff sich die Antwort, und Grün kam auf das eigentliche Problem zurück. »Es bleibt wenig Zeit, um die Unschuld Euers Vaters zu beweisen. Wenn es bis zum Ende der Woche keinen Schuldigen gibt, wird Pernfuß seine Drohung wahrmachen und Euren Vater ohne Beweise selbst anklagen. Unter der peinlichen Befragung wird Euer Vater ein Geständnis ablegen.«

Fannys Magen rebellierte. Sie wusste, wie peinliche Befragungen vonstattengingen. Der Henker der Stadt würde ihren Vater in der Folterkammer unter schrecklichen Qualen zu den Antworten zwingen, die der Richter hören wollte,.

»Warum hat Pernfuß meinen Vater noch nicht angeklagt?«, fragte sie leise.

»Das scheint eine Angelegenheit zwischen Pernfuß

und Treu zu sein, wobei ich die genaue Sachlage nicht kenne. Ich fürchte, dass Treu nur noch wenige Tage seine schützende Hand über Euren Vater legen kann. Wir müssen also rasch den wahren Mörder finden.«

Hatte Fanny sich eben verhört, oder hatte Grün tatsächlich »Wir« gesagt?

»Lasst uns noch einmal genau durchgehen, was wir alles wissen.«

Sie hatte sich nicht verhört.

»Als Ihr beim Richter wart, habe ich mich mit seiner Küchenmagd unterhalten«, erzählte sie.

»Das ist sehr interessant.«

»Ja, das war es wirklich«, schoss es aus Fannys Mund. Grün hob abwehrend beide Hände. Warum vermutete sie hinter jeder seiner Antworten Zynismus?

Er stand auf und klopfte sich die Hosen aus. Das Gras war feucht gewesen und hatte einen nassen Fleck hinterlassen.

»Wenn Ihr nichts dagegen habt, wäre ich dafür, den Ort zu wechseln. Wir können das Gespräch in meinem Garten fortsetzen.«

Er bot ihr die Hand an, um ihr aufzuhelfen, und Fanny ergriff sie. Sie war warm und kräftig.

Mit rasendem Herzen saß Laurentius Pilhamer in seiner Stube und wischte sich mit einem weißen Spitzentuch die kalten Schweißperlen von der Stirn. Seine Hände zitterten, seine Lippen bebten. Als es leise an der Tür klopfte, zuckte er zusammen. »Ja … bitte«, stammelte er.

Grete steckte den Kopf zur Tür herein. »Kann ich Euch irgendetwas bringen?«, fragte die fürsorgliche Haushälterin vorsichtig.

»Hast du das –«, Pilhamer schloss die Augen für einen Moment. Er konnte die Worte nicht aussprechen. Erneut begann er zu zittern.

»Thomas hat es weggeräumt«, versicherte Grete. »Das arme Tier muss mit einem Hund gekämpft haben, so schlimm, wie es zugerichtet war.«

Erneut wischte sich Pilhamer über die Stirn. Auch die Hände waren nass, und unter seinen Achseln bildete sich eiskalter Schweiß, der in Tropfen seinen dicken Körper entlangrann.

»Ist meine … Frau zu Hause?«

»Der Wagen ist soeben in den Hof gefahren, sie wird gleich zu Euch kommen«, versicherte Grete. »Soll ich Euch Marzipan und heiße Honigmilch bringen?«

Pilhamer schüttelte den Kopf. Keine Süßigkeit der Welt konnte ihn im Moment beruhigen.

Aber Grete ignorierte seine stumme Antwort. »Ein Schluck heißer Honigmilch mit Zimt hat noch niemandem geschadet«, sagte sie, »ich bringe Euch einen Becher voll.« Geräuschlos zog sie die Tür hinter sich zu und verschwand wieder.

Pilhamer fühlte sich zu schwach, um dagegen zu protestieren. Er hatte das Unglück kommen sehen. Es war bloß eine Frage der Zeit gewesen, bis man ihm eine weitere Warnung schicken würde. Was sollte er jetzt nur tun?

Die Tür zur Stube öffnete sich erneut, es war aber nicht Grete, sondern seine Frau, die ihm den Becher mit Honigmilch brachte. Überrascht hob er den Kopf, als sie die duftende Flüssigkeit auf dem Tisch vor ihm absetzte.

»Grete meint, du seist völlig außer dir und brauchst eine Stärkung. Was ist passiert?«

Wie immer sah Lucretia umwerfend aus. Sie trug ein dunkelgrünes Damastkleid im Stil Florentiner Kauffrauen mit tiefem Ausschnitt, weiten Ärmeln und eng geschnürter Taille. Ihr Haar war nur von einem schwarzen Netz aus Perlen und Fäden bedeckt. Das Kleid war ein Vermögen wert. Eine einfache Familie hätte von der Summe, die dafür bezahlt worden war, ein halbes Jahr gut essen können.

»Warst du in diesem Kleid in den Steinbrüchen?«, fragte Laurentius. Für einen Moment hatte er den schrecklichen Zwischenfall von zuvor vergessen.

»Ja natürlich. Du bist schon seit Wochen nicht mehr dort gewesen, und es gibt Ärger«, sagte sie spitz, während sie sich langsam auf einem der Stühle niederließ. Der Stoff ihres kostbaren Kleides raschelte.

Laurentius atmete flach, sein Herz raste immer noch. Die Steinbrüche waren das Letzte, an das er jetzt denken konnte.

»Als ich heimkam, lag eine tote ...« Er schluckte, sein Speichel war ein zähflüssiger Kloß, an dem er zu ersticken drohte. Wieder trat Schweiß auf seine Stirn. Diesmal tupfte er ihn nicht weg, sondern ließ ihn die Schläfen hinunterrinnen. Wie ein Karpfen, der aus dem Wasser sprang, schnappte er nach Luft.

»Eine tote was?«, fragte Lucretia unbeeindruckt.

»Krähe«, stieß Laurentius das bedrohliche Wort ruckartig hervor.

»Ja und? Was ist daran so besonders? Täglich werden Vögel von Hunden zerbissen. Warum machst du deshalb so ein Theater?«

»Verstehst du denn nicht? Eine tote *Krähe*«, wiederholte Laurentius. »Du hast das Schreiben gesehen, das man neben Philipps Leiche gefunden hat. Ich bin der Nächste.«

»Unsinn!«, sagte Lucretia entschieden und stand auf. »Du machst dich mit dieser Angst völlig verrückt. Bloß weil ein toter Vogel in unserem Hof liegt, glaubst du, dass man dich umbringen will. Reiß dich zusammen, und kümmere dich um die wirklich wichtigen Aufgaben. Im Steinbruch gibt es Ärger mit den Arbeitern. Sie fordern Arbeitspausen und höhere Löhne. Angeblich haben gestern zwei Kinder einen Schwächeanfall erlitten. Eines davon ist gestorben. Deshalb sind die Männer aufgebracht.«

»In unserem Steinbruch arbeiten Kinder?«

»Selbstverständlich. Sie sind billiger als erwachsene Männer.« Lucretia stand wieder auf und strich sorgfältig ihre Röcke glatt.

Kraftlos schloss Laurentius die Augen. Er hätte die Leitung der Steinbrüche nicht seiner Frau übergeben dürfen. Aber er konnte sich schließlich nicht um alles kümmern.

»Wenn du weiter teures Marzipan essen und Zimtmilch trinken willst, solltest du den Männern erklären, dass sie arbeiten müssen. Auf mich hören sie nicht.«

Widerwillig öffnete Laurentius seine Augen wieder. Lucretia sah zweifellos atemberaubend aus. Aber ihre Schönheit beeindruckte hungernde Arbeiter nicht. Ganz im Gegenteil, ihr teures Kleid schürte höchstens noch mehr den Unmut der Männer. Das Problem konnte nur gelöst werden, wenn Laurentius selbst einschritt. Aber im Moment fehlte ihm schlicht die Kraft dazu.

»Ich will, dass du in die Steinbrüche gehst und den Männern sagst, dass wir sie nur bezahlen, wenn sie auch arbeiten. Für Pausen gibt es kein Geld. Hast du mich verstanden?« Lucretias Stimme klang aufgeregt.

»Ich ... kann ... nicht«, stotterte Laurentius. Im Moment konnte er nirgendwohin gehen. Er wollte sich in seinem Zimmer einsperren und unter der Decke verstecken. Vielleicht würde er sich dort sicher fühlen. Aber wie lange konnte er so leben? Wann würde die Gefahr vorbei sein?

»Du scheinst die Lage nicht zu verstehen«, sagte Lucretia ungehalten. »Du musst in die Steinbrüche!«

Aber Laurentius schüttelte vehement den Kopf. Allein der Gedanke, das Haus zu verlassen, ließ ihn erneut zittern. Seine Zähne klapperten so heftig gegeneinander, dass es den Anschein hatte, als würde er frieren.

»Trink einen Schluck Honigmilch, und beruhige dich«, sagte seine Frau genervt. Mit spitzen Fingern reichte sie ihm den Becher. Als Laurentius danach griff, schwappte ein Teil der Milch wegen seiner unruhigen Hand über. Die fette, klebrige Flüssigkeit landete auf dem dunkelgrünen Damastkleid seiner Frau.

»Herrgott, kannst du denn nicht aufpassen!«, fauchte sie und machte einen Satz zurück. Sie rieb mit der Hand am entstandenen Fleck, vergrößerte ihn aber bloß. »Sieh nur, was du angerichtet hast«, schimpfte sie. »Und alles bloß, weil ein räudiger Köter einen Vogel zerbissen hat. Du hast deinen Verstand verloren!« Verärgert drehte sie sich um und verließ den Raum. Die Tür fiel laut knallend hinter ihr zu.

Laurentius starrte auf den halbvollen Becher in seiner Hand. Seine Finger klebten vom Honig und zitterten immer noch. Die Flüssigkeit darin bewegte sich. Ihm war so übel, dass er sich übergeben wollte. Zum ersten Mal in seinem Leben stellte er den Becher unberührt zurück auf den Tisch. Diesmal würde es selbst der Honig nicht schaffen, ihn zu beruhigen. Es war genau wie damals, als er noch ein Junge gewesen war. Jemand hatte ihm eine tote Katze in seinen Schulranzen gestopft. Pater Ralf hatte es als »bösen Streich« abgetan. Aber Laurentius hatte nächtelang nicht schlafen können und war jedes Mal schweißgebadet und zitternd davongelaufen, wenn er irgendwo ein totes Tier gesehen hatte. Seine Mutter hatte sich Sorgen um seinen Verstand gemacht. So wie Lucretia es heute tat. Vielleicht hatten beide recht, und er war tatsächlich im Begriff, ihn zu verlieren.

Am nächsten Vormittag setzte erneut Nieselregen ein. Sebastian saß in einer winzigen Kammer, die sich in einem alten Nebengebäude des Rathauses befand, und starrte aus dem kleinen Fenster. Der Ausblick bot wenig Abwechslung, denn direkt davor stand eine hohe alte Linde. Sebastian konnte bloß den Stamm des Baums sehen. Aber dieser Anblick war erfreulicher als der Stapel von Papieren, der sich auf seinem Schreibtisch türmte. Wegen der Untersuchungen im Mordfall waren Baupläne, die geprüft werden mussten, auf dem wackeligen Schreibtisch liegen geblieben. Manchmal fragte sich Sebastian, warum die Stadt ihm Geld dafür zahlte, dass er alle Anträge prüfte, wenn seine Gutachten nur allzu oft in irgendwelchen Schubladen verschwanden.

Während der Belagerung der Türken war es zu unzähligen Bauschäden gekommen. Viele Gebäude waren völlig, andere nur teilweise zerstört worden und mussten nun neu aufgebaut werden. Um nicht auf der Straße leben zu müssen, hatten die Wiener nicht auf die Genehmigung der Stadt gewartet und ihre Häuser nach eigenen Ideen wieder errichtet. Dabei hatten sich ein paar Bürger nicht an die geltenden Bauvorschriften gehalten. Häuser waren zu nah an Nachbargrundstücke gebaut, Türme zu hoch gezogen und Ställe unerlaubt errichtet worden. Nun reichten erboste Nachbarn Beschwerden ein. Es gab eine Menge Streitigkeiten, und bevor ein Richter ein Urteil fällen konnte, musste ein Bauingenieur ein Gutachten erstellen, das im besten Fall beachtet und im schlimmsten nicht gelesen wurde. Auf alle Fälle würde es Monate dauern, bis Sebastian alle Papiere durchgearbeitet hatte.

Seufzend verschob er den Stapel von einer auf die andere Seite des Tisches und entzündete die frische Honigwachskerze, die man ihm gestern nach wochenlangem Urgieren endlich gebracht hatte. Durch das kleine Fenster drang nur spärlich Licht. Es war fast unmöglich, die Papiere ohne zusätzliche Lichtquelle zu lesen, dennoch musste Sebastian jedes Mal drei Ansuchen stellen, da ihm in einer Kammer mit Fenster keine zusätzliche Kerze zustand. Jetzt rückte er die Flamme direkt zu den beiden Schriftstücken, die vor ihm lagen. Es handelte sich um zwei völlig verschiedene Vorschläge von ein und demselben Baumeister. Der Mann stammte aus Linz und wollte die Schottenbastei umbauen. In einem seiner Vorschläge verwendete er gebrannte Ziegel, im anderen Steine. Natürlich war der Vorschlag mit den Steinen deutlich teurer. Die Steine sollten auf Donauschiffen aus Steinbrüchen im Leithagebirge nach Wien gebracht werden. Der Transport kostete viel Geld. Trotzdem schien Treu diesen Vorschlag zu bevorzugen. Er hatte den Bauplan mit einer entsprechenden Randnotiz versehen, in der er Sebastian darum bat, dem Entwurf besondere Beachtung zu schenken.

Nachdenklich legte Sebastian beide Bögen zur Seite.

Ein anderer Baumeister wollte ebenfalls mit Ziegeln bauen. Sein Vorschlag war mit Abstand der günstigste.

Wieder gab es eine Randnotiz von Treu, diesmal mit der Bitte, den Vorschlag nicht zu beachten, da er angeblich unseriös sei. Der Baumeister stammte aus Regensburg. Ob es sich um den Mann handelte, der Weinberge in Wien erwerben wollte? Schacht besaß eine Ziegelei. Angenommen, er hatte dem Regensburger versprochen, ihm Weinberge zu besorgen, wenn der Baumeister im Gegenzug ausschließlich seine Ziegelsteine verwendete? Eine Hand wusch bekanntlich die andere. Aber warum wollte Treu das Geschäft platzen lassen? Der Bürgermeister konnte den Richter nicht ausstehen, der wiederum ein Freund von Schacht war. Ob das Grund genug war, den Handel vereiteln zu wollen?

Jeder versuchte, sein eigenes Süppchen zu kochen und möglichst viel Profit herauszuschlagen. Was hatte er letzte Woche in einem Handelsbuch eines Kaufmanns gelesen, der große Mengen an Munition liefern wollte? »Im Namen unseres Herrn Jesus Christus und der Heiligen Jungfrau Maria sei uns Gewinn und Gesundheit gegeben, sowohl auf dem Lande wie zur See, und mögen sich unsere Reichtümer und unsere Kinder vermehren, Amen.« An der Reihenfolge der Aufzählung konnte man die Prioritäten eines Geschäftsmannes erkennen: Reichtum vor Familie, Gewinn vor Gesundheit.

Sebastian überlegte, ob er sich weiter den Plänen widmen oder lieber Nikolaus Rötzer einen Besuch abstatten sollte. Als er heute Morgen in der Weihburggasse vorbeigeschaut hatte, war er nicht da gewesen. Ein Diener hatte ihm gesagt, dass Rötzer den ganzen Tag in seiner Kalkbrennerei vor der Stadt verbringen würde. Daraufhin war Sebastian ins Rathaus gegangen. Aber nun konnte er sich nicht richtig auf seine Arbeit konzentrieren. Der Mordfall beschäftigte ihn.

Fanny Roth war von der Unschuld ihres Vaters überzeugt und wild dazu entschlossen, das auch zu beweisen. Die selbstbewusste Frau versetzte Sebastian in einen Zustand der Verwirrung, der ihm fremd war. Er konnte nicht sagen, ob er sie anziehend oder abstoßend fand. Aber er glaubte ihr und hielt weder sie noch ihren Vater für Schachts Mörder.

Im Grunde hatte jeder der Gäste an diesem Abend die Möglichkeit gehabt, Schacht zu erschlagen. Aber wer zog Nutzen aus dem Tod des Ratsherrn? Wenn der Schweizer recht hatte und tatsächlich ein Hammer beim Abort gelegen hatte, dann konnte man davon ausgehen, dass jemand den Mord geplant hatte. Vorausgesetzt, der Hammer gehörte tatsächlich nicht den Steiners und war daher nicht zufällig dort liegengelassen worden.

Bis zum Ende der Woche blieb nur wenig Zeit. Wenn Sebastian dem Winzer eine peinliche Befragung ersparen wollte, dann musste er bald den wahren Schuldigen finden.

Entschlossen schob er den Stapel Papiere erneut zur Seite. Die Beschwerden, Anträge und Entwürfe konnten warten. Sebastian blies die Kerze wieder aus und verstaute sie in seinem Schreibtisch. Wenn irgendwer sie mitgehen ließ, würde er bis Weihnachten keine neue bekommen. Er nahm seine Kappe und verließ seine winzige, dunkle Arbeitskammer. Er würde sich erneut ein Pferd mieten müssen, um zur Kalkbrennerei zu gelangen. Doch diesmal würde er darauf achten, dass das Tier nicht lahmte.

Wenig später ritt Sebastian die Als entlang Richtung Kalkbrennerei. Zum Glück hatte der Nieselregen aufgehört und die graue Wolkendecke sich aufgelöst. Nun strahlte die Sonne wieder mit voller Kraft. Sebastian schwitzte unter seiner Kappe, nahm sie ab und rollte sie zusammen. Das Licht ließ das Bild, das sich ihm bot, nur bedingt freundlicher erscheinen.

Natürlich hatte man innerhalb der Stadtmauern von den Zerstörungen der Vorstädte gehört, aber über das Ausmaß des Schadens wussten nur die wenigsten Bescheid. Die meisten Häuser entlang des Flusses waren zerstört worden. Während man in Wien die entstandenen Schäden zum Großteil wieder beseitigt hatte, schien es den Menschen hier sowohl an Geld als auch an Kraft für den Wiederaufbau zu fehlen. Nur wenige Hütten waren bewohnt. Die meisten Menschen waren tot oder an einen erfreulicheren Ort geflüchtet. Von manchen Gebäuden existierten nur noch die Grundmauern, der Rest war abgebrannt. Sicher lohnte es sich nicht, die Mauern neu zu errichten. Überall legten ein halbes Jahr nach den Kämpfen niedergerissene Zäune, zerstörte Gärten und verwüstete Felder Zeugnis über die Brutalität ab, mit der die Osmanen vorgegangen waren. Obstbäume ragten verkohlt in den Himmel, Beweis dafür, dass die Angreifer die Versorgung der Stadt hatten zerstören wollen. Es war ein Wunder, dass die Wiener im Winter nicht verhungert waren.

Betroffen über das Leid, das den Menschen hier widerfahren war, ritt Sebastian weiter. Vor einem Haus, dessen Dach notdürftig repariert worden war, spielten zwei magere Kinder mit Steinen. Sie warfen sie in eine kleine Grube, die sie zuvor gegraben hatten. Sebastian lenkte sein Pferd zu ihnen und fragte nach der Kalkbrennerei.

»Das ist ganz einfach«, sagte das Mädchen und richtete sich auf. Zwei blonde Zöpfe hingen über ihre Schultern. Als sie sprach, sah Sebastian, dass ihr beide Vorderzähne fehlten. Sie war zu alt, als dass es Michzähne hätten sein können. Sie würde ihr Leben zahnlos verbringen müssen. »Folgt einfach dem Fluss. Dort, wo eine riesige Kastanie steht, biegt Ihr rechts ab. Zuerst kommt Ihr an einem Steinbruch vorbei, wobei Ihr den nicht sehen werdet, weil ein kleiner Wald dazwischenliegt, und dann steht Ihr schon vor der Kalkbrennerei.«

»Ist es noch weit?«, fragte Sebastian.

Das Kind schüttelte den Kopf. »Nein, mein Bruder arbeitet dort. Er geht den Weg jeden Morgen und Abend zu Fuß.« Das Mädchen spuckte beim Sprechen, und Sebastian war froh, dass er auf dem Rücken des Mietpferdes saß.

Er bedankte sich und ritt weiter. Nach einiger Zeit erreichte er den großen Baum, der wie durch ein Wunder die Kämpfe schadlos überstanden hatte. Während die Apfelbäume daneben nur noch schwarze Gerippe waren, strahlte die Kastanie in sommerlicher Pracht. Ein paar letzte Blüten zierten die Äste.

Wie das Mädchen gesagt hatte, bog Sebastian nun nach rechts ab, passierte das Wäldchen und sah von weitem die Rauchschwaden der Brennöfen.

Der Geruch von Holzkohle wurde intensiver, und schon entdeckte er die ersten trichterförmigen Brennöfen. Seine Aufmerksamkeit galt aber einer Kapelle, die neben dem Fluss stand. Es handelte sich um ein neues Gebäude, dessen Außenwände noch verputzt werden mussten. Das kleine Gotteshaus gehörte zur Kalkbrennerei. Die Arbeiter hatten es wohl wiedererrichtet, um ihren täglichen Gottesdienst hier abzuhalten.

Sebastian beschloss, sein Pferd vor der Kapelle festzubinden. Gerade als er abstieg, trat ein Priester aus dem niedrigen Gebäude. Er trug die schwarze Tracht eines Dominikaners, hatte eine frisch geschnittene Tonsur und ging mit gefalteten Händen und gesenktem Kopf auf Sebastian zu.

»Grüß Euch Gott. Was führt Euch zu uns?«, fragte er. Kleine graue Augen musterten Sebastian neugierig.

»Ich suche den Ratsherrn Nikolaus Rötzer. Sein Diener in Wien hat mir gesagt, dass er heute den ganzen Tag hier verbringen wird.« Umständlich ließ sich Sebastian vom Rücken der Stute gleiten.

»Herr Rötzer ist bei den Löschpfannen, es hat schon wieder einen Unfall gegeben. Wenn Ihr wollt, führe ich Euch zu ihm. Mein Name ist Pater Anselm. Wie heißt Ihr?«

»Sebastian Grün. Ich bin hier, um den Mord an Philipp Schacht zu untersuchen.«

Der Dominikaner bekreuzigte sich und murmelte ein Gebet. »Ich bete dafür, dass der Herr den Verbrecher richtet, der die schwere Sünde des Mordes auf sich geladen hat.«

»Gottes Strafe ist zweifellos wichtig, aber ich hoffe, dass der Mörder auch im Diesseits vor Gericht gestellt wird«, sagte Sebastian.

»Das hoffe ich auch. Der Tod von Philipp Schacht ist ein großer Verlust. Er war ein großzügiger Mann, der viel für die Kirche getan und mit Feuereifer gegen die Andersgläubigen gekämpft hat.«

Sebastian überlegte. »Ich wusste nicht, dass er sich an den Kämpfen gegen die Osmanen beteiligt hatte«, sagte er überrascht. Nur die wenigsten reichen Männer hatten ihr Leben bei den Kämpfen riskiert. Die meisten hatte diese Aufgabe den weniger Privilegierten überlassen. Sebastian selbst war für die Verteidigung der gesprengten Tunnel zuständig gewesen. Zum Glück war es den Feinden nicht gelungen, unter der Stadtmauer durchzudringen. Dennoch waren es die schlimmsten Wochen seines Lebens gewesen, an die er lieber nicht zurückdenken wollte.

»Was redet Ihr da?«, fuhr ihn der Dominikaner an. »Die Osmanen sind abgezogen. Die eigentliche Gefahr, die der Kirche droht, sind die Anhänger des unsäglichen Augustinermönchs Martin Luther. Dieser Mann spaltet die Kirche und verbreitet ketzerische Worte. Er ist der Teufel, den es zu bekämpfen gilt.« Das Gesicht des Dominikaners hatte sich verfinstert. Die Augen starrten Sebastian mit einer Kälte an, die ihn zurückfahren ließ.

»Philipp Schacht hat gegen Luther-Anhänger gekämpft?«, fragte er verwirrt.

»Man kann auf vielerlei Art kämpfen«, erklärte der Dominikaner nun etwas freundlicher. »Philipp Schacht hat dafür gesorgt, dass in seiner Ziegelei keine Lutheraner arbeiten, und das Gleiche habe ich Nikolaus Rötzer geraten. Wenn das Pack kein Geld verdient, kann es kein Brot für seine Kinder kaufen, und bevor die Bälger verhungern, besinnen sich die Menschen wieder und kehren zum wahren Glauben zurück. Und wenn nicht, dann sollen sie eben verhungern.«

Entsetzt ob der harten Worte machte Sebastian einen Schritt zurück. »Ich wusste nicht, dass es so viele Sympathisanten des Augustinermönches in Wien gibt«, sagte er verwirrt.

»Dank Gottes Gerechtigkeit gibt es kaum noch welche. Viele sind beim Angriff der Osmanen umgekommen. Die meisten lebten in Hernals und Dornbach. Beide Vorort sind gefallen.«

Unweigerlich dachte Sebastian an die Ruinen, an denen er auf dem Weg hierher vorbeigeritten war. Die Kälte und Selbstgefälligkeit, mit der der Dominikaner über den Tod der Menschen sprach, hatte nichts mit christlicher Nächstenliebe zu tun.

Das Gespräch wurde jäh unterbrochen, denn Nikolaus Rötzer hatte sie entdeckt und kam mit schnellen Schritten auf sie zu.

Noch bevor Sebastian sich vorstellen konnte, sagte der Dominikaner: »Der Mann hier will zu Euch. Es geht um den Mord an Philipp Schacht.«

Herablassend begrüßte Nikolaus Rötzer Sebastian. Er war ein Mann, der auf sein Äußeres großen Wert legte. Seine langen Haare waren mit einem Eisen zu modernen Locken gedreht worden, die ihm rechts und links über die Schulter hingen. »Ihr habt Glück, dass Ihr mich noch hier antrefft«, sagte er. »Eigentlich wollte ich schon vor einer Stunde zurück nach Wien reiten, aber einer meiner Arbeiter hat sich mit dem ungelöschten Kalk verbrannt.« Rötzer musterte Sebastian mit unverhohlener Neugier vom Kopf bis zu den Füßen. Als er damit fertig war, breitete sich ein mitleidiges Lächeln auf seinem kantigen Gesicht aus.

»Ist der Mann schwer verletzt?«, erkundigte sich Sebastian.

»Bei mir wird er nicht mehr arbeiten können. Sein ganzer rechter Oberarm ist verbrannt. Ich habe ihm seinen Lohn für den heutigen Tag ausgezahlt, das ist mehr, als ich eigentlich tun müsste«, sagte Rötzer. Er schien von seiner Großzügigkeit selbst beeindruckt.

Sebastian fragte sich, ob es nicht Rötzers Aufgabe war, die Männer mit Lederschürzen und Handschuhen auszustatten. Die Männer arbeiteten an den Löschpfannen mit nacktem Oberkörper und hantierten ungeschützt mit dem gefährlichen Kalk. Wegen der enormen Wärme, die die Brennöfen abgaben, war das vielleicht ganz angenehm, aber eindeutig zu gefährlich. Rötzer müsste das wissen. Er besaß sechs große Kalköfen, die Tag und Nacht befeuert wurden, damit aus dem Kalkstein der begehrte Baustoff wurde.

»Woher bezieht Ihr Eure Kalksteine?«, fragte Sebastian.

»Von Laurentius Pilhamer. Seine Steinbrüche liegen gleich hinter dem kleinen Wäldchen am Fluss.«

Sebastian erinnerte sich wieder an die Worte des zahnlosen Mädchens.

»Das Wäldchen liefert Euch das Holz für die Brennöfen und der Fluss das Wasser für die Löschpfannen. Dieser Ort ist wie geschaffen für eine Kalkbrennerei.«

»Ich kann mich nicht beschweren«, sagte Rötzer. Stolz warf er einen Blick über das Gelände.

»Ich möchte Euch ein paar Fragen stellen, die den Abend betreffen, an dem Philipp Schacht ermordet wurde.«

»Ich habe keine Zeit für ein Gespräch, denn ich muss rasch nach Wien. Wenn Ihr mir Fragen stellen wollt, müsst Ihr mich begleiten und während des Ritts mit mir reden.«

Nur widerwillig stimmte Sebastian zu. Er war kein geübter Reiter und würde sich mehr auf das Pferd konzentrieren müssen als auf Rötzer. Aber er wollte nicht unverrichteter Dinge zurückkehren, also ging er in Gedanken rasch die Fragen durch, die er unbedingt stellen wollte.

Rötzer winkte unterdessen einen jungen Burschen zu sich. »Bring mir mein Pferd«, befahl er.

Der Junge war nicht älter als zwölf. Er sah dem zahnlosen Mädchen verblüffend ähnlich. Sicher war er ihr Bruder. Seine Hände waren voller entzündeter Verätzungen, die eiterten. Auf seiner Stirn standen Schweißperlen, und seine Hautfarbe war ungesund farblos.

»Ist der Junge krank?«, fragte Sebastian.

»Seid Ihr hier, um mit mir über den Gesundheitszustand meiner Arbeiter zu reden, oder wollt Ihr Euch über den Mord an Philipp Schacht unterhalten?«

Sebastian ließ Rötzers Frage unbeantwortet.

Kaum hatte der Ratsherr sein Pferd, schwang er sich elegant auf dessen Rücken, während Sebastian umständlich auf seines kletterte. Zum Glück war es ein geduldiges Tier.

»Seid Ihr endlich so weit?«, fragte Rötzer genervt.

»Gleich«, schnaufte Sebastian. Er war froh, dass er innerhalb der Stadtmauern kein Pferd benötigte. Reiten gehörte nicht zu seinen Lieblingsbeschäftigungen.

Wie befürchtet ritt Rötzer viel zu schnell, und Sebastian hatte Mühe mitzuhalten. Dementsprechend schwer fiel es ihm, Fragen zu stellen. Er zwang sich dennoch dazu.

»Wusstet Ihr, dass Philipp Schacht an dem Abend, an dem er ermordet wurde, versucht hat, Hans Steiner zu erpressen?«

Rötzer zog die Zügel seines Pferdes an und wurde langsamer.

»Das ist völliger Unsinn. Philipp hat ganz sicher niemanden erpresst. Warum hätte er das tun sollen?«

»Angeblich wollte er Steiners Weinberge kaufen und drohte mit einer Steuerprüfung.«

»Das ist der größte Unfug, den ich je gehört habe. Wozu hätte Philipp Weinberge gebraucht? Er wollte niemals Winzer werden.« Rötzer lachte. Seine Antwort kam eine Spur zu schnell. Sebastian hätte schwören können, dass er log.

»Wisst Ihr, weshalb sich Eure beiden Freunde an jenem Abend gestritten haben?«

»Meine Freunde haben sich nicht gestritten. Eure Fragen werden immer frecher. Kann es sein, dass Ihr zuvor ein paar Gläser von Steiners Wein zu Euch genommen habt?«

»Ich trinke nie«, sagte Sebastian, dessen Unmut wuchs.

»Auch das kann eine Erklärung für Eure wirren Gedanken sein. Vielleicht solltet Ihr damit anfangen.«

Sebastian schluckte seinen Ärger. Stattdessen sagte er: »Ihr bestreitet, dass Philipp Schacht und Laurentius Pilhamer eine heftige Diskussion geführt haben?«

»Eine Diskussion ist etwas anderes als ein Streit.«

»Worum ging es in der *Diskussion*?« Sebastian zog das Wort bewusst in die Länge.

»Eine sehr persönliche Angelegenheit, die nichts mit dem Mord an Philipp zu tun hatte. Ihr könnt Euch die ganze Fragerei sparen.«

»Ich suche nach dem Mörder Eures Freundes.«

»Dann müsst Ihr auf den Nussberg reiten. Der Mörder heißt Hans Steiner.«

»Warum glaubt Ihr das?«

»Ihr habt selbst gesagt, dass Philipp ihm eine Steuerprüfung angekündigt hat. Wahrscheinlich hatte Steiner Angst davor.«

»Ihr gebt also zu, dass Philipp Schacht Hans Steiner erpresst hat?«

»Hört Ihr mir eigentlich zu?« Rötzers Stimme wurde laut und ungehalten. »Ich rede nicht von Erpressung.

Philipp war ein sehr genauer Mensch, und Steiner nimmt Gesetze nicht besonders ernst. An dem Abend, an dem wir bei ihm waren, hat er sogar gebratene Würste serviert, und jeder weiß, dass das verboten ist.«

»Ihr glaubt, eine Steuerandrohung reichte aus, dass Hans Steiner Euren Freund mit einem Hammer erschlagen hat?«

»Warum nicht? Menschen wurden schon aus nichtigeren Gründen getötet.«

Sebastian hätte sich gerne zu Rötzer gedreht, um seinen Gesichtsausausdruck während des Sprechens zu sehen, aber er war so darauf konzentriert, nicht aus dem Sattel zu fallen, dass er darauf verzichten musste.

»Wann seid Ihr an diesem Abend nach Wien zurückgeritten?«

»Es muss kurz vor neun gewesen sein. Philipp blieb noch. Er sagte, dass er noch einmal mit Steiner reden wollte. Laurentius und ich waren müde und wollten zurück, deshalb brachen wir gemeinsam auf.«

»Kann das jemand bezeugen?«

»Ich bin Ratsherr der Stadt. Mein Wort muss Euch reichen«, sagte Rötzer ungehalten.

Sebastian reichte es nicht. Er fragte: »Wart Ihr an dem Abend am Abort der Steiners?«

Für einen kurzen Moment schaute Sebastian zu seinem Gegenüber. Der verzog nur angewidert das Gesicht. »Ich zog es vor, mein Geschäft auf dem Heimweg zu erledigen. Es ist ein Skandal, dass eine Gaststube einen derart stinkenden Abort hat. Der Kotkönig hätte schon vor Wochen die Grube entleeren müssen.«

»Stimmt es, dass Ihr Euch regelmäßig mit den beiden Ratsherren Schacht und Pilhamer und dem Richter Pernfuß trefft?«

Abrupt hielt Rötzer sein Pferd an. Sebastian hatte Mühe, seines ebenfalls zum Halten zu bringen. Nur widerwillig blieb das Tier in einigem Abstand zu Rötzer stehen.

»Mit wem ich mich treffe, geht Euch gar nichts an. Ebenso wenig, wer zu meinem Freundeskreis zählt. Eure Aufgabe ist es, den Mörder zu finden, und zwar rasch, denn dafür werdet Ihr mit meinen Steuergeldern bezahlt.«

»Genau das versuche ich zu tun«, erwiderte Sebastian.

»Alles, was ich bis jetzt gehört habe, waren freche Fragen. Wenn Ihr mir auch nur eine weitere stellt, werde ich einen Antrag für Eure Entlassung stellen.«

»Oh, da seid Ihr nicht der Erste, nur zu, nehmt kein Blatt vor den Mund«, sagte Sebastian. Er hatte die Drohgebärden der Ratsherren satt. Für einen Moment war Rötzer sprachlos. Aber die Überraschung hielt nur kurz an.

»Was mich betrifft, so ist das Gespräch beendet. Seht zu, dass der Fall aufgeklärt wird.«

Die letzten Worte konnte Sebastian nur noch erahnen, denn Rötzer hatte seinem Pferd in die Flanken getreten und es zum schnellen Galopp angetrieben. Mit einem kräftigen Satz sprang das Tier nach vorne und lief Sebastians Hengst davon.

Ratlos sah Sebastian ihm nach. Was sollte er tun? Dem Mann hinterherreiten? Er würde ihn niemals einholen. Der Ratsherr hatte Sebastian nichts gesagt, was ihm weitergeholfen hätte.

Er könnte der Witwe des Ermordeten einen Besuch abstatten oder, wie Rötzer vorgeschlagen hatte, zum Nussberg reiten. Dort könnte er gemeinsam mit Fanny Roth nach dem mysteriösen Hammer suchen. Sebastian entschied sich für die zweite Lösung.

Fanny stand vor einer Schüssel gekochter Linsen, mischte sie mit gehackten Zwiebeln, Essig, Öl und Salz ab und war mit dem Ergebnis unzufrieden. Irgendetwas fehlte, aber sie konnte nicht sagen, was es war.

»Rosa, was meinst du? Was fehlt in diesem Linsensalat?« Die Magd zuckte mit den Schultern. Sie hatte in der letzten halben Stunde zig Vorschläge gemacht, aber Fanny hatte alle abgelehnt.

»Ich gehe die Hühner füttern«, sagte sie und verschwand aus der Küche, bevor Fanny eine andere Aufgabe für sie fand.

»Liebstöckel? Thymian? Rosmarin?«, überlegte Fanny laut. Gerade als sie dachte, die Lösung gefunden zu haben, hörte sie das Klappern von Hufen im Hof und vergaß es wieder. Neugierig sah sie aus dem Küchenfenster. Es war Sebastian Grün. Was wollte der Bauingenieur hier? Hatte er etwa den Mörder gefunden? Rasch wischte Fanny sich die Hände in ihrer Schürze ab und stürzte in den Hof. Rosa war gerade dabei, dem Gast das Pferd abzunehmen.

»Grüß Euch Gott!«, rief Fanny. »Habt Ihr Neuigkeiten?«

»Leider nein«, sagte Grün, und Fanny fragte sich, was

er dann hier wollte. Laut sagte sie: »Ich mische gerade Linsensalat ab und kann mich nicht für das richtige Gewürz entscheiden. Wollt Ihr mir helfen?«

»Ich weiß nicht, ob ich das kann«, sagte Grün verlegen. »Mit Gewürzen kenne ich mich nicht aus.«

»Kostet einfach und sagt, was fehlt.«

Grün folgte ihr in die Küche, wo zu Fannys Überraschung bereits Liechti stand und ungefragt aus ihrer Schüssel naschte.

»Galgant fehlt«, sagte der Schweizer bestimmt. »Aber sonst ist der Salat perfekt wie immer.«

»Ja, richtig!«, rief Fanny und schlug sich mit der flachen Hand auf die Stirn.

»Gern geschehen«, grinste Liechti. »Jeder Zeit wieder und bei allen anderen Problemen natürlich auch.« Er warf Fanny einen vertrauten Blick zu, so dass ihr ein wohliger Schauer über den Rücken lief. Grün bedachte er bloß mit einem Nicken. »Habt Ihr den Mörder schon gefunden?«, fragte er.

»Leider nein«, antwortete Grün. »Aber ich wollte Euch bezüglich des Hammers, den Ihr angeblich gesehen habt, ein paar Fragen stellen.«

»Was heißt angeblich?«, fragte Liechti finster. »Zweifelt Ihr an meiner Aussage?«

»Ihr seid bis jetzt der Einzige, der den Hammer gesehen hat.«

»Habt Ihr denn schon alle Männer befragt, die an jenem Abend hier waren?«

»Dazu fehlte bis jetzt die Zeit«, gab Grün zu.

»Also ich kann Euch den Hammer genau beschreiben. Er war in etwa so lang.« Der Schweizer hielt seine Hände in einem Meter Abstand voneinander entfernt. »Ich kenne diese Art von Hammer nur aus Erzählungen meines Großvaters. In den Alpen haben die Männer solche Hämmer als Waffen benutzt, um sich gegen Angreifer zu schützen.«

»Wirklich?«, fragte Fanny erstaunt. »Das letzte Mal habt Ihr von Erzbergwerken gesprochen.«

Der Schweizer zuckte mit den Schultern. »Kann sein, dass mein Großvater Dinge durcheinandergebracht und übertrieben hat. Er hat gerne gruselige Geschichten erzählt und war immer sehr stolz darauf, dass sein Dorf niemals von Feinden eingenommen wurde.«

»Wer will schon ein Dorf in den Alpen einnehmen?«, fragte Grün düster. »Das Leben dort ist hart und beschwerlich, und außer einer Menge Steine und Schnee gibt es nichts Begehrenswertes.«

»Was wisst Ihr vom Leben in den Alpen?«, fragte Liechti erbost. »Habt Ihr jemals einen Fuß aus Wien gesetzt?« Er fühlte sich sichtlich beleidigt und wollte es dem Beamten gleichtun.

Fanny stellte sich zwischen die beiden Männer und versuchte, die Gemüter wieder zu beruhigen. »Wo, meint Ihr, kann die Waffe jetzt sein?«, fragte sie.

»Der Mörder wird sie mitgenommen haben«, sagte Sebastian Grün.

»Und wenn nicht?«, hakte Fanny nach. »Wo würdet Ihr einen riesigen Hammer verstecken?«

Alle drei sahen einander ratlos an.

»An einem Ort, an dem niemand danach suchen wird«, schlug Liechti vor.

Plötzlich fiel es Fanny wie Schuppen von den Augen: »Der Abort. Der Mörder hat die Waffe in unseren stinkenden Abort geworfen.«

»Aber das kann er doch nur getan haben, wenn er nicht wusste, dass der Kotkönig in ein paar Tagen kommen wird«, gab Liechti zu bedenken. »Sonst wäre es kein sicherer Ort. Außerdem würde er den Hammer dort nicht verstecken, sondern entsorgen. Was unwahrscheinlich ist, schließlich ist ein Hammer ein wertvolles Werkzeug.«

»Aber nehmen wir an, dass der Mörder die Waffe entsorgen wollte und das in unserem Abort getan hat. Dann würde es bedeuten, dass es ein Gast war, der noch nicht oft bei uns war. Alle anderen wissen, dass wir auf den Kotkönig warten«, erklärte Fanny, stolz auf sich selbst, dass sie so kluge Zusammenhänge herstellen konnte.

»War denn an jenem Abend ein Gast hier, den Ihr nicht kanntet?«, fragte Grün.

Fanny verdrehte die Augen. Wie oft hatte sie dem Mann nun schon erklärt, dass sie sich an die Gäste nicht mehr erinnern konnte? Grün schien ein Gedächtnis wie ein Sieb zu haben.

Liechti hatte Fannys Unmut bemerkt und streute noch weiteres Salz in offene Wunden.

»Habt Ihr Eure Unterlagen dabei? Dort könnt Ihr alle Antworten, die Ihr bisher bekommen habt, nachlesen und müsst dieselben Fragen nicht dreimal stellen.«

»Ich denke, die Mappe liegt in meiner Küche. Oder auf meinem Arbeitstisch im Rathaus.« Grün betrachtete eingehend die dunklen Balken an der Küchendecke. Seine Augen blieben an einem Bündel Knoblauch und ein paar harten Würsten hängen. Hoffte er dort die Antwort auf seine Fragen zu finden?

»Wer könnte sich denn an die anderen Gäste erinnern?«, fragte Liechti.

»Vielleicht der Schuster, der Fleischer oder die Bäckergesellen. Zwei von ihnen hat Max rausgeworfen, weil einer völlig betrunken war und zu randalieren anfing.«

»Er wird uns nicht weiterhelfen, aber vielleicht sein nüchterner Freund.«

»Der betrunkene Bursche hieß Siegfried, den Namen des anderen weiß ich nicht mehr«, sagte Fanny.

»Würdet Ihr ihn wiedererkennen, wenn Ihr ihn seht?« Liechti hatte die Unterhaltung übernommen, so als würde er die Untersuchungen führen.

»Natürlich«, sagte Fanny. »Der Bursche kommt regelmäßig zu uns, er ist ein Freund von Siegfried, die beiden arbeiten beim Bäcker Reuz.«

Eine Weile schwiegen alle. Grün hatte sein Interesse an Knoblauch und Würsten verloren und meldete sich nun zu Wort.

»Was haltet Ihr davon, mich nach Wien zu begleiten und den Bäckergesellen einen Besuch abzustatten?«

»Das ist doch völlig unnötig«, sagte Liechti hastig, und sowohl Grün als auch Fanny sahen ihn überrascht an.

Deutlich gelassener fügte er hinzu: »Max kann genauso gut mit Euch kommen, schließlich hat er die Burschen rausgeworfen.«

»Max ist in Klosterneuburg bei den Chorherren. Er liefert dort zwei Fässer Wein ab und bleibt über Nacht«, erklärte Fanny.

»Dann werde ich ebenfalls mit Euch kommen, schließlich könnt Ihr unmöglich allein zurückreiten. In ein paar Stunden wird es finster, und die Straßen sind unsicher.« Liechti stellte sich beschützend neben Fanny. Sie fand die Fürsorge des Schweizers schmeichelhaft.

»Ich bin längst zurück, wenn es dunkel wird«, erklärte sie. Insgeheim hoffte sie, dass er seinen Schutz noch einmal anbieten würde.

»Und wenn nicht?«, mahnte Liechti. »Ich könnte mir nie verzeihen, wenn Euch etwas zustößt!«

Das war genau die Art von Antwort, auf die Fanny gehofft hatte. Sie lächelte zufrieden. Auch wenn sie keine Begleitung benötigte, sagte sie zufrieden: »Ich mache Euch einen Vorschlag. Wenn ich bis sieben nicht zurück bin, bitte ich Euch, nach Wien zu reiten und um acht auf mich beim Schottentor zu warten.«

»Einverstanden!«, sagte Liechti. »Ich werde dort sein.«

Als er eine Spur zu nah an sie herantrat, fand sie das ganz und gar nicht verkehrt. Vielleicht hatte der Schweizer endlich eingesehen, dass Wien eine wundervolle Stadt war, um sesshaft zu werden.

»Habt Ihr heute Abend keine Gäste?«, fragte Grün.

»Wir haben die ganze Woche über geschlossen. Solange die Sache mit Vater nicht geklärt ist, will ich niemanden bewirten.«

»Und wo ist Euer Vater?«, wollte Grün wissen.

»Dort, wo er immer ist, wenn es Probleme gibt«, sagte Fanny. »Im Weingarten oder im Weinkeller. Bei diesem wundervollen Wetter eher im Weingarten.«

»Er ist ein äußerst kluger Mann«, sagte Liechti.

Fanny konnte aus den Augenwinkeln sehen, dass Grün sich auf die Lippen biss. Sicher lag ihm eine böse Bemerkung auf der Zunge, die er aber nicht aussprach.

»Ich werde Linda satteln«, sagte sie und ging Richtung Stall, bevor Grün es sich anders überlegte und seinen Kommentar loswurde.

Schweigend ritten Fanny und Grün langsam nebeneinanderher. Linda konnte nicht schneller, und Grün schien sich daran nicht zu stören. Unterdessen hing Fanny ihren eigenen Gedanken nach. Durfte sie sich ernsthafte Hoffnungen machen, was Liechti betraf? Er machte ihr Komplimente, seit er bei ihnen wohnte. Diese Wortgeplänkel waren für ihn eine Art Spiel, die er mit jeder hübschen Frau führte. Aber nun schien er sich wirklich um sie zu sorgen. Warum sonst sollte er anbieten, sie abzuholen, damit sie nicht allein nach Hause reiten musste? Fanny mochte den Schweizer und war fest davon überzeugt, dass er einen besseren Ehemann als Michael abgeben würde, der den Wein nicht unter Kontrolle gehabt und jedes Mal zu viel getrunken hatte. Wenn seine Sinne berauscht gewesen waren, hatte er zugeschlagen. Manchmal leichter, manchmal fester. Fanny schloss für einen Moment die Augen, um das Bild, das nun vor ihrem geistigen Auge auftauchte, schnell wieder zu vertreiben. Sie wollte es nicht sehen, weil sie genau wusste, dass der Schmerz, den es verursachte, sie lähmen würde.

Statt in der Vergangenheit zu stöbern, dachte sie lieber über die Zukunft nach. Wenn Fanny hätte wählen können, wäre sie lieber den Rest ihres Lebens unverheiratet geblieben. Sie schätzte die Freiheit, die sie im Moment bei ihrem Vater genoss. Aber sie konnte nicht wählen. Das Privileg, das sie im Moment genoss, war nur von kurzer Dauer. Wenn sie den Hof übernehmen wollte, musste sie wieder heiraten. Natürlich gab es genug Männer, die eine reiche Winzerin auf der Stelle zur Frau nehmen würden. Aber Fanny wollte nicht irgendjemanden. Diesmal wollte sie sichergehen, nicht geschlagen zu werden. Sie wollte einen Mann, der sie schätzte und nicht mit Füßen trat. Liechti war gut aussehend, klug und unterhaltsam. Er verstand zwar nichts vom Wein und sah jeder hübschen Frau nach, aber das konnte sich noch ändern, davon war Fanny überzeugt. Schließlich hatte sie auch mit seiner neu entdeckten Fürsorge nicht gerechnet.

Ihre Gedanken wurden jäh von Grün unterbrochen: »Wusstet Ihr, dass es in den Vorstädten Wiens eine ganze Gruppe von Menschen gibt, die mit den Ideen von Martin Luther sympathisiert?«

Es dauerte eine Weile, bis Fanny begriff, wovon er sprach.

»Meint Ihr den Mönch, der 95 Thesen gegen Rom aufgestellt hat?«, fragte sie.

»Ja, den.«

»Ich hatte keine Ahnung«, gab Fanny zu. Sie schüttelte ihren Kopf heftig in der Hoffnung, die Gedanken von zuvor wieder zu vertreiben und sich auf Grüns ungewöhnliches Gesprächsthema einzulassen.

»Viele sind beim Kampf um Wien gefallen«, erklärte Grün.

Fanny hielt ihr Pferd an. »Das ist traurig und sehr interessant. Ich nehme an, dass es im Mordfall eine Rolle spielt. Sonst würdet Ihr mir nicht davon erzählen.«

»Ich weiß nicht, ob es wichtig ist«, gab Grün zu. »Aber seit ich mich mit Schachts Tod befasse, stoße ich immer wieder auf die Orte Hernals und Dornbach. Zuvor habe ich zwar gewusst, dass es die Dörfer gibt, aber nicht mehr.«

»Die Ratsherren haben dort große Besitztümer. Deshalb hört Ihr die Namen so oft«, erklärte Fanny.

»Wart Ihr jemals in Dornbach?«

Fanny verneinte.

»Ich würde den Ortskern gerne sehen und die Überreste der Kirche«, sagte Grün. »Wir müssten keinen großen Umweg nehmen und könnten uns später den Bäckern widmen.«

»Was erwartet Ihr, dort zu finden?«, fragte Fanny. Sie spürte, wie sie zunehmend ungeduldig wurde. »Die Zeit läuft uns davon. Wir können es uns nicht leisten, einen Nachmittag damit zu verbringen, alte Kirchen anzusehen!«, sagte sie und bereute die Schärfe in ihrer Stimme.

Grün legte seinen Kopf schief und sah wieder einmal in den Himmel. Diesmal beobachtete er die Wolken.

»Leider kann ich Euch nicht versprechen, dass der Weg sich lohnt. Ich weiß auch nicht genau, wonach ich suche. Wahrscheinlich ergibt sich das erst, wenn wir dort sind.«

Fannys Geduld wurde auf eine harte Probe gestellt.

»Ihr wollt eine alte Kirche ansehen und wisst nicht, wonach Ihr dort sucht?«

Grün nickte. »Ich will mit Überlebenden reden.«

»Warum um alles in der Welt?« Fannys Stimme wurde laut.

Grün zuckte unmerklich zusammen. »Die Familie Pilhamer ist immer wohlhabend gewesen, aber der große Reichtum ist neu. Ich würde gerne wissen, seit wann Herr Pilhamer seine Steinbrüche in Hernals besitzt. Herr Rötzer ist erst seit einem Jahr Besitzer der Kalkbrennerei. Schacht besaß eine Ziegelei in Dornbach. Ist die auch neu erworben? Ich frage mich, ob es da einen Zusammenhang gibt.«

»Das könnt Ihr doch ganz einfach in den Unterlagen im Rathaus überprüfen«, sagte Fanny.

»Warum sollten dort Unterlagen über die Grundbesitzverhältnisse der Vororte liegen?«

»Dann schaut eben im Grundbuch der Vororte nach.«

»Welche Grundbücher? Es gibt offiziell keinen Grundbesitz in Hernals. Bestenfalls Lehensverträge mit der Krone. Ein Teil davon wurde beim Angriff der Osmanen vernichtet.«

Plötzlich sah Fanny die Angelegenheit in einem anderen Licht. Ihr Interesse wuchs. Was ungewöhnliche Besitzverhältnisse betraf, kannte sie sich aus. Ihr Vater besaß Land außerhalb der Stadtmauern, obwohl er über keinen Adelstitel verfügte. Außerdem hatte er das Bürgerrecht der Stadt Wien. Fanny wusste, dass ihr Vater und sein Schwiegervater sich all diese Privilegien mit Hilfe des Weins hart erkämpft hatten und nun mit Urkunden belegen konnten. Duplikate davon lagen bei einem Notar in Wien. Wenn ihre Unterlagen verschwinden würden und die Duplikate des Notars, dann würde das Land wieder an die Krone fallen.

Sicher gab es auch in Hernals, Dornbach und Neustift solche Regelungen. Niemand wusste genau, wie viel Land es gab, das nicht von der Krone belehnt wurde. Die meisten dieser Lösungen waren legal und dennoch nicht korrekt. Meistens gab es Verträge, aber nicht immer eine Rechtsgrundlage dazu. Manchmal hatte Fanny den Eindruck, dass die mächtigen Männer in diesem Reich Probleme umgingen, indem sie die bestehenden Gesetze mit ein paar Zusätzen versahen und so Texte schufen, die nach allen Richtungen biegbar waren. Nicht selten führten die Zusätze dazu, den Gewinn ebendieser Männer zu vergrößern. Aber Fanny durfte sich nicht beklagen, schließlich hatte auch ihr Vater von so einem biegsamen Gesetzestext profitiert.

»Was habt Ihr vor?«, fragte sie, in Gedanken immer noch bei ihrem eigenen Weinberg.

»Das habe ich Euch schon gesagt: nach Dornbach reiten und mit Überlebenden reden. Menschen, die dort leben, wissen am besten, wer seit wann was besitzt.

Kommt Ihr mit, oder soll ich mich allein auf den Weg machen?«

Fanny kaute an ihrer Unterlippe und überlegte. »Was ist mit den Bäckergesellen?«

»Denen statten wir hinterher einen Besuch ab«, sagte Grün. »Da Euer tapferer Ritter Euch vor Einbruch der Dunkelheit vom Stadttor abholen wird, müsst Ihr Euch wegen der Zeit keine Sorgen machen.«

Fanny war sich sicher, dass er sich eben über sie lustig gemacht hatte, und öffnete den Mund, um etwas zu erwidern, aber Grün hatte sein Pferd bereits gewendet und war Richtung Dornbach weitergeritten. Anscheinend war er sicher, dass sie ihm folgen würde.

Seine Gewissheit ärgerte Fanny noch mehr. »Komm, Linda«, sagte Fanny, strich der alten Stute über den Hals und versuchte, das Tier zum Weiterreiten zu motivieren. Fanny hatte Erfolg, was wohl mehr dem dunkelbraunen Hengst zuzuschreiben war, auf dem Grün ritt, als ihr selbst.

Wenig später erreichten sie Dornbach. Der Ort war vor der Türkenbelagerung ein florierendes Dorf gewesen, mit einem kleinen Teich und einer Kirche in der Mitte. Jetzt waren die Häuser dem Erdboden gleichgemacht, der Teich ein Sumpf aus Unrat und Morast. Stinkende braune Blasen schwammen auf der Oberfläche. Abgerissene Zäune und zersplittertes Werkzeug erinnerten daran, dass vor einigen Monaten Menschen hier gearbeitet, Kinder gespielt und Tiere geweidet hatten. Jetzt waren die Menschen verschwunden und das Land unbestellt. Es würde noch Wochen und Monate dauern, bis neue Bewohner den Ort für sich entdecken und die Ruinen wieder aufbauen würden. Menschen, die keinerlei

Erinnerungen an die schrecklichen Ereignisse des Herbstes im Jahr 1529 hatten.

Grün lenkte sein Pferd zu dem Platz, an dem einst die Kirche mit einem hohen Glockenturm gestanden hatte. Drei Mauern und ein notdürftig repariertes Dach waren alles, was von der einstigen Pracht übriggeblieben war. Umständlich, aber deutlich sicherer als noch vor ein paar Tagen rutschte Grün vom Rücken seines Pferdes. Fanny beobachtete ihn dabei und fand es erstaunlich, wie schnell ein Mann sich an ein Pferd gewöhnen konnte. Sie tat es ihm gleich.

»Auf viele Überlebende werden wir hier nicht stoßen«, sagte sie.

Grün antwortete nicht. Ruhig band er sein Pferd an einem Pfosten fest, der einst Teil eines Zauns gewesen war. Er ging auf die Ruine zu. Rechts vom ehemaligen Eingang der Kirche befand sich ein schlichtes Holzkreuz, um dessen oberen Teil ein Kranz aus frischen Margeriten gewickelt war. Fanny trat einen Schritt näher. Auf dem Querbalken war mit ungelenken Großbuchstaben der Name »EMMI« eingeritzt.

»Sieht ganz so aus, als würde jemand regelmäßig dieses Grab besuchen«, sagte Fanny.

Grün drehte sich einmal um sich selbst und meinte nachdenklich: »Es ist das einzige Grab, das ich entdecken kann.« Dann betrat er die Ruine, und Fanny folgte ihm.

Innerhalb der Mauern war es finster. Es roch nach einer Mischung aus kaltem Rauch, Ruß, Urin und toten Tieren. Fanny kämpfte gegen einen heftigen Brechreiz an. Der Boden war vor dem Überfall mit einem Mosaik ausgelegt gewesen. Jetzt waren nur die Reste davon übrig. Kleine gefärbte Steinchen hatten einst ein farbenfrohes Muster ergeben. Es erinnerte Fanny an ein Stickmuster, das sie als Mädchen hatte lernen wollen. Aber weder ihr Vater noch Max hatten ihr helfen können. Fanny hatte das Muster nie in ihre Schürze gestickt.

»Hallo, ist hier jemand?«, fragte Grün. Seine Stimme klang unecht. Eine der Wände war im Unterschied zum Rest des Gebäudes gut erhalten. Sie war mit Bildern in kräftigen Farben bemalt. Wie durch ein Wunder hatte das Feuer der Malerei nicht viel anhaben können. Der Künstler musste ein Freund der intensiven Farben gewesen sein. Jesus trug ein leuchtend rotes Gewand, in den Farben des Feuers, und stieg auf einer rosa Wolke in den Himmel auf. Er sah jedoch nicht liebevoll, sondern mahnend, ja anklagend auf die Menschen herab. So als würde er sich über das beschweren, was man mit seinem Haus angerichtet hatte. Das Gemälde passte zur Verwüstung. Es war, als hätten die Osmanen dieses Bild bewusst als Abschreckung zurückgelassen. Unter dem Bild standen die Worte: »Denn der Herr, dein Gott, ist ein verzehrendes Feuer und ein eifriger Gott.«

Die feinen Härchen in Fannys Nacken stellten sich auf. Ihr wurde plötzlich kalt.

»Seid Ihr bibelfest?«, fragte Grün.

»Leider nein.« Sie trat näher an ihn heran, da ihr unheimlich zumute war.

»Meine Mutter war eine fromme Frau, aber sie ist viel zu früh gestorben, und mein Vater hält nicht viel auf die Kirche. Er lebt für den Hof, seine Religion ist der Wein.«

»Eine interessante Lebensauffassung«, sagte Grün. »Darüber muss ich nachdenken.«

»Das könnt Ihr Euch sparen, schließlich mögt Ihr keinen Wein.«

»Das nicht, aber die Technik und den Fortschritt.«

Fanny setzte zu einer Antwort an, als sich plötzlich ein Schatten hinter einer halbverfallenen Säule löste. Vor Schreck entfuhr Fanny ein Angstschrei, der die Stille der Kirche zerriss. Fanny drängte sich an Grün und hielt sich mit beiden Händen an seinem Oberarm fest. Die Wärme, die von seinem Körper ausging, beruhigte sie ein wenig. Gebannt starrte sie auf den Schatten, der sich als kleine, gebeugte Frau mit weit aufgerissenen Augen entpuppte. Das Hellblau der Iris blitzte im Dunkeln auf. Die Frau war halb nackt. Ihr Kleid hing in Fetzen an ihrem Körper herab, bedeckte nur eine Schulter und gab einen Teil ihrer Brust frei, die alles andere als einladend aussah. Ein fleischloser Hautlappen, der abweisend an ihrem dürren Körper baumelte. Ein fürchterlicher Gestank nach getrocknetem Urin ging von ihr aus. Sicher hatte sie sich seit Wochen nicht mehr gewaschen. Ihre Haare waren verfilzt und ihre langen, zum Teil abgebrochenen Fingernägel schwarz.

»Was wollt Ihr hier?«, fragte sie misstrauisch. Im Gegensatz zu ihrem Äußeren war ihre Stimme warm und wohlklingend. So als würde sie singen. Hätte Fanny es gewagt, die Augen zu schließen, würde das Bild einer wunderschönen Frau vor ihrem inneren Auge entstehen.

»Wir sind auf der Suche nach Überlebenden«, sagte Grün.

Ausdruckslose Augen starrten ihn an. Die Frau schüttelte den Kopf. »Es gibt keine Überlebenden«, sagte sie. Die Osmanen haben Janitscharen geschickt, eine ganze Truppe wilder Männer mit scharfen Säbeln.«

»Das haben wir gehört. Aber irgendwer muss doch die Kämpfe überlebt haben.«

»Die Feinde waren in der Übermacht und haben alles zerstört, was sich ihnen in den Weg gestellt hat. Meiner

Schwester haben sie den schwangeren Bauch aufgeschlitzt und dem Ungeborenen den Kopf abgehackt.« Ihre wohlklingende, unaufgeregte Stimme passte weder zu den schrecklichen Worten noch zu ihrem Gesichtsausdruck.

Die Frau riss die großen Augen noch weiter auf. Blankes Entsetzten stand darin. »Das Kind hat gelebt. Ich schwöre Euch, es hat sich bewegt. Meine kleine Tochter haben sie aufgespießt wie ein Huhn. Sie hat vor Schmerzen wie wild geschrien und geweint. Es hat ewig gedauert, bis sie endlich still war. Ich wollte zu ihr, aber sie haben mich festgehalten und schreckliche Dinge mit mir gemacht. Mein Mann wollte uns beide retten, sie haben ihm den Kopf abgehackt und mir auf die Brust gelegt.«

Fanny fiel das Atmen schwer. Sie wollte die Worte der Frau nicht hören, schaffte es aber nicht wegzugehen.

»Als alles vorbei war, habe ich den Körper meines Kindes gefunden, alles war voller Blut. Ich habe meine Tochter in den Arm genommen und für sie gesungen.«

Die Frau setzte sich auf den Boden. Ihr Kleid verrutschte und legte zwei dürre schmutzige Beine frei. Sie verschränkte die Arme vor ihrem Körper, so als wiegte sie ein kleines Kind darin. Dabei bewegte sie ihren Oberkörper rhythmisch nach vorne und wieder zurück. Sie summte eine Schlafmelodie und begann schließlich zu singen. Ihre Stimme klang wunderschön, hallte in den Mauern der Ruine wider und füllte den Raum aus. Ihr Gesang hatte etwas Überirdisches, unwirklich Magisches. Er passte nicht zu ihrem Äußeren und schon gar nicht zu dem, was sie eben erzählt hatte. Weder Grün noch Fanny wagten es, sie zu unterbrechen. Beide hatten noch nie etwas derart Schönes und Vollkommenes gehört. Die Frau traf jeden einzelnen Ton mit einer unglaublichen Präzision und berührte etwas im Innersten, das keine sprechende Stimme je erreichen konnte.

Als sie fertig gesungen hatte, dauerte es einige Augenblicke, bis Grün wieder in der Lage war, eine Frage zu stellen: »Lebt Ihr hier ganz allein?«

»Nicht allein, mein Kind ist doch bei mir. Könnt Ihr Emilia nicht sehen?« Die Frau streckte ihm die leeren Arme entgegen. »Sie ist wunderschön, nicht wahr?«

»Ja, das ist sie«, sagte Grün.

»Das blonde Haar hat sie von ihrem Vater. Ähnlich wie Euer Haar.« Die Frau lächelte und legte dabei ein paar Zähne frei. Es waren nicht mehr alle, aber von einem bestechenden Weiß. Vor dem Überfall musste sie eine Schönheit gewesen sein.

»Darf ich Euer Haar berühren?«, fragte sie.

Noch bevor Grün antworten konnte, sprang sie auf und ging auf ihn zu. Sie beugte sich über ihn. Der Gestank, der von ihr ausging, raubte Fanny den Atem, auch Grün schien für einen Moment nicht einatmen zu können. Die Frau berührte mit ihrer dreckigen Hand Grüns üppiges hellblondes Haar. Sie seufzte laut. »Es fühlt sich an wie das von Emilia«, sagte sie.

Grün musste sich sichtlich zusammenreißen. Er zuckte vor ihrer Berührung nicht zurück.

»Wie ist Euer Name?«, fragte er.

»Gertrud. Ich heiße Gertrud.«

»Lebt außer Euch und Euer Tochter noch jemand in den Ruinen?«

»Oh ja!«, sagte Gertrud, und ihre Augen begannen zu strahlen. »In manchen Nächten kommen sie alle wieder zurück. Dann feiern wir ein Fest. Mein Ernst tanzt mit mir, und danach lieben wir uns. Es ist wunderschön, genauso wie vor dem Überfall.«

»Und in den Nächten, in denen sie nicht kommen?«, fragte Grün. »Seid Ihr dann ganz allein?«

Plötzlich begann die Frau zu zittern. Sie schüttelte heftig den Kopf. »Früher waren da noch die alte Mara und der Mann von Eva.« Sie zögerte, schien nachzudenken und fügte hinzu: »Jakobus, der Bruder. Ich weiß nicht mehr ... aber die sind nun auch weg.«

»Wisst Ihr, wo sie hingegangen sind?«

Die Frau begann erneut zu singen, und sowohl Grün als auch Fanny lauschten andächtig. Gertrud sang ein altes Volkslied, das vom nahenden Frühling und der Liebe zwischen einem jungen Mann und einer jungen Frau handelte. Wieder wagten die beiden es nicht, die Frau zu unterbrechen. Ihr Gesang schien nicht über das Gehör, sondern direkt über das Herz in die Körper der Zuhörer einzudringen.

Doch diesmal beendete Gertrud ihr Lied nicht. Sie brach mitten im Gesang ab und sprang abrupt auf. Weder Sebastian noch Fanny hatten mit der Bewegung gerechnet. Beide waren wie gelähmt. In Gertruds Rechten blitzte ein Messer auf. Fanny unterdrückte einen Schrei und lehnte sich zurück, während Gertrud sich auf Grün stürzte. Mit einer einzigen flinken Bewegung fasste sie nach seinem Kopf und griff in sein volles Haar. Die Klinge fuhr in die Luft, ein schneidendes Geräusch folgte, und schon drehte sich Gertrud um und lief aus der Kirche. Das alles passierte in einer unglaublichen Geschwindigkeit.

Fassungslos starrte ihr Grün hinterher. Er griff nach seinem Haar. Eine üppige Strähne fehlte. Jetzt erst erwachte er aus seiner Starre und lief Gertrud hinterher: »So wartet!«

Auch Fanny folgte ins Freie, aber die Frau war schneller. Geschickt sprang Gertrud über Mauerreste und Gestrüpp und verschwand im Dickicht, das hinter einem halbverfallenen Stadel begann. Wilde Brombeeren und Vogelbeeren bildeten eine schier undurchdringbare Hecke. Im Gegensatz zu Fanny und Grün kannte Gertrud einen Weg durch die Wildnis. Kaum war sie im Gestrüpp verschwunden, war auch der Weg, den sie gewählt hatte, nicht mehr erkennbar.

»Gertrud!«, rief Grün erneut. Er blieb vor den Dornen tragenden Pflanzen stehen, versuchte, die sperrigen Äste auseinanderzubiegen, stach sich in den Finger und ließ es bleiben.

»Kommt zurück. Wir nehmen Euch mit nach Wien. Dort gibt es Menschen, die Euch helfen können.«

Noch einmal ergriff er zwei Äste, bog einen davon zur Seite und kletterte in das entstandene Loch. Sein Hemd verfing sich in den Dornen.

»Es hat keinen Sinn«, sagte Fanny. »Ihr ruiniert Euch die Kleidung und zerkratzt Euer Gesicht. Kommt wieder raus.«

Nur widerwillig folgte er ihren Anweisungen, blieb erneut in den Dornen hängen und fluchte leise.

»Wie ist es der Frau gelungen, so schnell durch dieses Dickicht zu fliehen?« Er zupfte angewidert Blätter aus dem blonden Haar.

»Sie wohnt seit über einem halben Jahr hier«, sagte Fanny. Besorgt musterte sie Grüns Gesicht. Ein feiner roter Strich zog sich über seine rechte Wange. »Gertruds Messer hat Euer Gesicht erwischt.«

»Kann sein.« Nachlässig hielt Grün den Ärmel seines Hemdes an die Wange. Als er es wieder wegnahm, blieb ein roter Abdruck am Stoff zurück. »Meine Frisur wird mich länger begleiten«, seufzte er.

Fanny musterte den hellen Haarschopf. An der rechten Schläfe fehlte ein faustgroßes Büschel, es war bis auf die Länge eines kleinen Fingers gekürzt, dennoch fiel das Loch kaum auf, da sich schon jetzt andere Locken über die kahle Stelle drängten.

»Wenn Ihr Euer gesamtes Haar kürzt, sieht man den Unterschied nicht«, erklärte sie.

»Dann sehe ich wie ein Bauer aus.«

Fanny zuckte mit den Schultern. Männer, die ihn nicht kannten, würden ihn wohl oder übel für einen unfreien geschorenen Bauer halten.

»Ihr könnt es Euch ja noch überlegen«, sagte sie.

Grün kramte in seiner Tasche nach seiner Mütze, entrollte sie und setzte sie auf seinen Kopf. Dann blickte er suchend ins Unterholz.

»Was Gertrud eben erzählt hat, war entsetzlich, sicher liegt unter dem Holzkreuz vor der Kirche ihre kleine Tochter begraben«, sagte Fanny.

»Ja, das denke ich auch. Es ist unglaublich, was die arme Frau durchmachen musste. Kein Wunder, dass sie ihren Verstand dabei verloren hat. Gertrud braucht dringend Hilfe.«

»Ich glaube nicht, dass ihr jemand helfen kann.«

»Bei den Ursulinen bekommt sie Kleidung und zu essen. Die Nonnen kennen sich in der Krankenpflege aus.«

Fanny schüttelte den Kopf. »Die Schwestern nehmen keine geisteskranken Frauen bei sich auf. So weit reicht ihre Nächstenliebe nicht.«

Grün setzte zu einer Antwort an, schien aber die Worte genau abzuwägen, bevor er sprach. »Niemand kann Gertruds Verlust wiedergutmachen. Aber ein voller Bauch und saubere Kleidung lindern den Schmerz für einen Moment, und vielleicht kann sie nach ein paar Tagen der Fürsorge wieder in die Zukunft schauen und für sich selbst sorgen.«

Fanny zögerte. Sein Wunsch, der armen Frau zu helfen, rührte sie.

»Euer Optimismus ehrt Euch«, sagte sie ernst. »Aber was macht Ihr, wenn Gertrud sich nicht helfen lassen will? Wollt Ihr sie gewaltsam einfangen und gegen ihren Willen nach Wien bringen? Im Moment scheint sie zufrieden mit Eurer Locke, die sie an ihre Tochter erinnert.«

Wie immer, wenn er nicht weiterwusste, richtete er seinen Blick in den Himmel.

»Dort oben werdet Ihr auch keine Antwort finden«, sagte Fanny gereizt. Die ganze Situation zehrte an ihren Nerven.

Grün schmollte beleidigt.

Nach einer Weile fragte sie: »Hat uns dieser Ausflug im Mord an Philipp Schacht weitergebracht?«

»Das kann ich im Moment noch nicht sagen, aber ich glaube nach wie vor, dass hier irgendwo die Antworten zu vielen offenen Fragen liegen.«

»Na, dann sollten wir sie suchen.« Fanny tat so, als überprüfe sie den Boden nach Antworten.

»Ihr macht Euch über mich lustig.«

Fannys Seufzen war laut und unüberhörbar. »Ja, ich mache mich lustig.«

»Warum?«

»Weil Ihr in die Luft starrt und Vögel beobachtet, weil Ihr in einer Ruine nach Überlebenden sucht und behauptet, dass Antworten auf dem Boden herumliegen.« Sie stemmte beide Hände in die Hüften und machte sich breiter, als sie tatsächlich war. »Kommt jetzt«, sagte sie energisch. »Lasst uns nicht noch mehr Zeit verlieren und weiterreiten, damit wir die Bäckergesellen antreffen, bevor sie ihren Lohn in einer der Gaststuben der Stadt ausgeben.«

Fanny ging zurück zu den Pferden. Es war ihr durchaus bewusst, dass sie eben unhöflich gewesen war. Aber die Zeit drängte, und das Leben ihres Vaters hing davon ab. Sie konnte es sich im Moment nicht leisten, arme Verrückte im Dickicht zu suchen. Sobald ihr Vater von jedem Verdacht befreit war, würde sie es tun. Aber nicht jetzt. Sie wollte wissen, wer an jenem Abend in ihrer Gaststube den Ratsherrn erschlagen hatte, und die Bäckergesellen konnten ihr vielleicht weiterhelfen.

»Was passiert mit Gertrud?«, fragte Grün.

»Dasselbe wie im letzten halben Jahr«, sagte Fanny. Die Kälte ihrer eigenen Stimme ließ sie zusammenfahren. Sie drängte ihr schlechtes Gewissen sofort wieder weg. Auch dafür war im Moment kein Platz. Sie wollte nie wie Gertrud enden, und auch ihr Vater durfte keine unnötigen Qualen erleiden.

Grün folgte ihr langsam, und für einen Moment fand Fanny es schade, dass er sie für eine kalte Frau ohne Gefühle halten musste.

Gleich neben dem Stadttor befand sich der Mietstall, wo Grün sein Pferd ausgeliehen hatte. Er brachte es zurück, während Fanny für ein paar Stunden Linda dort zurückließ, damit sie Grüns Schwester nicht erneut darum bitten musste, die alte Stute in ihrem wunderschönen Garten unterzubringen.

Danach machten sie sich auf den Weg in die Obere Bäckerstraße, an deren Ende sich Grüns Haus befand. Kaum dass die beiden in die Straße einbogen, wehten ihnen von allen Seiten verführerische Gerüche entgegen. Frisches Brot konkurrierte mit Pasteten und süßen Wecken.

»Ich beneide Euch um den Duft, der Euch jeden Tag auf dem Weg zur Arbeit umgibt«, seufzte Fanny tief einatmend.

»Ich nehme ihn kaum noch wahr«, sagte Grün, blieb stehen und streckte die Nase in die Höhe. »Es riecht nach Brot, das ist alles.«

»Es duftet nach Anis und Fenchel, nach Kümmel und Germ«, geriet Fanny ins Schwärmen.

Grün konnte mit ihren Worten wenig anfangen, also kehrte er zum eigentlichen Grund ihres Stadtbesuchs zurück. »Ihr sagtet, Siegfried arbeitet beim Bäcker

Reuz. Ich kenne die Familie. Reuz hat seinen Laden an der Ecke, und ich muss Euch vorwarnen. Seine Frau redet gerne.«

»Ihr meint, sie ist geschwätzig?«

»So wollte ich es nicht ausdrücken. Aber um ehrlich zu sein, ja, sie ist geschwätzig. Was man ihr erzählt, weiß drei Stunden später die ganze Stadt.«

»Ich verstehe. Ich werde vorsichtig sein mit dem, was ich sage.«

Grün warf ihr einen misstrauischen Blick zu, offensichtlich glaubte er nicht, dass sie ihr Mundwerk im Griff hatte. Beleidigt folgte ihm Fanny.

Er führte sie zu einem kleinen, runden Hauseingang. Neben der Tür war ein Verkaufsstand aufgebaut. Hier befanden sich in tiefen Körben frische Semmeln, Brotstangen und aufgeschnittene Brotwecken.

Noch bevor sie den Laden betreten konnten, wurden sie von Frau Reuz, einer kleinen rundlichen Frau, begrüßt. »Was für eine Überraschung, grüß dich, Master Grün«, rief sie. Wie viele Menschen, die andere von Kindheitstagen an kannten, vermischte sie das Du mit der höflichen Anredeform. Sie hatte den Zeitpunkt verpasst, an dem aus dem kleinen Sebastian Grün ein erwachsener Mann geworden war. Die Art und Weise, wie sie ihn ansah, verriet die persönliche Nähe. Grün war der Blick sichtlich unangenehm.

»Wie geht es deiner – Oh verzeiht, wie geht es *Eurer* Schwester?«

»Es geht ihr gut, vielen Dank!«

»Der Kräuteraufguss, den sie mir gegen die Blattläuse auf meinem Rosenstock gegeben hat, war wunderbar. Ich habe alle Läuse vertrieben. Margarethe hat ein grünes Händchen. Sie sollte endlich dem Medikus nachgeben und ihn heiraten. Der Mann kann von ihrem Wissen bloß profitieren. Beide wären glücklich, und keiner wird schließlich jünger. Du weißt, was ich meine.«

Für einen kurzen Moment schloss Grün die Augen. Fanny hätte schwören können, dass Grün eine böse Bemerkung auf der Zunge lag bezüglich der distanzlosen Worte der Bäckerin. Stattdessen blieb er höflich und sagte: »Es freut mich, dass Euer Rosenstock lausfrei ist.«

»Könntet Ihr mir einen Gefallen tun und den Korb mit den schweren Broten ins Haus tragen? Ich glaube, dass es bald wieder regnen wird, und mein Rücken ist nicht mehr so kräftig wie noch vor ein paar Jahren. Ihr wisst doch, dass ich letztes Jahr diesen schrecklichen Unfall mit der Leiter hatte. Ich wollte bloß auf den Kirschbaum klettern und … rums! Schon war es passiert.«

»Natürlich«, sagte Grün. Rasch hob er den Korb hoch, vielleicht in der Hoffnung, die Frau am Weiterreden zu hindern. Selten hatte Fanny jemanden getroffen, dem die Worte in dieser Geschwindigkeit über die Lippen kamen.

Die Frau redete ohne Unterbrechung weiter. Sie erzählte vom Wetter und beschwerte sich über die Hitzewelle, die nun über die Stadt hereinbrechen würde, nachdem der Mai und der Juni angenehm kühl gewesen waren. Dann erzählte sie, dass die Frau des Schusters ihr Kind zur Welt gebracht hatte. Wieder ein Mädchen, nun hatte der arme schon vier Töchter, die er eines Tages verheiraten musste.

Fanny, die selbst gerne sprach, stand still neben der Bäckerin, unfähig, etwas zu ergänzen. Sie inspizierte die Körbe mit Spezialgebäck. In einem lagen gebogene Weckerl, die ihre Aufmerksamkeit erregten. Neugierig ergriff sie einen goldbraunen Halbmond mit spitzen, dunklen Enden.

»Das sind unsere Kipferl«, erklärte Frau Reuz stolz, die gleichzeitig mit Grün reden konnte und Fanny beobachtete. »Mein Mann hat sich das neue Rezept ausgedacht. Beißt einfach hinein, und probiert es«, forderte sie Fanny auf.

»Gerne. Das Gebäck sieht herrlich aus.«

»Es schmeckt auch so.«

Fanny riss ein Ende des Kipferls ab und biss hinein. Der Teig war knusprig, etwas süß, aber nicht klebrig und trotzdem luftig und leicht. Die spitzen Enden knackten resch zwischen den Zähnen.

»Köstlich«, sagte sie und strahlte übers ganze Gesicht.

»Ich wusste, dass es Euch schmecken wird«, sagte Frau Reuz zufrieden und ging nun endlich voraus in den Laden.

Als sie außer Hörweite war, fragte Grün: »Wie kann man sich über den Geschmack von Gebäck derart freuen?«

»Da reinzubeißen ist einfach wunderbar. Probiert selbst.« Fanny riss das andere Ende vom Kipferl ab und streckte es Grün entgegen. Der hatte keine Hand frei, weil er immer noch den Korb von Frau Reuz festhielt. Deshalb trat Fanny einen Schritt näher und hielt ihm das Ende direkt vor den Mund. In seinen hellen Augen lagen Irritation und Überraschung zu gleich großen Teilen. Zu spät bemerkte Fanny, dass ihre Geste zu intim war, aber es gab nun kein Zurück mehr. Grün nahm das Kipferl vorsichtig in den Mund und kaute schier endlos daran.

»Und?«, fragte Frau Reuz. Die Bäckerin war zurückgekommen und hatte die kleine Szene neugierig beobachtet. Fanny war sich sicher, dass noch vor Ladenschluss die ganze Stadt davon wusste.

»Schmeckt gut«, sagte Grün.

»Das ist alles?«, fragte Fanny enttäuscht.

»Sollte es mehr sein?« Der Beamte wirkte immer noch irritiert. Die ganze Situation war ihm sichtlich unangenehm. »Wo soll der Brotkorb hin?«

»Hinter den Verkaufstresen im Geschäft«, erklärte Frau Reuz. An Fanny gewandt meinte sie: »Es freut mich, dass Euch die Kipferl schmecken. Mein Mann hat sie nach dem Halbmond der Türken geformt. Er meint, dass das Symbol auf diese Weise seine Schrecken verliert.«

»Was für eine nette Idee«, sagte Fanny.

»Darf ich fragen, wie Ihr heißt? Euer Gesicht kommt mir so bekannt vor.«

»Fanny Roth, ich bin die Witwe von Michael Roth und die Tochter von Hans Steiner.«

»Die Donauprinzessin!«, rief die Frau und klatschte erfreut in die Hände.

Fanny verdrehte die Augen, aber Frau Reuz bemerkte es nicht.

»Ich kenne Euren Vater. Er macht den besten Wein der Stadt. Mein Mann bestellt jedes Jahr ein Fässchen bei ihm. Zu besonderen Anlässen trinken wir dann ein Tröpfchen davon.«

Etwas versöhnlicher, aber immer noch auf Abwehr, verschränkte Fanny die Arme vor der Brust. Es war nur eine Frage der Zeit, bis die geschwätzige Frau von Schachts Todesfall sprechen würde. Kaum hatte Grün den Brotkorb im Inneren des Geschäfts abgestellt, war es so weit.

»Die Sache mit dem Ratsherrn muss schrecklich gewesen sein und jetzt all die bösen Gerüchte über Euren Vater. Ich bewundere Euch für Eure Gelassenheit. Dass

Ihr in der schweren Situation einen Ausflug in die Stadt macht und Euch amüsiert. Das finde ich ganz großartig.«

Fanny fragte sich, wie die Frau darauf kam, dass sie sich amüsierte?

»Ich bin fest von der Unschuld Eures Vaters überzeugt. Er ist so ein netter alter Mann, und er macht den besten Wein der Stadt. Der Tod Eurer Mutter damals war tragisch. Wir alle haben uns gefragt, warum er nicht mehr geheiratet hat. Er ist ganz sicher kein Mörder. Gestern Abend im Bett vor dem Einschlafen habe ich noch zu meinem Ferdi gesagt, dass ein Mann, der allein ein kleines Mädchen großzieht, kein Mörder sein kann.«

Fanny nahm an, dass »Ferdi« der Mann der Bäckerin war. Dass die Frau sich Gedanken über sie und ihren Vater machte, fand sie in Ordnung, schließlich war der Mord Thema Nummer eins in der Stadt. Die Tatsache, dass Frau Reuz ihr von den Gesprächen erzählte, die sie mit ihrem Ehemann im Bett führte, fand sie jedoch beunruhigend. Wovon würde sie ihr als Nächstes berichten?

»Unser Siegfried und unser Gunter waren an dem Abend, an dem der Mord passierte, bei Euch. Sie haben Schacht noch lebend gesehen. Ein paar Stunden später war er tot. Was für eine Tragödie.« Die Bäckerin schlug die Hände über dem Kopf zusammen.

»Das ist auch der Grund für unseren Besuch«, hakte Grün rasch ein, bevor die Frau einen weiteren Wortschwall loswerden konnte. »Wir würden uns gerne mit Euren beiden Gesellen unterhalten.«

»Mit Siegfried und Gunter?« Frau Reuz drehte ihren Kopf fragend zu ihm. Ihre Wangen glühten vor Aufregung. Es kam selten vor, dass ihre Gesellen Fragen in einem Mordfall beantworten sollten.

»Ja bitte«, sagte Grün. »Sind die beiden hier?«

»Ja, natürlich sind sie hier. Sie arbeiten in der Backstube. Aber was willst du ... was wollt Ihr denn von ihnen wissen?«

»Wir wollen beweisen, dass mein Vater unschuldig ist, und hoffen, dass den beiden an jenem Abend etwas Wichtiges aufgefallen ist. Jeder Hinweis kann das Leben meines Vaters retten. Ihr und Eure Gesellen seid vielleicht unsere Rettung«, sagte Fanny dramatisch. Sie hoffte, Frau Reuz mit ihren Worten zu schmeicheln. Frauen wie sie waren neugierig und geschwätzig. Aber im Grunde wollten sie ernst genommen werden. Sobald jemand ihnen das Gefühl gab, wichtig zu sein, gaben sie nach und erfüllten jeden Wunsch. Fanny sollte recht behalten.

»Aber selbstverständlich!«, beeilte sich Frau Reuz zu sagen. »Ich werde die beiden schnell holen.«

Geschäftig trippelte sie in den hinteren Teil des Hauses. Ihr breiter Hintern schwang dabei von einer zur anderen Seite, ähnlich der riesigen Glocke im Stephansdom. Als sie verschwunden war, sagte Fanny leise. »Ich liebe den Duft in einer Bäckerei.« Dabei atmete sie tief ein und schloss für einen Moment die Augen.

»Das habt Ihr bereits erwähnt«, sagte Grün missbilligend. »Ihr liebt alles, was fein riecht und gut schmeckt.«

»Ja, und was ist schlecht daran?«

Bevor sie eine Antwort erhielt, kam Frau Reuz mit zwei jungen Männern zurück. Fanny erkannte die beiden sofort. Gunter war der Bursche, dessen Namen ihr nicht hatte einfallen wollen. Heute war er weder laut noch aufbrausend. Der junge Mann sah aus wie ein Kind, das etwas ausgefressen hatte und nun auf seine Bestrafung wartete. Dabei war er es gewesen, der seinen

Freund davon abgehalten hatte, Ärger zu bereiten, und ihn rechtzeitig nach Wien zurückgebracht hatte. Der Bursche hielt den Blick gesenkt und murmelte einen leisen Gruß.

»Können wir uns irgendwo ungestört unterhalten?«, fragte Grün.

»Ich werde zurück zu meinem Verkaufsstand gehen und die Tür des Ladens zumachen, so werdet Ihr nicht gestört«, schlug Frau Reuz vor.

Es war augenscheinlich, dass es ihr schwerfiel, nicht zu bleiben. Aber der Wunsch, hilfsbereit zu sein, besiegte die Neugier.

Kaum hatte sie den Laden verlassen, stellte Sebastian die erste Frage: »Ihr beide wart an jenem Abend, an dem Schacht erschlagen wurde, im Gasthaus ›Zur Donauprinzessin‹. Habt Ihr den Abort besucht?«

Überrascht über die Frage sahen die beiden Burschen sich an. Siegfried nickte. »Ja, ich musste mich zweimal erleichtern.« Er warf Fanny einen vorwurfsvollen Blick zu: »Aber ich muss Euch sagen, dass der Ort dringend geleert werden muss. Selbst in der Hölle riecht es angenehmer.«

»Ich weiß nicht, wie es in der Hölle riecht. Aber Ihr habt recht. Der Abort muss gesäubert werden«, seufzte Fanny. »Aber der Kotkönig hat sich den Knöchel gebrochen.«

Wie oft hatte sie diese Entschuldigung in den letzten Tagen ausgesprochen?

»Ist Euch an jenem Abend ein Hammer aufgefallen, der neben dem Abort gelehnt hat?«

»Ich weiß nicht, ob es ein Hammer war, aber irgendein Werkzeug mit einem langen Griff habe ich dort gesehen.«

»Wann war das?«

Siegfried zuckte mit den Schultern. »Kurz bevor wir rausgeschm- Ich meine, kurz bevor wir gegangen sind«, korrigierte er sich eilig.

»Könnt Ihr Euch an die drei Ratsherren erinnern?«

»Ja, die haben sich gestritten«, sagte Siegfried bestimmt.

»Bist du sicher, du warst so betrunken.« Gunter stieß seinen Kumpel mit dem Ellbogen in die Seite.

»Aua«, sagte der und rieb sich die Stelle vorwurfsvoll. »Klar bin ich sicher. Ich habe die Männer beobachtet und mir gedacht, wenn feine Herren in der Öffentlichkeit streiten, kümmert das niemanden, während wir immer einen auf den Deckel kriegen, wenn es Zank gibt.«

»Hast du gehört, worum es in dem Streit ging?«

»Ich hab einen Frauennamen gehört, kann aber nicht mehr sagen, welchen. Irgendwie fremd, also ich kenn keine, die so heißt.«

Grün zählte ein paar Frauennamen auf, aber Siegfried zuckte bloß mit den Schultern: »Kann sein, ich weiß es nicht mehr.«

»Als Ihr die Gaststube verlassen habt, waren da noch alle drei Ratsherren anwesend?«

»Nein«, sagte Gunter bestimmt.

Siegfried zuckte mit den Schultern: »Zu dem Zeitpunkt war ich zu betrunken.«

»Das kann ich aber mit Sicherheit sagen.« Gunter war sichtlich froh darüber, auch einen wichtigen Beitrag leisten zu können. »Der Dicke ist kurz vor uns gegangen. Ich hab den ganzen Weg darauf gewartet, dass wir ihm begegnen. So ein Dicker kann ja nicht so schnell reiten. Ich hab gehofft, dass wir mit ihm durch das Stadttor kommen. Der feine Pinkel, hab ich gedacht, zahlt der Stadtwache das Schmiergeld, und wir schlüpfen mit ihm gemeinsam durchs offene Tor. Aber er war doch schneller als wir auf unseren alten gemieteten Gäulen. Der Dicke muss ein tolles Pferd haben.«

»Könnt Ihr Euch an die diensthabende Stadtwache erinnern?«, fragte Grün.

Gunter nickte und grinste dabei von einem Ohr zum anderen. »Es war der alte Sepp. Der ist ein Freund von meinem Vater, er hat uns kein Geld abgenommen und uns durch die kleine Pforte in die Stadt gelassen.«

Siegfried grinste ebenfalls: »Sicher hat er dem Dicken zuvor eine saftige Summe abgeknöpft.«

»Ist Euch sonst noch irgendetwas aufgefallen, von dem Ihr glaubt, es könnte wichtig sein, um den Mörder zu finden?«

Die beiden Burschen sahen sich an und schüttelten synchron die Köpfe. Aus Gunters Haar staubte Mehl. Fanny fragte sich, ob er sich darin gewälzt hatte.

»Vielen Dank«, sagte sie. »Ihr habt uns weitergeholfen.«

»Daran solltet Ihr denken, wenn Ihr uns wieder auf die Straße setzen wollt«, sagte Siegfried. Der Bursche sah sie keck an, was Fanny gegen ihren Willen amüsant fand.

»Ich werde mich bemühen.«

»Ihr könntet Euch bei Gunter und mir aber auch mit einem Becher Wein auf Kosten des Hauses revanchieren.« Der Bursche ließ nicht locker.

»Mal sehen«, sagte Fanny. Die Forschheit der Burschen beeindruckte sie. Zwei einfache Bäckergesellen, die offensichtlich keine Angst hatten. Vorsichtig wiegte sie den Kopf. Was so viel wie ein Ja bedeutete.

Zufrieden verabschieden sich die Burschen und gingen zurück in den hinteren Teil der Backstube. Siegfried stieß Gunter erneut mit dem Ellbogen in die Seite und flüsterte so laut, dass Fanny es hören konnte: »Zwei Becher Wein, nicht schlecht, oder?«

»Zwei kleine Becher«, rief ihnen Fanny hinterher, aber das schien die beiden nicht zu stören. Kichernd wie kleine Jungs verschwanden sie in der Küche.

»Die beiden werden sich wieder bei Euch betrinken«, sagte Grün streng.

Fanny zuckte mit den Schultern. »Das will ich hoffen, sonst verdiene ich kein Geld mit ihnen.«

»Aber ich dachte, es geht Euch um Genuss und Qualität. Ich dachte, betrunkene Gäste sind Euch ein Gräuel.«

»Nehmt doch nicht jedes Wort, das ich sage, so furchtbar ernst«, seufzte Fanny. Gerne hätte sie den Beamten nun in die Seite gestoßen, wie Gunter es zuvor getan hatte. Aber sie unterdrückte den Wunsch und trat zurück auf die Straße.

Hier wartete die neugierige Bäckerin auf sie.

»Haben die beiden Euch weiterhelfen können?«

»Ja«, sagte Grün kurz angebunden. Fanny war sich sicher, dass die Frau sich damit nicht zufriedengeben würde. Wenn sie jetzt nichts aus Grün herausbekam, würde sie später ihre Gesellen quälen.

»Richtet Margarethe einen schönen Gruß aus, und sagt Master Zotter, er soll bei uns vorbeischauen. Die Hühneraugen drücken meinen Ferdi. An manchen Tagen kann er kaum noch laufen.«

»Ich werde es ausrichten«, versprach Grün.

Nun wandte sie ihre Worte an Fanny. »Ich bete zu Gott, dass der wahre Mörder bald gefunden wird. Die Vorstellung, dass er hier irgendwo in Wien herumläuft, finde ich gruselig. Aber Sebastian – verzeiht, Master

Grün wird alles tun, das weiß ich. Er war schon als Kind ein schlauer Bursche. Als bei uns wochenlang die Zuckervorräte verschwunden waren, hat er herausgefunden, dass eine Katze genascht hat.«

»Habt vielen Dank!«, beendete Grün nun abrupt und etwas unhöflich das Gespräch, zog Fanny am Ellbogen weg und rief der Frau einen Gruß zu. Als sie ein paar Schritte entfernt waren, sagte er: »Als Nächstes hätte sie von der Verdauung ihres Mannes gesprochen, und vielleicht wäre sie dahintergekommen, dass es keine Katze war.«

»Ihr habt vom Zucker genascht?«, fragte Fanny amüsiert.

»Lasst uns einfach gehen«, sagte Grün. »Es reicht, wenn sie morgen erzählt, dass die Donauprinzessin und der junge Grün bei ihr Kipferl gegessen haben.«

Als sie um die Ecke bogen, fragte Fanny: »Wie spät ist es?«

»Die Turmuhr von St. Stephan hat soeben die halbe Stunde vor sieben geschlagen.«

»Wenn ich jetzt zurückreite, kann es sein, dass ich Master Liechti irgendwo verpasse und er vergebens auf mich wartet. Besser, ich bleibe noch bis acht in der Stadt und treffe ihn dann beim Schottentor«, überlegte sie laut.

»Es liegt Euch viel daran, mit ihm zu reiten.«

»Ich will nicht, dass er den Weg unnötigerweise zurücklegt.«

Grün war stehen geblieben und zögerte. Vorsichtig fragte er: »Wollt Ihr die Zeit bei mir und meiner Schwester verbringen? Sicher hat Margarethe gekocht. Es ist immer ausreichend zu essen da.«

»Das wäre sehr nett, aber ich hätte da eine noch bessere Idee«, sagte Fanny. Die Vorstellung, wieder einen geschmacklosen Eintopf serviert zu bekommen, fand sie grauenhaft. Fanny hatte Hunger, das Kipferl hatte sie daran erinnert, dass sie seit dem Frühstück nichts gegessen hatte. Falls Rosa, Max oder ihr Vater die Schüssel noch nicht entdeckt hatte, stand der Linsensalat immer noch unberührt zu Hause.

»Welche Idee habt Ihr?«, wollte Grün wissen.

»Ich kenne ein kleines Gasthaus in der Singerstraße. Der Wirt schenkt ausschließlich den Wein meines Vaters aus und serviert kleine Köstlichkeiten dazu. Probiert den Wein meines Vaters. Wenn Ihr dann immer noch der Meinung seid, dass es sich nicht lohnt, Wein zu trinken, dann werde ich Euch nie wieder darauf ansprechen.«

»Versprochen?«, fragte Grün.

»Ich gebe Euch mein Ehrenwort.«

»Na, dann lasst uns in dieses kleine Gasthaus gehen. Beim Essen können wir besprechen, was wir eben erfahren haben.«

»Was haben wir denn erfahren?«

»Dass Pilhamer und Rötzer mich belogen haben, als sie behaupteten, gemeinsam heimgeritten zu sein. Ich frage mich, wer von den beiden glaubt, von dieser Lüge zu profitieren, und warum.«

Wenig später wurde Fanny von einem kleinen, dicken Wirt herzlich in die Arme geschlossen. »Fanny, wie schön, dich zu sehen!«, sagte der Mann, auf dessen Kopf sich nur noch wenige Haare befanden, mit hartem Akzent. Es hörte sich an, als stammte der Mann aus einem Land aus dem Osten. »Wie geht es deinem Vater und wie den Rebstöcken? Haben der viele Regen und die ewige Kälte großen Schaden angerichtet?«

»Vater geht es den Umständen entsprechend gut. Er verbringt den ganzen Tag im Weingarten und die halbe Nacht im Weinkeller. Und was den Regen betrifft: Der hat bis jetzt nicht viel angerichtet. Solange es nicht hagelt, ist alles in Ordnung«, antwortete Fanny. »Vater meint, dass ein heißer Juli und ein trockener August uns einen Jahrhundertwein bescheren können.«

»Das ist erfreulich, sehr erfreulich!«, sagte der Wirt. »Ich werde jeden Abend für zwei heiße Sommermonate beten!« Dann wandte er sich an Grün, richtete seine Frage aber an Fanny: »Wen hast du denn da mitgebracht? Einen neuen Verehrer? Wurde auch Zeit. Das Trauerjahr ist längst vorbei.«

Verlegen schüttelte Fanny den Kopf und sah Grün entschuldigend an. »Das ist Master Grün. Er untersucht im Auftrag des Bürgermeisters den Mord an Philipp Schacht«, erklärte sie.

»Ah, sehr gut. Und was kann ich für euch tun?«

»Würdet Ihr uns einen Krug von Vaters Spätlese bringen und eine Kleinigkeit aus Eurer magischen Zauberküche?«

»Selbstverständlich. Mit großem Vergnügen. Nehmt Platz, ich komme gleich«, sagte der Wirt und verschwand in einem Nebenraum.

In der winzigen Gaststube befanden sich nur fünf kleine Tische. Einer davon war belegt. Zwei Männer aus dem Ausland saßen dort und unterhielten sich in einer fremden Sprache. Fanny hielt es für Polnisch, konnte es aber nicht mit Sicherheit sagen, vielleicht war es auch Russisch. Für ihre Ohren klangen viele der fremden Sprachen ähnlich. Sie entschied sich für einen Tisch in einer kleinen Nische direkt am Fenster. Von hier aus konnten sie die Menschen beobachten, die an ihnen vorbeiliefen, ohne selbst gesehen zu werden. Eine kleine Honigkerze brannte in einer Laterne aus Ton.

»Ich wusste gar nicht, dass hier ein Gasthaus versteckt ist«, sagte Grün verwundert und setzte sich.

»Tomek führt seine Gaststube seit vielen Jahren. Er ist bei den Kaufmännern aus dem Osten sehr beliebt, weil er ihre Sprachen spricht. Tomek beherrscht Tschechisch, Polnisch, Ungarisch, Russisch und Deutsch.«

»Woher stammt Tomek?«, fragte Grün.

»Aus Prag. Ihn und meinen Vater verbindet eine langjährige Freundschaft.«

»Denkt Ihr, es wirkt unhöflich, wenn ich meine Mütze auf dem Kopf behalte?«

»Wegen der fehlenden Haarsträhne?« fragte Fanny belustigt.

Grün nickte.

»Ich glaube nicht, dass sich jemand an der ungewöhnlichen Frisur stört«, sagte sie.

Grün nahm die Mütze ab und fuhr sich unsicher mit beiden Händen durchs Haar. Das fehlende Büschel fiel wegen der Fülle seines Haars kaum auf.

Vorsichtig sah er sich in der niedrigen Stube um. Das Gewölbe war frisch gestrichen und strahlte in einem herrlichen Weiß. An den Wänden standen Regale, in denen sich Weinflaschen in unterschiedlichsten Formen und Größen befanden. Einige waren zur Hälfte mit Körben umflochten, andere glänzten dunkelgrün. Neben den Flaschen waren buntbemalte Teller aufgereiht. Ein geschickter Hafner hatte Blumengirlanden aus Mohnblumen und Rosen daraufgemalt.

»Diese Teller würden Margarethe gefallen«, sagte Sebastian. »Meine Schwester liebt Blumen.«

»Ihr seht Eurer Schwester sehr ähnlich«, sagte Fanny

unvermittelt. Die Ähnlichkeit war ihr schon zuvor aufgefallen. Aber in diesem besonderen Moment kam sie ihr besonders augenscheinlich vor. Die hellen Augen, der wohlgeformte Mund und die unzähligen Sommersprossen.

»Bis auf die Narben«, sagte Grün finster.

»War es ein Unfall?«

»Nein, die Ursache war kein Unfall, sondern zu viel Wein.«

»Ich nehme an, dass es nicht Eure Schwester war, die zu viel getrunken hat«, sagte sie vorsichtig.

»Habt Ihr je gesehen, wie der Wein aus einem Mann ein Monster gemacht hat?«

Bilder aus Fannys freudloser Ehe tauchten vor ihr auf. »Ja, das habe ich erlebt und nicht nur einmal«, sagte sie ernst.

Grün blickte kurz zur gewölbten, weißgetünchten Decke, suchte dann aber nach Fannys Augen und sah sie direkt an.

»Mein Vater war ein Trinker. An jenem schrecklichen Nachmittag hatte er wieder einmal zu viel getrunken. Margarethe und ich hatten in seinem Arbeitszimmer gespielt. Seine hässliche Statue, eine viel zu dicke Madonna, ging dabei in die Brüche. Vater hörte das Klirren, zerrte uns wütend in die Küche, griff nach dem Topf, der auf dem Ofen stand, und kippte den Inhalt auf Margarethe aus. Er hätte das Gleiche mit mir getan, wenn meine Mutter ihn nicht davon abgehalten hätte.«

Geräuschvoll sog Fanny die Luft ein. Kochendes Öl! Das war der Grund, warum Margarethe Grün den Geruch von Öl nicht ausstehen konnte und niemals Gemüse oder Fleisch anbriet, sondern immer nur kochte.

»Wie alt war Eure Schwester?«, fragte sie betroffen.

»Margarethe war zehn und ich sechs. Ich werde ihre Schreie niemals vergessen. Nichts hat ihre Schmerzen lindern können. Auch Tage und Wochen nach dem Unglück nicht. Hilflos lag sie in ihrem Bett und wartete darauf einzuschlafen, aber ohne Erfolg. Jede Berührung hat ihr schreckliche Qualen bereitet. Und wisst Ihr, was mein Vater gemacht hat?«

Fanny schwieg.

»Er hat sie ausgeschimpft. Wenn meine Mutter das Zimmer nicht abgeschlossen hätte, er hätte Margarethe erschlagen, weil er sich durch ihr Weinen gestört fühlte.« Grün spuckte seine Worte förmlich aus. Erst nach einer kurzen Pause sprach er weiter. »Eines der Zehn Gebote lautet: ›Du sollst Vater und Mutter ehren.‹ Ich frage Euch, wie hätte ich das tun können? Ich habe meinen Vater gehasst, und hätte ich die Möglichkeit gehabt, ich glaube, ich hätte ihn umgebracht.«

Fanny schluckte ob der Heftigkeit seiner Worte.

»Heute noch wache ich nachts auf und träume von Margarethes Schreien.«

Eine Zeitlang schwiegen beide. Dann sagte Fanny: »Das muss schrecklich gewesen sein. Ich kann gut verstehen, dass Ihr Euren Vater gehasst habt, und ich glaube nicht, dass Gott Euch deshalb zürnt.«

»Euer Bild von Gott ist ungewöhnlich. Die meisten Priester, die ich kenne, würden einen, der seinen Vater umbringen wollte, verurteilen.«

»Ich habe Euch doch schon gesagt, dass mein Vater es mit den Kirchenbesuchen nicht so ernst genommen hat. Er hat mir von einem barmherzigen Gott erzählt, und an den glaube ich. Wer ein Kind verurteilt, weil es zusehen musste, wie seine Schwester misshandelt wurde, ist nicht barmherzig.«

»Ich habe mir damals geschworen, niemals Wein zu trinken«, sagte Grün ernst.

Genau in dem Moment kam Tomek mit einem Tonkrug, zwei Bechern und einem Teller, der ebenfalls mit Blumengirlanden verziert war. Er stellte alles auf den Tisch.

»Grammelteigtaschen«, erklärt er. »Eine Spezialität aus meiner Heimat. Ein Gedicht in Kombination mit dem schweren, süffigen Rotwein deines Vaters!« Er zwinkerte Fanny fröhlich zu und ging zurück in seine Küche.

Fanny war sich nicht mehr sicher, ob sie den Beamten wirklich zum Wein überreden wollte. Unberührt stand der Krug zwischen ihnen.

»Mögt Ihr Grammeln?«, fragte sie.

»Ich weiß nicht. Ich habe noch nie welche gegessen. Was sind Grammeln?«

»Ungeräucherter Speck, der in Fett gebraten wird«, sagte Fanny und fühlte sich plötzlich unwohl. Woher nahm sie sich das Recht, den Mann zu etwas zu überreden, das er verabscheute?

»Fett und Wein«, Grün lächelte. »Ihr stellt mich auf eine harte Probe.«

»Ihr müsst die Taschen nicht essen und den Wein auch nicht trinken«, sagte Fanny schnell. »Ich hatte ja keine Ahnung, weshalb Ihr beides nicht mögt.«

Grüns Lächeln wurde intensiver. »Doch, ich versuche jetzt beides, und wenn es mir nicht schmeckt, dann lasst Ihr mich in Zukunft damit in Frieden.«

Seine Augen waren nicht mehr hell, sondern hatten einen wunderschönen dunkelblauen Farbton angenommen. Fanny sah auf einmal nicht nur den Beamten, der vom Fliegen träumte, sondern auch den kleinen, verletzlichen Jungen, der hilflos danebengestanden hatte, als sein Vater mutwillig die Haut seiner Schwester verbrannte. Ein Kind, das heimlich Zucker aus der Bäckerei naschte und seinen Vater hasste. Mit einem Mal schien sie sein dringendes Bedürfnis nach Gerechtigkeit zu verstehen. Er ließ sich von Pernfuß nicht erpressen und von keinem der Ratsherren einschüchtern, er schmiss Steine ins Wasser, um seiner Wut Herr zu werden, und machte sich Sorgen um Frauen, die allein in Ruinen hausten.

Verwirrt über das, was sie gerade dachte, reichte Fanny ihm eine der beiden Gabeln, die Tomek ebenfalls auf den Tisch gelegt hatte. Selbst nahm sie sich auch eine. Zielsicher spießte sie eine der Taschen auf und führte sie zum Mund. Ein herzhafter Geschmack nach Zwiebel, Petersilie und knusprigen Grammeln breitete sich an ihrem Gaumen aus. Zum ersten Mal in ihrem Leben nahm sie den Geschmack kaum wahr. Ihre Gedanken waren immer noch bei Grün.

Der spießte ebenfalls eine Teigtasche auf und kaute.

»Und?«, fragte Fanny.

»Nicht schlecht«, gab er zu.

»Hm, damit habe ich wohl verloren.«

»Nehmt doch nicht jedes Wort, das ich sage, so furchtbar ernst«, erwiderte er augenzwinkernd.

Fanny schmunzelte über seine kleine Rache, ihre Worte zu benutzen. »Das heißt, es schmeckt Euch?«

Grün nickte grinsend. Mit dieser Antwort war Fanny zufrieden.

»Wollt Ihr den Wein probieren?«, fragte sie unsicher.

»Und ob.«

Fanny schenkte die dunkelrote Flüssigkeit zuerst in den einen, dann in den anderen Becher. Sie führte ihren eigenen Becher zur Nase, schwenkte die Flüssigkeit und schloss die Augen. »Wenn Ihr Euch konzentriert, könnt Ihr all die Pflanzen riechen, die bei uns auf dem Nussberg wachsen.«

Grün tat es ihr gleich und schloss die Augen.

»Ginster, Johannisbeere und Haselnuss«, sagte er zielsicher. »Der Boden, auf dem diese Reben wuchsen, war kalkhaltig mit einem geringen Anteil von Ton und Sandstein. Die Süße der Trauben stammt von den vielen Sonnenstunden, die der Weinberg jedes Jahr bekommt.«

Fannys Mund klappte auf und blieb für einen Moment offen. »Warum kennt Ihr Euch so gut mit Wein aus, wenn Ihr keinen trinkt?«, fragte sie verblüfft.

Nun lachte Grün herzhaft. Um seine Augen bildeten sich winzige Fältchen, selbst die schienen sich königlich zu unterhalten.

»Das habt Ihr mir alles erzählt, als ich Euch das erste Mal begegnet bin. Könnt Ihr Euch nicht mehr erinnern?«

Es dauerte einen Moment, bis Fanny begriff. »Ja, richtig!«, rief sie und klatschte sich mit der flachen Hand an die Stirn. Nun musste sie auch lachen.

Nach einer Weile fragte sie erneut: »Riecht Ihr die Pflanzen wirklich?«

»Um ehrlich zu sein: Ich erkenne nur die Johannisbeere.«

»Das ist für den Anfang sehr gut, es gibt Menschen, die nehmen auch nach Jahren keine einzige Fruchtnote wahr.«

Erneut hielt Grün seine Nase an den Becher, schwenkte die Flüssigkeit und roch. Dabei schloss er noch einmal die Augen.

Fanny beobachtete ihn genau. Sie sah eine kleine Narbe,

die seine rechte Augenbraue teilte. Vielleicht ein Unfall als Kind, eine Rauferei oder ein Sturz. Die Ansätze von zwei Grübchen, die sich bildeten, sobald er zu lachen begann. Volle Lippen, die weich und sinnlich wirkten. Fanny fragte sich, wie es sich wohl anfühlen würde, sie zu küssen, verwarf den Gedanken aber sofort wieder und lehnte sich zurück. Warum fühlte sie sich mit einem Mal derart zu dem Mann hingezogen? Nie zuvor hatte sie etwas Ähnliches empfunden. Sie fand es aufregend, wenn Liechti ihr schöne Worte sagte, aber dass sie das Bedürfnis hatte, die Sommersprossen eines Mannes zu zählen und jede einzeln zu berühren, so etwas war ihr noch nie passiert. Fannys Hand, die auf dem Tisch lag, gierte regelrecht danach, seine Wange zu streicheln. Was war nur los mit ihr? Ob allein der Geruch vom Wein ihres Vaters sie verwirrt hatte? Fanny schüttelte heftig ihren Kopf, um wieder nüchtern zu werden, dabei hatte sie noch keinen einzigen Schluck getrunken.

Als Grün die Augen wieder öffnete, errötete sie, was absurd war, denn er konnte unmöglich ihre Gedanken lesen.

»Ihr habt recht«, sagte er. »Ich kann auch die Haselnuss riechen, aber den Ginster erkenne ich nicht. Was wohl daran liegt, dass ich keine Ahnung habe, wie Ginster riecht.« Er stellte den Becher zur Seite und spießte beherzt eine weitere Teigtasche auf und steckte sie in den Mund.

Noch während er kaute, sagte er: »Ihr habt gewonnen.«

»Gewonnen?« Fanny war völlig verwirrt. Zum Glück war es in der kleinen Gaststube so finster, dass niemand sehen konnte, wie sie noch tiefer errötete. Sicher hatte sie mittlerweile die Farbe reifer Kirschen angenommen.

Ihre Hände waren feucht, und ihr Magen fühlte sich an, als flatterten tausend Schmetterlinge darin.

»Ihr hattet recht, der Wein Eures Vaters riecht, als wäre er etwas ganz Besonderes«, erinnerte sie Grün.

»Das … f-freut mich«, stotterte Fanny. Was war nur los mit ihr? Sie war sich selbst fremd.

Genau in dem Moment schlug die Turmuhr von St. Stephan. »Meine Güte«, sagte sie und erschrak. »Ist es schon so spät? Ich muss los. Sicher wartet Master Liechti schon am Stadttor auf mich.« Rasch stand sie auf. »Ihr müsst die Taschen allein aufessen«, sagte sie voller Bedauern. Wobei es nicht am Essen lag, dass sie noch nicht gehen wollte. Sie rief einen Gruß in die Küche. Tomek erwiderte ihn und meinte, dass die Rechnung aufs Haus ginge, er aber unbedingt den ersten Wein in diesem Jahr bekommen wollte. Fanny versicherte ihm, das sei selbstverständlich, und schon war sie auf der Straße. Verwirrt über das, was da eben zwischen ihr und Grün passiert war, lief sie Richtung Schottentor. Fanny fragte sich, ob Grün ähnlich empfunden hatte. Aber er hatte auf sie weder einen verunsicherten noch einen verwirrten Eindruck gemacht. Ganz im Gegenteil, so unbekümmert wie eben war er ihn noch nie erschienen. Ihr fiel ein, dass er den Wein gar nicht probiert hatte. Sicher war es besser so. War es das schreckliche Geständnis aus seiner Kindheit gewesen, das Fannys Flut an Gefühlen für ihn ausgelöst hatte? Oder war es schon vorher passiert? Hatte sie sich schon am Wienfluss oder in Dornbach in ihn verliebt? Verliebt! Sie konnte es nicht fassen, dass ihr dieses Wort in den Sinn kam. Noch dazu in Verbindung mit einem Mann, der an Flugmaschinen baute und ständig die Hälfte der Dinge, die er benötigte, vergaß.

Als sie am Schottentor ankam, stand Liechti schon bereit und winkte ihr zu. Der Schweizer bot wie immer einen hübschen Anblick und zog die Bewunderung aller Frauen, die vorbeigingen, auf sich.

»Der private Begleitdienst«, sagte er, verbeugte sich vor ihr und zog etwas spöttisch seinen Hut. Er grinste sie erwartungsvoll an.

»Vielen Dank!«, sagte Fanny. Sie war leicht außer Atem.

»Ihr seht erhitzt, aber umwerfend aus, wie immer«, sagte Liechti.

Diesmal errötete Fanny nicht. Es war gar nicht mehr möglich, denn ihre Wangen glühten immer noch. Benommen holte sie ihr Pferd und stieg auf. Liechti half ihr dabei und hielt seine Hand eine Spur zu lange auf ihrer Hüfte. Fanny nahm die Berührung gar nicht wahr. Den ganzen Weg über nach Hause zum Nussberg unterhielt sie der Schweizer, aber Fanny hörte seine Worte nicht. Sie lachte, wenn sie den Eindruck hatte, jetzt wäre es angebracht. Aber hinterher hätte sie nicht mehr sagen können, weshalb sie gelacht hatte. Als sie endlich den Hof im Dämmerlicht auftauchen sah, atmete sie erleichtert auf. Sie wünschte sich die Stille ihrer Kammer und ihr tägliches Gespräch mit Gott herbei. Aber was wollte sie Gott heute sagen? Ihm von Sebastian Grün erzählen und ihn fragen, was er sich dabei gedacht hatte, sie in ein derart merkwürdiges Gefühlschaos zu stürzen?

Fanny hoffte, dass er ihr den Weg aus der Verwirrung zeigen würde, auch wenn sie ahnte, dass er wieder einmal schwieg.

Schon vor einer Stunde hatte Grete die Eingangstür gehört. Oder zumindest hatte sie es sich eingebildet. Denn als sie aufgestanden war, um nachzusehen, hatte sie nichts Ungewöhnliches bemerken können. Die Tür war verschlossen gewesen und die Gegenstände auf den Plätzen, auf die sie gehörten. Das Geräusch musste von woanders hergerührt haben.

Jetzt hatte sie wieder ein Quietschen und Schlagen wahrgenommen. So als hätte jemand die Tür leise geöffnet und dann geräuschvoll hinter sich geschlossen. Sicher hatte sie es sich eingebildet, genau wie zuvor. Aber vielleicht war wirklich jemand gekommen. Frau Pilhamer?

Es war kurz vor Mitternacht. Es wäre eine Schande für eine verheiratete Frau, nicht im eigenen Bett zu liegen. Dabei konnte sich Grete keinen fürsorglicheren und liebevolleren Mann vorstellen als ihren Dienstgeber Laurentius Pilhamer. Mag sein, dass er nicht der Hübscheste war, und in den letzten Jahren hatte er ein paar Pfund zu viel zugenommen, aber was machte das aus, wenn man bedachte, dass er seiner Frau jeden Wunsch von den Augen ablas und gutmütig ihre Eskapaden ertrug?

Grete wälzte sich unruhig in ihrem Bett. Solange Frau

Pilhamer nicht zu Hause war, würde sie keinen Schlaf finden. Als Haushälterin fühlte sie sich auch für die moralische Ordnung in diesem Haus verantwortlich.

Rastlos stand sie auf, um nach dem Rechten zu sehen. Grete kramte nach ihrem Zündzeug und entfachte eine Kerze. In den letzten Jahren hatte sie gelernt, rasch einen Funken zu erzeugen. Sie war stolz auf dieses Können. Grete kannte niemanden, der schneller einen Docht entzünden konnte als sie selbst. Mit ruhiger Hand stellte sie die Kerze in eine Laterne und trug das flackernde Licht vor sich her. Die Flamme warf zuckende Schatten an die Wände, Grete beachtete sie nicht. Sie stieg die Treppe vom Dachboden hinunter ins Erdgeschoss. Die Holzbretter knarrten unter ihren nackten Füßen. Als sie unten angekommen war, tauchten ihre Zehen in einen dicken Wollteppich. Das wertvolle Stück dämpfte ihre Schritte. Grete sah sich vorsichtig um. Nichts deutete darauf hin, dass jemand das Haus betreten hatte.

Grete ging zur Tür und drückte die Klinke nach unten. Sie erschrak. Die Tür war unverschlossen, dabei könnte sie schwören, dass sie vor einer Stunde noch zugesperrt gewesen war. Vorsichtig öffnete Grete die Tür einen Spaltbreit und steckte den Kopf auf die Straße. Es herrschten Stille und Finsternis. Die Fensterläden der umliegenden Häuser waren verschlossen, selbst die Straßenköter schliefen in irgendwelchen Ecken. Nur eine gefleckte Katze lief lautlos und geschmeidig über einen der Dachvorsprünge. Grete leuchtete mit ihrer Kerze ins Dunkel. Ein kleiner Lichtkegel entstand auf den Pflastersteinen, die seit ein paar Wochen die Straße abgrenzten. Mehr nicht.

Rasch zog sich Grete zurück ins Haus und schloss die Tür wieder. Sie griff nach dem dicken Schlüsselbund, der wie immer an ihrer Taille hing, und verriegelte die Tür zweimal.

Jemand war hereingekommen oder hinausgegangen. Sicher war es Frau Pilhamer gewesen. Aber warum hatte sie nicht abgesperrt? Die Frau war sonst sehr vorsichtig und misstrauisch, was Diebe betraf. Ob sie krank war und Hilfe brauchte? Grete wollte nachsehen. Aber welchen Vorwand konnte sie für ihre Neugier nennen?

Sie könnte ihr einen Becher heißer Milch mit Honig bringen. Grete fand die Idee gut. Entschlossen lief sie in die Küche, wärmte über der Glut, die immer noch im Ofen glomm, Milch, mischte sie mit Honig und leerte die Flüssigkeit in einen der Tonbecher, die im Regal an der Wand standen. Nicht mehr ganz so vorsichtig und leise ging sie zurück in den ersten Stock bis zur Schlafkammer von Frau Pilhamer. Grete klopfte, aber nichts rührte sich. Sie wartete einen Moment, dann klopfte sie erneut. Wieder hörte sie nichts. Ob Frau Pilhamer schon schlief? Gretes Neugier wuchs. Vorsichtig öffnete sie die Tür zur Schlafkammer. Die Tür quietschte. Sie musste dringend geölt werden. Im Inneren herrschte völlige Dunkelheit. Die Fensterläden waren geschlossen und die dicken Vorhänge vorgezogen. Behutsam leuchtete Grete mit ihrer Kerze in die Kammer. Das Bett ihrer Herrin war leer und unberührt. Die Kissen und die Decke lagen immer noch so perfekt, wie die Magd sie heute Morgen aufgeschüttelt hatte.

Wo war Frau Pilhamer? War sie zuvor nicht nach Hause gekommen, sondern fortgegangen? Aber warum war ihr Bett immer noch unberührt? Was hatte sie die ganze Nacht über getan?

Verwirrt schloss Grete die Tür hinter sich wieder. Auf ihren Armen bildete sich eine Gänsehaut, und die feinen

Härchen in ihrem Nacken stellten sich auf. Irgendetwas stimmte hier nicht.

Grete war sich sicher, dass Laurentius Pilhamer zu Hause war. Seit zwei Tagen verließ er seine Kammer nicht mehr und verkroch sich in seinem Bett. Der Tod seines Freundes hatte ihn sehr mitgenommen. Ob sie ihm die heiße Milch bringen sollte?

Nein, es gehörte sich für eine ordentliche Frau nicht, mitten in der Nacht in die Schlafkammer eines Mannes zu platzen und nach dem Rechten zu sehen. Auch wenn Grete es gerne getan hätte, sie musste damit warten bis zum Morgen. Mit einem mulmigen Gefühl im Magen ging sie zurück in ihre eigene Schlafkammer, die unter dem Dach lag. Die heiße Honigmilch nahm sie mit, vielleicht würde das Getränk ihre eigenen Nerven beruhigen und ihr beim Einschlafen helfen.

Zum ersten Mal, seit Grete in diesem Haus wohnte, verriegelte sie die Tür ihrer Schlafkammer. Sie setzte sich auf ihr Bett, stellte die Kerze auf das Kästchen daneben und trank in kleinen Schlucken die süße Milch. Erst als der Becher völlig leer war, blies sie die Kerze aus und kroch zurück ins Bett. Trotz des Schlaftrunks dauerte es schier endlos, bis sie endlich in einen unruhigen Schlaf fand.

»Wusstest du, dass Leonardo da Vinci der uneheliche Sohn einer getauften arabischen Sklavin gewesen sein soll?«, fragte Sebastian und schaute von seinem Buch auf.

»Ich kenne diesen da Vinci nicht, wie soll ich da wissen, wer seine Mutter gewesen ist?« Margarethe zerrieb Lavendel- und Rosmarinblätter in einem Mörser, leerte sie in flüssiges Bienenwachs und rührte Ziegenbutter dazu, bis sie schmolz.

»Himmel, was stinkt denn hier so?« Sebastian legte das Buch, das er sich vorige Woche vom Buchhändler Teusch ausgeborgt hatte, vorsichtig zur Seite und rümpfte angekelt die Nase.

»Das ist Maries Ziegenbutter. Ich mache daraus Ziegenbuttersalbe. Matthias hat mir das Rezept gegeben. Er hat gesehen, dass meine Hände vom ewigen Arbeiten im Garten rissig und spröde sind.«

»Wenn deine Hände dann so riechen wie die Creme, ist es wohl besser, sie bleiben spröde«, sagte Sebastian.

»Du wühlst ja nicht in feuchter Erde, sondern nimmst bestenfalls ein paar Bögen Papier zur Hand und liest darin«, sagte Margarethe. Sie teilte die klebrige Masse auf drei kleine Töpfe auf, damit sie abkühlen konnte.

»Ich sollte einen Haufen Papiere durchsehen. Auf meinem Schreibtisch im Rathaus stapeln sich die Anträge und Beschwerden. Aber die Schreiben müssen warten, ich werde nach dem Frühstück der Witwe des Ermordeten einen Besuch abstatten. Das Begräbnis liegt nun drei Tage zurück.«

»Sie wird immer noch keine Freude an deinem Besuch haben«, meinte Margarethe.

»Niemand freut sich, wenn er von mir befragt wird«, sagte Sebastian. »Sobald sie erfahren, dass ich in Treus Auftrag einen Mord untersuche, würden mir alle am liebsten die Tür vor der Nase zuschlagen.«

»Aber die Witwe des Opfers muss doch ein Interesse daran haben, dass der Mörder gefunden wird.«

»Vielleicht glaubt sie auch, dass Steiner es getan hat, und will bloß Beweise für seine Schuld.«

Margarethe trug den Topf zum Spülstein und schrubbte die Masse, die sich am Rand festgesetzt hatte, mit einem Bimsstein weg. »Und was denkst du?«

Sebastian antwortete ehrlich: »Ich halte Hans Steiner nicht für den Mörder. Aber ich habe keine Ahnung, wer Schacht erschlagen hat und warum. Irgendwie habe ich den Eindruck, dass alle etwas vor mir verbergen.«

Margarethe legte den Bimsstein zur Seite. »Kann es sein, dass eine gewisse junge Frau deine Meinung beeinflusst?«

»Natürlich nicht, wie kommst du darauf?« Sebastians Antwort kam eine Spur zu schnell und zu heftig. Margarethe blickte neugierig auf.

»Hör zu«, sagte Sebastian. »Ich mische mich auch nicht in deine Angelegenheiten ein. Oder frage ich dich, warum du Matthias nicht erhörst und ihn endlich heiratest? Der Mann ist zwar etwas älter, aber er ist klug, hat ein solides Einkommen, und was das Wichtigste ist: Er mag dich. Wenn du dich nicht bald entscheidest, wirst du ein Leben ohne Mann und Kinder führen und deine Liebe einer alten Ziege schenken.«

»Gerade mischst du dich gewaltig ein«, sagte Margarethe ernst. Der fröhliche Ausdruck auf ihrem Gesicht war gewichen.

»Dann sag mir, was dich abhält«, forderte Sebastian. »Die ganze Stadt weiß, dass er dir den Hof macht.«

»Die ganze Stadt?«, fragte Margarethe alarmiert.

»Zumindest Frau Reuz, und wenn sie es weiß, dann auch all ihre Kunden«, gab Sebastian zu.

»Ach so!« Margarethe machte eine wegwerfende Handbewegung. Der Tratsch der Bäckerin berührte sie nicht.

Aber Sebastian ließ nicht locker: »Ich frage mich ernsthaft, was dich vom Jawort abhält.«

»Sieh mich doch an!«, sagte Margarethe. »Ich bin ein entstelltes Monster. Wenn ich ohne Schleier auf die Straße gehe, schrecken die Menschen vor mir zurück.

Irgendwann wäre es Matthias leid, dass die Leute hinter seinem Rücken über seine hässliche Frau lästern. Und wenn wir eines Tages wirklich Kinder hätten, würden die sich für ihre Mutter genieren, oder, schlimmer noch, sie würden sich vor meiner Fratze fürchten.«

Betroffen von Margarethes ehrlichen Worten stand Sebastian auf und trat zu ihr. Er nahm seine Schwester in den Arm, und zu seiner Erschütterung begann sie, an seiner Schulter zu schluchzen. Das hatte sie zuletzt gemacht, als zwei ihrer Katzen vom Nachbarhund zerbissen worden waren. Damals war sie sechzehn Jahre alt gewesen.

»Überlass die Entscheidung Matthias«, sagte er sanft. »Er ist ein erwachsener Mann und weiß ganz genau, was er ertragen kann und was nicht. Wenn er dir sagt, dass er dich heiraten will, dann meint er es ernst und hat sich den Schritt genau überlegt. Und was eure Kinder betrifft: Wir beide wissen ganz genau, dass sich manchmal hinter dem hübschesten Menschen ein Monster verbirgt, das Kindern mehr Angst einjagen kann, als die hässlichste Fratze es je vermögen würde. Die inneren Werte zählen, nicht die äußeren.«

»Wie kann Matthias dieses Gesicht lieben, wenn selbst du als mein Bruder es hässlich und abstoßend findest?«

Sebastian protestierte entschieden: »Das ist nicht wahr!«

Aber Margarethe hielt daran fest: »Ich spüre deine Abscheu, jedes Mal wenn du mich ansiehst.«

»Es ist nicht dein Anblick, der mich entsetzt, sondern die Tatsache, dass unser Vater ein Monster war. Die Erinnerung an jenen schrecklichen Nachmittag und das Wissen, dass er für seine Taten nie bestraft wurde, sind es, wovor ich Abscheu empfinde.«

»Denkst du nicht, dass mein Anblick zeit seines Lebens Strafe genug für ihn war?«

»Nein!«, sagte Sebastian ungewöhnlich hart.

Margarethe wischte sich die Nase in ihrem Ärmel ab. Es gelang ihr zu lächeln, wenn auch etwas verkrampft. »Das Leben ist um vieles leichter, wenn man hübsch ist«, schniefte sie.

»Das habe ich nie bestritten. Und glaube mir, du bist hübsch. Du solltest weniger Zeit im Garten verbringen und öfter durch die Straßen von Wien laufen, dann würdest du Menschen begegnen, die Grund haben, über ihr Äußeres zu klagen. Du gehörst ganz sicher nicht dazu.«

Margarethes Lächeln entspannte sich. Sie schniefte noch einmal, dann hatte sie sich wieder im Griff. »Was würdest du allein machen?«, fragte sie. »So verwirrt, wie du oft bist, würdest du sogar das Essen vergessen.«

»Mach dir um mich keine Sorgen. Ich komme auch allein klar.« Sebastian klang fast beleidigt. »Wichtig ist, dass du dir im Klaren darüber wirst, was du willst.«

Margarethe nickte. »Ich werde mit Matthias reden.«

»Gut«, sagte Sebastian zufrieden. »Und ich werde mich auf den Weg zur Witwe machen. Könntest du für mich das Buch zum Buchhändler bringen? Ich hätte es schon gestern zurückgeben sollen. Ich hoffe, Teusch verrechnet keine zusätzlichen Gebühren.«

»Der Buchhändler hat mir noch nie eine höhere Summe in Rechnung gestellt«, erklärte Margarethe. »Manchmal sind die Narben hilfreich.«

»Oder ein besonders hübsches Gesicht.«

»Geh zu deiner Witwe«, sagte Margarethe. »Bevor dir noch mehr Unfug einfällt.« Es waren die Worte einer älteren Schwester, und Sebastian konnte sie hinnehmen, ohne sich zu ärgern.

Die Stube im Haus des verstorbenen Ratsherrn Schacht war völlig abgedunkelt. Vor den Fenstern hingen dunkle Tücher, die das Sonnenlicht daran hinderten einzudringen. Die Luft war abgestanden und stickig. Es roch nach Schweiß, Staub und getrockneten Kräutern, die überall in Schalen herumstanden in der Hoffnung, damit den Geruch zu verbessern. Dennoch war es schier unmöglich, frei zu atmen, die Luft schien zum Schneiden dick. In einer Ecke des Raums befand sich eine hohe kostbare Standuhr in einem Kasten aus dunklem Kirschholz. Die Vorderfront war mit teuren, feinen Schnitzarbeiten verziert. Aus dem Inneren des Kastens drang das monotone, endlose Ticken des schweren Uhrwerks. Es war das einzige Geräusch, das zu hören war. Geschlossene Fenster hielten jeden Lärm von der Straße ab.

Sebastian saß einer dürren Frau gegenüber, deren Gesicht von einem schwarzen Schleier bedeckt war, und wartete. Er hatte der Frau vor Minuten eine Frage gestellt, aber sie ließ sich mit der Antwort schier endlos Zeit.

Trotz der Schwere und der Dunkelheit im Raum wirkte die Witwe gefasst und nicht wirklich unglücklich. Die zur Schau gestellte Trauer war Teil gesellschaftlicher Regeln, die es einzuhalten galt. Aber Sebastian war sich sicher, dass diese Traurigkeit nicht das wahre Gefühl war, das die Frau in der schwarzen Kleidung empfand.

»Ihr wollt wissen, ob mein Mann Feinde hatte«, wiederholte Frau Schacht Sebastians letzte Frage und brach damit das lange Schweigen.

Erleichtert nickte Sebastian.

»Ich denke, dass er wie alle reichen Männer der Stadt Freunde wie Feinde hatte. Namentlich ist mir niemand bekannt, der meinem Mann schaden wollte.«

»Euer Mann hat sich regelmäßig mit seinen Freunden Pilhamer, Rötzer und Pernfuß getroffen, kennt Ihr die Männer persönlich?«

»Ja, ich kenne sie und habe von allen dreien keine besonders hohe Meinung. Es waren Freunde aus den Kindheitstagen meines Mannes, ich war dagegen machtlos. Besonders der Kontakt zu Laurentius Pilhamer, oder besser zu dessen Frau, war mir ein Dorn im Auge.«

Frau Schacht griff nach einem der beiden Gläser, die auf dem kleinen Tischchen zwischen ihr und Sebastian standen. Dickflüssige, goldene Flüssigkeit war darin. Sebastian tippte auf Honigwein. Frau Schacht hob ihren Schleier, spitzte die Lippen und nahm ein Schlückchen davon, bevor sie weitersprach. Sie stellte das Glas nicht zurück, sondern behielt es in der Hand. Die Frau war völlig ruhig. Ihre Hand zitterte nicht. »Laurentius hat eine Schlampe geheiratet«, sagte sie geradeheraus.

Überrascht ob der Heftigkeit ihrer Worte, beugte sich Sebastian nach vorne und musterte neugierig das Gesicht hinter dem dunklen Schleier. Er konnte nur wenig erkennen. Die Augen der Frau waren nicht zu sehen. »Das sind harte Worte«, sagte er vorsichtig.

»Es ist die Wahrheit. Lucretia Pilhamer hat ihren Mann nur geheiratet, um an sein Geld zu gelangen. Sie verdreht allen Männern den Kopf und hurt sich durch die Betten der Stadt.«

Sebastian fragte sich, ob Frau Pilhamer auch mit Philipp Schacht das Bett geteilt hatte. Es würde die heftige Reaktion seiner Witwe erklären. »Habt Ihr Beweise für Eure Behauptungen?«, fragte Sebastian.

Die Frau schnaubte verächtlich. »Ihr braucht Euch nur umzuhören und erhaltet genug Beweise.«

»Zurück zum Mord an Eurem Mann. Kurz vor seinem Tod hat es einen Streit zwischen ihm und Laurentius Pilhamer gegeben, könnt Ihr Euch vorstellen, worum es dabei gegangen ist?«

Wieder entstand eine endlos lange Pause, bevor Frau Schacht sich zu einer Antwort durchringen konnte. »Ich habe Laurentius in einem Gespräch über die Untreue seiner Frau unterrichtet. Kann sein, dass er darüber erbost war und sich bei meinem Mann über mich beschwert hat.«

Sebastian dachte nach. Welchen Sinn ergab diese Antwort? Warum sollte sich Pilhamer bei Schacht über dessen Frau beschweren? Viel wahrscheinlicher war, dass Frau Schacht Pilhamer verraten hatte, dass ihr eigener Mann mit dessen Frau im Bett gewesen war. Das würde den Ärger Pilhamers erklären. Die Aussage des Bäckergesellen bekräftigte Sebastians Verdacht. Gunter hatte gehört, wie in dem Streit ein Frauenname gefallen war.

»Euer Mann war an Weinbergen interessiert. Wusstet Ihr das?«, fragte Sebastian.

»Er hat es kurz erwähnt.«

»Wollte er ins Weingeschäft einsteigen?«

»Ich habe mich nie um seine Geschäfte gekümmert«, sagte Frau Schacht abfällig, so als wäre es unter ihrer Würde, sich mit Geld zu beschäftigen. »Den Teil des Vermögens, den ich mit in die Ehe gebracht habe, reicht, damit ich meinen Lebensabend bei den Ursulinen verbringen kann.«

»Wird Euer Sohn die Geschäfte Eures Mannes übernehmen?«

Frau Schacht lachte. »Mein Sohn hat eine reiche ungarische Adelige geheiratet. Er lässt Flächen bewirtschaften, die von hier bis zum Plattensee reichen. Die lächerlichen Geschäfte meines Mannes würden ihn bloß langweilen. Er hat weder Interesse an der Ziegelei noch an sonst irgendetwas, das mein Mann hinterlassen hat.«

Sebastian wurde hellhörig. »Gab es zwischen Eurem Sohn und Eurem Mann Streit deswegen?«, fragte er.

Wieder stieß Frau Schacht hörbar Luft aus. »Früher haben sie gestritten, aber irgendwann unterließen sie es. Um sich mit jemandem zu streiten, muss man in irgendeiner Form Gefühle für ihn hegen. Zwischen meinem Mann und meinem Sohn gab es am Ende gar nichts mehr. Nicht einmal Hass.«

Sebastian suchte vergeblich nach Bitterkeit in den Worten der Witwe. Sie schien sich mit der Tatsache arrangiert zu haben. Vielleicht war es ihr sogar recht, dass es zwischen ihrem Sohn und ihrem Ehemann keine Beziehung gegeben hatte.

»Die beiden waren einander gleichgültig?«, fragte er.

»Nicht einmal das. Sie haben jeden Kontakt zueinander abgebrochen.«

»Worüber haben sie gestritten, als sie noch miteinander redeten?«

»Über die Kirche.« Die Antwort klang knapp und

endgültig. Sebastian war sich sicher, dass sie nicht näher auf dieses Thema eingehen würde.

Er fragte sich, worüber man dermaßen heftig streiten konnte. In Ungarn gab es Sympathisanten des Kirchenspalters Luther. Sollte Schachts Sohn die neuen Ideen gutheißen?

»Wenn Ihr keine weiteren Fragen habt, wäre ich Euch sehr dankbar, wenn wir das Gespräch nun beenden könnten«, sagte Frau Schacht. »Ich bin müde und möchte mich ausruhen.«

»Selbstverständlich«, sagte Sebastian, konnte aber keinerlei Anzeichen von Müdigkeit oder Schwäche an der Frau erkennen.

Als er aufstand, fiel sein Blick auf den Kasten an der Wand. Dort befanden sich Bücher, mit denen man die Regale einer ganzen Bibliothek hätte füllen können. Eines der Bücher weckte seine besondere Aufmerksamkeit.

»Kann es sein, dass Ihr eine Ausgabe von Thomas Mores ›Utopia‹ besitzt?«, fragte er aufgeregt.

Überrascht drehte sich Frau Schacht zum Bücherschrank. »Ja«, sagte sie. »Mein Bruder hat mir das Buch aus Löwen mitgebracht, aber niemand in unserem Haus hat damit etwas anfangen können. Mein Mann hat die Schrift gelesen, ein paar Randnotizen gemacht, aber das Werk dann verärgert zur Seite gelegt. Ich glaube, er hätte es am liebsten verbrannt. Aber so etwas tut man einfach nicht. Wer verbrennt Bücher?«

Sie stellte ihr leeres Glas zurück auf den Tisch und stand auf. Rasch ging sie auf das Regal zu und musterte das dicke, in rotes Leinen gebundene Buch.

»Ich habe in meinem Leben zwei Engländer kennengelernt. Beide waren seltsam. Vielleicht liegt es daran, dass die Menschen dort einsam auf einer Insel leben. More schreibt völlig wirre Geschichten. In diesem Buch geht es um ein Land, in dem es kein Geld, keine Kaufleute, keinen Adel und keine hohen Geistlichen gibt. Wenn Ihr mich fragt, ist es das absonderlichste Buch, das ich je gelesen habe, und nicht einmal gut geschrieben. Der Stil ist plump und entbehrt jeden Geschmacks. Ich wollte es den Ursulinen schenken, aber die lehnten es verständlicherweise ab. Mein Sohn will es auch nicht, und so habe ich keinerlei Verwendung für diesen Text.« Sie stellte das Werk zurück an seinen Platz und kam wieder zum Tisch.

Sebastian spürte, wie die Haut in seinem Gesicht heiß wurde. Seine Finger kribbelten. Seit Jahren wollte er dieses Buch lesen, in dem der englische Philosoph eine fiktive Welt erschaffen hatte.

»Es heißt, in dem Buch werden auch Flugmaschinen beschrieben«, sagte Sebastian.

»Flugmaschinen?« Frau Schacht schüttelte den Kopf. »Von denen habe ich nichts gelesen. Aber von Regelungen, die besagen, dass alle Menschen gleich viel arbeiten müssen. Sklaven und Verbrecher werden in dem Land mit Gold ausgestattet, das in Utopia nichts wert ist.« Sie machte eine kurze Pause. »Wie gesagt, es ist das lächerlichste Buch, das ich je gelesen habe. Wenn Ihr jemanden kennt, der es haben will, gebe ich es Euch gerne mit.«

Hatte Sebastian sich eben verhört? Ein Buch war für ihn ein fast unbezahlbarer Luxus. Mit dem Gehalt als Bauingenieur konnte er sich regelmäßig Bücher ausleihen und hin und wieder eine frisch gedruckte Schrift auf losen Blättern kaufen, aber ein ganzes Buch zu erstehen, dafür musste er monatelang sparen.

»Seid Ihr sicher, dass Ihr keinen Gebrauch für das Buch habt?«, fragte er vorsichtig. Er wusste, dass er ein so wertvolles Geschenk nicht annehmen durfte. Es könnte ihm als Bestechung ausgelegt werden. Vielleicht steckte Pernfuß hinter der Sache. Der Richter wartete nur darauf, ihm einen Strick zu drehen.

Frau Schacht holte das Buch aus dem Regal und drückte es Sebastian in die Hand. Ehrfurchtsvoll strich er mit den Fingern seiner Rechten über das rote Leinen.

»Bitte nehmt es«, sagte sie. »Es wäre eine Sünde, das Papier als Heizmaterial im Winter zu verwenden.«

»Das kann ich nicht annehmen«, sagte Sebastian. Doch statt es zurückzugeben, drückte er das kostbare Exemplar an seine Brust.

»Gut, dann verbrenne ich es«, sagte Frau Schacht. Griff nach dem Buch und wollte es wieder an sich nehmen, aber Sebastian machte einen Schritt zurück.

»Ihr dürft diese Seiten nicht verbrennen«, sagte er.

Nun blitzte das Weiß ihrer Zähne unter dem Schleier auf. Frau Schacht lächelte. »Ich versuche Euch nicht zu bestechen«, sagte sie amüsiert. »Nehmt das Buch, niemand wird je davon erfahren, dass es mir gehört hat. Ich bin froh, wenn ich es los bin.«

Mit klopfendem Herzen öffnete Sebastian den Buchdeckel. Ein verschnörkelter Schriftzug, der den vollständigen Titel wiedergab, kam zum Vorschein.

»Von der besten Staatsverfassung und von der neuen Insel Utopia, ein wahrhaft goldenes Büchlein, genauso wohltuend wie heiter. *De optio rei publicae statu deque nova insula Utopia libellus vere aureaus, nec minus salutaris quam festivus.*«

Sebastian spürte förmlich, wie die Worte ihn anzogen. Benommen bedankte er sich artig und verließ wenig später das Haus des Ratsherrn. Das Buch trug er unter seinem Hemd versteckt.

Er wusste, dass er eben einen großen Fehler begangen hatte, aber er befand sich in einer Art Rauschzustand. So musste es sich anfühlen, wenn man betrunken war, dachte er. Die Gedanken schienen klar und waren dennoch völlig vernebelt. Er hatte eben ein Geschenk angenommen, das ihm zum Verhängnis werden konnte. Sebastians Herz raste. Sein Verstand sagte ihm, dass er umkehren sollte, aber seine Neugier hielt ihn davon ab. Die Versuchung war zu groß. Er wollte dieses Buch lesen und besitzen.

An der nächsten Straßenecke hielt er an und schaute sich misstrauisch um. Verfolgte ihn jemand? Was war mit dem Jungen, der ihn mit neugierigen Augen anstarrte? Wusste er, dass er ein Buch unter seinem Hemd trug? Sebastian fühlte sich wie ein Dieb. Rasch lief er weiter, hielt nicht mehr an und raste regelrecht nach Hause in die Bäckerstraße.

Erst als er in seiner Arbeitskammer angekommen war, atmete er kurz durch. Er versperrte die Tür hinter sich und holte das kostbare Buch hervor. Das rote Leinen hatte etwas Verbotenes und zugleich Anrüchiges an sich.

Sebastian lockerte eines der Dielenbretter des Fußbodens. Seit er zehn war, verwendete er dieses Brett als Versteck für seine geheimsten Aufzeichnungen. Hier würde niemand das Buch finden. Nicht einmal sein Vater war jemals hinter sein Versteck gekommen. Seit Jahren lagerten hier die Aufzeichnungen da Vincis und Sebastians eigene Schriften über die Flugkunst. Niemals würden die Männer des Stadtrichters den Boden absuchen. Zufrieden und dennoch entsetzt setzte sich Sebastian an seinen Schreibtisch. Er war im Besitz eines wertvollen Buchs, und gleichzeitig hatte er erlebt, wie leicht es war, vom Weg abzukommen und der Versuchung der Bestechung nachzugeben. Was unterschied ihn von Ratsherren, die ihrem eigenen Unternehmen einen Auftrag verschaffen wollten? Er stützte seinen Kopf in beide Hände und schloss für einen Moment die Augen. Aber seine Überlegungen wurden jäh unterbrochen, denn Margarethe klopfte an die Tür.

»Seit wann sperrst du dich ein?«, rief sie ungehalten.

»Ich komm schon«, sagte Sebastian. Als er aufstand, wusste er, dass er jetzt lügen und Margarethe nichts über das Buch erzählen würde. So schnell geriet man in einen Strudel der Unwahrheiten.

Es gab Fischer, die bevorzugten die frühen Morgenstunden, wenn der Nebel vom Wasser aufstieg und der Dunst des Morgentaus sich mit den ersten Sonnenstrahlen mischte. Andere angelten lieber am Abend und nutzten den ausklingenden Tag, die einsetzende Stille und das Nachglühen der Sonne, um in Ruhe auf Beute zu warten.

Martin hingegen, der in den Donauauen östlich von Wien wohnte, ging zum Wasser, wenn seine Zeit es erlaubte. Gleich nach dem Frühstück hatte seine Frau ihn gebeten, zwei Eimer zu flicken, dann hatte er das Steckenpferd seiner Tochter repariert, ein Regal im Schuppen aufgestellt und schließlich Holz für den Winter gesammelt und neben dem Haus zum Trocknen aufgeschichtet.

Jetzt, da die Sonne am höchsten stand und niemand außer ihm aufs Anbeißen der Fische hoffte, hockte er am Ufer eines Donauarms und döste vor sich hin. Er träumte vom Abendessen und wartete auf einen besonders fetten Karpfen. Wenn er in der nächsten Stunde nichts fing, würde er den Eimer, der jetzt wieder geflickt war, mit Flusskrebsen füllen. Ein »Armeleuteessen«, wie seine Frau es nannte. »Ekelhafte kleine Tiere«, wie seine Tochter meinte. Martin hingegen mochte die Krebse. Mit Butter und wildem Knoblauch schmeckten sie nach Sommer und Sonne. Das Wasser lief ihm im Mund zusammen, sein Magen knurrte, er hatte seit dem Frühstück nichts mehr gegessen. Zu Mittag hatte er keine Zeit gefunden und nur rasch ein Stück altes Brot in die Tasche gesteckt. Das könnte er jetzt knabbern, um das Hungergefühl loszuwerden.

Martin bückte sich. Das Brot war in seiner Umhängetasche, die am Boden lag. Da bemerkte er etwas Großes und Dunkles im Wasser. Es schwamm direkt auf ihn zu.

Es musste sich um einen gigantischen Riesenfisch handeln. Karl hatte letztes Jahr einen ähnlich großen Hecht aus dem Wasser gezogen. Seine Familie hatte eine ganze Woche lang davon gegessen. Den Rest hatten sie in Salz eingelegt und im Winter verzehrt.

Aufgeregt richtete Martin sich auf, langsam und möglichst geräuschlos, schließlich wollte er den Fisch nicht erschrecken. Er spähte aufs Wasser. Der Fisch bewegte sich nicht, trieb leblos auf der Oberfläche und wurde bloß von der trägen Strömung langsam weiterbewegt. Schade, es wäre auch zu schön gewesen. Martin hatte noch nie großes Glück beim Angeln gehabt. Ein fetter Karpfen, ein mittelgroßer Hecht, bestenfalls ein Aal. Aber ein derart riesiger lebender Fisch, für den er bewundert wurde, den hatte er noch nie an Land gezogen und würde es wohl auch heute nicht tun.

Je näher der Fisch zu ihm trieb, umso merkwürdiger erschien er ihm. Vielleicht war es gar kein Fisch. Dunkle Wolle quoll im Wasser auf. Kein Tier der Welt war in Stoff gehüllt. Plötzlich fiel es Martin wie Schuppen von den Augen. Was sich da auf ihn zubewegte, war ein Mensch. Ein toter Mensch.

Wie von zehn Bienen gleichzeitig gestochen, drehte er auf dem Absatz um und lief zurück ins Dorf. Den geflickten Eimer, die Angel und die Tasche mit dem alten Brot ließ er achtlos zurück. Erst ein Mal in seinem Leben hatte Martin eine Wasserleiche gesehen. In manchen Vollmondnächten quälten ihn die Erinnerungen an die helle aufgedunsene Haut und die starren Augen des Toten immer noch, auch Jahre nach dem grausigen Fund. So laut er konnte, schrie Martin um Hilfe. Jemand musste ihm helfen. Allein wollte er die Leiche ganz sicher nicht aus dem Wasser ziehen. Lieber würde er sie zu Fischfutter werden lassen.

Der Weinstock neben dir ist viel zu dicht belaubt. Die armen Trauben bekommen kein Licht«, sagte Hans vorwurfsvoll und zeigte auf den Rebstock neben seiner Tochter.

Fanny bückte sich und befreite die Pflanze von einem Teil der Blätter. »Wäre es nicht einfacher, wir würden die Triebe der Rebstöcke hochziehen?«, fragte sie. »Dann müssten wir nicht ständig gebückt durch den Weingarten laufen.«

Hans hielt inne und schnaufte verächtlich: »Du willst Triebe hochbinden und Rebsorten mischen? Was hast du als Nächstes vor? Soll der Schweizer Mechanikus eine Maschine für dich konstruieren, die anstelle der Menschen die Trauben erntet?«

Fanny zuckte mit den Schultern. Die Idee war gar nicht mal so schlecht. Aber ihr Vater schüttelte missbilligend den Kopf. »Das ist alles Unsinn. Wir machen den besten Wein, weil wir uns an alte Traditionen halten und den Wein so keltern, wie die Römer es uns vor Hunderten von Jahren gelehrt haben.«

»Fortschritt ist wichtig, warum sollte er ausgerechnet im Weinbau keinen Einzug halten?«

»Pah, all die neuen Erfindungen, wozu sollen die gut

sein? Haben wir das verdammte Schießpulver gebraucht? Ohne das Zeug hätten die Türken lang nicht so viel Schaden anrichten können.«

»Es gibt eine Reihe von Erfindungen, die sehr nützlich sind. Denk nur an den Buchdruck, ohne ihn könnten viele Menschen niemals in ihrem Leben ein Buch lesen.«

Hans murmelte etwas Unverständliches in seinen Bart, und Fanny lächelte zufrieden. Ihr Vater wusste keine Antwort mehr.

Eine Weile arbeiteten beide still nebeneinander. Bis Hans das Schweigen brach und fragte: »Wo warst du gestern Nachmittag?«

»Ich bin mit Master Grün nach Dornbach geritten und dann in die Stadt. Wir haben den beiden Bäckergesellen ein paar Fragen gestellt.«

»Was wollte Grün in Dornbach?«

»Mit Überlebenden reden. Wusstest du, dass es dort vor dem Angriff der Türken eine Gruppe von Lutheranern gab?«

Hans verneinte. »Du weißt, dass mich die Angelegenheiten der Kirche nicht interessieren. Alles, wofür ich lebe, ist dieser Weingarten, und die Vorstellung, dass das Land eines Tages nicht mehr im Besitz unserer Familie sein könnte, macht mich traurig.«

Da war sie wieder, die Erinnerung daran, dass sie bald heiraten musste, dachte Fanny. Da sie nicht darüber reden wollte, schwieg sie. Aber für Hans war das Thema noch lange nicht abgeschlossen.

»Ich habe hart arbeiten müssen, um Besitzer dieses Landes zu werden. Wirf das Privileg nicht einfach weg.«

»Das habe ich nicht vor«, seufzte Fanny. Ganz im Gegenteil, sie wollte weder auf die Weinberge noch auf den

Hof jemals verzichten. »Aber heiratswillige Männer, mit denen ich den Rest meines Lebens verbringen will, wachsen nicht auf den Bäumen.«

Missbilligend verzog Hans den Mund. Fanny wusste, dass ihm eine Erwiderung auf den Lippen lag, aber er schluckte sie hinunter.

»Ich werde wieder heiraten«, sagte sie versöhnlich.

»Beeile dich damit, denn wer weiß, wie lange ich noch leben werde. Vielleicht steckt man mich am Ende der Woche ins Gefängnis.«

Vor Schreck schnitt sich Fanny mit dem scharfen Messer. Blut tropfte auf den lehmigen Boden. Sie nahm den verletzten Finger in den Mund und saugte daran. Wie hatte sie annehmen können, dass ihr Vater sich der Gefahr nicht bewusst war? Er hatte Angst und machte sich Gedanken um Fannys Zukunft. Sie konnte die Sorgen förmlich spüren, sie hockte zwischen ihnen und lauerte wie ein Raubtier auf Beute.

»Wir werden den Mörder finden«, sagte sie leise und war entsetzt darüber, wie wenig überzeugt sie klang.

»Hoffentlich«, antwortete Hans.

»Das ist der zweite Tote innerhalb weniger Tage«, sagte Treu und raufte sich das Haar. Aufgebracht stand der Bürgermeister von seinem Stuhl auf und schritt nervös in seiner Stube auf und ab. Die Sonne fiel schräg durchs Fenster auf seinen Schreibtisch, wo eine Glaskaraffe mit rubinrotem Wein stand, der im kräftigen Licht funkelte.

»Grün, Ihr müsst Euch mit Euren Untersuchungen beeilen. Die Zeit läuft uns davon. In wenigen Wochen kommt Ferdinand in die Stadt. Wenn wir bis dahin keine Ergebnisse vorlegen können, wird er der Stadtregierung mangelnde Stärke vorwerfen. Außerdem werden die ausländischen Baumeister nervös. Erst gestern habe ich gehört, dass die Verunsicherung und die Preise steigen. Wir brauchen einen Schuldigen, sonst greift Ferdinand ein, und das ist das Letzte, was wir wollen.«

Seit gut einer Stunde wiederholte Treu diese Botschaft. Er verpackte sie immer wieder in andere Worte, aber der Inhalt war immer derselbe und der Informationswert für Sebastian gleich null.

»Habt Ihr denn nicht einmal einen Anhaltspunkt?«, fragte Treu.

»Alles, was ich weiß, habe ich Euch bereits gesagt«,

seufzte Sebastian und wiederholte sich selbst zum zigsten Mal an diesem Nachmittag.

»Glaubt Ihr wirklich, dass Schacht versucht hat, Steiner zu erpressen, um billig an einen Weinberg zu gelangen, den er wiederum einem Regensburger Baumeister abtreten wollte?«

»Es deutet alles darauf hin«, sagte Sebastian.

»Ich hab's gewusst«, rief Treu, kehrte zurück zu seinem Schreibtisch und schlug mit der Faust darauf. Die Karaffe geriet gefährlich ins Wackeln, blieb jedoch stehen.

»Aber der Regensburger wird durch die Finger schauen. Eine Stadtmauer aus Ziegelsteinen ist so viel wert wie ein Puppenhaus aus Papier.«

Sebastian teilte die Meinung des Bürgermeisters nicht, aber im Moment schien es sinnlos, ihm die Vorzüge von Backstein zu erklären. Vor wenigen Stunden hatte ein Fischer in der Nähe von Stadlau eine Leiche aus dem Wasser gefischt. Es handelte sich um Laurentius Pilhamer. Dementsprechend aufgeregt war Treu.

»Was wisst Ihr noch?«, fragte der Bürgermeister. Schwer ließ er sich auf seinen Stuhl plumpsen, die Stuhlbeine knarrten unter seinem Gewicht.

»Das ist im Moment alles«, gab Sebastian zu.

»Was soll das heißen: Das ist alles? Dafür braucht Ihr fast eine Woche? Grün, das ist ein schlechter Scherz!« Erneut schlug Treu mit der Faust auf den Tisch, diesmal schwappten ein paar Tropfen des Weins über und liefen auf die kostbare Einlegearbeit des Schreibtischs. Sebastian war an die Wutausbrüche des Bürgermeisters gewöhnt, sie beunruhigten ihn nicht.

»Ich habe außerdem einen Haufen Lügen gehört, die ich Euch ersparen will. Ich wurde beschimpft, und man drohte mir mit Entlassung, wenn ich keine Beweise für Steiners Schuld liefern kann.«

»Wer hat Euch gedroht?«, fragte Treu.

Sebastian zog bloß die Augenbrauen hoch, und im nächsten Moment sagte Treu: »Es war Pernfuß.«

»Unter anderem. Es scheint, als wäre Steiner dem Richter aus irgendeinem Grund ein Dorn im Auge. Gibt es irgendwelche ungelösten Konflikte zwischen den beiden?«

Treu schüttelte den Kopf: »Nein, Steiner ist Pernfuß völlig egal. Der Richter will bloß, dass die ganze Angelegenheit rasch gelöst wird. Er hat genauso wenig Interesse an einem Skandal wie ich, aber im Unterschied zu mir würde er dafür einen unschuldigen Mann opfern. Steiner ist verdächtig, also soll er zum Sündenbock gemacht werden.«

»Steiner ist aber nicht der Mörder. Er leidet seit Jahren am Rheuma und kann seine Arme nicht hoch genug heben, um einen Mann wie Schacht zu erschlagen.«

»Ich weiß, ich weiß«, sagte Treu. »Steiner zu verhaften wäre völlig sinnlos. Der Mörder würde weiter zuschlagen, der Skandal sich noch weiter ausbreiten, und Steiner würde nicht mehr seinen herrlichen Wein keltern.« Fast liebevoll sah Treu auf die Karaffe auf seinem Tisch. »Was ein unglaublicher Verlust für die Stadt wäre!«

Er stand auf, ging zu einem verglasten Schrank an der Wand, entnahm ihm zwei Becher und kehrte zurück zum Tisch.

»Wollt Ihr auch einen Schluck?«

Sebastian lehnte dankend ab.

»Trinkt Ihr immer noch keinen Wein? Ich dachte, dass Steiner Euch auf den Genuss bringen könnte.«

Sebastian verschwieg, dass er beinahe davon gekostet hatte.

Schwungvoll schenkte Treu seinen Becher voll, nahm einen herzhaften Schluck und seufzte schwer. Sebastian sah, dass tiefe, dunkle Ringe unter den Augen des Bürgermeisters lagen. Sicher hatte er die letzten Nächte nur wenig Schlaf gefunden.

»Pilhamer wurde ebenfalls erschlagen«, sagte Treu. »Sein Hinterkopf ist zertrümmert, genau wie der von Schacht. Vielleicht wurde die gleiche Mordwaffe verwendet. Ihr müsst Euch seine Leiche ansehen.«

Sebastian graute davor, Pilhamer zu untersuchen, gerne hätte er dagegen protestiert, laut sagte er: »Ich frage mich, wer vom Tod der beiden Männer profitiert.«

Treu nahm erneut einen Schluck Wein, bevor er antwortete: »Vielleicht die beiden Witwen.«

Sebastian konnte sich weder die schöne Frau Pilhamer noch die trauernde Frau Schacht als Hammer schwingende Mörderin vorstellen.

Treu stellte den leeren Becher zurück auf den Tisch, lehnte sich in seinem Stuhl zurück und verschränkte die Arme vor seinem mächtigen Bauch.

»Es ergibt keinen Sinn, dass Schacht versucht haben soll, Steiner zu erpressen«, sagte er nachdenklich.

»Er wollte seine Weinberge für einen Regensburger Baumeister«, erklärte Sebastian gereizt. Wie oft hatte er diesen Satz nun schon gesagt? Das Gespräch drehte sich im Kreis.

»Aber Schacht hätte genauso gut seinen Freund Pilhamer fragen können, ob er ihm ein paar Weinberge abtritt. Soviel ich weiß, besitzt –«, Treu hielt inne und korrigierte sich, »*besaß* Pilhamer Weingärten im Westen der Stadt, die brachliegen.«

»Wo genau?«, wollte Sebastian wissen.

»In Hernals oder Dornbach. Irgendwo dort.« Treu zeigte mit seiner Hand in Richtung Westen.

»Ich bin gestern in Dornbach gewesen. Dort ist nach wie vor alles verwüstet. Ein paar arme, vom Krieg verstörte Menschen hausen in Ruinen, das ist alles.«

»Ich weiß«, sagte Treu. »Die Menschen sollten sich um den Wiederaufbau kümmern, aber offensichtlich haben die Grundbesitzer kein Interesse daran. Soviel ich weiß, sind die Herren von Als beim Kampf um Wien gefallen. Ich weiß über die Besitzverhältnisse in der Gegend nicht genau Bescheid. Nach dem Krieg hat sich alles verändert. Aber wenn Ihr wollt, kann ich mich erkundigen, schließlich ist es für Wien nicht gut, wenn die Vorstädte verkommen.«

Treu griff mit seiner Rechten nach seinem mächtigen Schnurrbart und strich darüber. »Warum hat Schacht nicht Pilhamer um die Weingärten gebeten? Die beiden waren enge Freunde, und soviel ich weiß, hatte Schacht nie die Absicht, Wein zu keltern.«

»Pilhamer hätte ihm weder Weingärten noch sonst irgendetwas gegeben. Er dachte, dass Schacht gerade mit seiner Frau im Bett gewesen war.«

Überrascht pfiff Treu durch die Zähne. »Die elegante Frau Pilhamer mit dem strengen Katholiken Schacht? Ihr habt ja doch mehr erfahren, als Ihr mir bis eben verraten habt.«

Sebastian antwortete nicht, und Treu sagte verärgert: »Wer weiß, was für dunkle Machenschaften Schacht sonst noch unter dem Deckmäntelchen des Glaubens verborgen hat. Es ist unfassbar, dass er so dreist war und einen Regensburger Baumeister mit Weinbergen bestechen wollte.«

Treus Aufregung erschien Sebastian eine Spur übertrieben. Schacht war nicht der erste korrupte Stadtrat und würde auch nicht der letzte bleiben. Er fragte sich, ob Treus Sorgen nicht mit eigenem Verlust einhergehen könnten.

Sollte er den Bürgermeister darauf ansprechen? Er ließ es lieber bleiben.

»Wo liegt Pilhamers Leiche?«, fragte er stattdessen.

»In der Aufbewahrungskapelle von Maria am Gestade. Pilhamers Familie hat dort eine Gruft, in der er morgen beigesetzt werden soll. Wegen der Hitze, die momentan herrscht, und dem …« – Treu suchte nach dem passenden Wort – »… dem mitgenommenen Zustand seiner Leiche ist große Eile geboten.«

»Ich verstehe«, sagte Sebastian. Er stand auf, denn die Eile betraf auch ihn. Schließlich wurde der Anblick von Pilhamers Leichnam nicht erfreulicher. Bevor er ging, drehte er sich noch einmal um. »Ich habe eine Bitte«, sagte er.

»Immer zu, was braucht Ihr?«

»Ich musste in den letzten Tagen immer wieder ein Pferd mieten, um die teilweise sehr beachtlichen Strecken zurückzulegen.«

»Ich verstehe«, sagte Treu. »Ich werde Euch das Geld rückerstatten, und damit nicht noch mehr Ausgaben entstehen, borge ich Euch mein Zweitpferd. Eine gutmütige Stute, die jedoch manchmal lahmt. Behandelt sie also mit Sorgfalt.«

Nicht schon wieder ein lahmendes Pferd, dachte Sebastian und bereute seine Frage. Hätte er einfach weiter Pferde gemietet und erst hinterher gefragt, hätte Treu ihm auch die weiteren Ausgaben begleichen müssen. Ehrlichkeit zahlte sich nur in den seltensten Fällen aus.

Um Himmels willen, dieser Gestank ist ja nicht zu ertragen!«, sagte Rosa und hielt sich einen Zipfel ihrer Schürze schützend vor die Nase.

»Ich werde mich in den Weinkeller zurückziehen«, meinte Hans Steiner. Aber Fanny hielt ihn am Ärmel zurück. »Diesmal nicht, Vater. Ich halte den Gestank auch nicht aus, und wenn ich auch nur einen Augenblick länger neben dem Mann im Hof verbringen muss, übergebe ich mich.«

»Meinetwegen. Dann werde ich die Arbeiten überwachen«, lenkte Hans Steiner ein.

Da der Kotkönig immer noch verletzt im Bett lag, hatte er seinen Schwiegersohn geschickt. Wolf Pfiff war allgemein dafür bekannt, dass er sich gerne vor der Arbeit drückte und die Gruben nur zur Hälfte entleerte, deshalb war es wichtig, ihm bei der Arbeit auf die Finger zu sehen. Eine Aufgabe, die niemand freiwillig übernahm.

»Danke«, sagte Fanny. Sie schloss das Fenster, das in den Hof führte, aber der Gestank befand sich bereits im Haus. Da Lüften im Moment nichts half, konnte man sich nur schützen, indem man sich ein Stück Stoff vors Gesicht hielt und darauf vertraute, dass die Nase sich an den unangenehmen Geruch gewöhnte.

Liechti betrat die Stube. Im Gegensatz zu sonst hatten seine Wangen einen ungesunden Farbton angenommen. »Ich hoffe, der Bursche hat seine Aufgabe bald beendet«, meinte er. »Ich denke ernsthaft darüber nach, die Nacht in einem Gasthaus in der Stadt zu verbringen.« Er richtete seinen Blick auf Fanny: »Wenn Ihr wollt, nehme ich Euch mit, sagt einfach Bescheid.«

»Ich glaube nicht, dass das notwendig sein wird. Sobald der Wagen mit dem Mist weg ist, wird sich auch der Geruch legen.« Fanny hoffte inständig, dass sie recht behielt.

»Letztes Jahr wurde im Haus, in dem meine Großmutter wohnt, die Grube geleert. Der Gestank lag drei volle Tage in den Wohnungen«, erklärte Rosa.

»Es ist ein Unterschied, ob der Abort eines ganzen Mietshauses ausgehoben wird oder bloß die Grube eines einzelnen Winzerhofs.«

»Scheiße bleibt Scheiße«, sagte Rosa. Darauf gab es nichts zu erwidern.

»Wir werden das Wäschewaschen auf morgen verschieben«, bestimmte Fanny. »Heute hat es einfach keinen Sinn. Stell dir nur vor, wie die Laken riechen, wenn wir sie im Hof zum Trocknen aufhängen.«

Damit war Rosa einverstanden. Wenn es nach der Magd gegangen wäre, hätten sie die Arbeit auch auf die nächste Woche verschieben können.

»Ob der Kotkönig seinen Gestank jemals loswird?«, fragte sich Rosa. »Ich meine, ein Schäfer riecht immer nach Schaf, ein Bäcker nach Brot und ein Kotkönig ...?«

»Ich habe nicht vor, es herauszufinden«, sagte Fanny angewidert. Einen Moment überlegte sie, warum ihre Magd über die Gerüche so vieler Männer Bescheid wusste, verwarf die Überlegungen aber schnell wieder.

Solange Rosa nicht schwanger wurde, war es die Angelegenheit der Magd und nicht Fannys.

Plötzlich hörte sie ihren Vater rufen. Fanny konnte ihn nicht verstehen, denn sie hatte zuvor alle Fenster geschlossen, also ging sie zu ihm auf den Hof. Der Gestank, der ihr entgegenschlug, gab eine Vorstellung davon, wie es wohl in der Hölle roch. Augenblicklich rebellierte ihr Magen, und das Mittagessen drohte, wieder hochzukommen.

»Fanny, sieh nur, was der Kotkönig gefunden hat«, rief Hans aufgeregt. Er winkte seine Tochter zu sich. Nur widerwillig näherte sich Fanny dem Abort.

Auf dem Boden lag ein mit Kot, Schlamm und Dreck überzogener Hammer. Es musste die Mordwaffe sein, der Hammer, den Liechti am Tag des Mordes gesehen hatte. Der Täter hatte ihn tatsächlich im Abort versenkt.

»Ich muss den Hammer zu Sebastian Grün bringen«, sagte Fanny.

»In diesem Zustand?«, fragte Hans.

»Natürlich nicht«, sagte Fanny. »Zuvor muss ich den Hammer säubern.« Die Vorstellung, das stinkende Werkzeug in die Hand zu nehmen, mit dem einem gesunden Mann der Schädel zertrümmert worden war, missfiel ihr.

Der junge Kotkönig, der gerne eine Pause einlegte, meinte: »Ich trag Euch den Hammer zum Brunnen, dann könnt Ihr einfach Wasser darüber schütten und das Werkzeug abschrubben.«

Fanny war dem Mann dankbar. Er hatte lange Lederhandschuhe an und trug Stiefel, die bis über seine Knie reichten. Vor dem Brunnen ließ er den Hammer auf den Boden fallen. Einen Moment lang überlegte Fanny, ob sie Rosa die unangenehme Aufgabe zuschieben sollte?

Sie sah sich suchend um, aber vergebens, ihre Magd hatte sich wieder einmal in Luft aufgelöst. Dafür stand Max an ihrer Seite. »Soll ich helfen?«

»Lass nur, ich mach das schon«, sagte Fanny tapfer.

Aber Max ignorierte sie. Er schüttete einen Eimer Wasser über den Hammer und begann, mit einer Kotbürste zu schrubben. Fanny war ihm dafür unendlich dankbar. In Momenten wie diesen fragte sie sich, was sie ohne den stillen, hilfsbereiten Knecht machen würde, der immer da war, wenn sie Hilfe dringend benötigte. Als der gröbste Dreck weg war, übernahm sie die Bürste, und Max widmete sich wieder dem Holz im Schuppen.

»Ich finde es sehr vernünftig, dass Ihr die Nacht nicht in Eurem Haus verbringen wollt«, sagte Liechti zufrieden. Der Schweizer ritt mit aufrechter Haltung und wehendem Haar neben ihr. »Die Ausdünstungen sind sicher ungesund. Vielleicht bekommt man davon Husten, tränende Augen oder gar einen eitrigen Ausschlag.«

Diese Vorstellungen fand Fanny absurd und übertrieben, aber es reichte schon, dass ihr die ganze Zeit übel war. Ihr Vater hatte von einer Nacht in Wien nichts wissen wollen, er würde im Weinkeller schlafen. Max und Rosa traf das Los der Bediensteten. Sie mussten auf dem Hof übernachten und sich irgendwie mit dem Gestank arrangieren, wobei Fanny sicher war, dass Rosa eine Lösung finden würde, die halbwegs angenehm war.

Der Kotkönig war mit seiner Arbeit nicht fertig geworden. Als er kurz nach fünf mit einem Wagen voller Dreck wegfuhr, lag der Geruch des Abortes immer noch in der Luft und war intensiver als je zuvor. Denn der Kotkönig hatte einen Teil des Inhalts zwar aus der Grube gehoben, aber nicht alles auf seinen Wagen gebracht. Der graubraune Haufen lag nun mitten im Hof und stank dermaßen, dass sogar der Hofhund mit eingezogenem Schwanz einen großen Bogen darum machte. Der Kotkönig wollte morgen den Rest holen. Fanny betete zu Gott, dass er es auch wirklich tat.

Da sie ohnehin in die Stadt wollte, um Grün die Mordwaffe zu bringen, nutzte sie die Gelegenheit, dem Chaos zu entfliehen, und ritt mit Liechti. Der versprach, in einem netten Gasthaus zwei getrennte Kammern zu mieten. Fanny vertraute darauf, dass er eine saubere Unterkunft aussuchte, in der sie sich keine Läuse, Wanzen oder Flöhe einfing. Es war bekannt, dass die Wirte die Bettlaken ihrer Gäste nur alle paar Wochen wechselten. Manche sorgten bloß zweimal im Jahr für frische Wäsche: vor Weihnachten und vor Ostern. Wenn man also Pech hatte und nach einem ungepflegten Gast ins Bett stieg, konnte es durchaus vorkommen, dass man hinterher einen Teil seiner kleinen Plagegeister mit sich herumtrug.

Vor der »Goldenen Gans« in der Wollzeile hielt Liechti an und sagte: »Der Wirt ist bekannt für seinen Schweinsbraten. Wenn Ihr pünktlich um sieben hier seid, lade ich Euch zum Essen ein.«

Das ließ sich Fanny nicht zweimal sagen. Bis dahin würde ihr Magen sich wieder beruhigt haben und der schreckliche Gestank aus ihrer Nase verschwunden sein. Sie ließ ihr Pferd bei Liechti und machte sich mit dem Hammer, den sie in einen Sack eingewickelt hatte, auf in die Obere Bäckerstraße. Mit einem mulmigen Gefühl im Bauch, schließlich war ihr die letzte Begegnung mit Grün noch bestens im Gedächtnis, klopfte sie an die Tür.

Margarethe Grün öffnete ihr. Die entstellte Hälfte

ihres Gesichts war von einem dünnen Seidenschal bedeckt.

»Das ist aber eine Überraschung«, sagte sie freundlich, nahm das Tuch wieder ab und bat Fanny auf der Stelle herein.

»Matthias Zotter und mein Bruder sitzen bereits in der Stube. Wie schön, dass wir so viel Besuch haben.«

Fanny fand, dass zwei Menschen nicht unbedingt viel Besuch waren, aber als Winzertochter betrachtete sie die Sache wohl in einem anderen Licht.

Als sie die Stube betrat und den hellblonden Schopf von Sebastian Grün sah, schlug ihr Herz erneut schneller. Es war also keine einmalige Angelegenheit gewesen. Sie war genauso aufgeregt und verwirrt wie neulich in Tomeks Gaststube. Bloß war sie heute darauf vorbereitet, was die Sache etwas leichter machte.

»Was führt Euch zu uns?«, fragte Sebastian. »Sind die Neuigkeiten über den zweiten Mord so schnell bis zum Nussberg vorgedrungen?«

»Welcher Mord?«, fragte Fanny.

»Heute Mittag hat ein Fischer Laurentius Pilhamer aus einem Donauarm gezogen. Er war tot.«

Vor Schreck ließ Fanny den Sack mit dem Hammer fallen. Das Werkzeug war bloß lose in den Stoff eingeschlagen gewesen und kullerte nun geräuschvoll über den Boden aus dicken Holzbrettern.

»Meine Güte, stinkt das Ding«, sagte Margarethe und hielt sich die Hand schützend vor die Nase.

»Ihr könnt Euch nicht vorstellen, wie es gerochen hat, bevor ich es abgeschrubbt habe«, sagte Fanny. Der Geruch, der vom Hammer ausging, war harmlos im Vergleich zu der *Duft*wolke, die über ihrem Hof hing.

Sebastian stand von seinem Stuhl auf und trat zu dem

Werkzeug. »Der Mörder hat den Hammer tatsächlich in Eurem Abort versenkt«, sagte er kopfschüttelnd. »Entweder hat er vor lauter Aufregung nicht gerochen, dass die Grube längst geräumt werden musste, oder er hat es darauf ausgelegt, dass man die Waffe findet. Was denkt Ihr?«

Fanny hob ratlos die Schultern. Wie sollte sie sich vorstellen, was im Kopf eines Mörders vor sich ging?

Benommen von der Nachricht, dass es einen weiteren Mord gegeben hatte, ließ sie sich auf einen der Stühle neben dem Tisch sinken.

Margarethe reichte Fanny einen Becher mit Holunderblütenwasser. Dankbar nahm sie ihn entgegen, trank einen Schluck und fühlte sich augenblicklich besser.

»Wie und wann ist Pilhamer gestorben?«, fragte Fanny.

»Der Gerichtsschreiber hat angegeben, dass er erschlagen wurde. Ich habe am Nachmittag seine Leiche gesehen. Ich bin mir nicht sicher, ob die Wunde an seinem Hinterkopf tatsächlich von einem Hammer stammt. Genauso gut kann er sich irgendwo angeschlagen haben«, sagte Sebastian.

»Treu glaubt, dass der selbe Täter erneut mit derselben Waffe zugeschlagen hat.« Sebastian stupste den Hammer mit der Zehenspitze an. »Eine Behauptung, die wir nun widerlegen können.«

Das Werkzeug war blank geputzt. Nach Blutspuren suchte man vergebens. Was auch immer sich darauf befunden hatte, war von Max und Fanny weggeschrubbt worden.

»Wer verwendet diese Art von Hammer?«, fragte Margarethe.

»Steinmetze, Bergarbeiter. Männer, die Felsen bearbeiten«, erklärte ihr Bruder nachdenklich. Gedankenversunken biss er sich auf seine Unterlippe und wandte sich an Matthias Zotter: »Kann man feststellen, ob ein Mensch schon tot war, bevor er ins Wasser fiel?«

»Natürlich kann man das«, sagte Matthias. »Hat ein Toter Wasser in den Lungen, so muss man davon ausgehen, dass er noch am Leben war, als er ins Wasser gestürzt ist und in seinem Kampf ums Überleben Wasser eingeatmet hat. Sind die Lungen frei davon, war er mit großer Sicherheit schon tot, bevor er im Wasser landete.«

Mit beiden Händen fuhr sich Sebastian durch sein Haar und strich es hinter die Ohren, jedoch mit wenig Erfolg. Sofort stand es wieder nach allen Richtungen ab. »Wie kann man das feststellen?«, wollte er wissen.

Matthias schüttelte belustigt den Kopf. »Sebastian, diese Frage kannst du selbst am allerbesten beantworten. Schließlich bist du ein Verehrer von da Vinci und weißt, wie man sich ein Bild über das Innere einer Lunge macht.«

Eine Zeitlang schwieg Sebastian, bevor er sagte: »Dann müssen wir Pilhamer aufschneiden.« Die Bemerkung klang beiläufig, so als hätte er eben entschieden, eine Gans zu fangen und mit Kräutern zu stopfen.

Fast zeitgleich protestierten Fanny und Margarethe. Die eine, indem sie heftig den Kopf schüttelte, die andere sagte empört: »Das kann nicht Euer Ernst sein!«

»Habt Ihr eine bessere Idee herauszufinden, ob Pilhamer Selbstmord begangen hat oder wie Schacht ermordet wurde?« fragte Sebastian herausfordernd.

»Wie kommt Ihr darauf, dass er Selbstmord begangen hat?«, fragte sie, wandte aber ihren Blick von ihm ab. Seine hellblauen Augen verursachten ihr trotz der Ernsthaftigkeit des Gesprächs ein Magensausen.

»Bei dem Gespräch, das ich mit ihm geführt habe, konnte ich seine Angst förmlich riechen, und wenn es stimmt, was man sich erzählt, hatte er in den letzten Tagen sein Haus nicht verlassen. Vielleicht weil er so große Angst hatte.«

»Wäre er dann nicht auch zu feige für einen Selbstmord gewesen?«, fragte Fanny.

»Braucht man dazu Mut?«

»Ich weiß es nicht«, gab sie ehrlich zu.

»Er sah nicht aus wie ein glücklicher Mann«, fuhr Sebastian fort. »Angst, gepaart mit Melancholie, Selbstzweifeln und einer unglücklichen Liebe ... Es gibt Männer, die sich aus nichtigeren Gründen das Leben nehmen.«

»Was du sagst, mag ja alles stimmen«, mischte sich Margarethe ein. »Aber wie willst du den Leichnam untersuchen? Das Aufschneiden von Toten ist streng untersagt.«

»Man wird Euch exkommunizieren, in den Kerker werfen und vor ein kirchliches Gericht stellen«, ergänzte Fanny. »Im besten Fall brennt Ihr, im schlimmsten Fall foltert man Euch mit heißen Eisen, langen Stangen und Daumenschrauben so lange, bis Ihr langsam und qualvoll sterbt.«

Amüsiert hob Sebastian die Augenbrauen. »Vielen Dank für die bildhafte Darstellung. Das war natürlich alles neu für mich, ich dachte immer, Leichenschänder würden mit Gold für ihre Arbeit bezahlt. Aber jetzt kenne ich mich aus und weiß um die Gefahren.«

Fanny schnaufte verärgert. Sie fand, es war nicht notwendig, dass er sich über sie lustig machte.

Unterdessen wickelte Sebastian den stinkenden Hammer wieder in den groben Leinensack ein. Ohne den Medikus anzusehen, fragte er: »Was meinst du, Matthias? Kannst du innerhalb kürzester Zeit einen Leichnam öffnen und in seine Lungen schauen?«

Zu Fannys großem Entsetzen nickte der Medikus. Sicher hatte er schon öfter Leichen aufgeschnitten. Dabei sah er nicht wie ein Mann aus, der das Gesetz der Kirche brach und sich über moralische und gesellschaftliche Regeln hinwegsetzte.

»Dann werden wir in wenigen Stunden der Aufbewahrungskapelle von Maria am Gestade einen Besuch abstatten. Möchte eine der Damen uns begleiten und Wache halten?«

»Wie wollt Ihr ins Innere der Kapelle gelangen?« Es war nicht die dringlichste, aber die erste Frage, die Fanny durch den Kopf schoss.

»Margarethe kann Schlösser knacken«, erklärte Sebastian. »Das hat sie als Kind gelernt.«

Fannys Kinnlade fiel nach unten. Ein Medikus, der Leichen schändete, eine harmlos aussehende Frau, die Schlösser knackte? Was würde sie über Sebastian erfahren?

Entschuldigend neigte Margarethe den Kopf zur Seite. »Unser Vater versperrte stets sein Arbeitszimmer, weil er der Meinung war, dass Sebastian und ich weder seine Bücher noch seine Briefe lesen sollten. So ein Verbot ist teuflisch. Vor allem für ein Mädchen, das zu Hause festgehalten wird, weil sein Gesicht entstellt ist.«

»Da habt Ihr einfach das Schloss geknackt?«

»Einfach war es nicht«, erklärte Margarethe, »ganz im Gegenteil, es war sehr schwierig. Vor allem deshalb, weil Vater hinterher nichts von der Manipulation bemerken durfte. Aber ich hatte Geduld und massenhaft Zeit.«

»Hat sich der Aufwand wenigstens gelohnt?«, fragte Fanny.

»Ja, das hat es. Mein Vater war ein Freund Toskanischer Dichter. Er besaß eine Sammlung von Texten von Francesco Petrarca und einen Band von Giovanni Boccaccios ›Il Decamerone‹. Ich habe die Geschichten verschlungen, sie haben mir die Freude am Leben erhalten.«

»Du hast ›Das Dekameron‹ gelesen?«, fragte Matthias Zotter sichtlich überrascht. »Ein Grund mehr, dich heiraten zu wollen.«

»Natürlich habe ich es gelesen«, sagte Margarethe spitz. »Oder denkst du, dass es nur Männern vorbehalten ist, Geschichten über die Freuden körperlicher Liebe zu lesen?«

»Natürlich nicht«, sagte Matthias und grinste breit.

»Körperliche Liebe?«, wiederholte Fanny in Gedanken. Wo war sie da bloß hineingeraten? Keiner der drei schien sich an der Formulierung zu stoßen. Vielleicht sollte sie bei ihrem nächsten Wien-Besuch beim Buchhändler Teusch vorbeischauen und nach dem Buch fragen. Vorausgesetzt, sie würde diese Nacht überleben.

»Selbst wenn es Euch gelingen sollte, unbemerkt in die Kapelle einzudringen und dem armen Toten den Leib aufzuschneiden«, startete Fanny einen weiteren Versuch, »was macht Ihr, wenn die Totenwäscherinnen den Mann noch nicht hergerichtet haben? Die Frauen werden die Narben sehen.«

»Das ist ein guter Einwand«, stimmte Sebastian ihr zu. »Aber dieses Risiko müssen wir auf uns nehmen.«

Fanny sah von einem zum anderen. Offenbar war sie die Einzige im Raum, die die Waghalsigkeit dieses Vorhabens erkannte. Sowohl der Medikus als auch Margarethe wollten Grün bei der Untersuchung des Toten unterstützen.

»Ihr seid völlig verrückt«, sagte sie leise.

»Das bemerkt Ihr jetzt erst?«

Sebastian grinste von einem Ohr zum anderen, und in Fannys Magen breitete sich gegen ihren Willen schon wieder das beunruhigende Flattern aus. Vielleicht war sie selbst gerade im Begriff, ihren Verstand zu verlieren.

In der Stube war es hell, obwohl Rötzer eben die zuvor von seinem Diener entzündete Kerze in der Laterne auf dem Tisch wieder ausgeblasen hatte. Ein fast voller Mond warf kaltes Licht durch die geöffneten Fensterläden und tauchte den Raum in ein schaurig schönes Halbdunkel. Auf dem Tisch vor ihm lag ein Brief. Er roch betörend nach Rosenwasser. Nikolaus kannte nur eine Frau, die diesen Duft tragen konnte, ohne dabei billig oder vulgär zu wirken.

Am Nachmittag hatte er vom Tod seines Weggefährten Laurentius gehört, und nur wenige Stunden danach hatte ein Bote dieses Schreiben gebracht. Welche Freude, welche Überraschung.

Nikolaus hatte Pilhamer zwar als Freund bezeichnet, doch schon als Knabe hatte er den dicken, verweichlichten Laurentius mit der weiblichen Stimme verachtet. Es war ihm immer ein Rätsel gewesen, wie es Pilhamer gelungen war, Teil des mächtigen Männerkleeblatts, wie sie sich selbst als Kinder bezeichnet hatten, zu werden. Geld, Macht und Einfluss der Eltern hatten wohl die wichtigste Rolle dabei gespielt. Laurentius stammte nicht nur aus einer reichen Kaufmannsfamilie, sondern seine Mutter war blaublütig, eine Adelige.

Jahrelang hatte Nikolaus Laurentius erduldet, und dann war Lucretia ins Spiel gekommen. Diese wunderschöne, kluge Frau mit der betörenden Stimme und dem geschmeidigen Körper, die ihnen allen den Kopf verdreht hatte.

Philipp war damals bereits verheiratet gewesen, und Richard Pernfuß hatte nie vorgehabt, sich unter seinem Stand zu verehelichen. Es war völlig klar gewesen, dass Lucretia sich für Nikolaus entscheiden würde. Aber dann starb Nikolaus' Vater, und für ein paar Wochen sah es so aus, als hätte er dem Sohn bloß Schulden hinterlassen. Lucretia hatte überstürzt reagiert und den schwammigen Laurentius geheiratet. Als sich Rötzers Geldprobleme in Wohlgefallen aufgelöst hatten, war es zu spät gewesen. Lucretia war bereits die Frau von Laurentius. Jahre der Bitterkeit und der Verzweiflung waren gefolgt. Aber jetzt war sie wieder frei. Der Brief in seinen Händen bewies es. Schon wenige Stunden, nachdem sie vom Tod ihres Mannes erfahren hatte, hatte sie diese Zeilen an ihn gerichtet und damit bestätigt, was er immer gewusst hatte: Sie hatte Laurentius nie geliebt.

Es gab Gerüchte, dass sie eine Affäre mit einem Mann pflegte. Aber Nikolaus glaubte nicht daran. Die bösen Worte stammten von Philipps Frau, die mit ihrer spitzen Zunge diese Gerüchte in die Welt gesetzt hatte. Aus irgendeinem Grund hatte sie Lucretia gehasst. Vielleicht war sie wegen ihrer Schönheit neidisch. Was fanden Männer an Frauen begehrenswert? Ihren geschmeidigen Körper, ihre Schönheit.

Laurentius hatte den Gerüchten Glauben geschenkt und Philipp verdächtigt, was völlig absurd gewesen war. Philipp war der Kirche treu ergeben gewesen und hatte die Gesetze der Priester stets befolgt. Auch wenn er gerne den Frauen auf den Busen gestarrt hatte, so hätte er niemals Ehebruch begangen. Philipp hatte zu große Angst vor dem Fegefeuer und der Strafe Gottes gehabt, dafür hatte sein Beichtvater Anselm gesorgt, seit Philipp noch ein kleiner Junge gewesen war. Er war in seinem Eifer für die Kirche sogar so weit gegangen, dass er mit seinem eigenen Sohn gebrochen hatte und sich am Kampf gegen die Lutheraner beteiligen wollte. Rötzer lächelte. Ein Kampf, der längst gewonnen war, denn in Wien gab es keine Überlebenden mehr, dafür hatten die Osmanen gesorgt.

Nein, Philipp hatte seine Frau nie betrogen, und Lucretia hatte ihn, Nikolaus, immer geliebt. Der Brief in seiner Hand bewies es. Sie hatte all die Jahren ihrer Ehe gelitten und nur darauf gewartet, ihren Fehler wiedergutmachen zu können.

Zufrieden lehnte sich Nikolaus zurück. Sein Leben könnte im Moment nicht besser verlaufen. Lucretia wollte sich mit ihm treffen. Heimlich versteht sich, denn das offizielle Trauerjahr musste eingehalten werden. Er selbst wollte warten, bis Laurentius begraben war. Es gehörte sich nicht, mit einer Frau ins Bett zu steigen, deren toter Ehemann noch aufgebahrt in einer Kapelle lag. Nun hatten sie so lange Jahre gewartet, da sollte ein weiterer Abend kein Problem darstellen. Voller Vorfreude führte er den Brief zur Nase und atmete tief ein. Dieser Geruch würde ihn in Zukunft begleiten, seine Tage versüßen und nachts zur Erfüllung seiner geheimsten Wünsche beitragen.

Dank des Mondes war es nicht notwendig, die Kerze in Margarethes Laterne anzuzünden. Die helle Scheibe am wolkenlosen Nachthimmel leuchtete der kleinen Gruppe den Weg. Möglichst geräuschlos liefen Fanny, Sebastian, dessen Schwester und der Medikus die Obere Bäckerstraße entlang. Sie querten die Rotenturmstraße, liefen über den Hohen Markt, vorbei an den Ständen, wo tagsüber Markt- und Hausfrauen miteinander feilschten. Ein paar übelriechende Reste erinnerten daran, was heute feilgeboten worden war: Flusskrebse und Fische. Über flache Stufen gelangte sie ins ehemalige Judenviertel, querten einen Platz mit einem neuen Brunnen, liefen am Hof der Passauer Kaufleute vorbei und erklommen endlich die Stufen, die sie in die Richtung der Kirche Maria am Gestade führten. Fanny war noch nie zuvor zu so später Stunde durch die Straßen Wiens gelaufen. Es hieß, es sei gefährlich, und ein Pack von Halunken lauere hinter jeder Ecke. Aber Fanny sah niemanden, der sie hätte bedrohen können. Die Straßen und Gassen waren menschenleer. Die meisten Fensterläden der Häuser waren verschlossen. Nur hier und da drangen Licht und Stimmen betrunkener Männer aus Gaststuben, die längst die Türen hätten schließen und die gesetzliche

Nachtruhe einhalten müssen. Aber die Männer klangen nicht bedrohlich, eher schienen sie in Gefahr, sich in betrunkenem Zustand selbst zu verletzen. Fanny hätte sie längst aus der Schankstube geworfen.

Sie zog die Kapuze ihres Mantels tiefer ins Gesicht in der Hoffnung, so nicht gesehen zu werden. Bis jetzt waren sie keinen Wachmännern begegnet, die von der Stadtregierung dafür bezahlt wurden, für Ordnung zu sorgen.

Sebastian lief neben Fanny, und sie zuckte jedes Mal zusammen, wenn seine Hand oder sein Oberarm sie versehentlich berührte. Wie lächerlich sie sich deshalb fühlte.

Durch eine enge namenlose Gasse, die einen schmalen Bogen nahm, gelangten sie endlich zur Kirche. Die Häuser auf der anderen Seite verfügten über zwei beziehungsweise drei Stockwerke und Erker. Mauer- und Fenstervorsprünge ragten weit in die Straße hinein. Die Kirche selbst war noch höher. Sie warf einen dunklen Schatten auf die gegenüberliegende dichte Häuserfront. Der Mond war hinter dem massiven Kirchturm verschwunden. Bis jetzt hatte er für ausreichend Licht gesorgt, hier war er wirkungslos. Fanny konnte die Umrisse ihrer Begleiter nur noch undeutlich wahrnehmen.

»Wir müssen die Kerze anzünden«, sagte Margarethe. »Sebastian, hast du das Zündzeug mit?«

»Nein, warum? Du hast doch die Laterne.«

»Ich habe dir doch extra gesagt, du sollst das Zündzeug einstecken«, zischte seine Schwester verärgert.

Sie wandte sich an Fanny: »Habt Ihr Zündzeug dabei?«

»Ja natürlich«, sagte Fanny. »Es ist …«, verlegen biss

sie auf ihre Unterlippe, »... in meiner Satteltasche, und die ist bei Kasper Liechti in der ›Goldenen Gans‹.«

»Haltet mir nie wieder einen Vortrag über Vergesslichkeit«, sagte Sebastian.

»Aber Ihr habt doch das Zündzeug vergessen«, entgegnete Fanny entrüstet.

»Pst!«, mahnte Matthias Zotter. »Ich habe Zündzeug dabei, und ich habe gerade etwas gehört, seid leise.«

Erschrocken verharrte Fanny in der Bewegung und lauschte. Tatsächlich, Stimmen waren zu hören. Das Kichern eines jungen Mädchens und die Stimme eines Burschen drangen aus dem Inneren der Kirche zu ihnen. Fanny sah die massive Mauer hoch. Der helle Sandstein, aus dem sie gefertigt war, wirkte in der Dunkelheit schwarz. Etwa einen Meter über ihnen befand sich eine kleine Nische mit einem Fenster. Die bunte Verglasung war während der Türkenbelagerung in die Brüche gegangen. Bisher hatte niemand die Scheibe ersetzt. Das Kichern wurde lauter.

»Anscheinend amüsiert sich der Messner mit seiner Liebsten.« Den Medikus amüsierte die Situation. Auch Sebastian grinste.

Seine Schwester hingegen sagte empört: »Auf dem Boden eines Gotteshauses? Pfui Teufel!«

»Wer sagt dir, dass sie am Boden liegen und nicht auf dem Altar?« Sebastian musste sich die Hand vors Gesicht halten, um nicht loszuprusten. Fanny war entsetzt. Dem Mann schien jede Ehrfurcht vor der Kirche zu fehlen. Wie kam es, dass sie ihn trotzdem anziehend fand?

»Lieber Gott, du schuldest mir eine Menge Antworten«, sagte sie lautlos zu sich selbst.

»Sollen wir warten, bis die zwei mit ihrem Tun fertig sind?«, fragte Matthias.

»Die Kapelle steht auf der anderen Seite der Kirche und hat einen eigenen Zugang. Die zwei können uns nicht hören, wenn sie bleiben, wo sie jetzt sind.«

»Sie werden ja kaum in die Kapelle gehen und sich neben einen Toten legen«, meinte Margarethe.

»Ich würde nicht darauf wetten.« Sebastians Stimme klang immer noch so, als würde er lachen.

»Los, gehen wir«, sagte Matthias Zotter und schlich die Kirchenmauer entlang. Fanny und die beiden anderen folgten ihm. Vor der niedrigen Holztür der kleinen Seitenkapelle machte er halt. Fanny spähte ins Dunkle. Auf der gegenüberliegenden Seite stand ein Haus. Im zweiten Stockwerk waren die Fensterläden geöffnet.

»Seht nur«, sie wies mit der ausgestreckten Hand zu dem Fenster.

»Dort wohnt eine alte Frau, die nichts mehr hört und sehr schlecht sieht«, beruhigte sie der Medikus. »Ich war letzte Woche bei ihr, sie leidet an der Gicht und kann nachts nicht schlafen, deshalb öffnet sie ständig das Fenster.«

Fanny fühlte sich durch seine Worte noch mehr beunruhigt. Eine Frau, die nicht schlafen konnte, ging vielleicht auch zum Fenster und schaute hinaus.

»Wer zündet die Kerze an?«, fragte Matthias. »Ich bin darin ganz schlecht.«

Fanny nahm ihm den kleinen Beutel ab, holte zwei Feuersteine heraus und schlug sie gegeneinander.

»Geht das nicht leiser?«, fragte Sebastian.

»Wie soll ich leise zwei Steine zusammenschlagen? Aber wenn Ihr es besser könnt, hier«, Fanny hielt ihm die Steine entgegen. Aber er schüttelte den Kopf. »Nein, macht nur. Es ist bloß so laut.«

Das Klopfen hallte in der engen Gasse wider und

schien mit jedem Schlag lauter zu werden. Fanny schlug weitere vier Mal, bis ein Funke auf die in Wachs getränkten Späne fiel und sie entzündete. Rasch hielt sie einen der Späne gegen den Docht der Kerze und stellte sie in Margarethes Laterne.

»So, das wäre geschafft«, sagte sie erleichtert.

Unterdessen trat Sebastians Schwester an das kleine Tor. Geschickt führte sie eine Drahtschlinge in das Schlüsselloch und bewegte sie vorsichtig von einer zur anderen Seite. Sie hatte tatsächlich Übung im Öffnen von verriegelten Türen. Es dauerte nicht lange, dann sprang mit einem knackenden Geräusch das niedrige Tor auf. Ein lautes Knarren war zu hören.

»Hier sollte jemand dringend die Türangeln schmieren«, meinte Margarethe.

»Wie habt Ihr das bloß gemacht?«, fragte Fanny beeindruckt.

»Das war sehr einfach«, flüsterte Margarethe. »Ich bin davon überzeugt, dass das Hauptportal schwieriger zu öffnen ist. Aber zum Glück müssen wir dort nicht hinein.«

»Wer stiehlt schon einen Toten?«, meinte Sebastian.

Oder schändet ihn?, fügte Fanny in Gedanken hinzu. Die Übelkeit des Nachmittags kehrte zurück. Sie hätte sich nie auf diese Sache einlassen dürfen.

»Bitte, lieber Gott, vergib mir«, flüsterte sie und bekreuzigte sich.

Fanny betrat als Letzte die Kapelle. Im Inneren war es kühl, aber auch modrig und feucht. Weihrauch hing in der Luft, gemischt mit dem süßlichen Geruch des Todes. Fanny war vor Aufregung so schlecht, dass sie Angst hatte, sich gleich übergeben zu müssen. Dabei hatte sie seit dem Frühstück nichts gegessen. Plötzlich fiel ihr ein, dass sie Liechti vergessen hatte. Der Schweizer hatte sie zum Abendessen einladen wollen. Sicher war er nun verärgert und gekränkt. Fanny konnte es ihm nicht verdenken.

Am liebsten hätte sie sich selbst laut geschimpft, weil sie diese Gelegenheit einfach vertan hatte. Aber sie wollte in einem Gotteshaus nicht fluchen.

Vorsichtig sah sie sich in dem kleinen Raum um. Auf einem Tisch in der Mitte der Kapelle lag der massige, aufgedunsene Leichnam von Laurentius Pilhamer. Fanny wollte sofort wieder wegschauen, aber der Tod übte eine schier magische Anziehungskraft aus. Woran war der Mann gestorben? Hatte ihn tatsächlich jemand erschlagen?

»Wir haben Glück«, sagte Matthias, der direkt neben dem Toten stand. »Die Totenwäscherinnen haben ihre Arbeit schon erledigt, und ich muss sagen, sie haben gute Dienste geleistet. Der Mann trägt seine kostbarsten Gewänder, ist frisiert, gewaschen und bereit, vor seinen Herrn zu treten.«

Fanny zuckte zusammen. Wie konnte der Arzt so reden, wo er doch gleich dem armen Mann die Brust aufschneiden würde? Zögernd trat sie an den Tisch.

Im schwachen Licht der Kerze und dem spärlichen Mondschein, der durch das winzige Fenster über der Tür in den Raum drang, sah der Tote gespenstisch aus. Die Haut seines Gesichts war trotz der Schminke der Totenwäscherinnen fast bläulich.

»Wie oft habt Ihr das schon gemacht?«, fragte Fanny leise.

»Immer noch nicht oft genug, um ein guter Arzt zu sein«, erklärte Matthias.

»Das verstehe ich nicht.«

»Ein guter Arzt muss darüber Bescheid wissen, wie es im Inneren eines Menschen aussieht«, mischte sich Sebastian in das Gespräch ein.

»Das stimmt«, pflichtete ihm Matthias bei. »Wie soll ich wissen, ob ein Mann Magenschmerzen hat oder ihn die Leber zwickt, wenn ich nicht weiß, wo beides liegt und wie die Organe arbeiten?«

Das leuchtete Fanny ein, dennoch war das, was sie nun vorhatten, eine schwere Sünde.

»Vertraut mir, ich würde es nicht tun, wenn ich glauben würde, Gott hätte etwas dagegen«, sagte Matthias ernst. »Es sind die Priester, die diese Regeln aufstellen, nicht Gott. Nirgendwo in der Bibel steht, dass der Mensch nicht forschen darf. Die Gesetze sind unsinnig und schaden den Menschen. Denn mit dem richtigen Wissen könnten Ärzte mehr Krankheiten lindern und Schmerzen verhindern.«

»Aber wir stören den Frieden eines Toten«, warf Fanny ein.

»Wenn die Priester und Richter der Stadt uns nicht erlauben, den Leichnam zu untersuchen, dann müssen wir Gesetze brechen, um die Wahrheit zu erfahren«, widersprach Sebastian.

»Wir haben hinterher noch genügend Zeit für diese Art von Gesprächen«, mahnte Margarethe. Sie klang nervös. Offensichtlich nahm sie die Angelegenheit doch nicht so gelassen, wie sie zuerst vorgegeben hatte.

Mit zitternder Hand stellte sie die Laterne neben der Leiche auf dem Tisch ab. Fanny warf nun einen genauen Blick auf den Toten. Seine Haut war tatsächlich blau, teigig und schlaff. Die Lippen wirkten trotz der Farbe, die man aufgetragen hatte, schwarz. Auf den geschlossenen Augen lagen Münzen, aber Fanny konnte sich gut vorstellen, wie sie im Kampf ums Überleben hervorgetreten waren. Wie oft hatte der Mann die Gaststube »Zur Donauprinzessin« besucht? Er war kein unangenehmer Gast gewesen. Hatte nie über den Durst getrunken und war nie laut geworden. Sie bekreuzigte sich, sprach ein kurzes Gebet für den Toten und wandte ihren Blick wieder ab.

»Ihr könnt vor der Tür warten«, schlug Sebastian den beiden Frauen vor. Lag etwa Fürsorge in seiner Stimme? Nur zu gerne folgten Fanny und Margarethe seinem Vorschlag.

Auf einem Hocker neben der Tür lag ein Bündel Kleider. »Was ist das?« Neugierig musterte Fanny den sauber zusammengelegten Stoff und legte die Hand darauf. Die Wolle war feucht.

»Wahrscheinlich die Kleidung, die der Tote anhatte, bevor die Totenwäscherinnen ihm sein Sonntagsgewand angelegt haben«, erwiderte Margarethe. »Kommt«, sagte sie dann entschieden und zog Fanny mit sich vor die Tür. Die Männer hatten bereits damit begonnen, Matthias' Instrumente auf dem steinernen Boden der Kapelle abzulegen. Margarethe wollte nicht sehen, wie sie den Brustkorb öffneten. Bereitwillig kam Fanny mit. Die Frauen hockten sich auf die großen abgerundeten Steine vor der Kapelle. Sie waren aufgestellt worden, damit die Fuhrwerke in den engen Gassen nicht zu nahe an die Mauern fuhren und mit den Rädern die Bauwerke beschädigten.

Margarethe zupfte den Schleier vor ihrem Gesicht zurecht. Fanny beobachtete sie dabei, wandte dann den Blick aber ab und lauschte angespannt auf die Geräusche, die aus der Kapelle drangen. Die Männer wechselten nur wenige Worte miteinander. Gelegentlich fluchte einer der beiden. Fanny bekreuzigte sich und bat Gott um Vergebung. Dann war es wieder still. Die Läden im gegenüberliegenden Haus waren immer noch geöffnet. Ängstlich, so als könnte die alte Frau jeden Moment aus dem Fenster herausschauen, heftete Fanny ihren Blick darauf. Nach einer Weile stand Margarethe auf und ging in die Kapelle, um nachzusehen, wie weit die Männer waren. Aber sie kam sofort wieder zurück und schüttelte sich. »Ein grausiger Anblick. Ich werde nächtelang davon träumen. Wie soll ich einem Mann das Jawort geben, der Leichen aufschneidet?«

»Wann wollt Ihr Master Zotter heiraten?«, fragte Fanny leise. Obwohl sie flüsterte, kam ihr die eigene Stimme so laut vor, als würde man sie noch am Hohen Markt hören können. Es überraschte sie nicht, dass die beiden heiraten wollten. Schließlich redete sogar die Bäckerin davon. Außerdem schienen die beiden sich sehr nahezustehen und viel füreinander zu empfinden.

Margarethe setzte zu einer Antwort an, überlegte es sich aber anders und horchte angespannt. »Könnt Ihr das auch hören?«, flüsterte sie.

Fanny lauschte angestrengt. Sie schaute zum offenen Fenster auf der gegenüberliegenden Seite. Nichts rührte sich.

»Jetzt«, sagte Margarethe und fasste Fanny am Oberarm. »Es sind Schritte.«

Fanny hielt vor Aufregung den Atem an. Sebastians Schwester hatte recht. Die dumpfen Schläge schwerer Stiefel näherten sich der Kirche. Dem Geräusch nach zu urteilen waren es mindestens zwei Männer.

»Was machen wir jetzt?«, fragte Fanny verzweifelt. Sie war wie gelähmt, unfähig, auch nur einen klaren Gedanken zu fassen. Margarethe reagierte schneller. Sie sprang auf und zog Fanny mit sich. Gemeinsam verschwanden sie im Inneren der Kapelle.

»Blast die Kerze aus«, befahl sie den Männern und zog die Tür möglichst geräuschlos hinter sich zu.

»Das geht nicht«, erklärte Sebastian. »Matthias näht gerade die Brust des Toten zu. Wir sind so gut wie fertig.«

Margarethe und Fanny sahen beide zu dem kleinen runden Fenster oberhalb der Tür. Es war die einzige Öffnung nach außen. Wenn sie Glück hatten, bemerkten die beiden Männer sie nicht. Aber wenn doch …

Fanny warf einen Blick auf den Mantel, den die Totenwäscherinnen Pilhamer ausgezogen hatten. »Ich kann das Fenster mit dem Stoff abdecken«, flüsterte sie.

Margarethe fand den Einfall gut. »Ich mache Euch eine Räuberleiter«, sagte sie und flocht ihre Finger zusammen.

Schon stieg Fanny mit einem Bein in die schmalen Hände der zierlichen Frau. Es war Jahre her, dass Margarethe einen anderen Menschen gehalten hatte, und ebenso lange, dass Fanny auf diese Weise irgendwo hochgeklettert war. Margarethe geriet ins Wanken, taumelte, und Fanny stürzte mit einem lauten Poltern auf den harten Boden.

»Autsch!«, sie biss sich auf die Zunge, um nicht laut aufzuschreien.

»Was zum Teufel macht Ihr da?«, fragte Sebastian verärgert. Mit einem Satz war er bei den beiden Frauen. Er wollte Fanny aufhelfen, aber die legte ihren Finger auf den Mund und bedeutete, ihm ruhig zu sein. Die beiden Männer befanden sich nun direkt vor der Kapelle. Ob sie Fannys Sturz gehört hatten?

»Was war das eben?«, fragte der eine.

Fannys Herz raste. Angstschweiß trat ihr aus allen

Poren und rann eiskalt ihren Körper entlang. Den stechenden Schmerz in ihrem Handgelenk nahm sie kaum wahr.

»Ein Geräusch aus der Kapelle. Sollen wir nachsehen?«

Fanny bemerkte nicht, dass Sebastian näher zu ihr gerückt war und nun ihre unverletzte Hand hielt. Oder drückte sie seine? Sie flehte zu Gott, dass die Männer weitergingen.

»Wir müssten den Kirchendiener aufwecken, und was soll schon in der Kapelle sein? Eine Katze, die eine Kirchenmaus jagt.«

Fanny presste die Augen und die Lippen zusammen und betete.

»Wegen einer Katze den Aufwand? Das lohnt doch nicht«, sagte der andere.

»Bitte, lass sie weitergehen!« Fanny betete still und flehte Gott inständig an.

»Lass uns lieber zum Wirt in der Stubenbastei gehen. Der Mann hat sicher noch geöffnet. Diesmal kommt er nicht bloß mit einem Krug Wein davon. Wenn er uns keinen saftigen Rehbraten vorsetzt, kriegt er eine Geldstrafe, die sich gewaschen hat.«

»Gute Idee«, pflichtete ihm der andere bei. »Ich habe seit Jahren keinen Rehbraten gegessen, daheim bekomme ich bestenfalls falschen Hasenbraten.«

»Du Glücklicher. Meine Alte kocht seit Wochen bloß Kohlsuppe. Du kannst dir vorstellen, wie es bei uns riecht.«

Die beiden lachten, dann entfernten sich ihre Schritte wieder. Fanny lehnte ihren Kopf gegen die kühle Steinmauer der Kapelle. Das Blut pochte in ihren Schläfen, und plötzlich spürte sie den Schmerz im Handgelenk.

»Kann mir jemand dabei helfen, den Toten wieder anzuziehen?«, fragte Matthias, der nun ganz allein arbeitete.

Widerwillig trat Margarethe zu ihm. »Ich kann mir erfreulichere Aufgaben vorstellen«, murrte sie.

»Ich komm gleich«, flüsterte Sebastian. Er blieb noch kurz bei Fanny. Kniete neben ihr am Boden und sah nach der verletzten Hand.

»Habt Ihr Euch weh getan?«

»Ich habe mich nur angeschlagen.« Fanny versuchte, das Handgelenk zu drehen, zuckte unter dem Schmerz aber zusammen. Tränen des Ärgers traten in ihre Augen. Warum hatte sie sich bloß so ungeschickt angestellt?

»Das war kein geeigneter Zeitpunkt, um eine Jahrmarktnummer einzustudieren.«

»Ich wollte das Fenster mit der Jacke abdecken, damit die Männer das Licht der Kerze nicht bemerken«, verteidigte sich Fanny.

»Wie soll der Kerzenschein im Inneren der Kapelle in einer mondhellen Nacht durch das winzige Fenster dringen?«

Fanny wollte etwas erwidern, ließ es aber, sie kam sich albern vor.

Ungefragt ergriff Sebastian Fannys verletztes Handgelenk und versuchte, es vorsichtig in alle Richtungen zu bewegen. Es tat weh, war aber möglich.

»Ihr scheint Glück gehabt zu haben. Ich glaube nicht, dass etwas gebrochen ist, aber Matthias kann das besser beurteilen«, sagte er. Seine Hände waren warm und kräftig, sie strahlten Sicherheit aus. Viel zu schnell gab er Fannys Finger wieder frei. Das Mondlicht, das durch das kleine, runde Fenster drang, spiegelte sich in seinen Augen wider. Für einen Moment hatte Fanny das Gefühl, er könnte ähnlich empfinden wie sie selbst, aber der Moment verschwand so schnell, wie er gekommen war. Abrupt stand Sebastian auf, klopfte seine Hosen vom Staub des Bodens aus und trat zur Tür. Vorsichtig öffnete er sie. Die Männer waren verschwunden und die größte Gefahr für den Moment überstanden.

Etwas umständlich rappelte auch Fanny sich wieder auf. Mit der unverletzten Hand griff sie nach dem feuchten Mantel des Toten und schüttelte ihn aus. Dabei fiel ein kleiner Gegenstand auf den Steinboden der Kirche.

Rasch bückte sie sich danach. Es war ein Stück durchweichtes Pergament. Umständlich strich sie es glatt.

»Was ist das?«, fragte Sebastian neugierig.

»Ein Stück Pergament, das in Pilhamers Manteltasche war.«

»Was steht darauf?«

»Die Schrift ist leider völlig unleserlich«, sagte sie enttäuscht. Sebastian ergriff den Mantel und suchte in der Tasche nach weiteren Gegenständen. Aber sie war leer.

»Falls etwas Wertvolles darin gewesen wäre, hätten die Totenwäscherinnen es an sich genommen«, sagte Fanny.

Das Gespräch wurde unterbrochen. »Sebastian, komm und hilf uns beim Anziehen des Toten«, forderte Margarethe.

Für einen Moment war Fanny froh, dass ihr Handgelenk es ihr unmöglich machte mitzuhelfen. Allein der Gedanke, den schwammigen zugenähten Körper zu berühren, verursachte ihr Unbehagen. Sie richtete ihren Blick auf die Tür und hörte, wie die drei über den fülligen Ratsherrn jammerten.

»Der Mann wiegt mehr als wir alle drei zusammen«, sagte Sebastian.

Hinter Fannys Rücken rumpelte es, Stoff raschelte,

und schließlich sagte Matthias: »Kommt und seht Euch Pilhamer an. Da Ihr den Toten nur gesehen habt, als wir die Kapelle betraten, könnt Ihr am besten beurteilen, ob ein Unterschied zu bemerken ist.«

Nur widerwillig trat Fanny an den Tisch. Sie wollte den Körper nicht noch einmal sehen und rechnete mit einer entstellten Leiche, offenen Wunden und jeder Menge Blut. Umso überraschter war sie, als sie den Ratsherrn erblickte. Pilhamer lag friedlich auf dem Rücken, so als hätte niemand seinen Oberkörper geöffnet. Neben dem Tisch lagen schmutziges Leinen, ein scharfes Seziermesser, Nadel und Faden. Die Gegenstände waren der einzige Hinweis auf das, was hier eben passiert war. In wenigen Augenblicken würden auch diese Beweisstücke verschwunden sein. Der Medikus packte sein Werkzeug fein säuberlich zusammen, wickelte das Messer in ein sauberes Tuch und steckte es gemeinsam mit Nadel und Faden in seinen Geldbeutel.

»Hoffentlich kommt niemand auf die Idee und zieht ihm während der Beerdigung das Hemd aus«, sagte Sebastian.

»Das hoffe ich auch, denn die Ränder des Hemdes sind voller Blut. Wer hätte auch gedacht, dass es so schwer ist, einen Toten anzuziehen. Ich beneide die Totenwäscherinnen nicht um ihren Beruf.«

Mit schlechtem Gewissen rieb Fanny ihr verletztes Handgelenk. Ein stechender Schmerz war die Antwort. Sie würde den Medikus später bitten, einen Blick darauf zu werfen.

»Und?«, fragte Matthias.

»Ich finde ihn jetzt weniger gruselig als vorher«, sagte sie. Was wohl an den schlimmen Erwartungen lag, die sie gehabt hatte.

Hörbar erleichtert stieß der Medikus Luft aus und wickelte das schmutzige Leinen zusammen.

»War Wasser in der Lunge?«, fragte Fanny. Vor lauter Aufregung hatte sie den wahren Grund des nächtlichen Abenteuers völlig vergessen.

»Ja«, sagte Sebastian.

»Und was heißt das jetzt?« Fanny war müde, sie konnte nicht mehr klar denken. Bedeutete Wasser Selbstmord oder Mord? Sie wusste es nicht mehr.

»Mit großer Wahrscheinlichkeit hat Laurentius Pilhamer den Freitod gewählt«, erklärte Matthias. »Beim Sturz ins Wasser oder etwas später ist er mit dem Kopf an einen Stein oder einen anderen festen Gegenstand geschlagen. Aber diese Verletzung hat ganz sicher nicht zu seinem Tod geführt. Pilhamer starb, weil er ertrank.«

»Vielleicht hat ihn jemand ins Wasser gestoßen«, mutmaßte Fanny.

»Natürlich wäre auch das möglich, aber nicht sehr wahrscheinlich, denn dann hätten wir Spuren eines Kampfes auf seinem Körper gefunden. Das haben wir aber nicht.«

»Ist das Pergament vielleicht sein Abschiedsbrief?«

»Wie verwirrt muss man sein, um den eigenen Abschiedsbrief mit ins Wasser zu nehmen?«, sagte Sebastian und schüttelte entschieden den Kopf.

»Können wir jetzt gehen?«, fragte Margarethe ungeduldig. Sie sprach Fanny aus der Seele, auch sie wollte diesen Ort so rasch wie möglich verlassen.

Einer nach dem anderen traten sie aus der Kapelle. Sebastian versicherte sich zuletzt noch einmal, dass sie keine Spuren hinterlassen hatten. Margarethe holte erneut ihre Drahtschlinge unter der Schürze hervor und verriegelte mit einem einzigen Handgriff das Tor wieder.

Die Anspannung der letzten Stunden fiel wie eine schwere Last von Fannys Schultern. Müdigkeit überfiel sie, und erleichtert atmete sie in tiefen Zügen die kühle Nachtluft ein. Doch die Erleichterung hielt nicht lange an. Ihr fiel ein, dass der Wirt der »Goldenen Gans« seine Herberge sicher schon abgeschlossen hatte. Wie sollte Fanny im Dunkeln in eine Kammer finden, von der sie gar nicht wusste, wo sie sich befand? Sie musste die Wirtsleute aus dem Schlaf wecken.

So als könnte sie in ihren Gedanken lesen, sagte Margarethe mit einer Selbstverständlichkeit, die Fanny rührte: »Ich werde Euch ein Gästebett richten.«

»Vielen Dank!«

»Ihr könnt froh sein, dass Ihr die Nacht nicht in der ›Goldenen Gans‹ verbringen müsst«, sagte Sebastian. »Die Gäste dort holen sich Ungeziefer, denn die Wirtin wechselt das Bettzeug bloß zweimal im Jahr.«

»Armer Master Liechti«, dachte Fanny. Es blieb ihr aber keine Zeit, länger über den Schweizer nachzudenken, denn nun galt es, unbemerkt zurück in die Obere Bäckerstraße zu gelangen.

Nach einer kurzen Nacht – es war weit nach Mitternacht gewesen, als Fanny endlich ins frisch gemachte Bett gefallen war – erwachte sie als Letzte im Haus. Das Meckern einer Ziege riss sie aus ihrem traumlosen Schlaf. Als sie aufstand, schaute das Tier durch das niedrige Fenster in die kleine Kammer, die im Haus der Grüns für Gäste reserviert war. Unter den starren Augen der Ziege zog Fanny sich rasch an und ging in die Küche, wo Margarethe mit einem geschmacklosen Frühstücksbrei auf sie wartete. Fanny löffelte ihn trotzdem mit Begeisterung, schließlich hatte sie seit einer gefühlten Ewigkeit nichts mehr gegessen. Ihr Handgelenk war angeschwollen und hatte sich dunkelblau verfärbt. Aber sie konnte es bewegen, was darauf schließen ließ, dass nichts gebrochen war.

Margarethe bestand darauf, eine Paste aus Beinwell und Arnika zuzubereiten, die sie lauwarm auf Fannys Handgelenk verteilte und mit einem sauberen Verband befestigte. Den Rest der Paste füllte sie in einen kleinen Tontopf, den sie Fanny mitgab. »Ihr solltet den Verband am Abend vor dem Schlafengehen wechseln«, erklärte sie.

Fanny konnte sich Margarethe gut als Frau eines Medikus vorstellen. Sie würde Matthias Zotter wunderbar unterstützen. Gestern hatte ihr Sebastians Schwester keine Antwort auf ihre Frage nach einem Hochzeitstermin gegeben. Sollte sie noch einmal fragen? Gerade als sie dazu ansetzte, hörte sie Sebastians Stimme: »Ich bin auf dem Weg zum Rathaus, soll ich Euch zur ›Goldenen Gans‹ begleiten?«

Er hatte sich frisch rasiert. Auf seiner rechten Wange befand sich ein kleiner blutender Schnitt. Sein Haar war gewaschen, und zur Abwechslung stand es nicht wirr von seinem Kopf ab, sondern lag ordentlich, weil nass, in seinem Nacken.

»Ja gerne. Vielen Dank!«, sagte Fanny.

Gemeinsam gingen sie los. Auf den Straßen der Stadt herrschte bereits reges Treiben. Es war kaum zu glauben, dass es sich um dieselben Wege handelte, die letzte Nacht menschenleer und ruhig gewesen waren.

»Margarethe hat gesagt, dass Euer Handgelenk böse aussieht. Wenn es sich verschlechtert, solltet Ihr unbedingt Matthias aufsuchen. Wollt Ihr heute noch zu ihm gehen?«

Fanny verneinte. »Die Paste Eurer Schwester wirkt schon. Sicher werden die Schmerzen in ein paar Tagen vorbei sein. Ich muss rasch nach Hause und nach dem Rechten sehen.« Sie dachte an Wolf Pfiff, und ihr graute bei dem Gedanken.

»Ihr solltet die Sache trotzdem nicht auf die leichte Schulter nehmen.«

Fluchende Marktweiber, schimpfende Gassenjungen und geschwätzige Dienstmägde liefen an ihnen vorbei. Fanny nahm keinen wirklich wahr. In Gedanken ging sie bereits ihren Arbeitstag durch und überlegte, was es alles zu erledigen gab. Als die Liste zu lang wurde, fragte sie stattdessen: »Was werdet Ihr in den beiden Todesfällen als Nächstes unternehmen?«

»Ich konnte letzte Nacht nicht schlafen. Deshalb habe ich mir das Pergament genauer angesehen, das Ihr gefunden habt. Leider konnte ich außer zerronnener Tinte nichts erkennen. Aber ich habe einen Freund, der sich mit hochwertigem Pergament auskennt. Vielleicht kann er die oberste Schicht abkratzen. Es würde mich interessieren, was darunter liegt.«

»Was könnte dort stehen?« Fannys Neugier war geweckt und der Kotkönig vergessen.

»Ich weiß es nicht. Aber es muss doch einen Grund dafür geben, dass Pilhamer es auf seinen Weg in den Freitod mitgenommen hat«, überlegte Sebastian.

»Ich nehme an, dass Ihr das Pergament nach wie vor nicht für einen Abschiedsbrief haltet.«

Entschieden schüttelte Sebastian den Kopf.

»Ob Pilhamer Schachts Mörder war und seine Tat in dem Brief gestand?«

»Das können wir ausschließen, schließlich ist er vor Rötzer und Schacht nach Wien geritten.«

»Das behaupten die beiden Bäckergesellen, aber habt Ihr mit den Männern der Stadtwache geredet? Pilhamer könnte genauso gut weggeritten und dann wieder allein zurückgekehrt sein. Vielleicht hat er sich bloß irgendwo versteckt und darauf gewartet, dass Schacht zum Abort geht, damit er ihn erschlagen konnte.« Fannys Phantasie ging mit ihr durch.

»Und warum hat er ihn erschlagen?«

»Er war eifersüchtig, das wissen wir doch bereits!« Je länger Fanny über ihre neue Theorie nachdachte, umso überzeugender fand sie die Idee. Sie war sogar richtiggehend begeistert davon.

»Warum hat Pilhamer angegeben, dass er mit Rötzer gemeinsam nach Wien geritten ist?«, fragte Sebastian.

»Um keinen Verdacht auf sich zu lenken, alles passt ganz wunderbar zusammen.« Am liebsten hätte Fanny vor Freude in die Hände geklatscht, aber das war im Moment nicht möglich. Margarethes Verband hielt sie davon ab.

»Wie erklärt Ihr Euch Pilhamers Angst? Wenn er selbst der Mörder war, wovor hätte er sich fürchten sollen?«

»Er hatte Angst, erwischt zu werden. Außerdem plagte ihn das schlechte Gewissen, schließlich hat er seinen langjährigen Freund erschlagen. Vielleicht hatte er auch Angst, dass Gott ihn für seine Sünde bestraft.«

»Und deshalb richtete er sich lieber selbst? Selbstmörder schmoren auf ewige Zeiten in der Hölle. Das solltet sogar Ihr wissen, die Ihr Euch mit der Lehre der Kirche nicht so gut auskennt.« Wieder schüttelte er den Kopf. »Eure Theorie ergibt keinen Sinn.«

»Aber natürlich tut sie das«, sagte Fanny ungeduldig. »Jemand, der mit der Schuld, die er auf sich geladen hat, nicht mehr leben kann, bringt sich um. Was soll er denn sonst machen? Wenn er seine Tat eingesteht, wird er öffentlich hingerichtet. In diesem Fall hätte seine Frau jeden Anspruch auf seine Besitztümer verloren.«

»Warum sollte Pilhamer sich Sorgen um eine Frau machen, die ihn mit seinem Freund betrogen hat?«

»Hm«, seufzte Fanny. Im Moment wollte ihr nichts mehr einfallen.

»Ich bin gespannt, was die Haushälterin und die Witwe über Pilhamers Tod zu sagen haben.«

»Werdet Ihr den beiden erklären, dass er freiwillig ins Wasser gesprungen ist?«

»Wie soll ich das anstellen, ohne unseren nächtlichen Ausflug zu erwähnen?«

Fanny verlangsamte ihre Schritte und sagte nachdenklich: »Die Sache hat auch etwas Gutes. Solange alle glauben, Pilhamer wäre vom selben Täter erschlagen worden wie Schacht, gilt mein Vater nicht mehr als Hauptverdächtiger.«

Zum ersten Mal, seit sie das Haus in der Bäckerstraße verlassen hatten, stimmte Sebastian ihr zu.

»Ihr und Euer Vater könnt Euch diesbezüglich entspannen. Die Gefahr ist vorerst gebannt.«

»Ich will trotzdem wissen, wer den Ratsherrn erschlagen hat. Schließlich hat die Tat auf unserem Hof stattgefunden, und die Mordwaffe lag eine Woche in unserem Abort.« Fanny zog ihre Nase kraus. Sie war wieder bei ihren Aufgaben angelangt. Inständig hoffte sie, dass der Kotkönig seine Arbeit heute erledigen würde.

Die Wollzeile war nur noch ein paar Schritte entfernt. Obwohl die Sonne noch nicht im Zenit stand, war es schon außergewöhnlich heiß. Bei einem der Brunnen spielten Kinder und bespritzten sich gegenseitig mit Wasser. Ihr fröhliches, ausgelassenes Lachen hallte über den Platz. Ein kleines Mädchen mit zwei blonden Zöpfen quietschte begeistert auf, als ein Bub sie über und über mit Wasser begoss. Sogleich kam die Mutter herbei und rieb das Gesicht des Kindes trocken. Dabei lachten beide vergnügt.

Eigentlich hätte Fanny mitlachen wollen, aber eine Erinnerung hielt sie davon ab. Die Fratze ihres betrunkenen Ehemanns tauchte vor ihr auf. Wenn Michael an jenem Abend nicht so fest zugeschlagen hätte, würde Fanny jetzt auch mit einem kleinen Mädchen am Brunnen spielen. Aber sie hatte das Gesicht ihres ungeborenen Kindes nie gesehen und sich in ihren Tagträumen ein Mädchen ausgemalt, das genau so aussah wie das Kind am Brunnen. In Wirklichkeit war ihr Kind ein Blutklumpen gewesen, der nach stundenlangem Kampf leblos in ihrem Nachttopf gelandet war. Fanny fragte sich, ob ihr Körper nach den traurigen Erfahrungen mit Michael überhaupt noch in der Lage sein würde, jemals ein gesundes Kind zu gebären. Diese Gedanken hatten sie seit Monaten nicht mehr gequält. Warum kehrten sie ausgerechnet jetzt zurück?

»Worüber denkt Ihr nach?«, fragte Sebastian neugierig und musterte Fanny von der Seite, die mit jedem Schritt leiser und nachdenklicher geworden war.

Blut schoss in ihre Wangen. Sie konnte ihm unmöglich von den Gespenstern ihrer Vergangenheit erzählen. Aber Sebastian wartete, deshalb sprach Fanny das erste Thema an, das ihr in den Sinn kam. »Eure Schwester und der Medikus sind wundervolle Menschen, ich bin gespannt, wann die beiden heiraten werden.«

Verdammt. Sie hätte sich mit der Antwort Zeit lassen und besser nachdenken sollen. Wie vom Blitz getroffen, blieb Sebastian stehen.

Die Frau hinter ihm fluchte. »Wisst Ihr endlich, was Ihr wollt?«, schimpfte sie. »Einmal lauft Ihr, dann bleibt Ihr wieder stehen. Ihr haltet alle auf, die es eilig haben! Geht zur Seite.«

Sebastian ließ die keifende Frau vorbei. An Fanny gewandt, fragte er vorsichtig: »Wie kommt Ihr darauf, dass sie heiraten werden? Ihr könnt doch unmöglich die geschwätzigen Worte der Bäckerin ernst genommen haben.«

»Eure Schwester hat eine Bemerkung in die Richtung gemacht«, sagte Fanny und hätte sich am liebsten auf die Zunge gebissen. Hoffentlich nahm Margarethe ihr die unüberlegte Bemerkung nicht krumm. »Habt Ihr je daran gedacht, selbst zu heiraten?«, fragte Fanny. Hatte sie nun endgültig ihren Verstand verloren? Was um alles in der Welt brachte sie dazu, diese Frage zu stellen? Lieber Gott, bitte hilf, dass ich nicht noch mehr Unfug rede, betete sie still. Aber wie so oft schien er sie nicht zu hören. Vielleicht hatte sie in letzter Zeit zu oft geflucht.

»Bis jetzt noch nicht«, sagte Sebastian verunsichert. Er stellte die Gegenfrage: »Denkt Ihr denn ans Heiraten?«

Das Gespräch wurde immer merkwürdiger, und es war allein Fannys Schuld. »Wenn ich eines Tages den Hof meines Vaters übernehmen will, muss ich heiraten«, antwortete sie.

»Ich verstehe«, sagte Sebastien. »Die Ehe ist für Euch ein Zweckarrangement, das man eingeht, um sein Vermögen zu vermehren oder sein Ansehen zu verbessern, und deshalb verwundert es Euch, dass Matthias meine entstellte, nicht besonders wohlhabende Schwester heiraten will, statt eine hübsche, reiche Frau zu ehelichen, für die man ihn in der Stadt bewundern würde.«

Fanny war für einen Moment sprachlos. Hatte sie das gesagt? Nein, ganz sicher nicht. »Aber das habe ich doch mit keinem Wort angedeutet«, sagte sie empört. Wie konnte Sebastian ihr die Worte derart im Mund verdrehen? »Eure Schwester ist einer der liebenswertesten Menschen, die ich kenne. Master Zotter will sie heiraten, weil er sie mag und schätzt.«

Ihre Worte zeigten keinerlei Wirkung. Sebastian drehte sich von ihr weg und ging zügig weiter. Was hatte sie bloß Falsches gesagt? Fieberhaft suchte sie nach einer Antwort, konnte aber keine finden. Endlich hatte Gott ihre Bitte erhört, sie schwieg. Schon nach wenigen Schritten hatten sie die Wollzeile erreicht.

Vor dem Eingang zur »Goldenen Gans« hockte Kasper Liechti und spielte mit einem Kieselstein, den er von einer Hand in die andere warf. Als er Fanny erkannte, warf er den Stein zur Seite, sprang auf und lief auf sie zu. »Fanny Roth, Ihr seid für die schrecklichste Nacht meines Lebens verantwortlich!«, sagte er vorwurfsvoll. »Aber ich bin von ganzem Herzen froh, dass Ihr gesund und am Leben seid!« Er machte einen Schritt auf Fanny zu, nahm sie in den Arm und drückte sie herzlich. Er ließ sie erst wieder los, als die vorbeigehenden Leute die Köpfe verdrehten und sie anstarrten. »Ich habe mit dem Essen auf Euch gewartet«, erklärte er, »als Ihr nicht kamt, aß ich allein.« Er richtete seinen Zeigefinger auf Fannys Nasenspitze. »Der Schweinsbraten war vorzüglich, Ihr habt wirklich etwas versäumt!«

»Wie schade«, sagte Fanny.

»Ich wartete nach dem Essen und schlief auf der harten Holzbank in der Wirtsstube ein, aber Ihr kamt immer noch nicht. Völlig außer mir machte ich mich auf die Suche nach Euch. Zuerst war ich in der Oberen Bäckerstraße. Bei Euch!« Nun zeigte er anklagend auf Grün. »Aber da war niemand. Die nette Bäckerin an der Ecke hat mir erklärt, dass vor einer Stunde alle das Haus verlassen hätten. Aber sie hatte keine Ahnung, wohin. Also setzte ich mich vor das Haus und wartete erneut. Zum Glück hat die Bäckerin mir Gesellschaft geleistet und mir ganz vorzügliches Gebäck angeboten.«

Fanny wollte nicht wissen, was Liechti Frau Reuz erzählt hatte und was heute schon in aller Munde war.

»Wieder vergebens«, sagte der Schweizer. »Ich habe noch nie in meinem Leben so viel Zeit damit verbracht, einfach zu warten.«

Fanny spürte, wie ihr warm ums Herz wurde. Der

Mechanikus hatte sich tatsächlich um sie gesorgt. Ein Umstand, der sie glücklich machen sollte.

»Als die Turmuhr von St. Stephan die elfte Stunde schlug, ging ich zurück zur Herberge. Aber ich kann Euch sagen, dass ich kein Auge zugetan habe.« Um seine Worte zu bekräftigen, zeigte er auf die dunklen Ringe unter seinen hübschen Augen.

»Das tut mir aufrichtig leid«, sagte Fanny geschmeichelt. »Ich werde Euch alles in Ruhe erklären.«

Sie drehte sich zu Sebastian um, der mit hochgezogenen Augenbrauen hinter ihr stand.

»Fast alles«, flüsterte sie.

»Gut«, meinte Liechti. »Dann lasst uns aufbrechen. Ich benötige dringend ein Bad, denn in meinem Bett lag außer mir ein Dutzend kleiner Tiere, die nun alle auf mir herumkrabbeln. Gegen das Jucken ist der Geruch auf Eurem Hof eine Kleinigkeit.«

»Euer Wort in Gottes Ohr!«, sagte Fanny.

Sie verabschiedete sich von Sebastian, dessen Blick sie nicht deuten konnte. »Haltet Ihr mich über die Fortschritte in der Untersuchung auf dem Laufenden?«, fragte sie.

»Wenn Ihr das wünscht.«

»Ich werde dafür sorgen, dass wir gefüllte Teigtaschen im Haus haben, wenn Ihr kommt.«

Fanny hatte gehofft, ihm ein Lächeln zu entlocken, aber Grüns Gesicht blieb ernst. »Auf Wiedersehen«, sagte er, drehte sich um und ging.

»Womit füllt Ihr die Teigtaschen?«, fragte Liechti neugierig.

»Grammeln.«

»Das klingt vorzüglich. Wir sollten rasch zurückreiten!«

Sebastian verbrachte den Vormittag bei Bruder Rudolf im Augustinerkloster. Der Mann war ein Freund aus Kindertagen, der sich schon als Zehnjähriger dazu berufen gefühlt hatte, sein Leben Gott zu weihen. Nun verbrachte der hagere Mann seine Tage im Kloster damit, alte Schriften zu kopieren, Bücher zu ordnen und fehlerhafte Abschriften auszubessern. Rudolf ging in seiner Arbeit auf und war einer der zufriedensten Menschen, die Sebastian kannte. Seine Bibliothek war sein Reich, und er allein entschied, welche Werke für kommende Generationen in Kästen aufbewahrt und welche mit weniger Sorgfalt behandelt wurden.

»Es handelt sich um ein sehr kostbares Stück Pergament, wunderbar verarbeitet von jemandem, der sein Handwerk verstand. Ich schätze, das Pergament ist über hundert Jahre alt«, erklärte Rudolf. Er saß an seinem Schreibtisch, hielt eines der geschliffenen Gläser, mit denen man winzige Kleinigkeiten vergrößern konnte, über das Pergament und kratzte mit einem scharfen Messer, das den Instrumenten glich, die Mattias Zotter letzte Nacht verwendet hatte, vorsichtig über die oberste Schicht. »Das Wasser hat dem Pergament leider geschadet«, sagte er. »Die Fasern sind aufgeweicht, und ich muss beim Abschaben äußerst sorgfältig vorgehen.«

Er blickte auf und musterte den Freund neugierig. Sebastian stand an einem der hohen verglasten Fenster, denen es zu verdanken war, dass es den ganzen Tag über hell und freundlich in dem Raum war. Es war der ideale Ort zum Studieren. In Gedanken versunken beobachtete Sebastian die vorbeiziehenden Vögel.

»Willst du heute die Zeit gar nicht dazu nutzen und die Bibliothek auf neue Werke durchforsten?«, fragte Rudolf neugierig. Die tiefen Regale, die bis zur Decke reichten, waren in zwei Reihen vollgestopft mit wertvollen Büchern zu interessanten Themen der Naturwissenschaften, Mathematik, Philosophie und Astronomie. Staub und der Geruch nach altem Pergament hingen in der Luft. Ein Duft, der das Herz eines jeden Gelehrten höherschlagen ließ. Sebastian schien ihn heute nicht wahrzunehmen.

»Ich habe letzte Woche eine Abschrift von Pico della Mirandolas »Die Rede über die Würde des Menschen« und Konstruktionszeichnungen von dem Architekten Filippo Brunelleschi bekommen. Was willst du zuerst sehen?«

Sebastian drehte sich zu ihm. »Denkst du, mein Wunsch, eine Flugmaschine zu bauen, ist verrückt?«, fragte er.

Überrascht suchte Rudolf mit seiner Rechten nach seiner Tonsur und kratzte die haarlose Stelle auf seinem Kopf, die dringend eines Haarschnitts bedurfte. »Es ist zweifellos ein ungewöhnliches Vorhaben, aber die Menschen brauchen Träume und Visionen. Kolumbus hätte die neue Welt nicht entdeckt, wenn er daran festgehalten hätte, dass die Welt eine Scheibe ist. Ich habe übrigens den Entwurf eines deutschen Geographen da. Der Mann heißt Gerhard Mercator, und ich sage ihm eine große Zukunft voraus. Mit einem genialen System aus Linien, die ein Netz bilden, gelingt es ihm, die Erde, die ja rund ist, auf zweidimensionalem Papier wiederzugeben, ohne sie zu verzerren oder zu verfälschen.«

»Ich frage mich jedes Mal, wie du es schaffst, nicht aus dem Kloster geworfen zu werden und vor einem kirchlichen Gericht zu landen«, sagte Sebastian. Rudolfs Interesse an der Wissenschaft stand manchmal in direktem Konflikt zu den Lehren der Kirche.

»Gott hat diese wundervolle Welt geschaffen, damit der Mensch sich daran erfreut, und auf welche Weise könnte er das besser tun, als die Wunder zu erforschen?«

»Männer sind schon wegen harmloserer Sätze als Ketzer auf dem Scheiterhaufen gelandet.«

Rudolf machte eine abwehrende Handbewegung. »Mach dir wegen mir keine Sorgen. Ich bin der Leiter einer kleinen, unbedeutenden Bibliothek, ich sammle Schriften großer Gelehrter, achte darauf, dass keine Werke vernichtet werden, ordne und archiviere sie, damit kluge Männer wie du sie nutzen können. Damit tue ich niemandem weh.« Er machte eine Pause und musterte den Freund. »Aber ich mache mir Sorgen um dich. Du wirkst abwesend und unglücklich. Was ist los? Nimmt dich die Untersuchung der Morde so sehr mit?«

Sebastian zuckte mit den Schultern. Rudolf war der Allerletzte, der seine Sorgen verstehen würde.

»Es geht um eine Frau«, riet Rudolf und traf mit seiner Frage ins Schwarze.

»Ja und nein, ich weiß nicht, was ich für sie empfinden soll. Jedes Mal, wenn ich sie sehe, bin ich hin- und hergerissen. Einerseits will ich mehr über sie erfahren, andererseits macht mir dieser Wunsch Angst. Sie ist auf eine gewisse Art anziehend und auf eine andere verrückt.«

»Sind wir das nicht alle?«

»Mag sein.«

Rudolf widmete sich wieder dem Pergament vor sich. »In dieser Angelegenheit bin ich wohl nicht der geeignete Ansprechpartner. Was dein geheimnisvolles Pergament betrifft, so kann ich dir ganz sicher weiterhelfen. Es scheint sich um ein altes Dokument zu handeln. Ich tippe auf eine Schenkungsurkunde oder etwas Ähnliches.«

»Kannst du erkennen, wer wem was schenkt oder vermacht?« Sebastian trat zu seinem Freund und schaute ihm über die Schulter.

»Noch nicht«, sagte Rudolf. »Aber wenn du mir ein paar Tage Zeit gibst, werde ich es herausfinden.«

»Ich habe noch ein zweites Schreiben, das ich dir gerne zeigen möchte«, sagte Sebastian und holte den Brief hervor, den man bei Schacht gefunden hatte. »Die Tinte ist zerronnen, man kann nur noch einen Teil davon lesen.« Er reichte seinem Freund den Text.

Neugierig nahm der das Schreiben entgegen und las. »Der Verfasser muss ein Freund des Alten Testaments gewesen sein, noch dazu hat er sich die Mühe gemacht und die Bibelstellen übersetzt. Die Zitate sind auf Deutsch.«

»Du hast recht«, sagte Sebastian und klopfte sich mit der flachen Hand an die Stirn. Es war ihm selbstverständlich erschienen, dass der Text im Brief in der Muttersprache des Verfassers geschrieben war.

»Er kann natürlich auch Luthers Übersetzung verwendet haben. Der Reformer hat vor sieben Jahren das Alte Testament ins Deutsche übertragen«, gab Rudolf zu bedenken.

»Ob der Verfasser ein Anhänger Luthers ist?«

Rudolf zuckte mit den Schultern. »Gut möglich, aber genauso kann er gewollt haben, dass man genau das glaubt. Solange du nicht mehr weißt, ist alles bloß Spekulation.«

»Ich weiß«, seufzte Sebastian. »Wie lange brauchst du, um das Pergament und das Papier zu untersuchen?«

»Ein paar Tage.«

»Bis morgen?«

»Ein paar Tage«, wiederholte Rudolf.

Sebastian wusste, dass Rudolf schneller sein konnte, wenn er die richtige Motivation hatte. Deshalb bohrte er nicht weiter, sondern sagte stattdessen beiläufig: »Ich habe ein Buch geschenkt bekommen.«

»Eines, das mich interessieren könnte?«

Sebastian nickte und genoss die wachsende Neugier seines Freundes.

»Lass mich raten, ein Gedichtband von Petrarca?«

»Besser.« Sebastian grinste.

»Was kann besser sein?« Rudolf tippte mit dem Zeigefinger auf seine Nase und dachte angestrengt nach. Da hielt Sebastian es nicht mehr aus.

»Eine ungekürzte Ausgabe von Thomas Mores ›Utopia‹«, platzte er heraus.

»Das ist nicht wahr!«, staunte Rudolf.

»Doch, aber ich habe noch keine Zeit gefunden hineinzulesen.«

»Du hast keine Zeit gefunden, eines der interessantesten und meistdiskutierten Bücher der letzten Jahre zu lesen? Mein Freund, du musst deinen Lebensstil überdenken. Ich glaube, du arbeitest zu viel«, sagte Rudolf ernst.

»Das kann gut sein«, stimmte Sebastian zu. »Aber solange ich den oder die Mörder nicht gefunden habe, wird sich daran nichts ändern.«

»Nun gut«, sagte Rudolf. »Ich werde dir morgen über das Pergament Bescheid geben. Aber damit ich zügig daran arbeiten kann, musst du mich jetzt allein lassen, statt mich noch länger aufzuhalten.«

Höchst zufrieden verließ Sebastian wenig später die Bibliothek.

Als Nikolaus Rötzer aus der kleinen Kapelle vor seiner Kalkbrennerei trat, wusste er sofort, dass etwas nicht stimmte. Zwei seiner Arbeiter rannten aufgeregt auf ihn zu und fuchtelten wild gestikulierend mit den Armen in der Luft.

»Es gab einen Unfall«, rief einer der Arbeiter. Seine Haut war vom Arbeiten im Freien braun gefärbt.

»Nicht schon wieder«, seufzte Rötzer. »Könnt ihr denn nicht besser aufpassen! Es kann doch nicht so schwer sein, sich zu merken, dass ungelöschter Kalk gefährlich ist.«

Das Gesicht des Älteren wurde finster. »Mit Verlaub, es ist schier unmöglich, sich ohne Lederhandschuhe und Schürzen nicht zu verbrennen.«

»Dann besorgt Euch eben Lederhandschuhe«, schnauzte ihn Rötzer verärgert an. Kurz hatte er vorgehabt, nach dem Verletzten zu sehen, aber wenn ihm seine Arbeiter mit Vorwürfen kamen, dann war seine Großzügigkeit sofort wie weggeblasen. Er würde sich von den einfachen Habenichtsen keinesfalls unter Druck setzen lassen. Die Männer sollten dankbar und froh sein, dass er ihnen Arbeit gab.

»Wer hier unzufrieden ist, kann auf der Stelle gehen«,

sagte Rötzer. Er wusste, dass beide Männer zu Hause Frau und Kinder hatten, deren Mäuler sie stopfen mussten.

Der Ältere öffnete den Mund zum Protest, schloss ihn aber wieder. Zufrieden nahm es Rötzer zur Kenntnis.

Der andere sagte: »Jemand muss Mara, Wulfs Mutter, informieren.«

»Wo wohnt die Frau?«, fragte Rötzer.

»Sie ist eine der wenigen Überlebenden in Dornbach.«

»Es gab keine Überlebenden in dem Dorf. Die Frau muss aus der Umgebung sein«, sagte Rötzer schnell. Franz Sollinger hatte ihm doch versichert, dass alle beim Angriff der Osmanen ums Leben gekommen waren.

»Zwei oder drei haben das Massaker überlebt. Sie hausen in den Ruinen der Kapelle. Wulf hat einige Male versucht, seine Mutter zu sich zu holen, aber sie wollte nicht. Sie hat bei den Kämpfen den Verstand verloren.«

»Wenn sie verrückt ist, müssen wir sie auch nicht über den Unfall ihres Sohnes informieren«, meinte Rötzer.

»Wulf hatte nicht bloß einen Unfall«, sagte der Ältere und wurde still. »Er liegt im Sterben und sollte rasch die heiligen Sakramente empfangen, bevor es zu spät ist. Pater Anselm muss kommen.«

Für einen Moment verschlug es Rötzer die Sprache. Wieder ein Toter in seiner Fabrik. Das war nicht gut. Es würde sich herumsprechen und irgendwann seinem Ruf schaden. Aber im Moment war es ihm noch egal. Viel mehr regte ihn der Gedanke auf, dass es Überlebende in Dornbach gab. Wenn es auch nur einige wenige waren. Sie konnten gefährlich werden. Etwas milder gestimmt sagte er: »Ich werde Pater Anselm schicken und dafür sorgen, dass Wulfs Mutter über den Tod ihres Sohnes informiert wird.«

Die beiden Arbeiter nickten. Gemeinsam gingen sie zurück zu den Löschpfannen, wo ihr Kumpel am Boden lag und unter Schmerzen auf einen Priester wartete, der keinesfalls erfahren durfte, dass seine Mutter eine Anhängerin des Ketzers Martin Luthers war.

»Vater, denkst du, jemand, der aus lauter Kummer den Verstand verliert, kann ihn wiederfinden?«

Fanny hatte alle Fenster im Haus aufgerissen, damit frischer Wind die Luft säuberte. Der Kotkönig hatte vor wenigen Stunden den Hof verlassen und mit ihm die üblen Gerüche. Nach und nach kamen der Hofhund, die Katzen, die Hühner und auch Rosa wieder hervor und erfreuten sich an dem wunderschönen Sommertag.

»Du meinst, ob man den Verstand wiederfinden kann? So wie einen Gegenstand, den man verloren hat?« Hans Steiner sah seine Tochter fragend an. »Warst du heimlich im Weinkeller?«

»Nein, es ist mir mit der Frage wirklich ernst.« Fanny setzte sich zu ihrem Vater an den Tisch. Hans Steiner war dabei, die Scheren und Messer zu schleifen, die er im Weingarten zum Schneiden der Reben verwendete. »Ich bin in Dornbach einer Frau begegnet, die mit ansehen musste, wie man ihr Kind und ihren Mann umbrachte. Nun haust sie vom Kummer gepeinigt in den Ruinen einer Kirche, ernährt sich von Beeren und dem Dreck unter ihren Fingernägeln. Sie wartet nur noch darauf zu sterben.« Dass die Frau ganz entsetzlich roch, erwähnte Fanny nicht. Sie war froh, dass es in ihrem

Haus keine üblen Gerüche mehr gab, und wollte über Gestank, in welcher Form auch immer, nicht reden.

»Die Osmanen?«, fragte ihr Vater. Er wischte mit einem sauberen, weichen Tuch über die Klinge eines kleinen Messers mit Holzgriff.

Fanny nickte.

»Kummer kann die Seele zerstören. Der eine wird zornig und angriffslustig, schlägt um sich und wird selbst zum Monster, der andere weint den ganzen Tag und kann die Sonne nicht mehr sehen, der Dritte verliert den Verstand und kennt seinen eigenen Namen nicht mehr. Die Möglichkeiten sind so vielfältig wie der Wein. Wenn die Sonne weiterhin so kräftig scheint, wird unser Wein in diesem Jahr übrigens besonders fruchtig und süß.«

Fanny nahm ihm das Messer ab und prüfte die Klinge, sie war sehr scharf. »Du solltest meine Küchenmesser genau so schleifen. Ich plage mich mit der kleinsten Zwiebel.«

»Das mache ich gerne, du musst sie mir nur geben«, sagte Hans. Er legte den Schleifstein zur Seite und musterte Fanny. »Wegen der verwirrten Frau liegt dir doch noch eine weitere Frage auf der Zunge, oder?«

Fanny zögerte kurz. Dann sagte sie: »Sebastian Grün war der Meinung, dass man der Frau helfen müsse. Ich habe gesagt, dass man Menschen nur helfen kann, wenn sie das auch zulassen. Jetzt bin ich verunsichert und weiß nicht, was richtig und was falsch ist. Ich glaube, dass ich nicht helfen will, weil die Frau mir Angst macht.«

Hans beugte sich über den Tisch und ergriff die Hände seine Tochter. Seine waren von der Arbeit im Weinberg sonnengegerbt und rau. »Vielleicht ist es nicht die Frau selbst, sondern das, was sie erlebt hat, was dir Angst macht. Die Vorstellung, dass dir irgendwann etwas Ähnliches widerfahren könnte.«

»Ich habe weder Mann noch Kind«, sagte Fanny knapp. Der schneidende Klang ihrer Stimme überraschte sie selbst.

»Aber mit großer Wahrscheinlichkeit wirst du eines Tages beides haben, und wie es ist, sein Kind zu verlieren«, der alte Mann machte eine traurige Pause, »weißt du leider schon. Auch wenn das Kind noch ungeboren war, so wurde es dir mit Gewalt genommen.«

Für einen Moment schloss Fanny die Augen. Wieder tauchten die schrecklichen Bilder vor ihr auf, die sie erfolgreich über Monate hinweg irgendwo tief in sich vergraben hatte. Warum holten die Erinnerungen sie nun ständig ein? Würde das ewig so weitergehen? Fanny wollte weder das Gesicht ihres verstorbenen Ehemanns noch das Bild ihres ungeborenen Kindes sehen. Sie wollte diesen Teil ihres Lebens endgültig hinter sich lassen. Vielleicht würde es ihr gelingen, wenn sie Gertrud Hilfe anbot, anstatt vor ihr davonzulaufen.

»Brauchst du Max am Nachmittag?«, fragte sie. »Ich möchte noch einmal nach Dornbach fahren, aber ich will nicht allein aufbrechen.«

Für einen Moment hatte Fanny Angst, dass ihr Vater sie fragen würde, was sie dort wollte. Aber Hans stellte keine Fragen, er nickte bloß und sagte: »Nimm den Wagen, und frag Max, ob er dich begleitet.«

Manchmal war Fanny wirklich dankbar, dass Hans ihr Vater war, auch wenn er oft zu viel trank.

Zur gleichen Zeit saß Sebastian ebenfalls in einer Küche. Jedoch nicht am Nussberg, sondern in der Herrengasse, in der Küche des verstorbenen Laurentius Pilhamer. Dort hörte er der trauernden Haushälterin zu.

»Er war ein so feiner Mensch«, jammerte die stämmige Frau, schnäuzte sich laut in ihr Küchentuch und schniefte. Ihre Augen waren vom vielen Weinen gerötet, ihre Nase ebenfalls.

Trotz ihrer tiefen Trauer hatte Grete Sebastian einen Becher süßer Honigmilch auf den Tisch gestellt und einen Teller frischer Ingwerkekse.

»Immer war er freundlich und zuvorkommend, ein sehr netter Mann. Er hätte wahrlich eine bessere Frau verdient.«

Sebastian fragte sich, ob Grete wohl sich selbst damit meinte. Kam dann aber zu dem Schluss, dass die Frau eher mütterliche Gefühle für den unsicheren Mann empfunden hatte. Seit über einer Stunde saß er nun vor dem Herd, in dem nur noch die Glut brannte, und hörte immer wieder die gleichen Sätze. Herr Pilhamer war ein feiner Mann gewesen und seine Frau eine böse Hexe. Grete packte die Botschaft immer wieder in andere Worte, aber der Sinn blieb stets derselbe. Schon vor einer halben Stunde hatte Sebastian aufstehen wollen, es aber aus Gründen des Anstandes nicht geschafft. Etwas an der Frau rührte ihn. Er hatte das Gefühl, als müsse er ihr in ihrer Trauer beistehen. Die arme Frau hatte niemanden, mit dem sie ihren Kummer teilen konnte. Frau Pilhamers Schmerz schien sich in Grenzen zu halten. Gleich nach dem Begräbnis war sie zu den Steinbrüchen geritten, weil es dort Probleme mit den Arbeitern gab. Sebastian war sich nicht sicher, ob sie tatsächlich dort war. Irgendwie passte das Bild der vornehmen Frau nicht mit dem des Steinbruchs zusammen. Außerdem hätte sie längst zurück sein müssen.

»Ihr werft Frau Pilhamer immer wieder vor, ihrem Mann untreu gewesen zu sein. Könnt Ihr mir verraten, mit wem sie ihn betrogen hat?«, fragte Sebastian, der nun endlich konkrete Namen hören wollte. Vielleicht war Frau Pilhamer ja im Moment bei einem ihrer Liebhaber.

»Oh, Namen kann ich keine nennen«, sagte Grete bestürzt. »Aber ich kann mit Sicherheit sagen, dass sie in der Nacht, in der Herr Pilhamer verstarb, nicht zu Hause war. Ich habe gehört, wie sich die Tür zweimal öffnete. Deshalb habe ich in ihrer Schlafkammer nachgesehen, aber die war leer.«

»Das Ehepaar hatte getrennte Schlafkammern?«

»Schon seit Jahren.«

»Wie spät war es, als Ihr in Frau Pilhamers Kammer nachgeschaut habt?«

»Kurz vor Mitternacht.«

»Habt Ihr auch in Herrn Pilhamers Kammer nach dem Rechten gesehen?«

Gretes ohnehin schon rosige Wangen liefen purpurrot an. Sie begann, herzhaft zu weinen. »Leider nicht«, weinte sie. »Ich habe es wegen des Anstandes nicht getan, aber heute weiß ich, dass es ein Fehler war. Vielleicht hätte ich das Unglück verhindern können.« Ihre Stimme brach. Sie wickelte das Tuch, in das sie sich geschnäuzt hatte, schmerzhaft fest um ihre rechten Zeigefinger. Die arme Frau machte sich Vorwürfe.

»Ich glaube nicht, dass Ihr etwas hättet verhindern können«, sagte Sebastian sanft.

Doch die Frau schluchzte erneut. Ihr Oberkörper vibrierte, ihre Nase lief.

»Ihr sagt, dass Herr Pilhamer große Angst hatte. Wisst Ihr, wovor er sich fürchtete?«

»Das kann ich nicht sagen, aber seit die tote Krähe vor unserer Haustür gelegen hat, war es ganz schlimm. Seine Frau hat ihn deshalb aufgezogen. Sie fand die Sache lächerlich.«

»Und Ihr? Fandet Ihr die Angst auch übertrieben?«

»Nun ja, ein toter Vogel ist fürwahr kein schöner Anblick, da kann man sich schon fürchten. Aber Herr Pilhamer hat sehr …« Grete suchte nach den richtigen Worten, »… ungewöhnlich reagiert.«

»Inwiefern ungewöhnlich?«, hakte Sebastian nach.

»Er hat tagelang seine Kammer nicht verlassen. Zuletzt kam er nicht einmal mehr aus seinem Bett heraus, der arme Mann. Ich war die Einzige, die zu ihm ging, um ihn mit Essen zu versorgen. Seine Frau hat nicht nach ihm gesehen.« Der Vorwurf in Gretes Stimme war nicht zu überhören.

Erneut begann die arme Frau zu weinen. Diesmal schnäuzte sie sich in den Ärmel ihres Kleides.

»Werdet Ihr hier weiterhin Haushälterin bleiben?«

Entsetzt hob Grete den Kopf. Vielleicht hatte sie sich noch keine Gedanken darüber gemacht. Aber als sie antwortete, klang sie gefasst und entschlossen zugleich. »Ich kann nicht für Frau Pilhamer arbeiten«, sagte sie ernst. »Ich werde mich nach einer anderen Stelle umsehen, und wenn ich keine finde … Ich weiß nicht, was ich tun werde.«

Für einen Moment überlegte Sebastian, wie er wohl leben würde, wenn Margarethe heiraten und in das Haus von Matthias Zotter ziehen würde. Grete war eine ordentliche Hausfrau und mit Sicherheit eine bessere Köchin als seine Schwester. Doch es war zu früh für derlei Überlegungen. Margarethe hatte ihm gegenüber noch nichts diesbezüglich erwähnt. Er stützte sich lediglich auf Fanny Roths Worte, die alles andere als konkret geklungen hatten.

»Wenn ich Frau Pilhamer treffen möchte, werde ich wohl in die Steinbrüche reiten müssen«, seufzte er.

»Ich beschreibe Euch den Weg«, sagte Grete.

Es dauerte, bis Fanny endlich neben Max auf dem Kutschbock ihres alten klapprigen Wagens saß und in Richtung Dornbach fuhr. Zuvor hatte sie eindringlich auf Rosa eingeredet: »Ich will, dass du die Wäsche erledigst und nicht im Hühnerstall verschwindest!«

Rosa hatte protestiert, aber schließlich nachgegeben. Fanny war neugierig, ob die Wäsche auf der Leine hängen würde, wenn sie zurückkam.

Jetzt plagte sich Linda beim Ziehen des Wagens und lief noch langsamer als sonst. Irgendwann würde ihr Vater sich ein neues Pferd zulegen müssen.

Der Weg kam Fanny heute deutlich länger vor, was wohl an ihrer Ungeduld lag. Sie war sich nicht sicher, was genau sie von Gertrud erfahren oder wie sie die Frau dazu überreden wollte, wieder am Leben teilzunehmen. Aber sie wusste, dass sie sich ewig Vorwürfe machen würde, wenn sie es nicht wenigstens versuchte. Die Sonne stand schon dicht am Horizont, als die Ruinen der Kirche vor ihnen auftauchten.

»Kein einladender Ort«, sagte Max und hielt den Wagen an. Mit einem Satz sprang er auf den trockenen, staubigen Boden und half Fanny ebenfalls herunter. »Kaum zu glauben, dass hier Menschen gelebt haben.«

»Ich bin sicher, sie werden wieder herziehen«, sagte Fanny. Sie dachte an eines der Bauernhäuser, aus dessen Schornstein Rauch aufgestiegen war, als sie vorbeigefahren waren. Sicher buk jemand darin Brot.

Sie wandte sich zum Eingang der Ruine. Heute war das Kreuz neben dem ehemaligen Tor mit frischen Sommerblumen geschmückt. Gertrud hatte Johanniskraut und Glockenblumen zu einem dicken Strauß zusammengebunden und auf das Grab ihrer kleinen Tochter gelegt. Max betrachtete kommentarlos das Kreuz, dann folgte er Fanny ins halbverfallene Gebäude. Es hatte seine furchteinflößende Wirkung auf Fanny verloren. Der Geruch nach Urin war immer noch da, aber er war nicht mehr so intensiv wie noch vor ein paar Tagen. Max hingegen fühlte sich sichtlich unwohl. Er hatte seine Kappe abgenommen und in der großen Hand zusammengerollt. Mit der anderen Hand kratzte er sein kurzes rotes Haar. Er war nervös.

»Gertrud!«, rief Fanny. Ihre Stimme hallte an den Mauern wider. Von draußen drangen das abendliche Zirpen der Insekten und vereinzeltes Vogelgezwitscher zu ihr, aber sonst rührte sich nichts.

»Gertrud!« Fanny rief noch einmal. Ihre Augen hatten sich an das Halbdunkel in der Ruine gewöhnt. Hinter einer der Säulen lag eine Decke. Oder besser das, was von einer Decke übriggeblieben war. Der ausgefranste, löchrige Wollstoff hatte schon bessere Tage gesehen. Fanny war sich sicher, dass sie vor Gertruds Schlafstätte stand. Die Frau konnte nicht weit weg sein, schließlich hatte sie Emilias Grab erst vor kurzem mit frischen Blumen geschmückt. Sicher würde sie sich irgendwann zum Schlafen legen. Oder würde sie zögern, weil der Wagen vor der Kirche stand?

»Fanny!« Max' Stimme kam von draußen. Fanny hatte nicht bemerkt, wie er die Ruine wieder verlassen hatte.

»Was ist los?«, fragte sie.

»Ich glaube, ich habe Gertrud gefunden.« Seine Stimme klang belegt, und Fanny ahnte, dass etwas nicht in Ordnung war.

»Ich komme«, rief sie so leise, dass sie nicht sicher war, ob Max sie auch hörte. Langsam drehte sie sich um und ging nach draußen. Sie sah Max sofort. Er stand nicht weit entfernt vor einem hohen Hollerbusch, dessen Blüten längst abgeblüht waren. Die kleinen grünen Beeren würden sich in den nächsten Tagen mit dunklem Saft füllen. Max' Körperhaltung verriet Fanny, dass er eben einen grausigen Fund gemacht hatte. Er hielt ihr seinen ausgestreckten Arm abwehrend entgegen.

»Komm nicht weiter«, sagte er bestimmt. »Ich glaube nicht, dass du ... das ... sehen willst.«

Er selbst wirkte mitgenommen. Auf seiner Stirn hatte sich eine tiefe Sorgenfalte gebildet. Fannys Kehle schnürte sich zusammen. Das Atmen fiel ihr schwer. »Ist sie ...?«, fragte sie tonlos.

Max nickte traurig. »Sie ist tot, und sie sieht nicht gut aus.«

Max' Warnung ignorierend, trat Fanny zu ihm und beugte sich über Gertrud. Ihr abgemagerter Körper war von streunenden Hunden und Ratten angebissen worden. Wie lange hatte die arme Frau schon hier gelegen? Rund um ihren Mund befanden sich die getrockneten Überreste von Erbrochenem, ihr verfilztes Haar war ebenfalls voll davon. Neben Gertruds Leichnam lag eine Schale mit den eingetrockneten Resten von Walderdbeeren und anderen Früchten. Unter den Beeren befanden sich die roten Früchte der Eibe.

»Denkst du, sie hat die Beeren der Eibe absichtlich gegessen?«, fragte Fanny.

Max zuckte mit den Schultern: »Macht es einen Unterschied? Sie ist tot.«

Für Fanny machte es sehr wohl einen Unterschied, ob jemand sich freiwillig für den Tod entschied oder aufgrund eines Versehens starb. Ein schrecklicher Gedanke kam ihr. Woher stammte die einwandfreie, neuwertige Schale? Gebranntes Tongeschirr? Ob jemand absichtlich die tödlichen Beeren unter die Früchte gemischt hatte? Aber wer sollte so etwas tun? Wer wusste von Gertruds Existenz, und wem hätte die arme Frau gefährlich werden können? Eine unheimliche Frage jagte die nächste.

Sebastian Grün tauchte vor Fannys innerem Auge auf. Wem hatte er von Gertruds Existenz erzählt? Oder hatte sie selbst die Frau erwähnt?

»Worüber denkst du nach?«, wollte Max wissen.

»Ich frage mich, wer Interesse daran hatte, dass diese arme Frau stirbt.«

»Sie hat versehentlich giftige Beeren gegessen. Du hast ja selbst gesagt, dass sie verwirrt war.«

Fanny schüttelte den Kopf. »Sie war verwirrt, aber warum hätte sie die Beeren der Eibe pflücken sollen? Ich kann mir vorstellen, dass sie sie versehentlich aß, weil sie unter anderen roten Früchten lagen, aber ich glaube nicht, dass sie sie wissentlich oder aus Versehen gepflückt hat. Und ich frage mich, woher die neue Tonschale stammt?«

»Sie wird sie irgendwo gefunden haben. Sie ist nicht die Erste, die sich selbst aus Versehen vergiftet hat, und sie wird nicht die Letzte sein«, sagte Max. »Du beschäftigst dich zu viel mit Toten.«

Damit hatte Max zweifelsohne recht. Trotzdem wuchsen die Zweifel in Fanny. »Wir sollten die Leiche nach Wien bringen«, sagte sie.

»Damit wir wieder Ärger kriegen?« Max wirkte entsetzt. »Besser, wir vergraben die arme Frau am Fuße des Nussbergs, dort, wo vor dem Osmanenangriff die Kapelle gestanden hat.«

Aber davon wollte Fanny nichts wissen. »Nein«, sagte sie bestimmt. »Wir fahren in die Stadt und liefern Gertrud bei Sebastian Grün ab.«

»Was soll der arme Mann mit einer weiteren Leiche anfangen?«, fragte Max düster. Aber wie immer tat er, worum Fanny ihn bat. Gemeinsam hievten sie den schmutzigen, immer noch übelriechenden Körper der armen Frau auf den Wagen. Fanny bemühte sich, ihre angeknabberten Finger nicht zu beachten. Dann lenkte Max den Wagen in Richtung Stadt. Die Sonne ging im Westen bereits unter und glitzerte goldgelb in der Ferne in der Donau. Wenn sie sich beeilten, würden sie es gerade noch rechtzeitig vor dem Schließen der Stadttore nach Wien schaffen.

Sebastian hatte in seinem Leben schon mehrere Steinbrüche besucht, dennoch empfand er den Anblick der aufgerissenen Erde, die einer riesigen Wunde gleichend aus dem Berg klaffte, jedes Mal wie eine Mahnung an den Menschen, dass er es mit dem Abbau nicht übertreiben sollte. Auch wenn die Kirche von der Erschaffung der Erde innerhalb einer Woche sprach, ahnten einige Wissenschaftler mittlerweile, dass es Tausende von Jahren gedauert hatte, bis die gigantischen Felsformationen entstanden waren. Der Mensch trug sie nun innerhalb weniger Jahre mit Hammer und Meißel ab. Sebastian war davon überzeugt, dass er das nur mit Maß und Ziel machen durfte.

Die drei Steinbrüche der Pilhamers lagen direkt hintereinander. Ein Hang reihte sich an den nächsten. Keiner war so groß, dass ein Mann davon unbegrenzt Reichtum schöpfen konnte, aber in der Summe bildeten alle drei Hänge ein lukratives Unternehmen. Pilhamers Steine hätten dazu gereicht, einen Teil der Stadtmauer neu aufzubauen. Er hatte sich aber nie um einen Auftrag beworben. Sebastian hätte es gewusst, schließlich lagen die Anträge auf seinem Schreibtisch.

Jetzt suchte er nach einem Platz für Treus Pferd. Ein

Haselnussstrauch schien ihm der geeignete Ort zu sein. Das Tier ließ sich problemlos festbinden und begann, das hohe Gras neben dem Strauch zu fressen. Dann suchte Sebastian nach Frau Pilhamer oder einem Vorarbeiter. Er ging auf die zwei Holzbaracken zu, die sich unmittelbar vor dem Hang befanden. Die Hütten dienten den Männern als Schlafplatz. Davor gab es eine Feuerstelle, über der ein großer Topf mit einer brodelnden Flüssigkeit hing. Sebastian vermutete, dass es sich um das Abendessen der Männer handelte. Ein Junge, nicht älter als zehn, rührte den Inhalt mit einem riesigen Kochlöffel um. Sebastian trat zu ihm.

»Ich suche Frau Pilhamer. Ist sie hier?«, fragte er den Jungen.

Der Bursche hob sein spitzes Gesicht, das so schmutzig war, dass man mit dem bloßen Finger auf seinen eingefallenen Wangen hätte schreiben können. Er hatte nur ein gesundes Auge, mit dem er Sebastian misstrauisch musterte, das andere schielte in einer unnatürlichen Richtung nach oben. Es war rot unterlaufen und eiterte. Vermutlich hatte ein Steinsplitter das Auge zerstört. Neben Knochenbrüchen und Quetschungen gehörte dies zu den häufigsten Verletzungsarten im Steinbruch.

»Wen sucht Ihr?«

»Frau Pilhamer«, wiederholte Sebastian.

Ein Mann hatte die Frage gehört und war zu ihnen getreten. Er war zwei Köpfe größer als Sebastian, seine Schultern waren so breit, dass man bequem einen Kasten darauf hätte abstellen können. Das kantige Kinn war seit Tagen nicht rasiert worden. Dichte Bartstoppeln überzogen es. Der Mann war ebenfalls verletzt. Seine rechte Hand befand sich in einer Schlinge, einem Stück alten schmutzigen Tuchs, das nachlässig zusammengeknotet worden war. Trotz der Verletzung trug der Mann einen Hammer mit sich. Das Werkzeug war dem sehr ähnlich, das Fanny Roth aus ihrem Abort gezogen hatte. Bloß dass der Stiel nicht ganz so lang war.

»Die Frau Pilhamer is nich da«, sagte der Mann unfreundlich. Er musterte Sebastian kritisch. Was er sah, schien ihm nicht zu gefallen. »Seid Ihr der Schreiber vom Notar?«, fragte er misstrauisch.

»Nein, ich bin Sebastian Grün. Ich untersuche den Mordfall an Philipp Schacht und den Tod von Laurentius Pilhamer.«

»Und wisst Ihr schon, wer die beiden erschlagen hat?« Der Mann schob provokant sein Kinn nach vorne.

»Bis jetzt noch nicht«, gab Sebastian zu.

»Uns ist es egal, wer die zwei aufm Gewissen hat«, sagte der Mann und meinte mit »uns« wohl seine Kumpel. »Solang der Steinbruch einem der feinen Herren gehört, wird sich für uns nichts ändern. Denen is es völlig wurscht, ob wir hier krepieren.«

»Wie heißt Ihr?«, fragte Sebastian. Er zog es vor, die Namen der Menschen zu kennen, mit denen er sich unterhielt.

»Wilfried.«

»Ihr klingt verbittert, Wilfried, und wenn ich mich hier umsehe, so kann ich es gut verstehen.«

In dem Topf köchelte dünne Kohlsuppe. Es war schwer, sich vorzustellen, dass dieses Gebräu die körperlich schwer arbeitenden Männer satt machen konnte.

Wilfried grunzte zustimmend. »Wir arbeiten uns die Hände wund für einen Hungerlohn. Erst letzte Woche sind zwei unserer Männer einfach umgefallen und waren auf der Stelle tot. Unsere Kinder schreien nachts vor

Hunger, unsere Frauen jammern, weil sie kein Getreide zum Brotbacken kaufen können. Währenddessen stopfen sich Pilhamer und seine Frau die feinsten Leckereien in den Mund.«

Das war Sebastians Stichwort. »Die Haushälterin hat mir versichert, dass ich Frau Pilhamer hier finde.«

»Da hat sie Euch angelogen. Die Pilhamer war nicht hier. Wahrscheinlich hat sie sich beim letzten Besuch das teure Kleid schmutzig gemacht. Ihren Mann haben wir ein einziges Mal gesehen. Die Arbeiter waren ihm wohl zu ungehobelt. Aber das Geld, das er mit uns verdiente, war ihm recht.« Wilfried spuckte auf den Boden, mit dem Hammer stampfte er zweimal auf. Das Werkzeug ließ Sebastian keine Ruhe. »Besitzt jeder Steinmetz einen Hammer wie Ihr?«

»Die wandernden Steinmetze, die auf großen Baustellen arbeiten, haben alle einen eigenen Hammer. Sie sind begehrte Handwerker, die für ihre Arbeit auch gut bezahlt werden. Aber hier im Bruch besitzen nur einige wenige eigenes Werkzeug. Womit sollten wir es bezahlen? Die meisten Hämmer gehören unserem Dienstherrn. Das Werkzeug wird jeden Abend bei Einbruch der Dunkelheit in der Werkzeugkammer eingesperrt. Ich bin dafür verantwortlich.« Nicht ohne Stolz zeigte der Mann auf den schweren Schlüsselbund, der an seiner Hüfte baumelte.

»Zählt Ihr die Hämmer jeden Abend ab?«

»Selbstverständlich. Das Werkzeug ist teuer. Ein ordentlicher Hammer kostet ein kleines Vermögen.« Er rieb Zeigefinger und Daumen gegeneinander und streckte sie Sebastian entgegen.

Umso erstaunlicher war es, dass jemand einen Hammer im Abort versenkte. Vielleicht wusste der Mörder über den Wert des Werkzeugs nicht Bescheid, oder er hatte außer seiner Tat keinerlei Verwendung dafür.

»Fehlt Euch einer der Hämmer?«

»Nein. Bei uns wird nicht gestohlen«, sagte der Mann schnell. Vielleicht eine Spur zu schnell, dachte Sebastian. »Diebstahl wird streng bestraft. Ein stehlender Steinmetz fliegt vom Steinbruch und bekommt nirgendwo anders eine Anstellung. Dafür sorgt die Zunft, das weiß er, und daher kommt auch nichts weg.«

»Ich verstehe«, murmelte Sebastian. Er hätte trotzdem darauf gewettet, dass seit letzter Woche einer der Hämmer fehlte.

»Seit wann arbeitet Ihr für Pilhamer?«, fragte er.

»Seit einem Jahr. So lange gehört ihm der Steinbruch. Vorher ist hier jahrelang nichts abgetragen worden.«

»Kanntet Ihr die Vorbesitzer?«

»Nein, aber vielleicht kann Johannes Euch weiterhelfen. Er hat früher irgendwo hier in der Gegend gewohnt. Er war einer der Steinmetze, die in Wien am Umbau der Michaelerkirche mitgearbeitet haben. Johannes ist ein Steinmetz, der Taufbecken und Skulpturen formen kann. Unter seinen Händen entstanden Kunstwerke. Leider hat er beim Kampf gegen die Türken einen Teil seines Verstandes verloren. Seither arbeitet er hier. An manchen Tagen antwortet er auf Fragen, an manchen bleibt er stumm. Aber auch wenn er antwortet, so tut er das ohne Freude oder Ärger, so als wäre jedes Leben aus ihm gewichen.«

»Er ist nicht der Einzige, den die Kämpfe im Vorjahr den Verstand gekostet haben«, sagte Sebastian und dachte an Gertrud in der verfallenen Kirche.

Wilfried trat einen Schritt zurück, lehnte den Hammer gegen seinen Oberschenkel, hielt seine gesunde

Hand über die Augen und spähte zum Hang, in dem Männer mit Hämmern in den Fels schlugen. Die Brocken, die wegsplitterten, wurden von ihren Kumpeln mit Seilen und Zangen weggetragen. Auf einem flachen Vorplatz beschlugen eigens ausgebildete Steinmetze die groben Felsen und formten in mühsamer Arbeit rechtwinkelige Bausteine daraus. Sie arbeiteten mit Wasserwaagen und Zollstöcken, um den Steinen die gewünschte Form zu verleihen.

»Ihr habt Glück. Johannes macht gerade eine Pause, die wir eigentlich nicht halten dürfen. Aber ich frage Euch, wer soll sie uns im Moment verbieten? Pilhamer ist tot, und wer weiß, wer der nächste Besitzer sein wird.«

»Ist denn nicht klar, dass Frau Pilhamer erben wird?«

Der Steinmetz zuckte mit den massigen Schultern. »Vorerst schon, aber sie wird heiraten müssen, wenn sie das Erbe behalten will. Ich habe noch nie von einer Witwe gehört, die allein das Unternehmen ihres verstorbenen Ehemanns führen darf.«

»Natürlich«, sagte Sebastian. Erst vor kurzem hatte Fanny Roth ihn darauf hingewiesen, dass Frauen anders als Männer nicht einfach nur erben konnten. Wenn Kinder vorhanden waren, erhielten sie das Vermögen, waren sie kinderlos, mussten sie erneut heiraten. Damit war gesichert, dass der Betrieb weiterhin in den Händen eines Mannes war. Frauen wurde diese Aufgabe nicht zugetraut.

Wilfried holte ihn aus seinen Überlegungen. »Wollt Ihr nun Johannes kennenlernen? Er wird seine Arbeit nicht mehr lange unterbrechen.«

»Ja gerne.«

»Dann kommt, vielleicht habt Ihr Glück, und er redet

heute mit Euch«, sagte Wilfried. Er führte Sebastian auf den Platz, auf dem die Steine behauen wurden. Die ungleichmäßigen Rhythmen der Hämmer hatten etwas Aufwühlendes. Sebastian fragte sich, wie die Männer den Lärm den ganzen Tag über ertragen konnten. Vielleicht waren sie abgestumpft und nahmen das Klopfen nicht mehr wahr.

Im Schatten eines riesigen Kastanienbaums, dessen Blüten längst abgefallen waren, hockte ein großer, hagerer Mann mit gebeugtem Rücken und hängendem Kopf. Zuerst sah es aus, als wäre er müde und erschöpft, aber dann erkannte Sebastian, dass nicht der Körper des Mannes, sondern seine Seele müde war. Er verstand, was Wilfried zuvor gemeint hatte. Johannes hatte im Kampf um Wien nicht nur seinen Verstand, sondern auch seine Lebensfreude verloren. Sein wettergegerbtes Gesicht schien völlig emotionslos. Die Augen waren leer. Auch als er Sebastian höflich die Hand zum Gruß reichte, blieben sie ausdruckslos.

»Der Mann ist vom Bürgermeister. Er untersucht den Mord an Schacht und Pilhamer«, erklärte der Steinmetz. »Er will wissen, wem der Steinbruch vor der Türkenbelagerung gehört hat. Weißt du darüber Bescheid?«

Langsam sah Johannes hoch. Tiefe Falten überzogen seine Stirn. Sebastian war nicht sicher, ob seine Fragen bis zum Gehirn des Mannes vorgedrungen waren. Die hellen, fast farblosen Augen waren zwar auf ihn gerichtet, sahen aber durch ihn hindurch. Nach einer schier endlosen Pause, Sebastian rechnete schon nicht mehr mit einer Antwort, sagte Johannes ein einziges Wort: »Moser.«

Wilfried nickte zustimmend. »Jetzt erinnere ich mich wieder. Ich stamme zwar nicht von hier, aber der Name

Moser sagt mir etwas. Muss eine einflussreiche Familie gewesen sein. Erschreckend, wie schnell man Namen vergisst. Es ist gerade so, als hätte es die Menschen nie gegeben.«

»Haben die Mosers das Land verkaufen müssen?«, fragte Sebastian.

Wieder vergingen Minuten, bis Johannes antwortete. »Nein.«

Sebastian wollte noch wissen, ob alle Mitglieder der Familie bei der Belagerung gefallen waren oder ob sie sich in Sicherheit flüchten konnten. Wie war ihr Besitz in die Hände von Pilhamer gelangt? Aber Sebastian musste erkennen, dass Johannes keine weitere Frage beantworten würde. Der Mann zog sich immer weiter in sich zurück. Sein Gesicht war verschlossen, seine Körperhaltung drückte Ablehnung aus. Er hielt seine kräftigen Arme dicht verschränkt am Körper und starrte mit einer Vehemenz auf den Boden, die jedes weitere Nachfragen sinnlos machte.

Sebastian bedankte sich bei ihm und verabschiedete sich. Wilfried kam mit ihm.

»Ich habe Euch gewarnt. Er ist nicht sehr gesprächig«, sagte der Steinmetz.

»Der arme Mann muss Schreckliches erlebt haben«, meinte Sebastian voller Mitgefühl.

»Er hat mit ansehen müssen, wie man seine Frau und seine drei gesunden Kinder Mathes, Markus und Ingeborg abgeschlachtet hat. Aber das Allerschlimmste ist, dass er keine Skulpturen mehr formen kann, sondern bloß noch rechteckige Steine behaut. Nur selten wird ein Mann von Gott mit einer besonderen Gabe ausgestattet. Was für eine Verschwendung von großem Talent!«, seufzte Wilfried.

Kurz darauf verabschiedete sich Sebastian auch von Wilfried. Wieder einmal führten ihn seine Fragen nach Hernals und Dornbach. Er wollte wissen, was es über die Familie Moser zu berichten gab. Aber wer konnte ihm dabei behilflich sein? Vielleicht die verrückte Gertrud?

Sebastian ritt nach Hause. Gertrud musste warten. Umso überraschter war er, als er die arme Frau in eine grobe braune Pferdedecke gewickelt in seinem eigenen Garten vorfand.

»Wieso bringt Ihr die Tote zu mir?«, fragte er und sah fassungslos von Fanny zu Max und wieder zurück. »Unser Garten ist doch kein Friedhof.«

»Was hätten wir mit dem Leichnam der armen Frau tun sollen? Ihn den Krähen, Hunden und Ratten überlassen?« Voller Grauen dachte Fanny an die angenagten Finger der Toten. Die Heftigkeit von Sebastians Reaktion verärgerte sie.

»Ich dachte, es würde Euch interessieren, dass Gertrud tot ist«, sagte sie patzig.

»Natürlich interessiert mich ihr Tod. Aber ich will die Frau nicht in meinem Garten haben.« Sebastians Stimme klang immer noch aufgeregt. »Was habt Ihr Euch dabei nur gedacht, sie hierherzubringen? Stellt Euch bloß vor, man hätte Euch mit der Toten erwischt. Euer Vater steht unter Mordverdacht. Da macht es sich nicht gut, wenn Ihr mit der nächsten Leiche im Wagen entdeckt werdet.« Er schüttelte missbilligend den Kopf, bevor er fragte: »Wie ist sie gestorben?«

»Sie hat von den Früchten der Eibe gegessen, und ich bin mir nicht sicher, ob sie es freiwillig getan hat.«

Fanny verschränkte beleidigt die Arme vor der Brust. Sie hatte von dem Beamten etwas mehr Mitgefühl erwartet. Natürlich war es nicht fein, nach Hause zu kommen und unter dem eigenen Haselnussstrauch eine tote Frau vorzufinden, aber deshalb gleich so aus der Rolle zu fallen? Außerdem hatte sie ihm erklärt, dass sie keine andere Möglichkeit gesehen hatte.

»Ich glaube, dass jemand Gertrud vergiftet hat«, sagte sie finster.

»Die wenigsten Menschen essen freiwillig giftige Beeren, den meisten passiert es aus Versehen«, erwiderte er.

»Die Beeren lagen in einer völlig neuen Tonschale. Das Geschirr hatte keinerlei Sprünge oder Risse. So als wäre es frisch vom Hafner geliefert worden.«

»Die Frau kann die Schale irgendwo gefunden haben. Die Häuser sind allesamt zerstört. Der Küchenrat liegt überall verstreut. Man kann auf einem verlassenen Feld eine Schale finden.«

Aus den Augenwinkeln nahm Fanny Max' selbstgefälliges Grinsen wahr. Der Knecht hatte in etwa dieselben Worte verwendet, wenn er seine Sätze auch nicht so ausführlich ausgeschmückt hatte. Sie schnaufte verächtlich. Männer hatten vom Küchenrat keine Ahnung. Umständlich, weil ihr Handgelenk immer noch verbunden war, zog sie die Schale aus ihrer Rocktasche hervor und hielt sie dem Beamten unter die Nase.

»Wie, bitte schön, soll eine derart fein verarbeitete Schale die Kampfhandlungen rund um Wien überstanden haben?«, fragte sie verärgert. »Ich glaube, dass jemand Gertrud absichtlich die Beeren gegeben hat.«

»Wenn Ihr das annehmt, müsst Ihr zum Stadtrichter

gehen. Er ist für die Meldung eines Mordverdachtes zuständig«, sagte Grün.

Nun mischte sich seine Schwester in das Gespräch ein. Bisher hatte Margarethe sich stumm im Hintergrund gehalten. »Sei nicht albern«, maßregelte sie ihren Bruder. »Was soll Fanny denn bei Pernfuß? Der wartet doch nur darauf, einen Schuldigen für die Todesfälle der Ratsherren zu finden. Wenn Fanny jetzt mit einer weiteren Leiche auftaucht, lässt er sie einsperren und ihren Vater gleich dazu. Wir sollten dem Mann keine Gelegenheit geben, überhastet zu reagieren.«

Sebastian verzog den Mund. Natürlich wusste er, dass Margarethe recht hatte. Pernfuß war unberechenbar, und mit Treus Hilfe war nur noch bedingt zu rechnen. Auch der Bürgermeister wünschte sich dringend einen Schuldigen.

Neugierig trat Margarethe auf Fanny zu und nahm ihr die Schale ab.

»Ich weiß, wer dieses Geschirr anfertigt«, sagte sie. Mit ihren schlanken Fingern strich sie über den feinen Rand, der so dünn war, dass man Angst hatte, mit der kleinsten Berührung das kleine Kunststück zu zerstören. »Maria Meisel am Hafnersteig ist die Einzige, die die Ränder ihrer Schalen so präzise hochzieht. Sie ist auch die Einzige, die grüne und weiße Glasur mischt und auf diese Weise das hübsche Muster erzeugt. Die Farben verrinnen zum Rand hin. Diese Schale ist etwas ganz Besonderes. Ich wollte letztes Jahr ein paar davon bestellen, aber dann kamen die Türken, und auf einmal war Geschirr nicht mehr wichtig. Ich könnte es diese Woche nachholen und bei der Gelegenheit nachfragen, ob Maria sich an den Käufer der Schale erinnert.«

Fanny war von der Idee begeistert. Sie wollte Margarethe begleiten und ebenfalls eine Schale kaufen. Das Stück würde wundervoll in ihre Stube passen.

»Bevor Ihr Euch mit meiner Schwester daranmacht, Eure und unsere Küche mit noch mehr Geschirr vollzuräumen, sollten wir überlegen, was mit Gertrud geschehen soll. Die arme Frau hat keine Verwandten mehr, die für ihre Bestattung sorgen könnten.« Sebastian schaute in ratlose Gesichter.

»Ich will sie nicht in unserem Garten vergraben. Die Vorstellung, dass unter meinen Küchenkräutern eine Tote liegt, missfällt mir zutiefst. Mein Linseneintopf würde nicht mehr schmecken.«

Fanny bezweifelte, dass es irgendwen gab, dem der Eintopf jetzt schmeckte, aber sie hielt ihre Meinung zurück. Schließlich sah sie ein, dass Gertrud nicht im Garten der Grüns begraben werden konnte.

»Wie ist es Euch gelungen, die Leiche in die Stadt zu bringen, ohne von den Wachmännern kontrolliert zu werden?«, fragte Sebastian.

Fanny verzog spöttisch den Mund. »Ich bin die Tochter eines angesehenen Winzers. Die Wachmänner kennen meinen Vater, vor allem aber kennen sie seinen Wein. Was soll ich anderes transportieren ... als Wein?«

»Denkt Ihr, dass Ihr die Leiche auch wieder unbemerkt aus der Stadt bringen könnt?«

»Ja natürlich«, sagte Fanny. »Aber ich will, dass die Frau ein ordentliches Grab auf einem Friedhof bekommt. Es ist schlimm genug, dass ihre Familie ohne Begräbnis ins Jenseits gehen musste. Sie selbst sollte mit den Worten eines Priesters in geweihter Erde beigesetzt werden. Mit einem Holzkreuz auf ihrem Grab, das mit ihrem Namen daran erinnert, dass sie gelebt hat und für die Verteidigung der Stadt gestorben ist.«

Keiner widersprach Fanny. Aber niemandem wollte einfallen, wie man Gertrud diese letzte Gunst erweisen konnte, ohne Erklärungen abzugeben. Fragen wären unvermeidlich.

»Es gibt in Wien keinen Priester, der die Frau zu Grabe trägt, ohne nach der Todesursache zu fragen«, sagte Margarethe.

Sebastian legte nachdenklich den Kopf schräg. »Wenn die Worte eines Augustinermönchs ausreichen, wüsste ich eine Lösung.«

»Ein Mönch ist genauso gut wie ein Priester«, sagte Fanny bestimmt. Sie nahm es mit den Regeln der Kirche nicht so genau und wusste nicht, wer welche heiligen Sakramente spenden durfte.

»Ich kenne einen Augustinermönch, der die Frau mit seinen Worten auf ihrer letzten Reise begleiten wird.«

Margarethe sah ihn zweifelnd an. »Hoffentlich verwechselt Rudolf die Reiseberichte Vasco da Gamas nicht mit denen der Heiligen Schrift.«

»Rudolf ist ein sehr gelehrter Mann und kein Idiot«, empörte sich Sebastian.

Margarethe erwiderte nichts mehr, aber Fanny konnte an ihrem Gesichtsausdruck erkennen, dass sie mit ihrem Bruder nicht einer Meinung war. Sie ahnte, dass Gertrud eine außergewöhnliche Grabrede erhalten würde.

»Und wo wollen wir Gertrud beerdigen?«, fragte sie.

»Dort, wo sie gelebt und ihre Familie verloren hat«, sagte Sebastian. »Am Dornbacher Friedhof oder dem, was davon übriggeblieben ist, direkt neben dem Grab ihrer Tochter. Und bis dahin wird Marie ein Stückchen rücken müssen. Wir können die Leiche nicht einfach hier liegen lassen. Sollte Frau Reuz ihren neugierigen Kopf in unseren Garten stecken, wären die Folgen fatal.«

Sebastian handelte rasch. Gleich am nächsten Morgen, noch bevor die Sonne über den Dächern der Stadt vollständig aufgegangen war, bat er um Einlass im Augustinerkloster und verlangte nach seinem Freund Rudolf. Der Mönch zeigte sich überrascht, war aber bereit, der ungewöhnlichen Bitte nachzukommen und ihn zu begleiten.

»Eigentlich ist diese Aufgabe den Priestern vorbehalten, aber da es sich um einen Notfall handelt, gelten andere Regeln«, überlegte er laut.

»Gott ist damit sicher einverstanden«, bekräftigte Sebastian eine Spur zu schnell.

Worauf Rudolf ihn skeptisch von der Seite ansah. »Warum glaube ich, dass du das nur sagst, um mich zu beruhigen?«

Nun schwieg Sebastian in der Hoffnung, dass Rudolf nicht weiter über die Regeln der Kirche nachdachte.

Noch bevor die Stadt zum Leben erwacht war, saß Rudolf neben der toten Gertrud im Wagen und wurde durchgeschüttelt, weil die Straße, auf der sie fuhren, uneben und voller Schlaglöcher war. Max und Fanny hockten auf dem Kutschbock, Sebastian ritt daneben, während Margarethe und Matthias mit dem Wagen des Medikus nachkommen wollten.

Wie von Fanny vorhergesagt, kontrollierte die Stadtwache ihre Fracht nicht. Auch die zwei Schaufeln erregten kein Aufsehen. Mit einem Scherz ließen die beiden Männer den Wagen durchs Stadttor bei der Schottenbastei fahren und winkten ihnen lachend nach.

Als sie endlich auf dem ehemaligen Friedhof in Dornbach ankamen, stand die Sonne schon sehr hoch, und es war heiß wie an den Tagen zuvor. Die Erde war wegen der Hitze trocken und staubig. Die Männer mussten die Schaufeln mit voller Kraft in den Boden rammen, um ein Loch für die Tote zu schaufeln. Obwohl Fanny von den letzten Besuchen wusste, dass die Gegend im Moment verlassen war, sah sie sich dennoch besorgt um, voller Angst, jemand könnte sie bei ihrem Tun beobachten.

Nur wenige Meter neben Emilias Holzkreuz entstand das Grab ihrer Mutter. Mit jedem Spatenstich wurde das Loch tiefer. Die Männer schnauften und schwitzten. Besonders Rudolf schien unter der Anstrengung zu leiden. Er war diese Art der körperlichen Arbeit nicht gewohnt. Schon nach kurzer Zeit benötigte er eine Pause, legte die Schaufel zur Seite und betrat die Überreste der Kirche. Fanny folgte dem Augustiner.

»Um Himmels willen«, sagte Rudolf und schlug die Hände vor dem Gesicht zusammen. »Welcher Künstler hat dieses Bild verbrochen?« Fanny war nicht sicher, ob der Mann amüsiert oder entsetzt war. Sie tippte auf beides.

»Ein strafender Jesus, der aus dem Buch Mose zitiert und auf einer rosaroten Wolke in den Himmel aufsteigt, wie geschmacklos und unpassend ist das denn!«

Fanny gefiel das Bild auch nicht. Sie hatte jedoch keine Ahnung, um welche Bibelstelle es sich handelte und ob es passend war, dass Jesus die Worte von Moses sprach.

Sie fand das Bild einfach hässlich, weil die Farben zu aufdringlich waren.

»Sicher waren hier noch mehr dieser Zitate«, sagte Rudolf. Er strich mit seiner schlanken, blassen Hand über zerstörtes Mauerwerk, auf dem nur noch bunte Farbreste zu erkennen waren, und murmelte nachdenklich: »Irgendetwas stimmt hier nicht.«

»Wie bitte?« Fanny trat näher zu ihm. Sie hatte Rudolfs letzte Worte nicht richtig verstanden. Aber der Augustiner hatte mit seinen Bemerkungen über die verbliebenen Mauerreste recht. Auch sie wiesen Farbflecke auf. Wahrscheinlich waren sie vor der Zerstörung mit genauso hässlichen Bildern bemalt gewesen. Fanny empfand den Verlust als nicht besonders schmerzlich.

Ihre Überlegungen wurden von Matthias Zotters Stimme unterbrochen.

»Das Grab ist jetzt tief genug. Wir sollten uns beeilen, bevor es noch heißer wird. Wenn wir noch lange in der prallen Sonne stehen, haben wir am Abend alle Kopfschmerzen und Fieber.«

Also gingen Fanny und Rudolf zu den anderen, die sich bereits rund um den immer noch eingewickelten Leichnam aufgestellt hatten.

Obwohl niemand die Frau gekannt hatte, gelang es Rudolf dennoch, alle mit seinen Worten zu berühren und Gertrud ein würdevolles Begräbnis zu bescheren.

Fanny hätte schwören können, dass es nicht die erste Beerdigung war, die der Mönch durchgeführt hatte. Sie kannte keinen Priester, der die Aufgabe hätte besser bewältigen können. In den nächsten Tagen wollten Matthias und Margarethe wiederkommen und ein Kreuz mit Gertruds Namen aufstellen. Im gleißenden Licht der Sonne legte Fanny einen Strauß gepflückter Wiesenblumen auf das frische Grab. Mehr konnten sie für Gertrud nicht mehr tun. Die Stimmung war gedrückt, als sich die kleine, ungewöhnlich zusammengewürfelte Trauergesellschaft auflöste. Während Sebastian, Margarethe, Matthias und Rudolf in Richtung Wien aufbrachen, machten sich Fanny und Max auf den Weg zum Nussberg.

Sie saßen schweigend nebeneinander. Vielleicht dachte Max über die tote Gertrud nach, Fanny hingegen überlegte, welchen Vorwand sie das nächste Mal vorbringen konnte, um den Grüns einen Besuch abzustatten. Zum Glück fiel ihr der geplante Besuch bei der Hafnerin ein. Sicher würde Margarethe sich freuen, wenn sie sie begleitete. Natürlich würde sie dabei rein zufällig auch Sebastian Grün wiedertreffen. Noch nie hatte sie sich so kurz nach einem Begräbnis so beschwingt gefühlt. Für einen kurzen Moment überlegte sie, ob sie deshalb ein schlechtes Gewissen haben und Gott um Verzeihung bitten sollte. Aber dann verwarf sie den Gedanken wieder. Warum sollte Gott böse sein, wenn sich jemand freute?

Als Sebastian sich von Rudolf verabschiedete, versprach ihm dieser, die Untersuchungsergebnisse des Pergaments am nächsten Tag zu präsentieren.

»Warum nicht gleich?«, fragte Sebastian ungeduldig.

»Ich bin mir über eine Sache noch nicht ganz im Klaren, außerdem bin ich müde von der Sonne. Für gewöhnlich arbeite ich in der Bibliothek. Sicher habe ich am Abend einen Sonnenbrand auf meiner Tonsur. Ich werde mir eine gute Ausrede bei meinen Mitbrüdern ausdenken müssen. Lass uns morgen darüber reden.«

Enttäuscht ging Sebastian nach Hause und schlief augenblicklich im Garten unter dem Apfelbaum ein. Als er wieder erwachte, dachte er ausführlich über Gertruds Tod nach. War es Zufall gewesen, dass die Frau am Gift der Eibe starb? Erst als Margarethe ihn zum Abendessen rief, unterbrach er seine Überlegungen und setzte sie fort, sobald er wieder allein war.

Am nächsten Morgen stand er mit dem heiseren Ruf des Hahns der Bäckerin Reuz auf und machte sich gemeinsam mit ihren Bäckergesellen, die für gewöhnlich die ersten Männer auf den Straßen Wiens waren, auf den

Weg. Noch vor dem ersten Morgengebet stand er vor dem Augustinerkloster.

»Ihr kommt jeden Tag früher«, sagte der alte Mönch, der ihm auch am Vortag das Tor geöffnet hatte. Der Vorwurf in seiner müden Stimme war nicht zu überhören. Nur widerwillig öffnete er schlaftrunken die schwere Holztür.

»Ich muss dringend mit Bruder Rudolf sprechen«, antwortete Sebastian.

»Das habe ich mir fast gedacht«, sagte der Mönch missmutig und führte ihn durch den kühlen, dunklen Kreuzgang zum Hauptgebäude, wo sich die Bibliothek befand und Rudolf hinter einem Schreibpult bereits fleißig arbeitete.

»Du scheinst eine genauso kurze Nacht hinter dir zu haben wie ich«, grinste Sebastian, als er den Freund erblickte. Die Sonne war nun aufgegangen und schickte die ersten hellen Strahlen durch die hohen Fenster. Rudolf nutzte das Licht und untersuchte das kleine Stück Pergament, das Sebastian ihm überlassen hatte.

»Ich habe nicht geschlafen«, erklärte Rudolf mit einem gewissen Vorwurf in der Stimme, den Sebastian aber wohlweislich ignorierte.

»Ich wusste, dass die Neugier dich noch vor dem Morgengebet zu mir treiben wird. Komm und setz dich.«

Rudolf trat hinter dem Pult hervor und nahm an dem großen, quadratischen Tisch Platz, der das Herzstück der Bibliothek bildete. Sebastian kam der Aufforderung nach und ließ sich neben Rudolf auf einem unbequemen Hocker nieder. Ein nachlässiger Tischler hatte eine ungehobelte Holzscheibe mit drei ungleich langen Beinen zusammengeschraubt. Es verlangte einiges an Geschick, darauf zu sitzen, ohne nach hinten zu kippen. Sebastian hielt sich zur Sicherheit am Tisch fest.

»Was hast du herausgefunden?«, fragte er neugierig. Sein schlechtes Gewissen bezüglich Rudolfs Schlafmangel hielt sich in Grenzen.

»Immer langsam«, bremste Rudolf. »Die ersten Stunden meiner schlaflosen Nacht hatten mit der schrecklichen Wandmalerei in der Kirche zu tun.«

»Der Jesus in grellen Farben ist das hässlichste Gemälde, das ich je in einer Kirche gesehen habe, davon kann man tatsächlich Alpträume haben«, pflichtete Sebastian dem Freund bei.

»Ist dir daran etwas aufgefallen?«

»Was meinst du? Die schrecklichen Farben, die kindliche Darstellung, die falschen Proportionen?«

»Nein, ich meine das Bibelzitat aus dem Buch Mose.«

Sebastian geriet ins Wanken. Im letzten Moment hielt er sich an der Tischkante fest. Er hatte geahnt, dass es sich um ein Zitat aus dem Alten Testament handelte, aber um zu erkennen, aus welchem Buch es stammte, dazu reichten seine Bibelkenntnisse nicht aus.

»Was ist damit?«, fragte er vorsichtig.

»Denk nach«, forderte Rudolf. »Was genau stand an der Wand?«

Sebastian setzte zu den Worten an, doch statt zu sprechen, klatschte er sich mit der flachen Hand an die Stirn. Erneut geriet er ins Wanken.

»Bitte nimm einen anderen Hocker, der Bruder im Krankenzimmer trinkt zu viel und ist nur in den seltensten Fällen nüchtern.«

Statt aufzustehen, sagte Sebastian aufgeregt: »Das Zitat stand in deutscher Sprache an der Wand, genau wie der Brief, den man bei Schacht gefunden hat.«

Mit einem Mal kam er sich wie ein Idiot vor. Schon bei seinem letzten Besuch hatte Rudolf ihm erklärt, dass Bibelzitate gewöhnlich nicht auf Deutsch zu lesen waren. Warum übersah er das immer? Vielleicht lag es daran, dass er so selten die Bibel studierte und Texte der Wissenschaft immer öfter in mehreren Sprachen zu finden waren. Wobei Wissenschaftler, die über die Grenzen des eigenen Landes hinaus gelesen werden wollten, immer noch die Sprache der alten Römer verwendeten. Sebastian fühlte sich sowohl im Latein als auch in seiner Muttersprache Deutsch zu Hause. Offensichtlich fiel es ihm nicht auf, wenn die Sprache gewechselt wurde. Vor allem dann nicht, wenn der Inhalt im Vordergrund stand.

»Mach dir keine Vorwürfe«, sagte Rudolf, der in den Gedanken des Freundes zu lesen schien. »Ich habe eine halbe Nacht lang darüber nachdenken müssen, bis ich begriffen habe, was mich an der schrecklichen Wandmalerei irritiert hat. Und ich sollte es besser wissen, schließlich bin ich ein Mönch.«

»Wenn Martin Luther seine Bibel vor sieben Jahren ins Deutsche übersetzt hat, kann die Malerei noch nicht sehr alt sein«, sagte Sebastian.

»Manchmal überraschst du mich mit deinem Wissen«, bemerkte Rudolf anerkennend.

Aber Sebastian verzog bloß den Mund. Sein Freund hatte ihm die Information beim letzten Besuch selbst gegeben. Er war tatsächlich müde, oder er wurde alt und vergaß Dinge schneller als früher.

»In Dornbach haben viele Sympathisanten des Reformers gelebt. Vielleicht hat ein besonders eifriger Anhänger die Kirche dekoriert, es würde die dilettantische Darstellung erklären.«

»Der Priester muss damit einverstanden gewesen sein.«

»Er wäre nicht der einzige Priester, der Luthers Vorschläge willkommen heißt. Und was die deutsche Bibel betrifft: Ich finde es begrüßenswert, dass die Menschen nun verstehen, was die Priester ihnen erzählen.«

»Ich stimme dir in allem zu, aber ich finde die Wahl der Zitate merkwürdig«, sagte Rudolf nachdenklich. »Warum hat man Jesus die Worte Moses in den Mund gelegt? Entweder war der Mann selbst nicht bibelfest, oder er hatte einen Hang zur Dramatik und fand Gefallen an den drohenden Worten.«

»Ein religiöser Fanatiker?«

»Eher ein selbsternannter Künstler, der nicht nur bei den Farben in den falschen Topf gegriffen hat.« Sebastian trommelte nachdenklich mit den Fingerkuppen auf die Tischplatte, bis Rudolfs strafender Blick ihn davon abhielt. »Nehmen wir einmal an, dass die Kirche vor dem Krieg voll mit Zitaten und bunten Bildern gewesen war.«

»Es freut mich, dass dir ähnliche Überlegungen durch den Kopf gehen«, sagte Rudolf. »Ich habe es gestern schon zu Fanny Roth gesagt, die übrigen Mauerreste wiesen auch bunte Farben auf.«

»Dann könnte es sein, dass der Verfasser ein Lutheranhänger ist, der vor der Zerstörung regelmäßig die Kirche besucht hat und von den Zitaten so angetan war, dass er sie nun für seine Zwecke verwendet.«

Rudolf nickte zufrieden. »Ich bin zu genau demselben Ergebnis gekommen. Falls der Täter jedoch sehr schlau vorgeht, dann wollte er genau diese Überlegung provozieren und uns ganz bewusst in eine falsche Richtung führen, um von sich selbst abzulenken und die Schuld den Lutheranern zuzuschieben.«

Eine kurze Pause entstand, in der Sebastian wieder

mit den Fingern trommelte und Rudolf müde die Augen schloss. Bevor er einschlafen konnte, fragte Sebastian: »Und was ist mit dem Pergament?«

Erschrocken fuhr Rudolf hoch, er war tatsächlich knapp davor gewesen, ein Nickerchen zu machen. Gähnend fuhr er sich mit beiden Händen übers Gesicht und sagte: »Es ist keine Schenkungsurkunde, wie ich zuerst angenommen habe, sondern diente einem geschickten Fälscher als Übungsstück. Ursprünglich war es ein Blatt, auf dem ein Minnesänger die Liebeserklärung für seine Angebetete aufgeschrieben hatte.«

»Ein Liebesbrief?«, sagte Sebastian enttäuscht.

»Dir, meiner Liebsten, klage ich mein schmerzliches Geschick. Was ich auch tu und lasse, ich leide Qualen … Die verliebten Worte eines Salzburger Mönches, ich glaube, Hermann, aber ich kann es nicht mit Sicherheit sagen, das Gedicht stammt aus dem vorigen Jahrhundert. Offensichtlich hat jemand die Worte des Salzburgers für eigene Zwecke genutzt.«

Sebastians Enttäuschung war groß.

»Entweder hat die Liebste die Worte nicht aufheben wollen oder nach ihrem Tod jemand keine Verwendung mehr dafür gehabt. Auf alle Fälle diente es dann jemandem dazu, die Fälschung einer Unterschrift und eines Wappens zu üben. Da beides möglichst echt aussehen sollte, hat der Fälscher auf Pergament geübt, auf dem eine Handschrift bekanntlich anders aussieht als auf Papier. Die Person muss über außerordentliches Geschick verfügen. Die Unterschrift sah am Ende nicht gefälscht aus.«

»Welche Unterschrift und welches Wappen wurden geübt?«, wollte Sebastian wissen, glaubte aber, die Antwort bereits zu kennen.

»Das Wappen einer Familie Moser. Ich habe in unserem Archiv nachgesehen, weil mir das Wappen bekannt vorkam. Die Familie war im Besitz des Gutshofs Wendelstein und aller Ländereien, die dazugehörten. Vor ein paar Jahren hat Maximilian Wendelstein unserem Orden eine Summe zukommen lassen.«

»Hat er das aus Frömmigkeit getan?«

Rudolf verdrehte die Augen. »Wohl eher nicht. Sein Sohn sollte in unserem Kloster unterkommen. Er war schwachsinnig und der Familie ein Dorn im Auge.«

»Lebt der Mann noch?«

Rudolf verneinte. »Er kam bei einem Unfall ums Leben. Ich kann mich noch daran erinnern. Er stolperte auf der Kellertreppe und brach sich das Genick.«

Sebastian verzog schmerzvoll das Gesicht.

»Es war ein rascher Tod. Seine Familie hat nicht sonderlich um ihn getrauert. Nicht ein einziges Familienmitglied erschien beim Begräbnis.«

»Wenn man solche Verwandtschaft hat, braucht man wohl keine Feinde mehr.«

»Du urteilst zu hart. Für viele Menschen ist der Schmerz, einen schwachsinnigen Sohn, Bruder oder Neffen zu haben, einfach zu groß.«

»Oder die Scham«, sagte Sebastian bitter.

»Es wird wohl eine Mischung aus beidem sein. Ich wünsche uns beiden, dass wir nie in die Lage kommen, es selbst herauszufinden.«

Für einen Moment tauchte Margarethes Gesicht vor Sebastian auf. Er wusste genau, wie es sich anfühlte, eine Schwester zu haben, der die Menschen mit Mitleid und Abscheu begegneten. Eilig wechselte er das Thema: »Ist die Krähe im Wappen der Mosers dieselbe, die sich auf dem Brief befindet?«

»Unsinn!« Rudolf schüttelte den Kopf. »Das ist bloß Tinte, die zerronnen ist. Leider habe ich, was den Brief betrifft, nichts herausfinden können. Es handelt sich um Tinte auf Papier, die unleserlich geworden ist. Beim Pergament ist es anders, da haben sich die Schichten, die unter der obersten liegen, trotz des Wassers gehalten.«

»Du meinst, dass jemand die Unterschrift übte, um eine Urkunde zu fälschen?«

»Wozu sonst sollte er sich die Mühe machen?«

»Eine Schenkungsurkunde?«

»Es sind bloß Hypothesen.«

Sebastian stieß geräuschvoll die Luft aus. Seine Befürchtungen wurden nun bestätigt, aber wie sollte er seine Vermutungen beweisen?

»Ich glaube, dass Pilhamer Urkunden gefälscht hat, aber ich frage mich, ob alle drei Ratsherren davon gewusst und profitiert haben.«

»Die Unterlagen müssen bei einem Notar liegen. Aus ihnen sollte hervorgehen, wem welches Land geschenkt wurde.«

»Genau da liegt das Problem«, stöhnte Sebastian. »Die Unterlagen liegen bei Pernfuß, und der ist ein guter Freund der drei Ratsherren. Vielleicht ist er ebenfalls an der Sache beteiligt. Wenn ja, hat er alle gefährlichen Unterlagen mit Sicherheit rechtzeitig zur Seite geschafft. Ich kann mir nur selbst schaden, wenn ich ihn dazu zwinge, Einsicht in die Dokumente zu nehmen.«

In der anschließenden Stille sahen beide stumm aus dem Fenster und beobachteten die Vögel, die aufgeregt von einem Ast zum anderen flogen. Offensichtlich ging es um ein Nest, das ohne Eltern zurückgelassen worden war und das nun mehrere Vögel für sich in Anspruch nahmen.

Schließlich sagte Rudolf: »Nehmen wir an, unsere Vermutungen stimmen. So wissen wir immer noch nicht, wer die Morde verübt hat.«

»Entweder jemand, der von der Urkundenfälschung erfahren hat und sich nun rächt, oder jemand, der einen Ratsherrn nach dem anderen erpresst. Vielleicht sogar einer der Beteiligten selbst.«

»Im letzten Fall bleiben nicht mehr viele Männer übrig. Schacht und Pilhamer sind tot. Bleiben noch Rötzer und Pernfuß.«

»Du könntest bei Treu nachfragen, ob er etwas über die Besitzverhältnisse in Hernals und Dornbach weiß. Auch wenn er keine Unterlagen hat, kann er darüber Bescheid wissen und notfalls um Einblick bei Pernfuß bitten«, schlug Rudolf vor.

»Treu und Pernfuß hassen einander.«

»Dann soll Treu einen Mann seines Vertrauens damit beauftragen.«

Erneut seufzte Sebastian. Er konnte sich gut vorstellen, wem Treu diese Aufgabe zukommen lassen würde.

»Wenn ich noch irgendetwas für dich tun kann, lass es mich wissen«, bot Rudolf an und gähnte erneut. »Aber davor musst du mir ein paar Stunden Schlaf gönnen.«

»Wenn du ausgeruht bist, wirst du lesen wollen«, sagte Sebastian. Sein Gesicht hellte sich wieder auf. Er griff in seine Umhängetasche aus weichem braunen Leder, die er zuvor neben sich am Boden abgestellt hatte, und holte das Buch hervor, das ihm Frau Schacht geschenkt hatte. Vorsichtig legte er es vor Rudolf auf den Tisch.

»Du hast das Buch tatsächlich!« Rudolf pfiff leise durch die Zähne und strich vorsichtig und sanft, so als würde er jemanden liebkosen, über das rote Leinen des

Buchumschlags. Seine Müdigkeit war mit einem Schlag verschwunden.

»Erzähl mir hinterher, wie es dir gefallen hat«, forderte Sebastian.

»Das werde ich gewiss«, sagte Rudolf. Seine Augen wirkten auf einmal wieder hellwach, und Sebastian war sicher, dass der Mönch nicht schlafen würde.

Nikolaus Rötzers Diener hatte das Schreiben auf den Schreibtisch seines Dienstgebers gelegt und ihn wiederholt daran erinnert, den Brief zu öffnen. Immer hatte Rötzer es vergessen. Was interessierten ihn im Moment die Nachrichten irgendwelcher Handelspartner, wenn es darum ging, Lucretia zu erobern? Er war ihr heute zufällig auf der Straße begegnet. Sie war mit ihrer unmöglichen Haushälterin, jener kleinen, drallen Person, die so hohe Stücke auf Laurentius gehalten hatte, unterwegs gewesen. Deshalb hatte Lucretia nicht mit ihm reden können, der kleine Haushaltsdrachen hätte hinterher in ganz Wien herumerzählt, dass seine Herrin, kaum dass ihr Ehemann unter der Erde lag, schon anderen Männern schöne Augen machte. So hatte Nikolaus sich mit verheißungsvollen Blicken zufriedengeben müssen. Aber die waren sehr eindeutig gewesen. Lucretia wollte ihn, daran bestand kein Zweifel. Ihr rotgeschminkter Mund hatte gelächelt, und ihre mit Kohlestift umrandeten Augen hatten verheißungsvoll geglitzert. Nun musste Nikolaus einen kühlen Kopf bewahren, was gar nicht so einfach war.

Nach dem Abendessen, einem ganz vorzüglichen Hirschbraten, bei dem sich die Köchin wieder einmal selbst übertroffen hatte, hatte der Diener ihn erneut an das Schreiben erinnert. Satt und durchaus zufrieden hatte Nikolaus sich nun mit einem Glas der herrlichen Spätlese von Hans Steiner zurückgezogen und genoss die letzten Sonnenstrahlen, die gerade hinter dem spitzen Kirchturm der Annakirche untergingen.

Schläfrig nahm er den Brief in die Hand und öffnete ihn. Die Schrift war ungelenk, krakelig geradezu, so als stammte sie von jemandem, der nicht oft mit Feder und Tinte umging. Nikolaus entfaltete das Papier, das von minderer Qualität war. Sicher hatte ein ungeübter Papiermacher es aus billigen Lumpen hergestellt. Vielleicht war es einer der Bettelbriefe, die er immer öfter erhielt. Männer, die der Krieg in den Ruin getrieben hatte, die nun vor dem Nichts standen und dringend Geld brauchten, das die Banken zu unglaublich hohen Zinssätzen verliehen. Letzte Woche hat sich sogar einer seiner Arbeiter dazu erdreistet, ihn um Hilfe zu bitten. Die Männer wurden immer frecher. Was bildeten diese Bettler sich ein? Er war nicht der Retter aller Armen und konnte niemandem helfen, außer sich selbst.

Unkonzentriert überflog er die Worte und hielt abrupt inne. Nikolaus setzte sich kerzengerade auf. Mit einem Schlag war seine Entspannung dahin. Dies war kein Bettelbrief, sondern eine freche Drohung. Die Worte stammten vom Mörder seiner Freunde, der ihn zu einem Treffen aufforderte. Wie konnte der Unbekannte es wagen, nun auch ihn zu belästigen? Was bildete der Wicht sich ein? Er war Nikolaus Rötzer, einer der reichsten, mächtigsten und angesehensten Männer der Stadt. Er würde sich nicht neben einem stinkenden Abort erschlagen lassen oder als hilflose Wasserleiche die Donau entlangtreiben. Nikolaus würde kämpfen, sich zur Wehr setzen und dem Mörder die Stirn bieten.

Der Unbekannte forderte ihn auf, morgen Abend in

seine Kalkbrennerei zu kommen. Er wollte ihn treffen, damit »abgerechnet werden konnte«, denn »... wer Menschenblut vergießt, dessen Blut soll auch durch Menschen vergossen werden ...«.

Angewidert knallte Nikolaus den Brief auf den Schreibtisch, so dass seine Hand vom Aufprall brannte. Er kannte das Bibelzitat. Es stammte aus dem Buch Mose. »Quicumque effuderit humanum sanguinem, fudetur sanguis illius.«

Das faltige Gesicht seines Lateinlehrers fiel ihm wieder ein. Jenes Lehrers, der ihn und seine Mitschüler mit Bibelzitaten gequält hatte. Sätze, die sie nie wieder vergessen sollten. Für jeden Übersetzungsfehler hatte es Hiebe mit dem Stock gesetzt. Immer noch empfand Nikolaus beim Gedanken an das böse Grinsen des Lehrers eine Mischung aus Hass und Hilflosigkeit. Wie gern hätten sie alle den Lehrer aus dem Studierzimmer gejagt. Zwanzig Knaben, die viel lieber im Freien herumgetollt hätten. Jeder Einzelne hungrig nach Bewegung und Wissen. Aber statt zu lernen, wie die Welt funktionierte, hatten sie zusammengepfercht in einer dunklen Kammer gesessen, Deklinationen aufgesagt und Bibelzitate auswendig gelernt. Der Lehrer hatte sie alle gequält, da war es nur natürlich gewesen, dass Nikolaus sich jemanden ausgesucht hatte, den er ebenfalls quälen konnte.

Ein Grinsen machte sich auf seinem hübschen Gesicht breit. Er war im Quälen anderer besonders einfallsreich gewesen. Der dicke, verweichlichte Laurentius hatte das Wort »Opfer« förmlich auf der Stirn stehen gehabt. Der Dummkopf hatte nie herausgefunden, wer ihm die tote Katze in den Schulranzen gestopft hatte. Ein kleiner schwarzer Kater, den Nikolaus eigenhändig erschlagen hatte, weil das Vieh sich an seinem Frühstück vergangen hatte. Zeit seines Lebens hatte Laurentius sich vor toten Tieren gefürchtet. Was für ein jämmerlicher Versager er doch immer gewesen war. Nein, er, Nikolaus, würde nicht sterben wie dieser Jammerlappen. Er würde dem Schreiber des billigen Briefes Einhalt gebieten.

Es gab zwei Möglichkeiten: Nikolaus konnte dem Burschen allein das Handwerk legen oder Pernfuß um Hilfe bitten. Aber würde der Richter ihm helfen? Von dem Viererkleeblatt war er stets der Unberechenbarste gewesen, immer auf seinen eigenen Vorteil aus, ohne Rücksicht auf die anderen. Nikolaus lehnte sich zurück und nahm einen großen Schluck von seinem Wein. Die Aromen von Haselnuss, Ginster und Johannisbeere breiteten sich an seinem Gaumen aus. Steiner kelterte wirklich den besten Wein der Stadt. Es wäre ein Jammer, wenn man ihn als Mörder überführen würde. Die Weinberge allein machten nicht das Geheimnis des guten Weins aus. Es waren der Zeitpunkt des Kelterns, die Pflege der Rebstöcke und ein Dutzend anderer Geheimnisse, die zum Erfolg führten. Nikolaus nahm einen weiteren Schluck. Nun stieg auch die Wirkung des Weins in seinen Kopf. Morgen würde er den Mörder zur Strecke bringen und diese unerfreuliche Sache ein für alle Mal aus der Welt schaffen. Danach wollte er sich ganz und gar auf Lucretia konzentrieren. Hausdrachen hin oder her. Lucretia sollte sich von der Frau trennen, dann würde es auch keinen Klatsch geben.

Ich finde es eine hervorragende Idee, Eure Stube mit ein paar hübschen Schalen und Tellern zu verschönern«, sagte Liechti begeistert. »Dann schmeckt das Essen darin noch besser.«

Fanny sah ihn fragend an, und der Schweizer fügte rasch hinzu: »Was kaum noch möglich ist. Ihr seid eine ausgezeichnete Köchin.«

Eigentlich hätte Fanny allein in die Stadt reiten und Margarethe fragen wollen, ob sie sie zur Hafnerin begleitete. Aber sobald Liechti von ihrem Vorhaben erfahren hatte, wollte er sich die Aufgabe nicht mehr nehmen lassen und sie selbst begleiten. Fanny sollte es recht sein. Der Ritt zu zweit war sicherer und Liechti ein großartiger Unterhalter, der eine Menge lustiger Geschichten zu erzählen hatte. Sie ließen die Pferde in einem Mietsstall beim Arsenal und gingen zu Fuß weiter quer durch die Stadt.

Nun führte ihr Weg sie durchs Stubenviertel, wo sich eine Badestube an die andere reihte. Eine stämmige Bademagd mit dicken Oberarmen hievte zwei volle Holzeimer vor die Tür und kippte das schmutzige Wasser direkt vor Liechtis Füße.

»Immer langsam«, rief er und sprang im letzten Augenblick zur Seite. Das Wasser klatschte auf den gepflasterten Weg und versickerte zwischen den quadratischen Steinen.

Die Frau murmelte eine Entschuldigung und ging zurück ins Haus.

»Manche Leute haben keine Augen im Kopf«, schimpfte Liechti. Ein paar Spritzer hatten seine Hose erwischt. Er wischte mit dem Ellbogen darüber und verteilte den Schmutz im Stoff.

»Seid Ihr mit der Arbeit bei Pernfuß nun fertig, oder müsst Ihr noch einmal ins Haus des Richters?«, fragte Fanny.

»Die Uhr tickt wieder einwandfrei«, sagte Liechti. »Was der Richter mit dem hölzernen Kasten machen will, weiß ich nicht. Wahrscheinlich muss er einen Schreiner mit der Reparatur beauftragen. Teile des Holzes sind angesengt und verbrannt.«

»Ich wusste nicht, dass Pernfuß' Haus bei der Belagerung Feuer gefangen hat«, sagte Fanny erstaunt.

»Das hat es auch nicht. Er hat die Uhr nach den Kämpfen günstig erstanden und den tatsächlichen Wert erkannt. Ich glaube, er hat auch schon eine Interessentin dafür, der er die Uhr verkaufen oder schenken will.« Liechti grinste vielsagend.

»Warum sollte er sie verschenken?«

Liechtis Grinsen wurde breiter: »Ich habe die Frau nur ganz kurz gesehen. Als ich den Raum betrat, hat sie mir schnell den Rücken zugewandt, sicher wollte sie nicht, dass ich sie erkenne. Vielleicht ist sie verheiratet. Aber ich kann Euch sagen, dass es sich um eine sehr attraktive Frau gehandelt hat, und ich versichere Euch, dass sie mehr als nur eine Fremde für den Richter war.«

Fanny wusste, dass sie Liechtis Urteil in dieser Hinsicht trauen konnte. »Kam Euch die Frau irgendwie bekannt vor?«, fragte Fanny hoffnungsvoll.

»Leider nein«, sagte Liechti und seufzte schwer. Fanny wusste nicht, worauf sich sein Seufzen bezog.

Vor ihnen tauchte die Apotheke »Zum goldenen Kreuz« auf. Ein winziges Fachwerkhaus, dessen Eingangstür mit der Schlange des griechischen Gottes Epidauros auf dem Äskulapstab bemalt war. Eine alte Frau kam heraus, und mit ihr drang der Geruch nach Salmiak und Kräutern auf die Straße.

»Ist es noch weit bis zum Hafnersteig?«, fragte Liechti.

»Nein, da vorne ist es schon!« Fanny zeigte auf einen kleinen Laden, über dessen niedriger Eingangstür ein Schild aus gebranntem Ton hing. Auf dem Schild waren zwei Töpfe gemalt, daneben stand der Name Maria Meisel.

Als sie die Eingangstür öffneten, ertönte das Klingeln einer hellen Glocke. Sie mussten ein paar Stufen nach unten steigen, um den Arbeitsraum der Hafnerin zu betreten. Die Wände waren mit Regalen vollgestellt, auf denen ungebrannte, rohe Gefäße in unterschiedlichen Größen und Formen zum Trocknen lagerten. Maria Meisel saß an einer Töpferscheibe, die sich direkt unter zwei großen Fenstern befand, durch die das Tageslicht fiel.

»Guten Tag«, sagte die kleine, zarte Frau. Ihr Haar war grau und schaute unter einer ebenfalls grauen Haube hervor. Als sie Fanny und Liechti sah, stand sie auf, wischte sich die schmutzigen Hände in ihrer Schürze ab und kam auf sie zu. »Was kann ich für Euch tun?«

»Ich würde gerne einen Satz Schüsseln bei Euch bestellen«, sagte Fanny.

»Habt Ihr an etwas Bestimmtes gedacht?«

»Ja, ich glaube, dass Ihr diese Schüssel angefertigt habt.« Fanny holte die Schüssel hervor, die sie neben Gertruds Leiche gefunden hatte. »Genau solche Schüsseln hätte ich gerne.«

Maria Meisel nahm das grünweiße Gefäß entgegen und hielt sie ins Licht. »Ja, die ist von mir«, sagte sie. »Ich habe letzten Monat einen ganzen Satz dieser Schüsseln an einen Ratsherrn verkauft. Kann es sein, dass diese hier eine davon ist?«

Fanny spürte, wie ihr Herz schneller zu schlagen begann. Hatte sie einen Hinweis auf Gertruds Mörder gefunden?

»Ich habe die Schüssel in Dornbach gefunden«, erklärte Fanny wahrheitsgemäß.

»In Dornbach?«, fragte die Hafnerin überrascht. »Ich dachte, dass Nikolaus Rötzer ein Haus in der Annagasse besitzt und die Schüsseln zum Bewirten seiner Gäste verwenden wollte.«

Vor Aufregung wurden Fannys Hände nun feucht und ihre Kehle trocken. »Seid Ihr sicher, dass Nikolaus Rötzer die Schüsseln gekauft hat? Ihr habt viele Kunden, schließlich ist Euer Geschirr außergewöhnlich schön.«

»Vielen Dank«, sagte Maria Meisel nicht ohne Stolz und fügte bitter hinzu: »Ich tue mein Bestes. Viele Kunden meinen, dass die Ware heute hochwertiger ist als vor dem Tod meines Mannes, aber die Innung erlaubt es mir trotzdem nicht, den Betrieb allein zu führen.«

Fanny verzog traurig das Gesicht. Die Hafnerin war nicht die einzige Frau, der man zukünftig die Ausübung ihrer Tätigkeit verweigerte. Warum glaubten alle, dass eine Frau einen Ehemann brauchte, um ein Handwerk auszuführen? Oder hatten die Männer etwa Angst, dass die Frauen ohne sie erfolgreicher sein könnten als mit ihnen?

Liechti, der ob der langen Pause ungeduldig wurde, stieß Fanny mit dem Ellbogen sanft in die Seite und holte sie in den Töpferladen zurück. Rasch räusperte sich Fanny und wiederholte ihre Frage: »Wie könnt Ihr sicher sein, dass diese Schüssel von Herrn Rötzer stammt?«

»Zum einen befindet sich mein Zeichen auf der Unterseite. Eine kleine Schnecke.« Maria Meisel drehte die Schüssel um und zeigte mit dem Zeigefinger auf eine Schnecke. Wie hatte Fanny sie übersehen können? »Zum anderen kann ich mich genau an die Bestellung erinnern. Herr Rötzer hat darauf bestanden, dass die Ränder der Schüsseln zuerst fein nach oben und dann in einem leichten Bogen nach außen geformt werden.« Nun fuhr die Hafnerin mit Zeige- und Mittelfinger den Rand der Schüssel nach.

»Ich ziehe die Ränder meiner Schüsseln immer sehr dünn hoch, aber ich forme sie für gewöhnlich nicht nach außen. Das ist zwar hübsch, aber unpraktisch. Wer immer die Schüsseln abwaschen muss, hat damit keine Freude.«

Fanny musste Maria Meisel recht geben. Nur ein Mann, der nie am Spülstein stand, konnte diese Form in Auftrag geben.

»Also hat Herr Rötzer selbst die Schüsseln bestellt?«

Frau Meisel schüttelte lachend den Kopf. »Aber nicht doch. Er hat seinen Diener geschickt, er hat die Bestellung in Auftrag gegeben und die Schüsseln zwei Wochen später abgeholt und bezahlt.«

»Herr Rötzer hat die Schüsseln vielleicht gar nicht gesehen«, überlegte Fanny.

»Spätestens beim Essen wird er sie gesehen haben«, sagte die Hafnerin.

Während sie sich mit Fanny unterhielt, schlenderte Liechti durch die Werkstatt. Er hatte sein Interesse am Geschirr längst verloren. Vor einem niedrigen Tischchen, auf dem bunte Broschen lagen, blieb er interessiert stehen und musterte die Stücke.

»Ich brauche Eure Hilfe«, sagte er und winkte Fanny zu sich. Nur widerwillig kam sie seiner Aufforderung nach. Sie überlegte intensiv, was sie mit den neuen Erkenntnissen anfangen sollte. Nur weil eine Schüssel aus Rötzers Hausrat stammte, hieß das noch lange nicht, dass er sie nach Dornbach gebracht hatte. In Gedanken versunken trat sie zu Liechti.

»Welche Brosche gefällt Euch am besten?«, fragte er.

»Wie bitte?«, fragte sie verwundert.

»Hier liegen zehn verschiedene Broschen, welche ist Eurer Meinung nach die schönste?«

Sie waren alle sehr hübsch. Es gab runde und ovale Teile. Alle waren in den gleichen weichen Grüntönen der Schüsseln glasiert. Eine Brosche in der Form eines fliegenden Vogels erregte ihr Interesse. »Die finde ich ganz besonders hübsch«, sagte Fanny. »Für wen wollt Ihr das Schmuckstück kaufen?«

»Mal sehen«, sagte er ausweichend. »Irgendwann werde ich wieder nach Hause zurückkehren. Dann freuen sich sowohl meine Mutter als auch meine Schwester über ein Geschenk.«

Fanny zog belustigt die Augenbrauen hoch. Sicher gab es eine Menge anderer Frauen in Liechtis Leben, die sich ebenfalls über die Brosche freuen würden.

Während Liechti die Brosche in der Hand wog und von allen Seiten musterte, ging Fanny zurück zu Frau

Meisel und besprach mit ihr den Preis für einen Satz Schüsseln. Schnell wurden sie sich einig, und Fanny bestellte zehn davon. Zusätzlich wollte sie eine große Schüssel für Obst und Nüsse. Liechti bezahlte die Brosche, die die Hafnerin in ein Stück grünen Stoff einwickelte und mit einem ebenfalls grünen Band verschnürte.

»In zwei Wochen sind die Schüsseln fertig. Wollt Ihr sie abholen, oder soll ich sie Euch liefern lassen?«, fragte die Hafnerin.

Fanny entschied sich dafür, die Schüsseln selbst abzuholen. »Ich hoffe, dass Ihr Euren Betrieb auch weiterführen werdet. Es wäre ewig schade, wenn Ihr mit dem Töpfern aufhörtet«, sagte sie voller Ernst.

Maria Meisel seufzte: »Leider hat mein Mann nicht nur gerne getrunken, sondern dabei auch gespielt. Er hat mir einen Haufen Schulden hinterlassen. Wer immer mich heiratet, wird nicht nur den Betrieb, sondern auch die Schulden übernehmen. Ich bin nicht mehr jung und kann keine Kinder gebären. Da bleiben nicht viele Interessenten übrig.«

Fanny konnte sich nur allzu gut vorstellen, was für Männer in Frau Meisels Fall übrigblieben. Schon allein der Gedanke ließ sie schier aus der Haut fahren. Die Tatsache, dass die Hafnerin in einer noch schwierigeren Situation steckte als sie selbst, machte ihre eigene nicht leichter. Manchmal wog geteiltes Leid doppelt so schwer.

Niedergeschlagen verabschiedete sich Fanny von Maria Meisel und trat wieder auf die helle Straße, wo zwei lachende Kinder hinter einem dürren Straßenköter herjagten. Fanny sah ihnen nach. Die Kinder verschwanden hinter einem Brunnen, der sich unter einer ausladenden

Linde befand. Ein lauschiger Ort, an dem es sich gut nachdenken ließ.

»Lasst uns eine kleine Pause machen, bevor wir weitergehen«, sagte Fanny und marschierte direkt auf die kleine Holzbank neben dem Brunnen zu. Die letzten Blüten der Linde verströmten einen süßlichen Duft, die Blätter warfen einen herrlichen Schatten auf die Bank. Fanny ließ sich darauf nieder, Liechti folgte ihr und nahm neben ihr Platz. Das leise Plätschern des Wassers verdrängte den Lärm der Straße.

»Das ist ein sehr friedlicher Ort mitten in einer geschäftigen Stadt«, sagte Liechti.

Fanny pflichtete ihm bei. »Es gibt eine Menge dieser Orte in Wien. Trotzdem ziehe ich es vor, auf dem Nussberg zu wohnen.«

»Ihr liebt Eure Weinberge.«

»Ja!«

»Das kann ich gut verstehen«, sagte Liechti. »Meine Familie hat immer in den Bergen gelebt und fühlt sich dort verwurzelt.«

»Und Ihr?«

Liechti zuckte mit den Schultern. »Manchmal fühle ich mich als Getriebener, der ständig auf der Suche nach Neuem ist. Wobei ich Euch nicht sagen kann, wonach ich suche.«

Interessiert drehte Fanny sich zu ihm. Der Schweizer schien ihr plötzlich sehr nah zu sein, nicht weil er knapp neben ihr saß, sondern weil er zum ersten Mal etwas von sich selbst preisgab.

»Könnt Ihr Euch vorstellen, jemals sesshaft zu werden?«, fragte sie neugierig.

Erneut zuckte Liechti mit den Schultern. »Ich weiß es nicht«, sagte er ehrlich. »Aber ich kann mir gut vorstellen, dafür zu sorgen, dass Ihr nicht in eine Situation geratet wie die Hafnerin.«

»Wie meint Ihr das?«

»Um Eure geliebten Weinberge zu behalten, müsst Ihr heiraten«, sagte Liechti nüchtern. Fanny rückte ein Stück von ihm weg. Wie schon zuvor wurden ihre Hände vor Aufregung feucht. Liechtis dunkelbraune Augen schienen sie schier aufzusaugen.

»Ich biete Euch an, Euch zu heiraten«, sagte der Schweizer. Er hielt immer noch das grüne Päckchen der Hafnerin in der Hand und reichte es Fanny.

Sprachlos starrte Fanny darauf, bevor sie danach griff.

»Aber ich kann Euch nicht versprechen, auf ewig bei Euch zu bleiben.«

Für einen Moment presste Fanny die Augen so fest zusammen, bis sie helle Kreise im Dunkeln sah. Dann öffnete sie sie wieder. »Was sagt Ihr da?«

»Ihr seid eine ganz bewundernswerte Frau. Ich mag Euch, und ich will, dass Ihr Euren Traum leben könnt. Den Traum einer Winzerin mit eigenem Weingut. Ihr werdet noch besseren Wein keltern, als Euer Vater es im Moment tut. Aber ich kann Euch nicht versprechen, dass ich auf ewig bei Euch bleibe. Wien ist nett und ordentlich, aber es ist winzig klein. Ich will mehr von dieser Welt sehen. Irgendwann werde ich ein Schiff besteigen und in Richtung Westen segeln. Kolumbus hat Amerika entdeckt. Es gibt so viel zu erforschen. Die Welt ist dabei, sich neu zu definieren, und ich will nicht auf einem Nussberg, so idyllisch er auch sein mag, hocken und all die wunderbaren Dinge bloß aus der Ferne erfahren. Könnt Ihr das verstehen?« Liechti hatte ihre Hände in seine genommen und umschlossen. Er hatte warme, feste Finger, ähnlich wie Sebastian. Ein Gefühl der Dankbarkeit und der Zuneigung machte sich in Fanny breit. Liechtis Angebot war großzügig, weil es sehr ehrlich war. Er belog sie nicht und machte ihr nichts vor. Er bot ihr an, sie zu heiraten, damit sie ihren Traum leben konnte. Gleichzeitig sagte er, dass er sie irgendwann verlassen würde, um in die Neue Welt zu segeln.

»Was wäre, wenn wir Kinder bekämen?«, fragte Fanny.

Liechti schüttelte langsam den Kopf. Er wollte sich damit nicht auseinandersetzen. Fanny müsste Kinder allein großziehen. Auch das war ehrlich. Das grüne Päckchen in ihrer Hand drückte sich fast schmerzhaft in ihre Haut, ihre Knöchel wurden weiß, aber Fanny spürte es kaum.

Behutsam, sehr zärtlich öffnete Liechti Fannys Hand. Nun lag das Päckchen verknüllt darin.

»Es ist kein Ring, aber ich weiß, dass Euch der Inhalt gefällt.« Er lächelte warm. »Vorausgesetzt, Ihr habt vorher nicht gelogen.«

Fanny machte große Augen, während Liechti das Päckchen aufschnürte, die Brosche herausnahm und den Vogel an ihre Schulter heftete. Seine Bewegungen waren langsam, behutsam, so als hätte er Angst, sie könnte aufspringen und davonlaufen.

»Ich habe Euch nicht belogen«, sagte sie leise.

»Das ist gut«, sagte er mit einem Grinsen. »Denn auch ich habe nicht vor, Euch zu belügen.« Seine Augen hatten etwas Vereinnahmendes, dem sich Fanny nicht entziehen wollte. Erneut ergriff er ihre Hände. »Nehmt Ihr mein Angebot an?«

Der dicke Kloß in Fannys Kehle wollte trotz harten Schluckens nicht verschwinden. Nach einer schier endlosen Pause sagte sie: »Ich denke, ich werde kein besseres bekommen.«

»Das denke ich auch, und eines verspreche ich Euch: Solange ich hier bin, werde ich Euch ein wunderbarer Ehemann sein.«

Mit einem Lächeln beugte sich Liechti zu ihr und küsste sie auf den Mund. Seine Lippen waren weich und schmeckten würzig. Es war ein kurzer, aber warmer Kuss und mit Sicherheit besser, als jeder von Michael es je gewesen war. Fanny drängte alle Zweifel, die aufzusteigen drohten, weg und wusste, dass sie soeben eine sehr vernünftige Entscheidung getroffen hatte – und was sonst zählte?

Bevor sie wieder nach Hause reiten konnten, musste Liechti einem Uhrenmacher in der Herrengasse einen Besuch abstatten. Der Mann benötigte seinen Rat bei einem besonders kniffeligen Uhrwerk, das einer von Liechtis Landsleuten angefertigt hatte.

Da Fanny an dem Gespräch nicht teilnehmen wollte, überlegte sie, wie sie ihre Zeit sinnvoll ausfüllen konnte. Der Laden des Uhrmachers war nur wenige Häuser von dem des Richters entfernt, und schon hatte Fanny die Lösung für ihr Problem. Sie wollte Mitzi, der Küchenmagd des Richters, einen Besuch abstatten.

Etwas unsicher, wie sie es anstellen sollte, nach der Magd zu fragen, trat sie zum Dienstboteneingang des Hauses, musste sich aber keine Lüge einfallen lassen, denn wie schon vor ein paar Tagen stand die Küchenmagd beim Brunnen auf dem Platz und schrubbte Gemüse sauber.

Erleichtert lief Fanny auf sie zu. Heute war Mitzi allein, und sie erkannte Fanny sofort.

»Wie schön, dass wir uns so schnell wiedersehen«, sagte Mitzi. Das Mädchen war offensichtlich froh über Abwechslung. Ihre Arbeit war ja auch eintönig und langweilig. »Ich hasse diese Rüben und kann nicht verstehen, warum der Richter sie auch im Sommer essen will. Jeder vernünftige Mensch kocht Rüben nur im Winter, vor allem dann, wenn er genug Geld hat, sich auch andere Leckereien zu leisten.«

Fanny stimmte dem Mädchen zu. Sie konnte die mehlig-süßlichen Rüben ebenfalls nicht ausstehen. »Vielleicht lässt der Richter sie kochen, weil er damit jemandem eine Freude bereiten will«, sagte sie möglichst beiläufig. Sie hoffte, dass Mitzi anbeißen würde, und tatsächlich, das Mädchen lieferte sofort die erwünschte Antwort.

»Ihr meint die aufgetakelte, feine Frau, die seit dem Tod ihres Mannes ständig um den Richter herumscharwenzelt?« Mitzi lachte. »Die mag ganz sicher keine Rüben. Die isst mageres Fleisch, feinen Fisch und süßes Brot. Aber keine Rüben. Nein, die lässt der Richter kochen, weil sie ihm selbst schmecken.«

Fanny horchte interessiert auf. »Eine Witwe umgarnt den Richter?«

Rasch drehte sich Mitzi nach allen Seiten um, aus Angst, jemand könnte ihren Tratsch hören. Aber der Platz, der über keinerlei Schatten verfügte, lag jetzt in der brütenden Mittagshitze leer da. Sie hielt die Hand vor den Mund und flüsterte: »Die Witwe des verstorbenen Ratsherrn Pilhamer geht seit Jahren im Haus des Richters ein und aus.«

»Die Männer waren Freunde. Vielleicht benötigte Frau Pilhamer nach dem Tod ihres Mannes richterlichen Rat«, meinte Fanny.

Mitzi schnaufte verächtlich und ließ die nächste saubere Rübe in den Korb fallen. »Die holt sich seit Jahren richterlichen Rat aus Pernfuß' Schlafzimmer, aber jetzt, da ihr Mann tot ist, will sie nicht nur die Geliebte bleiben, sondern seine Ehefrau werden. Der Richter ist einer der reichsten und mächtigsten Männer der Stadt.«

Am liebsten hätte Fanny das Mädchen umarmt für die Information, die sie ihr so bereitwillig lieferte. Wie gut, dass heute die dicke Frau mit der Warze auf der Nase nicht hier war. »Denkst du, dass der verstorbene Pilhamer von der Untreue seiner Frau etwas geahnt hat?«

Plötzlich schien Mitzi sich daran zu erinnern, dass sie gerade über Dinge plauderte, die besser geheim bleiben sollten. Verunsichert warf sie erneut einen Blick über ihre Schulter. Der Platz war immer noch menschenleer. Bloß eine Katze lief leichtfüßig an einer Hausmauer entlang, um elegant auf ein Fensterbrett zu springen und es sich dort im Halbschatten gemütlich zu machen.

Mitzi senkte ihre Stimme. »Du darfst nichts von dem weitererzählen, was ich gerade gesagt habe. Der Herr bringt mich um, wenn er erfährt, dass ich getratscht habe.«

Fanny hob die Hand zum Schwur und beschwichtigte: »Mach dir keine Sorgen. Mein Mund ist verschlossen. Außerdem bist du sicher nicht die Einzige, die von der Angelegenheit weiß, schließlich hat der Richter noch mehr Dienstboten.«

Mitzi wiegte nachdenklich den Kopf. Für einen Moment fragte sich Fanny, ob das Mädchen auf die feine Witwe eifersüchtig war. Konnte es sein, dass sie den Mann trotz dessen Übergriffe mochte?

In dem Moment wurde ein Fenster im Untergeschoss des Richterhauses aufgerissen. Eine dicke Frau mit weißer Haube rief mit keifender Stimme: »Wie lange brauchst du denn fürs Rübenputzen, du Faulpelz? Wenn das Gemüse bis zum Abend weich gekocht sein soll, brauche ich es jetzt.«

Erschrocken zuckte Mitzi zusammen. »Ich muss los«, sagte sie eilig, packte die sauberen Rüben in den Korb, schlüpfte in die Holzpantoffeln, die sie neben den Brunnen gestellt hatte, und lief polternd los. Nach ein paar Schritten drehte sie sich noch einmal um. »Du hältst dein Versprechen?«

»Ja natürlich«, sagte Fanny und überkreuzte die Finger der rechten Hand hinter ihrem Rücken. Mitzi schien erleichtert. Sie wandte sich wieder zum Haus und rannte weiter. Dabei klapperten ihre Holzpantoffeln über den gepflasterten Platz.

Unterdessen saß Sebastian im Arbeitszimmer des Bürgermeisters. Wegen des heißen Wetters brannte zur Abwechslung kein Feuer im Kamin, es war trotzdem stickig im Raum. Treu schien etwas gegen offene Fenster zu haben, und so war es nicht nur heiß, sondern auch dunkel im Raum, denn durch das dunkelgrüne Butzenglas drang nur spärliches Sonnenlicht. Auf dem Schreibtisch standen zwei Kelche und eine kostbare Glaskaraffe mit rotem Wein. Diesmal befand sich alles auf einem kleinen Silbertablett.

»Ihr nehmt also an, dass Pilhamer mit gefälschten Unterlagen in den Besitz der Ländereien in Hernals und Dornbach gelangt ist, während seine Freunde ihn deckten, um später davon zu profitieren?« In der Stimme des Bürgermeisters lagen Faszination und Abscheu zu gleich großen Teilen. Großzügig und mit etwas zu viel Schwung schenkte er den Wein in die Kelche. Ein paar Spritzer landeten auf dem kleinen Silbertablett, aber immerhin blieb die kostbare Einlegearbeit des Schreibtisches verschont.

»Ich fürchte, dass man nichts davon beweisen kann. Aber es ist doch merkwürdig, dass ausgerechnet nach dem Krieg mit den Osmanen ein Dokument auftaucht, in dem der Letzte der Familie Moser, der Herren von Als, den Ratsherrn Pilhamer als alleinigen Erben einsetzt«, sagte Sebastian. »Pilhamer war der einzige Ratsherr mit adeliger Abstammung. Nur er konnte die Besitzungen samt Lehnsrechten übernehmen. Sobald die Schenkungsurkunde rechtskräftig war, konnte er billig an seine Freunde verkaufen.«

»Das ist eine Ungeheuerlichkeit!«, rief Treu entsetzt. Er stellte die Karaffe zurück, sprang von seinem Stuhl auf und stapfte wütend in seinem Arbeitszimmer auf und ab. Der dicke Teppich aus teurer Wolle dämpfte seine Schritte. »Das Pergament, das Ihr gefunden habt, zeigt bloß den wiederholten Versuch, eine Unterschrift zu fälschen?«, fragte er.

Sebastian nickte zur Bestätigung.

»Das ist schade, denn damit allein werden wir keinen Richter der Welt überzeugen können.«

»Vor allem werden wir Pernfuß nicht davon überzeugen«, meinte Sebastian. »Ich bin sicher, dass er auch von der Sache profitiert hat.«

Abrupt blieb Treu stehen. »Das hat er ganz sicher, und wir können ihm nichts nachweisen. Wie bedauerlich.«

»Ich frage mich, ob die Ratsherren ihr Vorgehen bereits vor dem Fall von Hernals geplant hatten«, sagte Sebastian nachdenklich.

»Ihr meint, dass sie beim Fall der Vororte nachgeholfen haben könnten?«

»Hätten sie denn dazu die Möglichkeiten gehabt?«, fragte Sebastian sichtlich verwirrt. Auf diese Idee wäre er nie gekommen.

»Rötzer und Schacht waren für die Verteidigung der Vororte im Westen zuständig«, erklärte Treu. »Sie waren über jede Einzelheit informiert.«

Sebastian horchte auf. Das könnte viele seiner ungelösten Fragen beantworten.

Treu machte eine kurze Pause. Nachdenklich kam er zum Schreibtisch zurück. »Jetzt verstehe ich endlich, warum Rötzer und Schacht trotz der schwierigen Lagen in den Orten keine Verstärkung angefordert haben. Während des Krieges fragten wir uns immer wieder, warum alle anderen nach mehr Männern verlangten, während die beiden in den Sitzungen schwiegen. Aber die Situation war insgesamt zu dramatisch, deshalb ging niemand den Entscheidungen weiter nach. Später erklärten sie ihr Vorgehen damit, dass die Vororte als verloren galten und jede Hilfe sinnlos gewesen wäre. Wir vertrauten auf ihre Meinung, niemand hätte damit gerechnet, dass die Männer den Fall der Dörfer von Anfang an geplant hatten. Sie wollten gar nicht, dass jemand den Angriff der Osmanen überlebt.« Treu fuhr sich mit der Hand durch den mächtigen Schnurrbart, bevor er wieder damit begann, auf und ab zu laufen.

»War den Menschen in den Dörfern bewusst, dass man sie abgeschrieben hatte?«, fragte Sebastian.

»Nicht allen. Einige wollten ihre Häuser nicht verlassen und bis zum Ende kämpfen, andere suchten um den Schutz innerhalb der Stadtmauern nach.«

»Und haben sie den erhalten?«

Treus Gesicht verfinsterte sich. Er kam zurück zum Schreibtisch und ließ sich schwer auf den Stuhl plumpsen. Die Beine des Möbelstücks knarrten. »In den Wirren der Belagerung gingen einige Befehle unter. Wie in jedem Krieg wurden Fehlentscheidungen getroffen. Sobald der Krieg vorbei ist, denken alle nur noch an den Wiederaufbau. Niemand kümmert sich mehr um die Toten.«

»Könnt Ihr etwas konkreter werden?«

»Einige Männer aus Dornbach hatten darum gebeten, in den Schutz der Stadtmauern zu ziehen, aber die Bitte wurde abgewiesen.«

»Das verstehe ich nicht, es wäre für die Ratsherren doch viel einfacher gewesen, wenn mehr Männer in Sicherheit gewesen wären, um dann geballt die Feinde anzugreifen.«

Voller Unbehagen wand sich Treu in seinem Stuhl, bevor er sprach. »Schacht traf die Entscheidung im Alleingang. Hinterher hat sich herausgestellt, dass er sie nicht hätte treffen dürfen. Aber wie gesagt, wenn die Schlacht vorbei ist, fragt niemand mehr nach, was genau passiert ist.«

»Gibt es eine Liste aller Einwohner von Dornbach?«, fragte Sebastian.

»Das Gemeindebuch wurde beim Brand der Kirche vernichtet«, erklärte Treu.

»Was für ein Glück für Pilhamer, dass ausgerechnet die Schenkungsurkunde vor dem Feuer verschont geblieben ist«, sagte Sebastian bitter und fragte weiter: »Woher wisst Ihr von den Bitten der Dornbacher?«

Wieder rutschte Treu auf seinem Stuhl hin und her. Nun knackte das Möbelstück so laut, dass Sebastian Angst hatte, es könnte zusammenbrechen.

»Ich habe zufällig einen der Briefe gelesen. Ein Sekretär hat das Schreiben versehentlich auf meinen Tisch gelegt und nicht bei Schacht abgegeben«, sagte der Bürgermeister. »Es war die Bitte eines Steinmetzes gewesen. Ein gebildeter Mann und hervorragender Künstler, der mit seiner Familie in die Stadt flüchten wollte. Ich habe Schacht gebeten, dem Mann die Bitte zu gewähren, aber hinterher habe ich erfahren, dass er sie verweigert hat.

Angeblich wurde der Handwerker bei der Verteidigung des Dorfes gebraucht.« Treu griff nach seinem Kelch und trank den Wein in einem Zug leer. Geräuschvoll stellte er ihn auf dem Silbertablett wieder ab. »Es ist eines von vielen grausamen Schicksalen in diesem furchtbaren Krieg. Die Familie starb beim Angriff der Osmanen.«

Ein gebildeter Steinmetz. Sebastian musste an den stummen Mann in Pilhamers Steinbruch denken. Ob er die Familie gekannt hatte? Oder vielleicht selbst der Steinmetz war und doch überlebt hatte? »Könnt Ihr Euch an den Namen der Familie erinnern?«, fragte er.

»Mein guter Mann«, lachte Treu, aber das Lachen erreichte seine Augen nicht. »Ich habe täglich mit so vielen Menschen zu tun, da kann ich mir den Namen eines Steinmetzes, den ich noch dazu nie kennengelernt habe, beim besten Willen nicht merken.«

Als er Sebastians enttäuschtes Gesicht sah, kratzte er sich am Kopf und fügte hinzu: »Der Vorname hat mich an eine wichtige Bibelfigur erinnert.«

Fast alle Vornamen, die Sebastian kannte, stammten aus der Bibel, damit kam er nicht weiter.

»War der Name Johannes?«, fragte er.

»Johannes, Lukas, Markus, ich kann mich nicht mehr erinnern.« Treu schüttelte entschieden den Kopf.

Sebastian seufzte schwer. Obwohl er ständig neue Informationen erhielt, kam er dennoch kein Stückchen weiter.

Wenig später kehrte er nach Hause zurück. Die Sonne stand noch hoch am Himmel. Wenn er sich unverzüglich auf den Weg machen würde, konnte er nach Hernals reiten, den stummen Steinmetz aufsuchen und hoffen, dass er sich an die Familie erinnern konnte. Er würde noch vor Sonnenuntergang wieder zurück sein. In Gedanken versunken, lief er durch die Obere Bäckerstraße und trat auf seine Haustür zu, der Rosenbusch blühte in üppigem Dunkelrot. Noch bevor er öffnen konnte, wurde die Tür von Margarethe aufgerissen. Neben ihr bellte ein dreifarbiger Hund, der ihr bis zu den Knien reichte.

»Was ist das?«, fragte Sebastian und machte einen Schritt zurück.

»Das ist Herkules, ich habe ihn heute Morgen vor den Netzen des Hundefängers gerettet. Der Mann hätte den armen Hund erschlagen. Seither weicht er mir nicht mehr von der Seite.« Wie um Margarethes Worte zu bekräftigen, schmiegte sich das Wollknäuel an ihren Unterschenkel. Dabei ließ das Tier Sebastian nicht aus den Augen.

»Wie lange wird das Vieh bleiben?«, fragte Sebastian.

»Natürlich für immer!«

»Das kann nicht dein Ernst sein.«

»Komm erst einmal herein. Wir haben schon auf dich gewartet«, sagte Margarethe. »Matthias ist da, und er hat Neuigkeiten für dich.«

Als Sebastian durch seine eigene Haustür schreiten wollte, knurrte der Hund ihn an.

»Pst«, zischte Margarethe und erklärte dem Hund. »Das ist mein Bruder, er wohnt hier.«

»Glaubst du ernsthaft, der Köter versteht dich?«

»Aber natürlich. Herkules ist sehr schlau. Sieh nur, er hat mit dem Knurren schon aufgehört und wedelt mit dem Schwanz. Das heißt, er mag dich.«

»Wie schön«, murmelte Sebastian. Der Hund beschnüffelte seine Beine und wedelte noch stärker mit dem Schwanz. Sicher würde er gleich in die Luft abheben. Wie ein Helix Pteron.

»Wer hat sich den Namen Herkules ausgedacht?«, fragte Sebastian und blickte das Tier, dessen Beine zu kurz und dessen Ohren zu lang geraten waren, voller Abscheu an.

»Ich natürlich.«

»Du gibst einem kleinen Straßenköter den Namen eines griechischen Halbgottes?«

Margarethe zuckte mit den Schultern. »Matthias und ich haben zwei Stunden lang alle möglichen Namen ausprobiert. Beim Namen Herkules ist er aufgesprungen und hat begeistert gebellt. Nicht wahr, Herkules?« Margarethe beugte sich zu dem Tier und kraulte es hinter den Ohren. So als könnte der Hund sie verstehen, leckte er die Hand seiner neuen Besitzerin.

»Ich weigere mich, den kleinen Köter so zu nennen. Für mich bleibt er einfach der Hund, der hoffentlich bald wieder verschwindet.«

»Dann wird er nicht auf dich hören. Komm, Herkules«, sagte Margarethe und ging voraus in die Stube. Herkules und Sebastian folgten ihr.

Welche Neuigkeiten konnte Matthias Zotter für Sebastian haben? Ob es schon wieder einen Toten zu beklagen gab? Aber ein Blick in Matthias' Gesicht beruhigte Sebastian auf der Stelle. Der Medikus wirkte so unaufgeregt wie immer. Er saß entspannt in der Stube. Das einzige Problem, das er zu haben schien, war ein Stück Kuchen auf einem Teller auf dem Tisch vor ihm. Das Stück hatte eindeutig zu lange im Ofen gelegen, und Zotter sah aus, als überlegte er, wie er das Stück verschwinden lassen konnte, ohne es zu essen.

»Grüß dich«, sagte Sebastian und ließ sich neben ihm auf einem Stuhl nieder.

»Willst du ein Stück Kuchen?«, fragte Matthias hoffnungsvoll.

Obwohl Sebastians Magen knurrte, lehnte er dankend ab. Sicher hatte Margarethe noch weitere Stücke in der Küche liegen, die er später essen musste.

»Du hast Neuigkeiten?«, fragte er.

»Ja«, sagte Matthias. Er kratzte mit dem Löffel die äußerste Kruste des Kuchens ab und musste feststellen, dass auch die untere Schicht zu dunkel war. »Gestern hatte ich Besuch von einem Patienten, den ich während der letzten Tage der Belagerung behandelt habe.«

»Ich geh in den Garten«, informierte Margarethe sie beide und verließ den Raum. Herkules schien zu überlegen, entschied sich aber zu bleiben. Offensichtlich traute er dem Neuankömmling noch nicht. Er wollte Sebastian nicht aus den Augen lassen.

»Ich habe den Vorfall völlig vergessen«, sprach Zotter weiter. »Du kannst dich sicher an die letzten Tage des Krieges erinnern. Chaos und Angst beherrschten die Stadt. Ich wurde ständig zu Notfällen gerufen und wusste nicht, wen ich zuerst behandeln sollte. Die unterernährten Kinder, die kranken Mütter oder die verwundeten Väter.«

Nur zu gut waren Sebastian die schrecklichen Tage noch in Erinnerung. Die Lebensmittel waren knapp geworden, die Kinder weinten, weil ihre Bäuche leer waren, und die Klöster waren zum Bersten voll gewesen. Ständig hatte man damit rechnen müssen, dass die Osmanen mit ihren Sprengungen Erfolg hatten.

»An einem der Abende wurde ich in Rötzers Haus gerufen«, erzählte Zotter weiter.

Nun hatte der Medikus Sebastians volle Aufmerksamkeit.

»Ich habe einfach nicht mehr daran gedacht«, entschuldigte sich Zotter. »Es waren so viele Verletzte gewesen, die ich behandelt hatte.«

»Das kann ich gut verstehen, sprich einfach weiter.«

»Der Verwundete war ein Bote. Franz Sollinger. Er hatte Informationen über den Kampf in Dornach und Hernals nach Wien gebracht. Dabei war er schwer verletzt worden. Sein Auftraggeber Nikolaus Rötzer hatte den Mann aufgegeben. Er beauftragte seinen alten Diener, einen Priester zu holen, der aber entschied sich gegen das Wissen seines Herrn für einen Medikus. Als ich in der Annagasse eintraf, war Sollinger tatsächlich mehr tot als lebendig. Ich habe die Wunde gesäubert und genäht. Der Diener hat mich mit Sollingers Lohn bezahlt. Anschließend hat er den jungen Mann zu den Dominikanerinnen bringen lassen. Die Schwestern haben ihn gepflegt, deshalb habe ich ihn aus den Augen verloren und wie gesagt völlig vergessen. Bis er gestern bei mir auftauchte.«

»Was wollte er von dir?«

»Er hatte großes Glück. Sein Bein ist wunderbar verheilt, aber nun ist der Arme bei der Reparatur seines Dachs von der Leiter gestürzt und hat sich den Oberarm gebrochen. Ich habe den Arm geschient und verbunden und mich dabei erinnert, dass dein Interesse unter anderem dem Ratsherrn Rötzer gilt. Deshalb habe ich mir erlaubt, dem jungen Boten ein paar Fragen zu stellen.«

Matthias hielt inne. Neben seinen Füßen saß Herkules und jaulte leise.

»Ob er auch Kuchen frisst?« Zotters Gesichtszüge hellten sich auf.

»Straßenköter fressen alles.«

Vorsichtig warf der Medikus ein Stück von dem dunklen Kuchen auf den Boden, und sofort machte der Hund sich darüber her. Auch das zweite und das dritte Stück fraß er begeistert auf. Erst als der letzte Brösel vertilgt war, schleckte er sich zufrieden über die Schnauze und schien zu überlegen, ob er lieber bei seinem neuen Futtergeber bleiben oder zu Margarethe in den Garten laufen sollte. Er entschied sich vorerst für Zotter.

»Denkst du, der Hund wird Margarethe begleiten, sollte sie sich irgendwann für eine Ehe mit mir entscheiden?«

»Das will ich stark hoffen«, sagte Sebastian. »Hat Margarethe sich denn schon konkret geäußert?«

»Ich bin näher an meinem Ziel als je zuvor und hoffe, dass du keinerlei Einspruch erheben wirst.«

»Machst du Scherze?«, fragte Sebastian empört. »Ich würde mich für euch freuen, und neben dem Hund kriegst du auch eine Ziege und eine Katze und zwei Hühner. Wobei, die legen gute Eier.« Sebastian schüttelte kurz den Kopf. Im Moment gab es Wichtigeres als Eier. »Was hat der Mann erzählt?«, fragte er.

»Leider nicht viel. Aber ich bin mir sicher, dass er etwas zurückhält. Ich denke, es wäre gut, wenn du ihm einen Besuch abstattest und ihm ein wenig auf den Zahn fühlst. Ich hatte den Eindruck, dass er Angst hat und möglichst unauffällig leben möchte. Er wohnt am Salzgrieß. Das Haus, in dem sich seine Wohnung befindet, ist bei den Kämpfen schwer in Mitleidenschaft gezogen worden. Lass dich davon nicht schrecken.«

»Ich bin Bauingenieur. Desolate Häuser schrecken mich nicht.«

»Ich habe dich gewarnt«, sagte Zotter, stand auf, um zu Margarethe in den Garten zu gehen. Herkules folgte ihm auf den Fuß.

Aufgrund der neuen Informationen beschloss Sebastian, die Stadt doch nicht zu verlassen, sondern lieber einen Spaziergang zum Salzgrieß zu unternehmen. Deshalb marschierte er durch die Obere Bäckerstraße bis zur Rotenturmstraße. Knapp vor der Stadtmauer hörte er jemanden seinen Namen rufen. Überrascht drehte er sich um und erblickte Rudolf, der ihm mit wehender Mönchskutte hinterherlief.

»Deine Schwester ... hat mir gesagt, dass ich dich ... auf dem Weg zum Salzgrieß finden werde. Ich habe dich knapp ... verpasst.« Er war außer Atem und hielt sich beide Hände in die rechte Seite, um das Stechen zurückzudrängen. Auf seiner hohen Stirn standen Schweißtropfen, sein schmales Gesicht war kreideweiß, und für einen Moment hatte Sebastian Angst, der Freund könnte kollabieren.

»Was ist denn so dringend, dass du atemlos durch die Stadt läufst?«

»Es geht ... um Thomas Mores ... ›Utopia‹!«

Überrascht zog Sebastian beide Augenbrauen nach oben. Er hatte gewusst, dass es sich um ein vieldiskutiertes, umstrittenes Werk handelte, aber dass es so außergewöhnlich war, dass Rudolf dafür durch die halbe Stadt rannte, das hatte er nicht geahnt. »Sollen wir uns einen Platz zum Hinsetzen suchen?«, fragte er.

Rudolf verneinte. Sein Gesicht bekam langsam wieder Farbe. »Es geht schon wieder. Vielleicht sollte ich öfter mal im Klostergarten mitarbeiten, wie der Prior mir geraten hat.«

Sebastian verkniff sich eine Antwort. Er würde Rudolf zu weit mehr körperlicher Arbeit raten. Doch statt seine böse Bemerkung loszuwerden, fragte er: »Was ist an dem Buch so besonders?«

»Mores Ansätze sind interessant, aber meiner Meinung noch äußerst wirr ausgeführt. Der Text hätte die sorgfältige Überarbeitung eines Philosophen oder Gelehrten bedurft, damit daraus eine wissenschaftlich relevante Schrift wird. Das eigentlich Interessante an dem Buch sind die Randnotizen. Manchen Leuten sollten man keine Bücher überlassen«, schnaufte Rudolf verächtlich. »Schacht hat das Buch mit lauter unsinnigen Bemerkungen vollgeschmiert.«

»Was hat er denn geschrieben?« Plötzlich bereute Sebastian es, nicht selbst in das Buch hineingelesen zu haben.

»Lauter Unsinn! Der Mann glaubte, in den Worten Mores Ketzerei zu erkennen, und zog Parallelen zu Luther, was völlig absurd ist. In Luther wiederum sah Schacht den personifizierten Teufel.«

»Ein religiöser Eiferer?«, fragte Sebastian.

»Mit Sicherheit! Einer, der sich anmaßt, Thomas More als Ketzer zu bezeichnen, und für Luther den Scheiterhaufen fordert, weil beide seiner Meinung nach ›Söhne des Höllenfürsten‹ sind.«

»Hat er das so formuliert?«

»So und noch schlimmer.« Rudolfs Atem hatte sich nun wieder vollständig beruhigt. Er griff nach der Umhängetasche, die ihm seitlich bis zur Hüfte reichte, und holte das Buch mit dem roten Leineneinband hervor. Zielsicher schlug er die Seite auf, die er zuvor mit einem roten Band markiert hatte. »Hier, schau!« Rudolf fuhr mit seinem schmalen Zeigefinger über die Schrift und hielt bei einer Randnotiz in krakeligen, winzigen Buchstaben an.

»Ich kann es nicht lesen, es ist zu klein«, sagte Sebastian. Er kniff die Augen zusammen, aber ohne Erfolg. Die Schrift war zu winzig, ohne Rudolfs großes Leseglas konnte er die Buchstaben nicht entziffern.

Rudolf las es ihm vor: »›Worte sind so abstoßend wie die Ideen des Eislebeners.‹ Damit meinte er zweifelsohne Luther.«

Der Satz erschien Sebastian nicht besonders aggressiv. Rudolf blätterte drei Seiten weiter und las: »Dieser Mann ist ein Problem, und es gibt nur eine Lösung: den Scheiterhaufen.«

Diese Worte klangen schon ganz anders. »Es scheint, als wäre Schacht ein sehr unangenehmer Zeitgenosse gewesen«, sagte Sebastian und runzelte die Stirn. Diese Form des religiösen Eifers war ihm zutiefst zuwider.

Rudolf dachte ähnlich, mit Daumen und Zeigefinger blätterte er die Seiten durch und sagte voller Abscheu: »Das ganze Buch ist voll mit diesen Bemerkungen. Er beschimpft More als Ketzer, wünscht ihm den Tod und meint, dass alle, die dieses Buch weiterverbreiten, ebenfalls gevierteilt oder am Scheiterhaufen brennen sollten. Es wird Wochen dauern, vielleicht sogar Monate, bis ich all diese unsinnigen Kritzeleien wieder aus dem Buch entfernt habe. Viele Eintragungen werden für immer einen blassen Abdruck hinterlassen.«

Sebastians Gedanken waren nun nicht mehr bei Rudolf und seiner Arbeit, sondern bei Treu und dem, was er ihm über Schachts Rolle im Krieg gegen die Osmanen erzählt hatte. Ob es einen Zusammenhang zwischen Schachts Entscheidungen und seinem religiösen Fanatismus gab? Ob er den Männern aus Hernals den Schutz der Stadtmauern verweigert hatte, weil er der Ansicht war, die Ketzer sollten im Kampf fallen?

Wieder tauchten neue Fragen auf. Es war zum Verzweifeln. Je mehr Fragen er sich stellte, umso weniger Antworten fielen ihm ein.

»Hörst du mir eigentlich zu?«, fragte Rudolf vorwurfsvoll. Sebastian sah den Freund verwirrt an. Er hatte seine letzte Frage nicht gehört. »Wie bitte?«

»Ich habe dich gefragt, ob du einverstanden bist, dass ich die Kommentare des Bücherschänders beseitige?«

»Selbstverständlich«, sagte Sebastian. Ob Frau Schacht von den Notizen wusste und Sebastian deshalb das Buch geschenkt hatte?

»Gut, dann will ich dich nicht weiter aufhalten«, sagte Rudolf. »Ich werde unverzüglich mit der Arbeit beginnen, damit das Buch wieder lesbar wird.«

Sebastian musterte den Freund amüsiert, dessen zentraler Lebensinhalt Bücher waren. »Aber vorher solltest du ein paar Runden durch euren Kreuzgang laufen.«

Entsetzt schüttelte Rudolf den Kopf. »Für heute hatte ich genug körperliche Ertüchtigung. Ich will ja kein griechischer Athlet aus der Antike werden.«

Sebastian konnte sich ein Grinsen nicht verkneifen, als er sich bedankte und von Rudolf verabschiedete.

Nach der Begegnung setzte er seinen Weg in Richtung Salzgrieß fort. An der Stadtmauer wandte er sich nach links, wo der wichtigste Hafen der Stadt lag. Hier landeten alle Handelsschiffe, die die Donau stromabwärts fuhren oder stromaufwärts entlang der Treidelwege mit Lasttieren und Seilen gezogen wurden. Im Moment lagen zwei große Zillen aus Ulm und Passau im Hafen, deren Ladung gerade gelöscht wurde. Müde aussehende Matrosen trugen Säcke mit gepökeltem Fisch und Wolle aus dem Norden über schmale Holzblanken an Land. Hinter den Schiffen aus dem Nordwesten lag auch ein Schiff aus dem Osten am Kai. Es war die Donau aufwärts getreidelt worden. Die erschöpften Maultiere und müden Männer ruhten sich im Schatten der Bäume am Flussufer aus. Einige tranken Bier, andere dösten vor sich hin, während die Matrosen mit Hilfe von Kränen und Flaschenzügen schwere Steine an Land hievten. Kalkstein aus dem Leithagebirge.

Hätte Sebastian mehr Zeit gehabt, wäre er gerne für einen Moment stehen geblieben. Er mochte die Stimmung am Hafen, die Mischung verschiedener Sprachen und Dialekte, die ihm eine Vorstellung davon gab, wie vielfältig die Kulturen und Völker waren, die sich im Laufe der Jahrhunderte entlang der Donau angesiedelt hatten. Heute jedoch blieb er nicht stehen, sondern ging mit ausladenden Schritten an den Zillen und den müden Maultieren vorbei. Er passierte die Ruprechtskirche und gelangte zum Salzgrieß. Es dauerte eine Weile, bis er das Haus fand, in dem Hans Sollinger wohnte.

Tatsächlich entsetzt ob des baufälligen Zustands, in dem das Gebäude sich befand, stand Sebastian im Hof und blickte sich besorgt um. Das Dach war praktisch nicht mehr vorhanden. Bloß ein paar Schindeln lagen lose auf brüchigen Dachbalken. Eine wackelige Holztreppe ohne Handlauf führte zu den Galerien in drei Stockwerken. Wenn Sollinger nicht zu Hause war, würde Sebastian sich unnötigerweise der Gefahr aussetzen, sich den Hals zu brechen.

»Zu wem wollt Ihr?« Die aufgeweckte Stimme eines

Mädchens riss ihn aus seinen Überlegungen. Das Kind hatte zwei Zöpfe, die lustig zu beiden Seiten vom Kopf abstanden.

»Zu Franz Sollinger. Weißt du zufällig, ob er zu Hause ist?«

»Ja, der Franz ist da. Er wohnt im zweiten Stock, die letzte Tür auf der Galerie.«

Nun wusste Sebastian, dass es sich lohnen würde hinaufzusteigen. Kurz überlegte er, ob er das Mädchen, das deutlich weniger Körpergewicht hatte, zu Sollinger schicken sollte. Aber als er sich umdrehte, war das Kind schon wieder zu seinen Freunden gelaufen, die am Donauufer spielten und flache Steine ins Wasser warfen, so dass sie mehrere Male aufsprangen. Ein kleiner Junge in einem langen Hemd war besonders gut darin. Sein Stein sprang achtmal hintereinander auf der Wasseroberfläche auf. Sebastian war beeindruckt.

Dann drehte er sich wieder zum desolaten Haus und holte tief Luft. Es wäre ausgesprochenes Pech, wenn die Treppe gerade heute zusammenbrechen würde. Vorsichtig stieg er eine Stufe nach der anderen hoch, hielt sich dabei dicht an der Hausmauer und bemühte sich, nicht nach unten zu schauen. Es war ihm ein Rätsel, weshalb er noch nicht über den Zustand dieses Hauses informiert worden war. Konnte es sein, dass ein Antrag bereits auf seinem Schreibtisch lag und er ihn unter all den anderen Anträgen, Bewilligungen und Beschwerden übersehen hatte? Sobald er wieder im Rathaus war, wollte er der Sache nachgehen.

Hinter den Türen, die von der Holzgalerie in kleine Wohnungen führten, waren Stimmen zu hören. Sebastian nahm die Stimmen von kleinen Kindern wahr. Eine Frau schimpfte. Es roch nach fauligem Kohl, Linsen und ranzigem Fett. Wer hier wohnte, konnte sich nichts anderes leisten.

Im zweiten Stockwerk angelangt, schob er sich langsam bis zum Ende der Galerie und hielt kurz inne. Ein breiter Spalt zog sich quer durch die zusammengeleimte Holzplatte. Würde Sebastian zu fest klopfen, würde die Tür auseinanderfallen, deshalb schlug er bloß sacht mit dem Knöchel seines Zeigefingers gegen das morsche Holz. Trotz des leisen Geräusches öffnete sich die Tür nur wenige Augenblicke später. Der Mann, der vor ihm stand, war mager. Sein Gesicht war fein geschnitten mit einer klassischen Nase, die an römische Statuen erinnerte, die Sebastian aus den Büchern von Da Vinci kannte. Aber die Haut hatte eine ungesunde, fast graue Farbe. Sicher war der Bursche vor dem Krieg bei den Frauen beliebt gewesen. Jetzt wirkte er bedauernswert.

»Ja bitte?«, fragte er misstrauisch.

»Ich bin Sebastian Grün, Bauingenieur der Stadt und Beauftragter im Mord an Philipp Schacht und Laurentius Pilhamer.«

Zum Misstrauen in den grünen Augen mischten sich nun Angst und Unsicherheit. Es war nicht klar, was den Mann mehr beunruhigte. Die Tatsache, dass Sebastian für baufällige Gebäude zuständig war, oder seine Untersuchungsaufgabe in den beiden Mordfällen.

»Das Haus wird saniert«, sagte der junge Mann rasch. Die Verzweiflung in seiner Stimme war nicht zu überhören. »Wenn die Stadt es abreißen lässt, stehen wir alle auf der Straße. Sechs Familien, eine Mutter, die allein drei Kinder großzieht, zwei alte Leute und ich. Wir können uns die Miete nirgendwo anders leisten.«

Damit war Sebastians Frage beantwortet. Der Mann

fürchtete sich vor ihm in seiner Rolle als Bauingenieur. Er fragte: »Darf ich reinkommen?«

Widerwillig öffnete Sollinger die Tür und ließ Sebastian eintreten. Die Wohnung bestand aus einem einzigen Raum, in dem es ein Bett und eine Truhe gab. Die Wände waren feucht und voller Schimmel. Breite Risse durchzogen die Decke. Sebastian kam zu dem Schluss, dass man einen gewissen Todeswunsch in sich tragen musste, um hier Tag für Tag zu wohnen. Selbst auf der Straße erschien ihm das Übernachten erfreulicher zu sein als in diesem Raum. Sebastian versuchte, das Bild zu ignorieren und sich darauf zu konzentrieren, weshalb er hier war.

»Ihr habt während der Türkenbelagerung für den Ratsherrn Philipp Schacht gearbeitet, stimmt das?«

Sollinger setzte sich auf sein Bett und forderte Sebastian auf, sich auf der Truhe niederzulassen. Er nickte.

»Matthias Zotter ist der Verlobte meiner Schwester, er hat mir gesagt, dass Ihr bei einem Eurer Aufträge schwer verletzt wurdet.«

Unruhig rutschte der junge Mann auf dem Bett hin und her. Jetzt erst sah Sebastian, dass sein rechter Arm geschient war. Bis jetzt hatte seine Aufmerksamkeit ausschließlich dem Raum gegolten. »Ich kann Euch nichts von jener Nacht erzählen. Ich war schwer verletzt und habe das Bewusstsein verloren«, sagte Sollinger. Noch während er sprach, wusste Sebastian, dass der Mann log. Er spürte, dass Sollinger große Angst hatte. Er wusste etwas, das er unbedingt geheim halten wollte.

»Wem gehört dieses Haus?«, fragte Sebastian möglichst beiläufig und sah sich neugierig im feuchtkalten Raum um.

»Theresa Zettel. Sie ist die Witwe eines Kapitäns, der

jahrelang auf der Donau gefahren ist und mit seinem Gewinn dieses Mietshaus gekauft hat. Vor ein paar Jahren ist er gestorben. Der Witwe fehlt das Geld. Sie kann die Wohnungen nicht sanieren.«

»Ich nehme an, sie verlangt trotzdem Miete.«

Sollinger schnaufte empört. »Natürlich kassiert sie. Aber sie legt das Geld lieber in Schnaps an, und wir Mieter können sie nicht daran hindern.« Sebastian wollte antworten, aber Sollinger hielt ihm den gesunden Arm ausgestreckt entgegen. »Trotzdem ist die Wohnung billiger als alles andere in der Stadt. Wir sind zufrieden.«

Mit »wir« meinte Sollinger wohl die Mieter des Hauses. Sebastian nahm sich mit seiner Antwort Zeit. Langsam stand er auf und schritt bedächtig die Kammer ab, was nicht sehr viel Zeit in Anspruch nahm, drei große Schritte in jede Richtung.

»Die Stadt kann Zettel dazu verpflichten, das Haus zu sanieren«, sagte er.

Sollinger schüttelte heftig den Kopf. »Das kann sich die Alte nicht leisten, dann muss sie verkaufen. Wenn ein reicher Kaufmann das Haus übernimmt und saniert, werden die Mieten erhöht, und wir alle landen auf der Straße.«

Natürlich hatte Sollinger recht, aber Sebastian wusste, dass es in Wien immer Wege gab, Vorschriften zu umgehen, Sondergenehmigungen zu erwirken und Geld aus den Steuertöpfen zu erhalten. »Eine Hand wäscht die andere«, sagte er. Zum ersten Mal in seinem Leben war er an einem Punkt angelangt, an dem er sich dieses System zunutze machen wollte. Nicht zu seinem persönlichen Vorteil, sondern um endlich Licht in die Sache zu bringen und dem Mörder ein Stück näher zu kommen.

»Es gibt einen Weg, Maria Zettel zur Sanierung zu

verpflichten und die Mieten nicht ansteigen zu lassen.« Sebastian war davon überzeugt, dass Treu ihm zustimmen würde, schließlich ging es darum, die korrupte Vorgehensweise der Ratsherren zu beweisen.

»Ich nehme an, dass Ihr etwas von mir wollt, damit das passiert«, sagte Sollinger. Der Mann kannte sich mit den Methoden der Korruption aus.

»Ihr müsstet mir von dem Abend erzählen, an dem Ihr verletzt im Haus des Ratsherrn Rötzer Bericht erstattet habt.«

Unbehaglich knetete Sollinger die Hand seines verletzten Arms. Die Finger sahen kalt und blutleer aus.

»Ich war wirklich benommen und habe mein Bewusstsein verloren«, sagte er vorsichtig. Sebastian wartete. »Aber ich habe deutlich gehört, wie die Männer über eine Schenkungsurkunde sprachen.«

Am liebsten hätte Sebastian vor Freude gejubelt. Stattdessen ließ er sich wieder auf der Truhe nieder. Ein zu lauter Jubelschrei hätte die Wände vielleicht zum Einsturz gebracht. Sollte er ein schlechtes Gewissen haben ob seiner Vorgehensweise, die außerhalb des Gesetzesrahmens lag? Er entschied sich für ein klares Nein, denn er schlug die Ratsherren bloß mit ihren eigenen Waffen. Mit jedem Wort, das Sollinger sprach, wurden Sebastians Vermutungen bestätigt. Die Ratsherren waren weder die rechtmäßigen Besitzer von Ländereien noch von Steinbrüchen, Kalkbrennereien oder Ziegeleien. Sie hatten Urkunden gefälscht und anschließend Scheingeschäfte getätigt, um den Besitz unter sich aufzuteilen. Die Frage, wer der Mörder war, blieb leider auch weiterhin ungelöst.

Trotz des wolkenfreien, sternenklaren Himmels war es finster, denn der Mond war bloß eine schmale Sichel. Morgen würde er völlig vom Nachthimmel verschwunden sein. Nikolaus störte die Dunkelheit nicht. Für das, was er vorhatte, brauchte er kein Licht. Er würde den Mörder auch in der Finsternis zur Strecke bringen. Zwar schien sich der Mann in der Kalkbrennerei auszukennen, denn er hatte einen Treffpunkt fernab der Öfen, die auch nachts befeuert wurden, ausgewählt, doch Nikolaus war ihm als Besitzer des Geländes im Vorteil. Er kannte jeden Stein, jeden Mauervorsprung und wusste, wo man sich verstecken konnte. Es gab nichts, worauf er nicht vorbereitet wäre. In seinem Gürtel steckten das Schwert seines Vaters und der Dolch, den er selbst als junger Mann bekommen hatte. Er war im Umgang mit beiden Waffen bestens vertraut.

Schon von weitem roch er die Holzkohle in den Brennöfen. Nikolaus machte einen Bogen um die Öfen und führte sein Pferd in den hinteren Teil des Geländes, vorbei an der Kapelle, an den Baracken der Arbeiter und am neu errichteten Hauptgebäude, wo sich seine durchaus komfortablen Arbeitsräume befanden. Der Mörder wollte ihn im alten Steinbruch treffen. Dort, wo sich der

Abbau seit Jahren nicht mehr lohnte, weshalb Nikolaus auf die Lieferungen aus Laurentius' Steinbrüchen angewiesen war.

Nikolaus lenkte sein Pferd zu einem Apfelbaum und stieg ab. Er wollte zu Fuß weitergehen. Überrascht, dass seine Hände etwas zitterten, band er das Pferd an. Warum fürchtete er sich? Er war dem Mörder überlegen, das hatte er sich immer und immer wieder vorgesagt, so lange, bis er fest daran glaubte. Dennoch zitterte er jetzt. Verdammt!

Er zog sein Schwert aus der Scheide. Der kalte Stahl beruhigte ihn. Schwer wog die Waffe in seiner rechten Hand, sein Vater hatte damit gegen den Ungarnkönig Matthias Corvinus gekämpft, der gedacht hatte, Wien für sich einnehmen zu können. In der Linken lag der Griff seines Dolchs. Was also sollte ihm passieren?

Vorsichtig blickte er sich um. Das nächtliche Zirpen der Grillen sowie vereinzelte Rufe eines Käuzchens und einer Eule waren die einzigen Geräusche, die er hörte. Rechts von ihm lag der Hügel des ehemaligen Steinbruchs. Die Fläche war größtenteils mit niedrigen Büschen überwachsen, nur an manchen Stellen blitzten noch Reste des hellen Kalksteins hervor. Bestenfalls ein Zwerg hätte sich hier verstecken können.

Links von ihm standen Obstbäume. Natürlich könnte der Mörder hinter einem der alten knorrigen Gewächse auf ihn lauern. Aber es müsste sich um einen sehr dünnen Mann handeln, der sich noch dazu nicht bewegte, denn kaum würde er einen Schritt zur Seite machen, konnte Nikolaus ihn sehen und sich mit seinem Schwert auf ihn stürzen.

Es bestand also kein Grund zur Angst. Nikolaus würde wie vereinbart bei der alten Edelkastanie auf den

Mörder seiner Freunde warten. Der Mann wollte Gerechtigkeit haben, und die sollte er bekommen. Ein für alle Mal.

Die ausladenden Äste des alten Baums waren nur noch wenige Schritte von ihm entfernt. Dennoch ging Nikolaus langsam, vorsichtig und wachsam. Konzentriert hörte er auf jedes Geräusch. Ein Rascheln ließ ihn anhalten. Es war von rechts gekommen. Vielleicht ein Mader, der eine Maus jagte. Nikolaus blieb stehen und lauschte in die Dunkelheit. Aber das Geräusch war schon wieder verschwunden. Er blickte sich nach allen Seiten um, nichts hatte sich verändert. Alles war noch genau so, wie es sein sollte.

Er wandte sich wieder dem Kastanienbaum zu. Hockte hinter dem Stamm ein Mann und lauerte? Nikolaus kniff die Augen zusammen, um in der Dunkelheit besser zu sehen. Etwas stand seitlich vom Stamm hervor. Ein Hammer? Eine Axt oder bloß ein Ast?

Möglichst geräuschlos wandte er sich zur Seite. Es war bloß ein Ast, und Nikolaus fühlte sich seltsam erleichtert. Gleich hatte er den Baum erreicht. Von dort aus konnte er das Gelände in alle Richtungen überblicken. Er würde den Mörder kommen sehen. Es war alles kein Problem. Er hatte die Situation wunderbar im Griff. Natürlich, er war ja auch Nikolaus Rötzer. Ratsherr von Wien und neben Pernfuß der mächtigste und reichste Mann der Stadt.

Er hörte das Surren zu spät, und fast zeitgleich spürte er den dumpfen Schlag gegen seinen Kopf. Ein Felsbrocken in der Größe einer Männerfaust traf ihn zwischen Nacken und Schädelknochen. Der Schmerz durchfuhr ihn mit einer gewissen Verzögerung, so als ließe der Körper dem Gehirn etwas Zeit, um zu begreifen, was passiert war. Langsam ging Nikolaus in die Knie. Eine Steinschleuder, dachte er verwirrt. Wie unglaublich feige und hinterhältig zugleich. Er hörte die Schritte, die sich von hinten näherten, aber er hatte keine Kraft, sich umzudrehen. Er kämpfte damit, sich kniend aufrecht zu halten. Mit der Rechten umklammerte er immer noch sein Schwert, unfähig, es hochzuheben. Langsam sackte er zusammen. Sein Kopf schlug auf dem weichen Erdboden auf. Vor seinen Augen wurde es schwarz. Aber er war noch bei Bewusstsein. Er spürte, wie der Mörder sich über ihn beugte, und hörte ein Rascheln. Vielleicht ein Sack, der geöffnet wurde.

Feiner Staub rieselte auf ihn nieder, wie Sand so weich, aber mit höllischen Folgen. Kaum berührten die Körnchen seine Haut, breiteten sich höllische Schmerzen aus. Es war, als würde er bei lebendigem Leib verbrennen. Nikolaus schrie auf, aber nur kurz, denn selbst dazu fehlte ihm die Kraft. Wimmernd und zuckend rang er auf dem Boden liegend nach Luft. Es dauerte schier eine Ewigkeit, bis ihn endlich eine erlösende Dunkelheit umschloss und seinem schmerzhaften Kampf ein gnädiges Ende bereitete.

Beim Frühstück erzählte Margarethe ihrem Bruder, dass sie am Tag zuvor Matthias' Drängen nachgegeben hatte und ihn im September heiraten wollte. »Ich hoffe, du hast keine Einwände.« Margarethe errötete bei der Frage, bückte sich und kraulte Herkules verlegen den Kopf, anstatt Sebastian anzusehen.

»Natürlich nicht«, erwiderte er schnell, ohne genau über seine Worte nachzudenken. Natürlich gönnte er seiner Schwester das Glück, schließlich mochte er den Medikus und hatte sie selbst dazu ermutigt. Aber jetzt, da die Entscheidung gefallen war, fühlte er sich plötzlich im Stich gelassen. »Herbst, das ist sehr bald«, sagte er vorsichtig.

»Wenn es dir zu schnell geht, können wir auch warten. Matthias muss ohnehin noch offiziell bei dir um meine Hand anhalten.«

»Was soll der Unsinn?«, fragte Sebastian harsch. »Wenn ihr im Herbst heiraten wollt, dann werdet ihr das auch tun.«

»Danke!« Margarethe trat zu ihrem Bruder und nahm ihn in den Arm. Eine äußerst seltene Geste von ihr. Sebastian roch an ihrem Haar, es erinnerte ihn an seine Kindheit, an Angst, Unsicherheit und Schrecken. Wie schade, dass er mit dem Duft seiner Schwester stets an das Leid erinnert wurde, das ihr widerfahren war.

Später ließ er seinen geschmacklosen Frühstücksbrei unberührt stehen und zog sich rasch in sein Arbeitszimmer zurück.

Da saß er nun vor den ausgebreiteten Plänen Da Vincis und seinen eigenen Aufzeichnungen und konnte sich weder auf die Luftschraube noch auf sonst etwas konzentrieren. Sein teurer Graphitstift lag schwer in seiner Hand. Er hatte damit noch keine einzige Linie auf dem fast leeren Papierbogen gezogen. Ab September sollte er allein in diesem Haus leben. Es war weniger die Hausarbeit, vor der er sich fürchtete, als vielmehr die Einsamkeit. Mit Margarethe würden auch die Katze, die Ziege und die Hühner gehen. Und Herkules, an den er sich so schnell gewöhnt hatte und der auch jetzt neben ihm am Boden lag und schlief. Er warf einen Blick auf das dreifarbige Wollknäuel, das zufrieden schnarchte und sich mit einer Selbstverständlichkeit in diesem Haus wohl fühlte, als hätte es nie woanders gelebt.

Sollte er Grete, Pilhamers Haushälterin fragen, ob sie bereit wäre, für ihn zu arbeiten? Aber was konnte er ihr bieten? Einen lächerlich kleinen Lohn. Sebastian ertappte sich dabei, das Ende des Graphitstiftes anzuknabbern, rasch nahm er ihn wieder aus dem Mund. Vielleicht würde die Frau für ihn arbeiten, weil in seinem kleinen Haus weniger Aufgaben zu erledigen waren. Es galt, den Garten zu pflegen, das Haus sauber zu halten, einkaufen zu gehen und zu kochen. Wieder landete der Stift zwischen Sebastians Zähnen. Es war doch viel Arbeit für praktisch keinen Lohn. Er seufzte. Die ganze Sache hatte er sich selbst eingebrockt. Hätte er Margarethe nicht zu diesem Schritt ermutigt, hätte sie Zotters Antrag niemals angenommen. Wenn er aber an die strahlenden, glücklichen Augen seiner Schwester beim Frühstück dachte, wusste er, dass es das einzig Richtige gewesen war. Sie und der Medikus würden eine glückliche Ehe führen, und wenn Gott es wollte, würden sie lange zufrieden miteinander leben und gesunde Kinder großziehen.

Nun gut. Eine Spur zu energisch legte er den Stift zur Seite, bevor er das teure Schreibgerät noch mit seinen Zähnen völlig ruinierte. Herkules zuckte zusammen und warf ihm einen vorwurfsvollen Blick zu.

»Entschuldige«, sagte Sebastian und kraulte den Hund zwischen den Ohren. Seltsam, wie schnell man sich an ein Haustier gewöhnte.

Er würde heute noch Grete einen Besuch abstatten. Vielleicht hatte die Frau doch Interesse an einer Anstellung bei ihm. Danach wollte er auf den Nussberg reiten. Trotz der Fülle an Informationen, die er hatte, fehlte ihm noch ein kleines Mosaiksteinchen, und leider ließ ihn sein Gedächtnis im Moment im Stich. Er konnte sich nicht mehr daran erinnern, was Gertrud damals genau gesagt hatte, als sie von den wenigen Überlebenden gesprochen hatte. Aus irgendeinem Grund schien es ihm wichtig, den genauen Wortlaut zu kennen. Alles, was er von dem Gespräch noch wusste, war der Name ihrer Tochter: Emilia. Aber sie hatte noch weitere Namen genannt. Den einer alten Frau und den einer Verstorbenen. Vielleicht auch den eines Mannes? Sebastian wusste es schlicht nicht mehr. Er hoffte, dass Fanny Roth über ein besseres Gedächtnis verfügte als er selbst.

Eine Stunde später saß Sebastian einer überglücklichen Haushälterin gegenüber. Tränen der Dankbarkeit kullerten über die roten Apfelbacken der kleinen rundlichen Frau. »Ich bin eine mittellose Witwe«, schniefte sie und schnäuzte sich in ihren Ärmel. »Wenn ich keine Anstellung bekomme, lande ich auf der Straße, und was mich dort erwartet, könnt Ihr Euch gut vorstellen. Alles ist besser, als sich selbst zu verkaufen.« Dabei nahmen ihre Wangen eine noch dunklere Farbe an. Leise fügte sie hinzu: »Ihr wisst, was ich meine.«

Im Moment konnte Sebastian sich die fleißige Köchin beim besten Willen nicht auf der Straße vorstellen, aber Not und Armut hatten schon viele Frauen dazu gezwungen, dem vielleicht ältesten Gewerbe der Menschheit nachzugehen. Nach einigen Wochen wusste dann niemand mehr, selbst die Frauen nicht, wie ihr Leben früher ausgesehen hatte. Sebastians Magen knurrte, und er hielt sich verlegen die Hand gegen den flachen Bauch.

»Habt Ihr schon gefrühstückt?«, fragte Grete besorgt.

»Es hat sich noch nicht ergeben«, log Sebastian und dachte mit schlechtem Gewissen an den kalten Brei, der immer noch auf dem Küchentisch stand. Vielleicht hatten Herkules oder die Katze ihn mittlerweile entdeckt.

Augenblicklich sprang Grete auf, lief zum Herd und anschließend in die Vorratskammer. Sie kam mit heißer Honigmilch und frischem Kirschkuchen zurück. Als Sebastian in das flaumige Backwerk biss, wusste er, dass er soeben eine wundervolle Entscheidung getroffen hatte, die sein Leben auf kulinarischer Ebene bereichern würde.

Rasch wurden die beiden sich einig. Grete würde noch vor dem geplanten Hochzeitstermin bei den Grüns einziehen. So konnte Margarethe ihr zeigen, wie der Garten versorgt werden musste. Außerdem hoffte Sebastian, dass Grete seiner Schwester ein paar Ratschläge in der Küche mitgeben konnte. Auch wenn Matthias Zotter seine Schwester liebte, konnte es nicht schaden, wenn Margarethe wusste, wie man flaumigen Kirschkuchen buk.

Alles lief ganz wunderbar, und er war bester Laune, als er sich dem Nussberg und damit dem idyllischen Weingut der Steiners nähert. Die Sonne stand hoch am Himmel, und der Sommer zeigte sich von seiner besten Seite. Die Weingärten lagen im satten Grün, Amseln zwitscherten um die Wette. Ein Ziesel huschte zwischen den Rebstöcken hindurch und verschwand in einem Erdloch. Es war warm, aber ohne drückende Hitze. Ein leichter Wind aus dem Westen sorgte für Abkühlung.

Sebastian ritt über den gekiesten Weg in den Hof ein und wäre am liebsten wieder umgedreht. Seine gute Laune war mit einem Schlag dahin. Im Schatten eines großen Nussbaums saßen Fanny Roth und der Schweizer Kasper Liechti, und es war unschwer zu erkennen, dass er zu nah bei ihr saß und eindeutig zu vertraut mit ihr plauderte. Allein der Hufschlag von Treus Pferd hielt ihn davon ab, noch näher zu ihr zu rücken.

Fanny schien überrascht und wirkte verlegen. Das sollten sie auch sein, fand Sebastian empört. Er entschied sich zu bleiben.

»Einen schönen guten Tag«, rief Liechti ihm entgegen.

Sebastian quälte sich einen gemurmelten Gruß ab und ließ sich vom Rücken des Pferdes auf den Boden plumpsen.

»Wir unterhalten uns gerade darüber, welcher Zeitpunkt der beste für eine Hochzeit ist. Was denkt Ihr? Würdet Ihr es vorziehen, im Sommer zu heiraten, wenn es heiß sein kann und im schlimmsten Fall ein Gewitter die Feier stört? Oder ist der Herbst ein besserer Zeitpunkt, wenn die Sonne die Landschaft golden färbt und alles majestätisch glänzt?«

Sebastian war verwirrt. Woher wusste der Schweizer von den Hochzeitsplänen seiner Schwester? Oder hatte er die Frage aus einem anderen Grund gestellt?

»Fanny ist gegen den Herbst, weil es die Zeit der Weinlese ist. Sie will, dass wir schon im Sommer heiraten.«

Rums! Sebastian hatte das Gefühl, jemand hätte ihm gerade eine schallende Ohrfeige verpasst. Benommen taumelte er zurück. Hatte er sich eben verhört? Er schaute zu Fanny, deren Blick auf den Boden gerichtet war. Sie setzte Liechtis Ankündigung nichts entgegen. Also stimmte es. Sie wollte den Schweizer heiraten. Nun hieß es, rasch und passend zu reagieren.

»Ich gratuliere Euch«, sagte Sebastian. Seine Stimme klang fremd, so als stammte sie von einer anderen Person. Dann fügte er mit gespielter Leichtigkeit hinzu: »Im Moment scheinen alle ans Heiraten zu denken. Meine Schwester hat mir heute Morgen gesagt, dass sie und Master Zotter sich im September vermählen werden.«

»Margarethe und der Medikus Matthias Zotter?« Fanny stand auf und trat näher. »Das freut mich von ganzem Herzen. Bitte richtet den beiden meine Glückwünsche aus.«

»Das werde ich tun«, sagte Sebastian knapp.

»Ich nehme an, dass diese Nachricht nicht der eigentliche Grund Eures Besuchs ist. Was führt Euch zu uns?«

Für einen Moment fühlte sich Sebastians Kopf leer an. Weshalb war er den Weg zum Nussberg geritten? Unfähig, einen klaren Gedanken zu fassen, kratzte er sich am Hinterkopf, beobachtete wieder einmal die Vögel, die über den wolkenlosen Himmel zogen, und fand schließlich doch die passenden Worte. »Ich hoffe auf Euer Gedächtnis«, sagte er langsam.

»Mein Gedächtnis?«, fragte Fanny überrascht.

»Ja, ich kann mich beim besten Willen nicht mehr daran erinnern, was Gertrud an jenem Nachmittag in Dornbach zu uns gesagt hat, doch ich glaube, dass der genaue Wortlaut wichtig ist.«

Liechti gähnte. Ganz offensichtlich interessierte ihn die Angelegenheit nicht. »Ich hoffe, Ihr entschuldigt mich. Ich werde Hans Steiner im Weingarten zur Hand gehen«, sagte er, warf Fanny einen Blick hinterher, der verriet, wie nahe sich die beiden mit einem Mal standen, und ging, ohne sich von Sebastian zu verabschieden. Ihm war es recht. So musste er wenigstens keine Freundlichkeit heucheln.

»Warum ist es wichtig, was Gertrud gesagt hat?«, fragte Fanny und wies Sebastian zu der Bank unter dem Nussbaum, auf der sie zuvor mit Liechti gesessen hatte. Nach kurzem Zögern folgte ihr Sebastian und setzte sich. Fanny nahm neben ihm Platz. Mit deutlich größerem Abstand als zuvor neben Liechti, ihrem Verlobten. Trotzdem konnte Sebastian ihr Parfüm riechen. Eine Mischung aus Veilchen und Vanille, die eine geradezu magische Anziehungskraft auf ihn ausübte. Am liebsten hätte er sich zu ihr gebeugt. Was war nur los mit ihm? Er war sich selbst plötzlich fremd. Verärgert über sein merkwürdiges Verhalten, schüttelte er den Kopf, in der Hoffnung, auch seine Gefühle loszuwerden. Jedoch ohne Erfolg.

»Fühlt Ihr Euch unwohl?«, fragte Fanny besorgt und legte mitfühlend die Hand auf seinen Oberarm.

Sebastian erstarrte unter ihrer Berührung. Rasch versicherte er: »Es geht mir ausgezeichnet. Danke.« Erleichtert und wehmütig zugleich sah er Fannys Hand nach, die sie gemeinsam mit der anderen in ihrem Schoß faltete.

»Seit wir uns das letzte Mal gesehen haben, habe ich eine Menge Informationen erhalten«, erklärte Sebastian. Er erzählte vom Gespräch mit Treu sowie von der Unterhaltung mit Sollinger. Es war überraschend hilfreich, noch einmal alle Punkte zusammenzutragen. Auf diese Weise schaffte Sebastian etwas Ordnung in seine wirren Gedanken und wurde gleichzeitig von Fannys Duft abgelenkt.

»Ich glaube, dass Gertruds Worte wichtig sind. Die verwirrte Frau war neben dem stummen Steinmetz die Einzige, die die Überlebenden des Dorfes gekannt hat«, endete Sebastian seine Ausführungen.

»Ich habe ein sehr gutes Gedächtnis«, sagte Fanny nicht ohne Stolz. »Der Nachmittag in Dornbach ist mir noch genau in Erinnerung. Es war keine sehr angenehme Erfahrung, der verwirrten Frau zu begegnen. Gertrud hat gesagt, in manchen Nächten kämen die alte Mara und Evas Mann. Sie konnte sich zuerst an den Namen des Mannes nicht mehr erinnern, hat überlegt und dann ›Jakobus‹ gesagt – nein, sie sagte ›Jakobus, der Bruder‹. Ich glaube, dass sie zu dem Zeitpunkt schon sehr verwirrt war und nicht mehr genau wusste, was sie redete. Es war, kurz bevor sie sich auf Euch gestürzt und Euch eine Locke abgeschnitten hat.«

Sebastian biss sich auf die Lippen und dachte nach. Irgendwie passten all diese Teilchen zusammen, die Frage war bloß, wie. Treu hatte sich nicht an die Namen erinnern können. Aber er hatte gemeint, dass es »wichtige Namen aus der Bibel« waren. Eva war eine wichtige Bibelfigur. Ob der Bürgermeister den Vornamen der Frau gemeint hatte?

»Jakobus, der Bruder«, murmelte er und trommelte dabei mit seinen langen, schlanken Fingern auf der vom Wetter leicht verwitterten Tischplatte. Plötzlich fiel es ihm wie Schuppen von den Augen. »Natürlich«, rief er und sprang aufgeregt auf. Dabei verfing sich sein Haar mit einem tiefhängenden Ast, den Max schon vor Tagen hätte abschneiden sollen. Seine Mütze verrutschte, und zwei Blätter blieben hängen, aber Sebastian bemerkte sie gar nicht. »Die Gemeinde in Dornbach kannte die Bibel besser als wir alle zusammen«, rief er begeistert. »Die Menschen haben die Texte jeden Sonntag in ihrer Muttersprache, auf Deutsch, gehört und nicht wie wir alle auf Latein!«

Fannys verwirrter Blick verriet, dass sie nicht verstand, was er ihr damit erklären wollte.

»Die Menschen in Dornbach waren Anhänger des Reformers Martin Luther. Ihr Priester predigte jeden Sonntag aus der übersetzten Bibel«, wiederholte er ungeduldig. »Gertrud konnte sich nicht mehr an den Namen von Evas Mann erinnern, ihr Geist war verwirrt. Aber sie wusste, dass es der Name des Bruders von Jakobus war. Denn sie kannte die Bibel. Versteht Ihr mich jetzt?«

Verständnisloses Kopfschütteln war die Antwort, und Sebastian rollte genervt die Augen.

»Jakobus ist der Bruder von Johannes. Gertrud hatte den Namen Johannes vergessen, deshalb sagte sie ›Jakobus, der Bruder‹, versteht Ihr mich jetzt?«

Fanny verschränkte die Arme vor ihrem wohlgeformten Busen und sah Sebastian herausfordernd an. »Ihr braucht mit mir nicht zu reden, als wär ich dumm. Ich kann Euren Worten folgen. Allein sie ergeben keinen Sinn, auch dann nicht, wenn Ihr sie dreimal wiederholt. Könntet Ihr mich bitte näher über Eure Gedankengänge aufklären, sonst muss ich auch weiterhin verständnislos den Kopf schütteln.«

Für einen Moment schloss Sebastian die Augen, um seine Gedanken zu ordnen. Für ihn war alles plötzlich völlig klar. Warum verstand Fanny ihn nicht?

»Der stumme Steinmetz Johannes Floss ist der Mann von Eva. Er ist einer der Überlebenden, die sich in der Kapelle getroffen haben. Und er ist gleichzeitig der Mörder, den wir suchen.«

»Ein stummer Steinmetz?«

Sebastian nickte. Dabei löste sich eines der Blätter wieder und segelte zu Boden. Er griff auf seinen Kopf. »Sind noch mehr Blätter da?«, fragte er.

»Nur eines«, sagte Fanny, rückte näher und entfernte das Blatt. Wieder drang ihr Parfüm in seine Nase und erschwerte ihm die Konzentration.

»Wegen der Urkundenfälschung haben wir uns in die Irre führen lassen«, erklärte er. »Johannes Floss hatte als Einziger ein echtes Motiv, die Ratsherren zu töten. Er hasste Rötzer und Schacht, weil sie ihm die Flucht nach Wien nicht ermöglicht hatten. Er musste mit ansehen, wie seine Frau und seine Kinder abgeschlachtet wurden. Das einzige Gefühl, das ihn noch am Leben hält, ist die Rache.«

Langsam hellte sich Fannys Gesicht auf, sie schien zu verstehen. »Warum hat er Pilhamer getötet?«, fragte sie.

»Habt Ihr schon vergessen? Pilhamer hat sich selbst gerichtet. Aus Angst, dass man seinen Betrug herausfinden könnte.«

»Ja, richtig. Ich habe diese Vorstellung nie ganz akzeptiert und insgeheim gedacht, dass er zu diesem Schritt gezwungen wurde. Wie kann jemand freiwillig sein Leben beenden? Er weiß doch, dass er direkt in der Hölle landen wird.«

»Vielleicht dachte er, dass die Hölle des Teufels harmloser ist als sein derzeitiges Leben. Der Mann hatte fürchterliche Angst, und wir werden wohl nicht mehr erfahren, warum.«

»Wenn Rötzer und Schacht den Antrag des Steinmetzes zurückgewiesen haben, wird Floss erst zufrieden sein, wenn auch Nikolaus Rötzer tot ist.«

»Das befürchte ich auch, außer wir kommen Floss zuvor«, sagte Sebastian. Er hatte »wir« gesagt. Das Wort war ihm einfach so herausgerutscht. Sofort wollte er es wieder zurücknehmen. Aber Fanny lief schon zum Stall.

»Linda ist noch gesattelt!«, rief sie. »Ich bin gleich bei Euch!«

Dem wollte Sebastian nichts entgegensetzen.

Kaum hatten sie den Hof verlassen, herrschte ein beklemmendes Schweigen zwischen den beiden. Die Hufe der Pferde schlugen dumpf auf der schmalen, steinigen Erdstraße auf, die nach jedem Regenguss einem Schlammloch glich. Jetzt aber war der Weg trocken, und die Hufe wirbelten feinen Sandstaub auf, der in den Lungen kratzte und ein heftiges Durstgefühl auslöste.

Fannys Nervosität wuchs. Zum einen, weil sie sich davor fürchtete, eine weitere Leiche zu finden, zum anderen weil sie das ungute Gefühl nicht loswurde, sie schulde Grün eine Erklärung bezüglich ihrer bevorstehenden Hochzeit. Was natürlich völlig unsinnig war. Sicher hatte sie sich seine Betroffenheit zuvor bloß eingebildet. Wen sie heiraten wollte, interessierte Grün nicht. Er war einzig und allein daran interessiert, den Mörder zu finden, den Fall abzuschließen und sich wieder seiner Flugschraube zu widmen.

Trotzdem ließ der Gedanke Fanny nicht mehr los. Sie ritt neben Grün her, ohne auf den Weg zu achten. Vertrocknetes Gras, Wegwarte, Sommerblumen und Weißdornbüsche zogen unbeachtet an ihr vorbei. Zum Glück war Linda eine alte gutmütige Stute, die auch ohne Zutun der Reiterin das Pferd des Bürgermeisters trittsicher begleitete. Fanny nahm ihre Umgebung erst wieder wahr, als sie den Steinbruch erreichten.

Ein paar Arbeiter machten gerade im Schatten mehrerer Bäume eine Pause. Sie saßen am Boden und auf niedrigen Hockern rund um eine Feuerstelle, über der ein großer verbeulter Topf hing. Aus dem Topf drang der säuerliche Geruch verwässerten Rahms. Die Sonne hatte nun deutlich an Intensität zugenommen, und zwei Männer lagen mit nacktem Oberkörper im Gras. Beschämt richtete Fanny ihren Blick zur Seite. Die Männer schien ihre eigene Nacktheit nicht zu stören.

Wilfried, der Vorarbeiter, stand neben dem Topf. Er hatte immer noch seinen Arm in einer Schlinge und erkannte Sebastian sofort wieder. Bereitwillig gab er ihm Auskunft.

»Tut mir leid«, sagte er. »Wir haben Floss seit gestern nicht mehr gesehen. Er ist weder in der Baracke noch im Steinbruch. Seine Matratze ist unberührt, seine Decke und sein Hemd sind ordentlich gefaltet, seine Holzschüssel ist sauber und leer, aber er selbst ist verschwunden. Einer der Jungen hat das ganze Gelände nach ihm abgesucht. Hätte ja sein können, dass er irgendwo gestürzt ist und verletzt auf Hilfe wartet. Aber wir konnten ihn nirgendwo finden. Der Mann ist wie vom Erdboden verschluckt.«

»Hat er gesagt, dass er fortwill?«

Ungeduldig schüttelte Wilfried den fast kahlen Kopf. »Floss redete nicht. Ihr habt ihn doch selbst erlebt.«

Sebastian hatte dennoch gehofft, dass der stumme Mann zu irgendjemand eine Andeutung gemacht hatte. »Falls Floss auftaucht, schickt bitte einen Mann in die Stadt, und informiert mich oder den Bürgermeister«, sagte Sebastian.

»Geht es immer noch um die Mordfälle?« Mit einem Mal schien das Interesse aller Männer geweckt. Einige richteten sich auf, andere starrten Sebastian neugierig an in der Hoffnung auf Gesprächsstoff, mit dem sie die wenigen freien Augenblicke des Tages füllen konnten.

Widerwillig bejahte Sebastian die Frage. Falls die Männer auf mehr Informationen gehofft hatten, so wurden sie enttäuscht. Noch bevor Wilfried weitere Fragen stellen konnte, verabschiedete sich Sebastian vom Vorarbeiter. Fanny folgte ihm rasch zu den Pferden. Sie spürte die bohrenden Blicke der Männer in ihrem Rücken, die den Besuch von Frauen im Steinbruch nicht gewohnt waren. Hastig und weniger geschickt als sonst kletterte Fanny auf Lindas Rücken. Sie fühlte sich unwohl und wollte keinen Augenblick länger bleiben als notwendig. Erst als sie außer Hörweite waren, sagte sie: »Die Männer sehen müde und erschöpft aus. Eine Rahmsuppe ist sicher kein geeignetes Essen für jemanden, der körperlich schwere Arbeit verrichtet wie sie.«

Sebastian antwortete nicht. Stattdessen suchte er wieder einmal Worte in den Wolken und schien sie dort auch zu finden.

»Es gibt zwei Möglichkeiten, was wir jetzt tun können. Entweder warnen wir Rötzer, was meines Erachtens schon zu spät sein wird …«

»Ihr denkt, der Steinmetz hat ihn umgebracht?«, fiel ihm Fanny ins Wort.

»Ich fürchte, dass er sein Vorhaben ausgeführt hat und deshalb keinen Grund mehr sah zu bleiben.«

Nervös kaute Fanny auf dem Nagel ihres rechten Zeigefingers. Sie hatte ihn in den letzten Tagen bis zur Fingerkuppe abgeknabbert. »Was wäre die andere Möglichkeit?«, fragte sie nervös.

»Wir reiten nach Dornbach!«

»Was machen wir in Dornbach?« Es widerstrebte ihr, diesen Ort der Zerstörung und des Todes erneut aufzusuchen.

»Floss' Familie ist in dem Ort gestorben. Mittlerweile glaube ich, dass das Holzkreuz nicht auf dem Grab von Gertruds kleiner Tochter steht, sondern auf dem von Floss' Familie.«

»Aber die Inschrift auf dem Kreuz trägt den Namen von Gertruds Tochter: Emmi.«

»Oder die Anfangsbuchstaben der Namen: Eva, Mathes, Markus und Ingeborg. Deshalb die Großbuchstaben.«

»Sind das die Namen von Floss' Frau und seinen Kindern?« Wieder wurde ihr Fingernagel um einen Hauch kürzer.

Sebastian nickte bestätigend und warf gleichzeitig einen besorgten Blick auf ihren Zeigefinger. Rasch versteckte Fanny ihn hinter ihrem Rücken.

»Als ich mit Floss sprach, erwähnte er seine Kinder«, erklärte Sebastian. »Gertrud hat uns den Namen seiner Frau verraten: Eva.«

Fannys Hand wanderte wieder zu ihrem Mund, aber sie besann sich und stemmte sie stattdessen in die Hüfte und hörte Sebastian weiter zu.

»Vielleicht hat Floss auch Gertrud getötet, als die sich am Grab seiner Familie zu schaffen gemacht hat. Ihr Handeln könnte seinen Zorn hervorgerufen haben. Floss' Verstand ist vom Kummer getrübt. Niemand kann sagen, was in seinem Kopf vorgeht.«

Dieser Teil von Grüns Hypothesen befriedigte Fanny nicht. Gertruds Familie war auf genauso grausame Weise gestorben wie die von Floss. Warum hätte er die arme Frau umbringen sollen, wo sie doch eine von denen war, die ebenso gelitten hatten wie er. »Maria Meisel hat mir versichert, dass die grüne Schale, die ich neben Gertruds Leiche gefunden habe, aus ihrer Werkstatt stammte und dass sie die Schüssel für Rötzer angefertigt hat.«

Sebastian schien ihren Einwand nicht ernst zu nehmen. Statt darauf zu antworten, sagte er: »Ihr werdet bald keinen Fingernagel mehr haben.« Ohne es zu bemerken, war Fannys Zeigefinger erneut zwischen ihre Zähne gewandert. Eilig nahm sie ihn wieder heraus. Dann drehte sie sich beleidigt von ihm weg und zwang Linda zu einem ungewöhnlich raschen Galopp. Die Hufe wirbelten noch mehr Staub der trockenen Straßen auf, und Fanny musste einen Hustenreiz unterdrücken, trotzdem dachte sie vorerst nicht daran, das Tempo zu drosseln.

Erst als Linda von sich aus langsamer wurde und Fanny so schwitzte, dass der dunkelgrüne dünne Stoff ihres Kleides auf ihrer Haut klebte, holte Grün sie ein. Er hatte seine Jacke ausgezogen und die Ärmel seines Hemdes hochgekrempelt, denn die Sonne hatte an Intensität zugelegt. Fanny wartete darauf, dass er das Gespräch neu beginnen würde, aber Grün schwieg. Er schien verärgert.

Kurz bevor die Ruinen von Dornbach auftauchten, brach Grün unerwartet die Stille. Die Worte platzen förmlich aus ihm heraus. »Warum wollt Ihr Liechti heiraten?«

Fanny fühlte sich überrumpelt. Mit der Frage hatte sie nicht gerechnet. »Ich verstehe Eure Verwunderung nicht«, sagte sie, und die ungewohnte Schärfe in ihrer Stimme überraschte sie selbst. »Ich habe Euch doch erklärt, dass ich heiraten muss, um irgendwann das Erbe meines Vaters antreten zu können.«

»Ich weiß, was Ihr mir gesagt habt. Aber warum so ... schnell ...«, Grün schluckte, »und warum den aufgeblasenen Schweizer?«

»Kasper Liechti ist ein gebildeter, höflicher und rücksichtsvoller Mann, der um meine Hand angehalten hat. Ich wäre eine Närrin, hätte ich sein Angebot abgelehnt.« Fanny hatte das dringende Bedürfnis, ihren zukünftigen Ehemann und ihre Entscheidung, von der sie selbst nicht wusste, ob sie richtig war, zu verteidigen.

»Verzeiht mir«, sagte Grün plötzlich sehr ernst. »Es steht mir nicht zu, über einen Mann zu urteilen, den ich kaum kenne.«

Für einen Moment verlor sich Fanny im Blau seiner Augen.

»Ich wünsche Euch von ganzem Herzen, dass Ihr glücklich werdet!« Dann wandte er sich von ihr ab und ritt langsam weiter.

Verwirrt blieb Fanny zurück. Sie starrte auf seinen Rücken und wäre noch weiter stehen geblieben, wäre Linda nicht von allein dem Hengst gefolgt.

»Lieber Gott«, flüsterte sie vorwurfsvoll. »Warum ist mein Leben immer so kompliziert?«

Zum Glück verwehte der Wind ihre Worte und trug sie fort, ehe Sebastian sie hören konnte. Gerade als Fanny Gott weitere Vorwürfe machen wollte, hielt Grün sein Pferd wieder an.

Er drehte sich zu Fanny und deutete mit ausgestrecktem Arm in die Ferne. »Ich glaube, wir haben Glück. Es scheint, als säße Johannes Floss gerade am Grab seiner Familie.«

Fanny musste gegen die Sonne blinzeln. Sie hielt ihre

Hand schützend über die Augen. Sebastian hatte recht, vor dem Holzkreuz hockte zusammengekrümmt ein Mensch. Sie konnte jedoch nicht erkennen, ob es sich um einen Mann oder eine Frau handelte, dazu waren sie noch zu weit entfernt.

»Wenn es Floss ist, wollt Ihr ihm sagen, dass Ihr ihn für den Mörder haltet?«, fragte Fanny.

»Deshalb sind wir hier.«

»Ich weiß. Aber könnte es nicht gefährlich werden? Was ist, wenn er eine Waffe bei sich hat und Euch angreift?«

Grün zog seinen rechten Mundwinkel nach unten: »Dann werdet Ihr mich beschützen.«

»Spart Euch Euren Zynismus. Ich habe weder Lust, Euch zu Master Zotter zu bringen, damit er Euch wieder zusammenflickt, noch möchte ich selbst verletzt werden.«

Belustigt schüttelte Sebastian den Kopf: »Wir werden nicht verletzt werden. Der Mann hat keinerlei Interesse daran, uns umzubringen.«

»Wisst Ihr das mit Sicherheit?«

»Nein, aber ich glaube es.«

»So, wie ihr daran glaubt, eines Tages zu fliegen«, schnaufte Fanny ärgerlich.

»Ich habe Euch bereits wiederholt erklärt, dass das keine Frage des Glaubens, sondern der Wissenschaft ist. Der Mensch wird eines Tages fliegen.«

Fanny verdrehte die Augen und schnaufte, aber Grün sah und hörte sie nicht. Er war bereits weitergeritten. Nur widerwillig folgte ihm Fanny.

Je näher sie zur Ruine kamen, umso deutlicher erkannte Fanny, dass ein Mann vor dem Grab kniete. Er hielt die Hände vor der Brust gefaltet und schien ins Gebet vertieft. Offensichtlich hörte er die Hufschläge der Pferde nicht, denn er hob weder den Kopf, noch drehte er sich zu ihnen. Fanny überlegte, ob er vielleicht taub war.

In einiger Entfernung hielt Sebastian sein Pferd an und stieg ab. Fanny zog es vor, auf Linda zu bleiben. Der breite Rücken der Stute fühlte sich sicherer an.

Vorsichtig, jedoch darauf achtend, dass seine Schritte gehört werden konnten, ging Sebastian auf Floss zu. Als er nur noch wenige Armeslängen von ihm entfernt war, bemerkte der Steinmetz ihn. Langsam hob er den Kopf, und mit einem Mal wusste Fanny, dass er nicht taub war und die Pferde längst gehört hatte. In den rot unterlaufenen Augen lag keinerlei Überraschung. Ganz im Gegenteil, der Mann sah aus, als hätte er sie bereits erwartet. Mit einem Mal war Fannys Angst verschwunden, sie fühlte sich von diesem traurigen Mann, der die Last der Welt auf seinen Schultern zu tragen schien, nicht bedroht.

Gerade als sie sich überlegte, vom Pferd zu steigen, würgte der Mann. Fanny entschied sich für den Sattel. Gelblicher Schaum trat aus dem Mund des Steinmetzes. Die Flüssigkeit tropfte auf seine Brust, doch Floss machte sich nicht die Mühe, den Schleim wegzuwischen. Vergeblich suchte Fanny nach Anzeichen des Wahnsinns in seinen Augen, aber alles, was sie erkennen konnte, war schier grenzenlose Traurigkeit.

Nun krümmte sich sein breiter Oberkörper krampfartig zusammen. Seine Hände presste er immer noch fest gegeneinander, so dass die Knöchel weiß hervortraten.

Vorsichtig trat Sebastian noch einen Schritt näher, doch Floss löste die Verschränkung der Hände und streckte ihm den ausgestreckten Arm abwehrend entgegen.

»Nein«, krächzte er. Die Bewegung und das Wort kosteten ihn Anstrengung. Schweiß trat auf seine hohe Stirn, rann über die kantigen Schläfen und tropfte seitlich auf seine gekrümmten Schultern.

»Ihr seid krank und braucht Hilfe!«, sagte Sebastian. Doch Fanny wusste, dass der Mann an keiner Krankheit litt. Er hatte Pernfuß die Arbeit abgenommen und sich selbst gerichtet. Neben ihm am staubigen Boden lagen die roten Beeren der Eibe und der nach Mäusen riechende gefleckte Schierling. Eine absolut tödliche Mischung. Für ihn würde jede Hilfe zu spät kommen.

»Ich ... will ... allein sein. ... Bitte!« Unter Schmerzen presste der Mann die Worte aus seinem Mund.

Auch Sebastian schien einzusehen, dass er Floss nicht mehr retten konnte. Aber zuvor wollte er ein Geständnis hören, um den Fall endlich abzuschließen. »Habt Ihr den Ratsherrn Philipp Schacht erschlagen?«, fragte er ruhig, aber fordernd.

Floss umschlang mit beiden Armen seinen Oberkörper, beugte sich nach vorne und erbrach blutigen Schleim direkt auf seine Oberschenkel. Entsetzt und angeekelt zugleich drehte sich Fanny zur Seite. Krankheit war ihr nicht fremd, aber dieser Anblick überstieg für sie das Maß an Ertragbarem. Fannys Herz raste, ihre Hände waren feucht. Verkrampft umklammerte sie Lindas Zügel. Aus den Augenwinkeln nahm sie Floss' Nicken wahr.

Als der Mann den Kopf wieder hob, waren seine Augenlieder halb geschlossen. »Ihn ... und ...«, seine Stimme erstarb.

»Laurentius Pilhamer?« Fanny konnte die Dringlichkeit in Sebastians Stimme hören. Er wusste, dass ihm nicht mehr viel Zeit blieb.

Der Mann antwortete nicht, was Sebastian als Nein interpretierte.

»Gertrud?«

Mit einem Mal riss Floss seine Augen wieder auf.

»Nein!«, stieß er mit unerwarteter Klarheit hervor. Dann senkten seine Augenlider sich wieder, und das Kinn fiel ihm schwer auf die Brust. Floss röchelte, und das Atmen fiel ihm zunehmend schwer.

»Wen habt Ihr noch getötet?«, fragte Sebastian. Trotz der Einwände des Steinmetzes trat er näher an den Sterbenden, kniete sich zu ihm und hielt sein Ohr nah an dessen Mund.

»Rö ... tzer«, keuchte Floss. »Heute Na ... cht.«

Betroffen suchte Sebastian nach Fannys Blick. Seine Augen verrieten, dass er sich Vorwürfe machte. Er hatte seine Schlüsse zu spät gezogen und einen weiteren Mord nicht verhindern können. Langsam, kaum merklich schüttelte Fanny den Kopf. Sie wollte Sebastian versichern, dass er keinerlei Schuld an dem Mord trug, aber er nahm ihren Trost nicht an.

Floss hustete erneut und erbrach noch mehr Schleim, diesmal war er dunkelrot. Dann sackte er zur Seite, umfasste mit beiden Händen seine Knie und zitterte. Leise, mit blutenden Lippen und klappernden Zähnen, flüsterte er: »Wer ... Menschenblut vergießt ...«, weiter kam er nicht.

Sebastian beendete seinen Satz: »... dessen Blut soll auch durch Menschen vergossen werden.«

Es war das Zitat aus dem Brief, den Fanny neben Schachts Leiche gefunden hatte. Johannes Floss hatte ihn geschrieben. Immer noch heftig zitternd rutschte Floss seitlich über den staubigen Boden. Dabei stieß er sich mit den Füßen ab. Unendlich langsam näherte er sich dem Holzkreuz. Er streckte die rechte Hand danach aus, und seine Finger berührten die frischen Sommerblumen, die danebenlagen. Ein bunter Strauß aus wilder Kamille, Kornblumen, Klatschmohn und Johanniskraut, den er selbst für seine Liebsten gepflückt hatte. Dann fiel seine Hand leblos zu Boden. Das Zittern hörte auf, und Floss' Kampf hatte ein Ende.

Es dauerte eine Weile, bis Fanny begriff, was eben passiert war. Benommen rutschte sie vom Pferd, doch ihre Beine gaben weich unter ihr nach, als sie den Boden berührte. Mühsam richtete sie sich wieder auf und begann gegen ihren Willen zu weinen. Fanny neigte nicht zu Gefühlsausbrüchen dieser Art. Nicht eine einzige Träne hatte sie vergossen, als Michael auf sie eingeschlagen hatte. Auch dann nicht, als ihr totes Kind in der Nachtschüssel gelegen hatte. Aber jetzt beim Anblick dieses traurigen Mannes weinte sie.

Die Tränen flossen aus ihr heraus – still, aber stetig. In gebührendem Abstand hockte sie sich auf einen umgefallenen Zaunpfosten, legte das Gesicht in beide Hände und schluchzte, ohne recht zu begreifen, warum. Floss war ein zweifacher Mörder und ein Selbstmörder. Er hatte drei Todsünden begangen, wegen der er für immer in der Hölle büßen musste, dennoch galt ihm ihr Mitleid. Es war, als fielen die Aufregung und die Anspannung der letzten Tage und Stunden von Fanny ab. Jede vergossene Träne verschaffte ihr ein wenig mehr Erleichterung.

Ebenfalls mitgenommen, trat Sebastian zu ihr. Verunsichert ging er neben ihr in die Knie. »Geht es Euch nicht gut?«, fragte er besorgt.

»Doch, doch«, versicherte Fanny und weinte trotzdem weiter. Sie kam sich lächerlich vor, war ihren Gefühlen aber hilflos ausgeliefert und konnte nichts dagegen tun. Sosehr sie sich auch wehrte, sie konnte die Tränen nicht aufhalten. Zwischen dem Weinen lachte sie, was die Sorge auf Sebastians Gesicht noch größer werden ließ. Sicher fürchtete er, sie hätte soeben den Verstand verloren.

»Kann ich etwas für Euch tun?«, fragte er.

Fanny schniefte. Sie wischte die nasse Nase in ihren Ärmel und versuchte, tief durchzuatmen. Aber es ging nicht. Immer noch schien ein dickes Band ihre Brust zusammenzuschnüren. Stattdessen vergrub sie ihr Gesicht erneut in den Händen. Das Weinen tat weh und hatte doch zugleich etwas Befreiendes.

Sie hörte, wie Grün näher rückte. Sanft legte er seinen Arm um ihre Schulter. Fanny spürte seine Wärme. Die Nähe war richtig. Ohne zu überlegen, lehnte sich Fanny gegen seine Brust. Sie konnte Grüns Herzschlag fühlen. Der gleichmäßige Rhythmus verhieß Sicherheit. Ihre Tränen durchnässten sein Hemd.

»Nun ist alles vorbei«, sagte Sebastian. Seine Stimme klang leise und weich. Samtig. Warum musste Fanny ausgerechnet jetzt heulen wie ein kleines Mädchen? Es war der denkbar ungünstigste Augenblick.

Während Sebastian sie mit einem Arm festhielt, streichelte er mit der anderen Hand zärtlich durch ihr Haar. Mit jedem Atemzug wurde Fanny ruhiger. Wenn sie nun ihr Gesicht heben würde, wären ihre Lippen ganz nah bei seinen, und dann …

Genau in dem Moment schepperte es blechern hinter ihnen. Erschrocken fuhr Fanny hoch, Sebastian sprang mit einem Satz auf und drehte sich um. Eine Katze hockte am Boden und schleckte sich ruhig die Pfote ab. Das Tier war vom kaputten Dach gesprungen und hatte dabei einen alten Eimer umgeworfen. Nun richtete sich die Katze auf, lief leichtfüßig an ihnen vorbei und verschwand mit einem vorwurfsvollen Miauen im Gebüsch.

Verlegen räusperte sich Sebastian. »Wir sind beide wohl etwas nervös. Die letzten Stunden sind sehr aufregend gewesen«, sagte er und sah zur Abwechslung nicht in die Wolken, sondern auf den Boden. »Es ist wohl besser, wir reiten zurück. Ihr solltet Euch ausruhen, Ihr seht immer noch mitgenommen aus.«

Der Moment der Nähe war vorbei.

»Es geht mir wieder gut, danke«, sagte Fanny mit belegter Stimme. Sie wischte sich mit beiden Händen übers Gesicht. Die Tränen waren versiegt, sie hatte sich wieder beruhigt.

»Ich werde Euch auf den Nussberg begleiten, bevor ich nach Wien reite.«

Es war, als hätte es den vertrauten Augenblick zwischen ihnen nie gegeben. Sebastian drehte sich um und ging los zu den Pferden, doch Fanny zögerte noch. Konnte sie die Nähe noch einmal zurückholen?

Da wandte sich Sebastian zu ihr um: »Euer Verlobter wartet sicher schon auf Euch.«

Fanny schwieg. Niedergeschlagen folgte sie ihm zu den Pferden und kletterte wortlos auf Lindas Rücken.

Die Sonne war gerade hinter dem buntgemusterten Dach von St. Stephan untergegangen, doch bevor die Dunkelheit einsetzte, erstrahlte die Stadt noch einmal in jenem mystischen Blau, das Sebastian als Junge jeden Abend voller Begeisterung beobachtet hatte. Jetzt stand er vor dem Fenster in Treus Stube und fragte sich, warum niemand dieser ganz besonderen Zeitspanne am Tag Beachtung schenkte. Im Sommer konnte man die faszinierende Farbe am Himmel fast eine Stunde lang genießen, im Winter blieb einem bloß halb so lang Zeit.

»Grün, wo seid Ihr mit Euren Gedanken?« Treus vorwurfsvolle Stimme holte Sebastian mit seinen Gedanken zurück in die Stube des Bürgermeisters.

Er wandte sich vom Fenster ab, das ausnahmsweise nicht geschlossen war, und kam zurück zum Tisch, wo wie immer eine Karaffe und zwei gefüllte Weinkelche aus Glas standen. Die rote Flüssigkeit glitzerte verheißungsvoll. Sollte er einen Schluck davon nehmen? Vielleicht erschien ihm das Leben dann einfacher? Sebastian entschied sich dagegen, die Erleichterung würde bloß einen kurzen Moment anhalten, das Gefühl des Verlustes würde bleiben. Aber konnte man überhaupt Verlust verspüren, wenn man nie besessen hatte?

»Ihr habt großartige Arbeit geleistet«, sagte Treu anerkennend. Der Bürgermeister war bereits bei seinem dritten Weinkelch. Seine Wangen waren gerötet und seine Augen glasig, aber er schien noch bei klarem Verstand zu sein. Offensichtlich vertrug der Mann große Mengen von Steiners Spätlese.

»Floss hat die Morde an Schacht und Rötzer lange geplant und damit den Tod seiner Familie gerächt, schade, dass wir sein Geständnis nicht mehr öffentlich hören können, aber auch so ergibt die ganze Geschichte Sinn und ist glaubwürdig genug, um die Stimmung in der Stadt zu beruhigen.« Treu schnalzte zufrieden mit der Zunge und wischte sich mit einem Tuch über die Stirn. Kein Wunder, dass er schwitzte, im Kamin brannte schon wieder ein Feuer und das trotz der heißen Temperaturen der letzten Tage.

»Habt Ihr Richter Pernfuß bezüglich der gefälschten Dokumente zur Rede gestellt?«, fragte Sebastian.

Die bloße Erwähnung des Namens ließ Treus Stimmung sinken. Das Gesicht des Bürgermeisters verfinsterte sich. »Ja, das habe ich. Aber der Mann ist ein hinterhältiger Fuchs. Er hat die ganze Schuld auf Pilhamer abgewälzt. Seine Witwe wird wohl leer ausgehen, ihr gesamter Besitz fällt an die Krone, weil es in der Familie Moser keine lebenden Erben gibt.«

Sebastian überlegte, was das für die Arbeiter im Steinbruch bedeutete. Der König würde die Ländereien einem neuen Günstling übergeben, und die Zukunft der Männer hing vom Interesse und Engagement dieses Adeligen ab beziehungsweise davon, wie viele Abgaben der König verlangte.

»Was passiert mit den Besitzungen von Rötzer und Schacht?«, fragte er.

»Rötzer hat ebenfalls keine Erben, worüber Ferdinand sich zweifelsohne freuen wird. Schachts Erbe ist bereits in der Mitgift seiner Frau aufgegangen. Die Nonnen haben damit den Umbau ihres Dormitoriums geplant. Kein katholischer Habsburger und schon gar nicht Ferdinand wird den Mut haben, es zurückzufordern. Bleibt nur noch Pernfuß, und der hat die Sachlage so geschickt gedreht, dass man ihm nichts nachweisen kann.«

»Gar nichts?«, fragte Sebastian ungläubig. Irgendetwas an Treus Ausführungen machte ihn stutzig.

Der Bürgermeister wand sich auf seinem Stuhl, dessen Beine gefährlich unter seinem Gewicht ächzten. Es war bloß eine Frage der Zeit, bis der Stuhl eines Tages unter dem fülligen Bürgermeister nachgeben würde.

»Nun ja, ich will ehrlich sein«, sagte er schließlich und wischte sich erneut über die Stirn. »Pernfuß hat herausgefunden, dass die Entscheidung des Stadtrats bezüglich der Erneuerung der Stubenbastei nicht ganz ohne Eigennutz war.«

»Ist im Falle der Stadtmauer denn schon eine Entscheidung gefallen?« Erstaunt richtete sich Sebastian auf. Was war in den paar Tagen, die er nicht im Rathaus verbracht hatte, alles passiert? Wurde die Stadt umgebaut, ohne dass er davon wusste?

»Ja, eine Teilentscheidung ist gefallen. Ein Baumeister aus Linz wird den Abschnitt rund um die Stubenbastei mit Steinen aus dem Leithagebirge ausbauen.«

»Wie bitte?« Sebastian konnte nicht glauben, was er eben gehört hatte. Dies war die teuerste aller Varianten, die er sich vorstellen konnte. Doch dann erinnerte er sich an das Schiff, das am Salzgrieß angelegt hatte. Die Steine waren schon unterwegs.

Erneut räusperte sich Treu. »Nun ja. Diese Lösung ist wahrscheinlich nicht die billigste, aber gewiss die sicherste für die Stadt.«

»Darüber lässt sich streiten«, sagte Sebastian.

»Es wird immer unterschiedliche Meinungen geben. Aber Stein aus dem Leithagebirge ist solider als gebrannte Ziegel.«

Sebastian behielt seine Meinung dazu für sich.

»Wie auch immer«, sagte Treu. »Pernfuß hat herausgefunden, dass mein Schwiegersohn einige Schiffe auf der Donau besitzt, die von dem Auftrag eventuell profitieren könnten.«

Aha, daher wehte der Wind. Aber Sebastian war davon überzeugt, dass das noch nicht alles war. Er wartete geduldig, während Treu nach seinem Weinkelch griff und den Inhalt in einem Zug leerte. Schwungvoll stellte er den Kelch zurück auf den Tisch.

»Ich gebe zu, dass ich etwas nachgeholfen habe, um den Baumeister von der Qualität der Steine aus dem Leithagebirge zu überzeugen.«

»Ihr habt den Mann bestochen?«

»So würde ich es nicht bezeichnen. Ich habe dem Mann lediglich ein paar Fässer vom besten Wein der Stadt versprochen.«

Beim besten Willen fand Sebastian kein anderes Wort für Treus Vorgehensweise. Wein dafür, dass der Baumeister teure Steine auf kostspieligem Weg über die Donau treideln ließ. Alles bezahlt mit den Steuergeldern der Bürger. Sebastian wurde übel.

»Weiß Steiner, wofür sein Wein verwendet wird?«, fragte er angewidert.

»Natürlich nicht. Es ist ein Geschenk an einen Baumeister, mehr nicht. Leider sah Pernfuß das anders. Er drohte mir, mich anzuzeigen, sollte ich der Sache mit der Dokumentenfälschung weiter nachgehen, was ja nun nicht mehr notwendig ist, schließlich gibt es einen Schuldigen. Pilhamer hat die Urkunde gefälscht und Floss die beiden Ratsherren umgebracht. Ihr habt alles ganz wunderbar aufgedeckt.«

Es fiel Sebastian schwer zu glauben, dass der Bürgermeister Pernfuß' Erpressung einfach hinnehmen wollte. »Ihr werdet den Richter davonkommen lassen?«, fragte er.

»Im Moment bleibt mir nichts anderes übrig. Ich werde ein Jahr lang auf mein Amt verzichten und mich erst im nächsten Jahr wieder darum bemühen. Es kann sein, dass auch andere von der Sache mit meinem Schwiegersohn erfahren haben. In diesem Fall wäre es günstiger, wenn etwas Gras über die Sache wachsen kann. In einem Jahr weiß niemand mehr darüber Bescheid. Das Erinnerungsvermögen der Menschen ist nicht von langer Dauer. Dann werde ich mit Sicherheit wieder Bürgermeister der Stadt sein. Und irgendwann, glaubt mir, wird Pernfuß ein Ausrutscher passieren, und dann werde ich zuschlagen.«

Fassungslos lehnte sich Sebastian zurück. Plötzlich fühlte er sich schlapp und machtlos. Der Bürgermeister bestach einen Baumeister, der Richter wusste von gefälschten Dokumenten und zog Profit daraus. Warum machte er sich auch nur ansatzweise Gedanken darüber, ob man armen Menschen wie Hans Sollinger auf illegalem Weg zu einem trockenen und sicheren Haus verhelfen konnte.

Er sollte seinen Beruf als Bauingenieur an den Nagel hängen und sich ausschließlich seiner Flugschraube widmen. Die würde er in Momenten wie diesem besteigen und einfach davonfliegen. Die Frage war bloß, wohin? Ob die Oberhäupter anderer Städte sich von denen in Wien unterschieden? Wahrscheinlich nicht.

»Um Eure Anstellung braucht Ihr Euch keine Gedanken machen. Ganz im Gegenteil, der Stadtrat ist von Eurer Arbeit begeistert und will Euren Vertrag verlängern und Euer Gehalt ein wenig aufbessern. Wenn ich wieder zurückkomme, hoffe ich auf Eure Loyalität und Informationen über die Machenschaften der anderen.«

Gut, dass Sebastians Mittagessen längst verdaut war. Es wäre ihm sonst hochgekommen.

»Ihr seht blass aus, nehmt endlich einen Schluck Wein«, sagte Treu.

Für einen Moment schloss Sebastian seine Augen. Es war Hans Steiners Wein. Angeblich der wohlschmeckendste der Stadt. Wenn er schon damit anfangen würde, Wein zu trinken, dann sollte es der Beste sein. Was hatte Fanny über den Geschmack gesagt? Ginster, Johannisbeere und Haselnuss. Und sie selbst, wonach roch Fanny? Nach Veilchen und Vanille. Aber ihr Haar duftete würziger, nach Hasel- und Walnuss. So wie ihr Wein. Sebastian hätte Fanny niemals in den Arm nehmen dürfen. Sie wollte den Schweizer Uhrmacher heiraten. Sie sah in der Ehe ein Zweckbündnis, das man einging, um seinen Besitz zu vergrößern oder in ihrem Fall einfach zu behalten. Die meisten Menschen, die er kannte, heirateten aus diesen Gründen. Margarethe und Matthias waren eine Ausnahme. Zum ersten Mal in seinem Leben beneidete er seine Schwester.

Sebastian griff zum Glas und nahm einen großen Schluck. Er behielt den Wein einen Moment im Mund, ließ ihn von einer zur anderen Mundhälfte gleiten, so wie Fanny es ihm gezeigt hatte. Dann erst schluckte er die Flüssigkeit. Der Wein schmeckte schwer, voll und ungewohnt intensiv. Er war voller verschiedener Nuancen: Neben Haselnuss und Johannisbeere waren auch Kirschen und Rosen zu erkennen. Die Römer hatten dieses Getränk nach Wien gebracht. Angeblich hatten sie eine eigene Gottheit, die ausschließlich für den Wein zuständig gewesen war. Die christlichen Priester tranken jeden Sonntag Wein und behaupteten, es sei das Blut Christi. Es war also tatsächlich ein besonderes Getränk. Sebastian nahm noch einen Schluck und hörte Treus zufriedenes Seufzen nicht: »Na endlich! Ich dachte schon, dass Ihr den Wein niemals probieren werdet.«

Wärme breitete sich in seinem Körper aus, und er fühlte sich angenehm schwer, während seine Gedanken leicht wurden. Sollte er Treu von Gertruds Tod erzählen und seiner Vermutung, dass Rötzer die Frau umgebracht hatte?

Sebastian nahm noch einen Schluck. Jetzt roch er auch den Ginster. Eine feine Note machte sich in seinem Gaumen breit. Nein, Treu durfte weder von der heimlichen Beisetzung Gertruds erfahren noch von der unerlaubten Untersuchung in der Kirche Maria am Gestade.

»Ich nehme an, dass man Euch auch weiterhin bitten wird, in … heiklen Angelegenheiten zu helfen.«

Es war der Wirkung des Weins zu verdanken, dass Sebastian nicht protestierend aufsprang, sondern noch einen Schluck nahm und den Geschmack genoss. »Es wundert mich, dass Pernfuß nicht darauf bestand, mich auf die Straße zu setzen«, sagte Sebastian. Seine Zunge wurde zunehmend schwer. Er war den Wein nicht gewohnt und hatte seit einem kleinen Mittagessen nichts mehr zu sich genommen.

»Pernfuß hat sich dem Lob der anderen angeschlossen.«

»Dann hat er innerhalb weniger Tage seine Meinung grundlegend geändert«, sagte Sebastian und dachte mit Grauen an den Nachmittag im Haus des Richters.

»Pernfuß wird Euch keine Schwierigkeiten machen. Er ist im Moment mit ganz anderen Dingen beschäftigt und plant seinen Aufstieg bei Hofe.«

Sebastian, dessen Blick auf die rubinrote Flüssigkeit in seinem Glaskelch ruhte, fiel es zunehmend schwer, sich auf die Worte des Bürgermeisters zu konzentrieren. Voller Bedacht schwenkte er den Wein. Mit jeder Bewegung wurde der Duft intensiver. Sebastian wollte einen letzten Schluck nehmen. Der Geschmack war einfach zu perfekt und das Gefühl der Entspannung angenehm. Er fühlte sich ganz und gar nicht aggressiv. Ganz im Gegenteil, der Wein hatte eine beruhigende Wirkung. Er ließ die schrecklichen Bilder des Nachmittags verblassen. Es war, als hätte er Floss niemals beim Sterben zusehen müssen. An seiner statt rückte Fannys Bild immer näher. Sebastian konnte ihren warmen Körper förmlich spüren und den Duft ihres Haars und ihrer Haut riechen. Zu spät bemerkte er, dass Treu seinen Kelch erneut auffüllte. Die Höflichkeit gebot es, diesen wundervollen Wein nicht einfach stehen zu lassen.

Trotz der Laterne, die Treu ihm mitgegeben hatte, fiel es Sebastian schwer, sich in der Stadt zurechtzufinden, was weniger mit der Dunkelheit als vielmehr mit den drei bis zum Rand gefüllten Weinkelchen zu tun hatte, die Treu ihm aufgedrängt hatte. Der Boden unter Sebastians Füßen spürte sich merkwürdig weich an, so als gebe er bei jedem Schritt nach, dabei war die Straße gepflastert, das wusste Sebastian mit Sicherheit, schließlich hatte er selbst vor Monaten zwei Steinmetze mit Ausbesserungsarbeiten beauftragt. Die Hauswände rechts und links von ihm schwankten. Vielleicht befand er sich in Wirklichkeit auf einem kleinen Schiff und fuhr die Donau entlang zum Schwarzen Meer. Er hatte das Meer noch nie gesehen. Er kannte auch die Berge nicht. Eigentlich hatte er Wien noch nie verlassen. Ob es lang dauern würde, bis er das Meer erreichte? Die Gedanken in seinem Kopf drehten sich. Unsinn, sagte er sich, er war weder auf einem Schiff noch auf der Donau, er würde nicht ans Meer reisen. Sollte er deshalb traurig werden oder besser lachen? Er hatte das Gefühl, er könnte beides auf der Stelle tun.

Verwirrt blieb er stehen und geriet gefährlich ins Wanken. Konnte es sein, dass das Haus vor ihm sein eigenes war? Die Rosenstöcke kamen ihm bekannt vor. Aber warum brannte kein Licht? Margarethe stellte immer eine Kerze ins Fenster, wenn er abends spät nach Hause kam. Wo war seine Schwester? Sollte er nach ihr rufen?

»Margarethe!«

Seine eigene Stimme klang fremd in seinen Ohren. Sie hallte in der engen Gasse wider. Gleich würde Frau Reuz ihr rundes Gesicht aus dem Fenster stecken. Im hintersten Winkel seines Gehirns tauchte eine Erklärung für die Abwesenheit seiner Schwester auf. Sie war mit Matthias zu dessen Mutter nach Wiener Neustadt gefahren und wollte dort über Nacht bleiben. Verdammt. Sebastian hatte keinen Schlüssel dabei. Wie kam er nun ins Haus? Wieder durchforstete er sein Gehirn. Irgendwo musste es eine Antwort geben. Wenn er keine Lösung fand, würde er die Nacht auf der Straße verbringen müssen. Oder er kletterte über den Zaun in den Garten. Ja richtig! Da war ja die Antwort schon. In Maries Stall lag ein Ersatzschlüssel. Was war er doch für ein kluger Mann. Zufrieden mit sich selbst torkelte er unsicheren Schritts die Straße entlang. Das Licht in seiner Laterne warf bizarre Schatten an die Hausmauern, die er genauso lustig fand wie die Tatsache, dass er das Küchenfenster seiner Nachbarin doppelt sah. Sebastian kicherte wie ein kleines Mädchen.

Als er vor der dunklen Hecke seines Gartenzauns stand, fragte er sich in einem kurzen klaren Moment, warum Herkules nicht bellte. Margarethe hatte doch gesagt, dass sie den Hund nicht zu ihrer zukünftigen Schwiegermutter mitnehmen konnte. Aber der Gedanke verschwand sofort wieder. Mit der Laterne in der Hand versuchte er über den Zaun zu klettern, was ihm aber nicht gelingen wollte. Deshalb blies er das Öllicht aus und versuchte es erneut. Unsanft landete er am äußersten Rand von Margarethes Erdbeerbeet. Seine Schwester würde ihm den Kopf abreißen, sobald sie den Schaden sah. Rasch trat er aus dem Beet ins Gras.

An jedem anderen Abend hätte Sebastian sich über die Holzkiste gewundert, die neben ihm am Zaun lehnte. Margarethe hasste Unordnung im Garten und wackelige Holzkisten erst recht. Nie im Leben würde sie eine Kiste zwecklos am Zaun stehen lassen. Aber heute dachte er sich nichts dabei. Kurz überlegte er, ob er es sich darauf bequem machen sollte, ließ es aber bleiben, die Aussicht auf sein Bett war verlockender. Er wunderte sich auch nicht über den Schatten, der sich hinter dem Haselnussstrauch löste und auf ihn zukam. Die Gefahr erkannte er erst, als es zu spät war und der harte Gegenstand ihn mit voller Wucht am Hinterkopf traf.

Mit etwas Verzögerung spürte er den Schmerz zuerst im Kopf, dann in den Schultern und schließlich im ganzen Körper. Wie ein Lauffeuer, das sich mit rasender Geschwindigkeit auf alle Knochen, Muskeln und Fasern ausbreitete. Langsam ging er zu Boden, sackte zuerst auf die Knie, dann auf den Bauch und lag schließlich ausgestreckt im weichen Gras. Der Geruch nach feuchter Erde und Rosen war das Letzte, an das er sich erinnern sollte.

Zufrieden zupfte Hans Steiner eine der noch kleinen grünen Trauben vom Rebstock, nahm sie zwischen Daumen und Zeigefinger, drückte sie und hielt sie dann prüfend gegen die Sonne. »Die Hitze der letzten Tage macht den Regen in den Wochen davor wieder gut. Die Rebstöcke haben genug Wasser abbekommen und wandeln jetzt das Sonnenlicht in puren Zucker um. Unsere Trauben werden heuer so süß sein, dass die Menschen denken werden, wir hätten unserem Wein Honig beigesetzt.«

»Hm!« Fanny stand neben ihrem Vater, schaute aber nicht auf die Traube zwischen seinen Fingern.

»Die Rosenstöcke neben den Reben blühen in voller Pracht und haben keine einzige Blattlaus. Das ist sehr erfreulich. Kannst du dich noch an letztes Jahr erinnern? Da hat uns die dunkelrote Heckenrose rechtzeitig vor dem Lausbefall gewarnt. Hätten wir die Rebstöcke nicht rasch mit Seifenwasser behandelt, wäre die ganze Ernte verloren gewesen.«

»Hm!«

Hans drehte sich stirnrunzelnd zu seiner Tochter. Vorwurfsvoll sagte er: »Du hörst mir ja gar nicht zu!«

»Wie bitte?«

»Ich sagte, du hörst mir nicht zu. Was ist los mit dir? Gibt es schon wieder einen ungeklärten Mord, den Pernfuß mir anlasten will?«

Fanny schüttelte den Kopf: »Nein, Sebastian hat herausgefunden, wer der Mörder war.«

»Sebastian?«

»Master Grün«, verbesserte sich Fanny eilig. Aber es war bereits zu spät. Ihr Vater musterte sie voller Interesse und würde ihr jetzt ganz sicher Fragen stellen, die sie nicht beantworten wollte.

Sie zupfte eine Weintraube von einer der Reben und prüfte sie. »Die Trauben sehen gut aus, so als würden sie besonders süß werden.«

Hans Steiner verzog seinen Mund. »Ich wusste, dass du mir eben nicht zugehört hast. Wo bist du mit deinen Gedanken? Etwa bei Master Grün? Ich dachte, du willst den Schweizer heiraten.«

Achtlos ließ Fanny die Traube auf den Boden fallen und schubste sie mit dem Fuß zur Seite. Verlegen betrachtete sie ihre alten Holzpantoffeln, die sie nur im Weingarten trug. »Du selbst hast mir geraten, rasch zu heiraten, damit dieser Hügel im Besitz der Familie bleibt.« Fanny machte eine ausladende Geste mit dem ausgestreckten Arm.

»Ja, das habe ich. Aber seit wann hörst du auf das, was ich dir rate?«

Fanny stieß laut die Luft aus und blies die Strähne, die ihr störend in die Stirn hing, zur Seite.

»Natürlich solltest du heiraten«, sagte Hans. »Aber der Bauingenieur ist so gut wie der Schweizer und umgekehrt. Wichtig ist nur, dass du nicht ledig bleibst.«

»Ach Vater«, seufzte Fanny. »Wenn es doch nur so einfach wäre. Ich kenne Master Grün kaum. Kann sein, dass er etwas für mich empfindet, aber ich habe keine Ahnung, ob es für eine Ehe reicht. Ich kann ja schwer zu ihm hingehen und ihn fragen, ob er mich heiraten will. ›Entschuldigung, wir kennen einander erst seit ein paar Tagen, aber könnt Ihr Euch dennoch vorstellen, mich zur Frau zu nehmen? Ich will nämlich den Weinberg meines Vaters nicht verlieren, sollte ihn heute oder morgen der Schlag treffen.‹«

»Das wäre in der Tat ungewöhnlich«, gab Hans zu. »Aber du hast in deinem Leben schon vieles gemacht, was anderen Frauen niemals in den Sinn käme.«

»Woran denkst du?«

»An Rebstöcke, die du einfach hochbindest, oder Rebsorten, die du mischen willst.«

»Hast du darüber nachgedacht?«, fragte Fanny überrascht.

Hans neigte den Kopf zur Seite und grinste. »Ich denke, wir sollten heuer die dunkelblauen Beeren mit den kleinen roten mischen.«

»Du meinst die Rebstöcke, die der Kaufmann aus Padua mitgebracht hat und die so lange keine Früchte getragen haben?«

»Ja, heuer sind die Beeren fast doppelt so groß wie im Vorjahr. Die Stöcke haben Zeit gebraucht, so wie der Kaufmann es vorhergesagt hat.«

Fanny konnte nicht glauben, dass ihr Vater endlich nachgab. Seit Monaten versuchte sie, ihn dazu zu überreden, zwei Rebsorten zu mischen. Sie fragte sich, was ihn zum Einlenken gebracht hatte.

»Es ist bloß ein Versuch. Wir mischen nur ein Fass, nicht mehr«, sagte Hans mit erhobenem Zeigefinger. Aber Fanny wusste, dass es mehr werden würde, sobald ihr Vater Gefallen an dem neuen Wein fand.

Mittlerweile stand die Sonne hoch am Himmel, und Fanny schwitzte in ihrem dunklen Kleid. Sie sollte dazu übergehen, im Sommer hellere Stoffe zu tragen.

»Fürs Erste ist es genug. Lass uns nach dem Mittagessen die Arbeit fortsetzen, wenn es nicht mehr so heiß ist«, sagte Hans. »Rosa hat heute Morgen frisches Brot gebacken, und soviel ich weiß, hat Knotter Würste vorbeigebracht.«

»Für den Ausschank?« Fanny wappnete sich für ein Streitgespräch.

Aber Hans schüttelte beruhigend den Kopf. »Nur für den Eigenbedarf, du weißt doch, dass wir Probleme bekommen, wenn wir warme Speisen verkaufen.«

Fanny blinzelte gegen die Sonne. Was war mit ihrem Vater los? Machte er sich über sie lustig, oder kam mit dem Alter tatsächlich die Einsicht?

»Worauf wartest du noch?«, fragte er und winkte sie zu sich.

Fanny hoffte auf Einsicht und folgte ihm ins Haus.

Sebastians Augen waren verschwollen, und sein Kopf schmerzte bei der kleinsten Bewegung. Es war, als steche jemand mit einem Messer zu und durchbohre seinen Schädel.

Seine Zunge klebte an seinem Gaumen, der Mund war ausgetrocknet. Er verspürte fürchterlichen Durst. Wo war er, und was war passiert? Die Gerüche waren vertraut. Getrocknete Kräuter, altes Brot, Seifenlauge und Zitronen. Er lag auf dem harten Holzboden seiner eigenen Küche. Benommen versuchte er, sich aufzurichten, aber es ging nicht. Seine Hände waren am Rücken gefesselt. Seine Handgelenke steif und gefühllos.

Vorsichtig blinzelte er. Seine Augen tränten und

brannten. Aber noch viel schlimmer war der Kopfschmerz, der ihn durchzuckte. Er war so heftig, dass ihm übel wurde und er würgen musste. Nur unter größter Anstrengung konnte er verhindern, sich zu übergeben. Ein weiterer Geruch mischte sich zum Küchenduft. Rosen. Hatte Margarethe welche abgeschnitten und in einer Vase auf den Tisch gestellt?

Sebastian versuchte erneut, die Augen zu öffnen. Die Helligkeit schmerzte, und er konnte bloß blinzeln. Aber er nahm eine Gestalt wahr. Jemand saß direkt vor ihm auf der Küchenbank und beobachtete ihn.

»Ich habe mir sagen lassen, dass Ihr für gewöhnlich keinen Wein trinkt«, sagte eine Stimme, die so schneidend und kalt klang, dass Sebastian unweigerlich zusammenfuhr. »Ihr hättet auch gestern keine Ausnahme machen sollen. Obwohl Euer betrunkener Zustand mir mein Tun sehr vereinfacht hat.«

Langsam hob sich der graue Schleier, der Sebastians Blick trübte. Er hatte sich nicht verhört, die Stimme gehörte tatsächlich einer Frau. Es dauerte jedoch eine Weile, bis Sebastian sie erkannte. Die Person vor ihm hatte wenig Ähnlichkeit mit der Lucretia Pilhamer, die er vor kurzem kennengelernt hatte. Statt einer perfekten Frisur hingen ihr die blonden Haare in unfrisierten Strähnen ins Gesicht. Die Schminke war verschmiert. Der Kohlestift wirkte grotesk, ebenso die viel zu grellen Wangen. Das dunkelblaue Kleid aus kostbarer Seide wies Schmutzflecken und zwei Risse auf. Selbst die feine Spitze war ruiniert und hing in Fetzen von beiden Ärmeln. Das Einzige, was an die perfekt gepflegte Ratsherrenwitwe erinnerte, war ihr Parfüm. Das teure Rosenwasser hing schwer in der Küche und löste eine neue Welle der Übelkeit bei Sebastian aus.

Er versuchte, nachzudenken und die Situation zu verstehen. Aber in seinem Kopf tobte der Schmerz und verhinderte jeden vernünftigen Gedanken. »Was ... wollt ... Ihr ... von ... mir?« Sebastian wollte sich aufrichten. Jetzt erst bemerkte er, dass auch seine Füße gefesselt waren. Er lag völlig hilflos auf dem Boden.

»Ich will Rache!« Die Stimme der Witwe klang eiskalt und berechnend. Sie stand auf, trat auf Sebastian zu, und noch ehe er begriff, was sie vorhatte, trat sie mit voller Kraft zu. Zum Glück gelang es Sebastian sich etwas zur Seite zu drehen, so dass der Tritt ihn bloß im Brustbereich traf und nicht am Kopf. Dennoch verlor er erneut das Bewusstsein und tauchte noch einmal ins dunkle, schmerzfreie Nichts.

Unterdessen saßen Fanny, Max, Rosa, ihr Vater und Kasper Liechti im Garten und aßen frisches Brot und Knotters Würste. Rosa hatte den Tisch unter dem Walnussbaum gedeckt, was mehr Arbeit bedeutete, denn Geschirr und Besteck mussten durchs Haus, über den Hof und in den Garten getragen werden, dafür genossen alle die Arbeitsunterbrechung und blieben länger sitzen als sonst. Der Ausblick auf Wien war atemberaubend, die warme Luft und der leichte Wind ein Genuss.

Aber Fanny sah weder die Kirchturmspitzen der Stadt, noch bemerkte sie das herrliche Wetter. In Gedanken war sie bei Sebastian Grün. Sie fragte sich, womit er gerade beschäftigt war. Ob er an sie dachte? Ob sie überhaupt einen Platz in seinen Gedanken hatte?

»Hm, köstlich«, sagte Liechti und wischte sich mit dem Ärmel über den vom Fett glänzenden Mund. »Ich muss nach dem Essen nach Wien reiten. Einer der Tuchhändler hat mich gebeten, einen Blick auf seine Uhr zu werfen.« Er spähte in die große Tonschüssel, in der die Würste gelegen hatten, und musste enttäuscht feststellen, dass sie leer war. Also riss er sein letztes Stück Brot in kleine Teilchen und wischte damit seinen Teller so sauber, dass Rosa hinterher kaum noch Arbeit beim Abwasch haben würde.

»Ich möchte Euch begleiten«, sagte Fanny rasch. Den neugierigen Blick ihres Vaters versuchte sie zu ignorieren.

»Gerne«, meinte Liechti. »Was habt Ihr denn in der Stadt vor?«

»Ich möchte bei Maria Meisel nachfragen, ob die Schüsseln schon fertig sind.« Die Lüge kam ihr problemlos über die Lippen. Sie wurde dabei nicht einmal rot.

Erst als Liechti sie mit einem seiner intensiven Blicke musterte, plagte sie das schlechte Gewissen. Aber es währte nur einen kurzen Moment, schließlich war es im Interesse aller, dass sie Klarheit über ihre Gefühle fand. Auch auf die Gefahr hin, dass sie sich lächerlich machte. Bevor sie mit Liechti einen Hochzeitstermin festlegte, musste sie Sebastian Grün noch einmal sehen. Sie wusste zwar nicht recht, was sie ihm sagen wollte, aber sie hoffte, dass sich die richtigen Worte ergeben würden.

Als Sebastian wieder erwachte, würgte er und erbrach sauer. Das Klopfen in seinem Kopf wurde zu einem schier unerträglichen Hämmern, erschöpft verharrte er in möglichst ruhiger Stellung, bemüht, seiner Peinigerin nicht zu zeigen, dass er bei Bewusstsein war. Er fiel in einen Dämmerzustand, der nur kurz währte, denn schon wenige Augenblicke später trat Frau Pilhamer zu ihm und stieß ihn unsanft mit dem Fuß an, so dass er sich auf den Rücken drehte. Sein Kopf rollte zur Seite. Das Erbrochene klebte auf seinen Wangen, und er war sich der Jämmerlichkeit seines Zustandes schmerzhaft bewusst. Die riesige Beule auf seinem Hinterkopf pulsierte, zudem fühlte sich die Stelle feucht an. Vielleicht war die Haut aufgeplatzt. Vorsichtig öffnete Sebastian die Augen, schloss sie aber sofort wieder. Selbst das Halbdunkel der Küche war zu hell. Die pochenden Schmerzen verschlimmerten sich, und Blitzen gleich zuckten Lichter hinter seinen geschlossenen Augenlidern auf.

»Ihr werdet heute noch sterben«, sagte Lucretia Pilhamer. Sie sprach die Worte mit einer Selbstverständlichkeit aus, die Sebastian Angst eingeflößt hätte, wäre er imstande gewesen, klar zu denken. Aber seine Gedanken lagen im Nebel. Er krümmte sich auf dem harten Küchenfußboden, und alles, woran er denken konnte, war der Wunsch, in einem Bett zu liegen. Er sehnte sich nach erholsamem Schlaf und Wasser. Der Schmerz und die Übelkeit sollten endlich nachlassen, und er hatte unglaublich großen Durst.

Aber Lucretia Pilhamer dachte nicht daran, ihm Ruhe zu gönnen. Sie beugte sich nun tief über ihn und sprach laut, viel zu laut. Jedes Wort drang in seinen Kopf wie ein spitzes Messer. Mit zusammengekniffenen Augen wandte er sich so gut es ging von ihr ab.

»Verursacht Euch meine Stimme Schmerzen?« Frau Pilhamer lachte humorlos auf. »Das ist hervorragend!« Sie beugte sich tiefer und schrie ihm schrill ins Gesicht. So hörte sich Wahnsinn an, dachte Sebastian und würgte erneut.

Das Schreien ließ nach, doch Frau Pilhamers Gesicht blieb dicht an Sebastians Ohr. »Ihr habt mein Leben ruiniert, und deshalb werde ich nun das Eure zerstören.«

Für einen Moment wünschte Sebastian, erneut in eine erlösende Ohnmacht abzugleiten, aber vergebens. Unbarmherzig prasselten Frau Pilhamers Worte auf ihn ein.

»Alles wäre wunderbar gelaufen, hättet Ihr Euch nicht eingemischt.« Endlich stand sie wieder auf. Selbst das Rascheln ihrer Röcke schmerzte hinter Sebastians Stirn.

»Ohne Eure Neugier wäre ich Nikolaus' Frau geworden und hätte mich weiterhin heimlich mit Richard treffen können. Ich wäre eine der mächtigsten Frauen der Stadt geworden und hätte zufrieden meinen Reichtum genossen.«

Sebastians Verstand begann wieder zu arbeiten. Er versuchte, gegen die Schmerzen anzukämpfen und sich auf die Worte der Frau zu konzentrieren. Wer waren Richard und Nikolaus? Meinte sie etwa den Stadtrichter und den Ratsherrn Rötzer? Konnte es sein, dass sie die Geliebte von Pernfuß war? Dunkel erinnerte er sich an etwas. Fanny hatte mit einer Dienstmagd gesprochen, was hatte sie ihr bloß erzählt? Das Pochen in den Schläfen hielt an. Statt die Antwort zu finden, hörte er erneut Lucretia Pilhamers Stimme.

»Es war so einfach, Laurentius, den Feigling, in den Freitod zu jagen. Die Nacht, in der er sich in die Donau stürzte, war befreiend. Ich habe mit Richard darauf angestoßen.«

Also wusste der Stadtrichter von Pilhamers Selbstmord.

Konzentrier dich, sagte sich Sebastian. Aber das Pochen in seinem Kopf war lauter.

Mit einem Mal wurde die Stimme der Witwe weicher. »Richard ist der einzige Mann, den ich je begehrte«, seufzte sie.

Sebastian kämpfte erneut gegen eine Welle der Übelkeit an.

»Wa … rum zür … nt Ihr mir?«, fragte er. Jedes Wort kostete ihn enorme Anstrengung, aber sein Gehirn arbeitete wieder. Wenn Frau Pilhamer die Geliebte des Richters war, dann musste der Mann ihr doch helfen. »Pernfuß … wird … Euch …«

»Schweigt!« Sie holte erneut aus und zielte auf Sebastians Kopf, der sich im letzten Moment zur Seite drehen konnte, so dass ihre Fußspitze wieder bloß seine Brust traf. Der Schmerz, der sich wegen der abrupten Bewegung erneut ausbreitete, raubte ihm für einen Moment den Atem.

»Richard hat mich fallenlassen. Er konnte nicht anders. Er musste Laurentius die Schuld an der Urkundenfälschung geben, sonst hätte er sich selbst ruiniert. Er konnte keine Rücksicht auf mich nehmen, und jetzt bin ich eine mittellose, alternde Witwe ohne Haus, Geld und ohne … Richard.« Ihre Stimme brach ab. Hörte Sebastian ein Schniefen? Er blinzelte. Besser er sah, was die Frau tat. Zu spät bemerkte er ihre rasche Bewegung. Diesmal traf ihr Fuß seinen Kopf. Die Bilder vor seinen Augen brachen auseinander und setzten sich stückchenweise wieder zusammen. Langsam, als tanzte sie einen merkwürdigen Tanz, holte die Frau erneut aus, drehte und streckte sich. Ihre Bewegungen erschienen unecht, wie in einem schlechten Theaterstück, in dem billige Laiendarsteller sich ungelenk bewegten. Sebastian hörte das Rascheln des Stoffs, roch eine Welle des teuren Rosenöls und wartete auf eine neue Welle des Schmerzes. Doch statt eines Tritts hörte er lautes Bellen. Im Gegensatz zu den langsamen Bewegungen der Frau flitzte ein dreifarbiges Wollknäuel flink über den Küchenboden, setzte zu einem Sprung an und flog. Wieder verlangsamten sich die Bewegungen vor Sebastians Augen. Der Hund flog durch die Küche. Die zu großen Ohren flatterten. Seit wann konnten Hunde fliegen?

Mit einem lauten Knurren landete das Tier am Unterschenkel der Tänzerin. Eine perfekte Landung. Herkules verbiss sich dort. Der Schrei, der folgte, war beinahe so schmerzhaft wie ein neuerlicher Tritt. Der Laut durchdrang Sebastians Schläfen mit einer Schärfe wie Herkules' Zähne das Fleisch der Frau.

Es polterte, ein Gegenstand fiel vom Esstisch und landete auf Sebastians Schulter. Ihm wurde schwarz vor Augen. Er hörte sein eigenes Blut in den Ohren rauschen. Die Geräusche drangen in den Hintergrund. Das

Klopfen an der Eingangstür nahm er nur noch von weitem wahr. Ebenso den entsetzten Schrei. Von dem ungleichen Kampf mit Margarethes unbenutzter Bratpfanne bekam er nichts mehr mit.

Drei Tage lang schlief Sebastian in einem abgedunkelten Raum. Seine Schwester brachte ihm geschmacklose Suppe und heißen Kräutertee. Beides flößte sie ihm mit einem Löffel ein. Die besorgten Gespräche, die sie mit gedämpfter Stimme mit ihrem Verlobten führte, nahm er wahr, ohne den Inhalt zu verstehen. Einmal träumte er, Fanny Roth säße an seinem Bett und hielte seine Hand. Als er aber versuchte, die Augen zu öffnen, sah er nur verschwommene Schatten. Dann fiel er erneut in einen unruhigen Schlaf.

Am vierten Tag gelang es ihm, die Augen für längere Zeit geöffnet zu halten, ohne das Gefühl zu haben, sich augenblicklich übergeben zu müssen. Vorsichtig setzte er sich im Bett auf und hatte nichts dagegen, als Margarethe die Fensterläden einen Spaltweit öffnete.

Matthias kam jeden Tag und untersuchte seinen Patienten. Die große Besorgnis der ersten Tage wich bald der Erleichterung.

»Du hast großes Glück gehabt, dein Schädel muss von unglaublicher Härte sein«, sagte Matthias grinsend. »Gott hat seine schützende Hand über dich gehalten.«

Sebastian wollte wissen, was mit Lucretia Pilhamer passiert war, aber Matthias vertröstete ihn.

»Immer mit der Ruhe, mein Freund. Die Geschichte kann noch warten. Jetzt musst du dich erst einmal erholen.«

Aber Geduld gehörte nicht zu Sebastians Stärken, und so stellte er wenig später die Fragen seiner Schwester, die irgendwann nachgab.

»An jenem Abend, als ich mit Matthias in Wiener Neustadt war, hat Frau Pilhamer auf dich im Garten gewartet. Sie hat Herkules irgendein Schlafmittel in einer Wurst verabreicht, das zum Glück keine tödliche Wirkung auf ihn hatte.«

Herkules! Der zähe kleine Straßenköter war wohl auch unverträgliche Nahrungsmittel gewohnt. Dunkel erinnerte sich Sebastian an Herkules. Ein fliegender Hund, er hatte also nicht geträumt.

»Ich frage mich, warum du die Frau nicht bemerkt hast. Matthias meint, dass du betrunken warst, aber ich habe ihm erklärt, dass du niemals trinkst.«

Etwas verlegen hüstelte Sebastian. Irgendwann würde er seiner Schwester den Wein gestehen, aber nicht jetzt. Im Moment wollte er keine anstrengende Diskussion führen.

»Die Frau hat im Garten auf dich gewartet und dir die schwere Schaufel über den Schädel gezogen. Es war ein Wunder, dass du davon nicht gestorben bist. Matthias meint, dass du vielleicht einen ganz feinen Riss in der Schädeldecke hast, deshalb musst du unbedingt liegen bleiben und dich ausruhen.«

Ein Riss. Das erklärte die Schmerzen und die Übelkeit.

»Die Frau hat dich gefesselt und zusammengebunden in die Küche gezerrt. Dabei hat sie mein Kräuterbeet und die Erdbeeren zerstört.« Margarethe schien über den Schaden im Garten ebenso empört zu sein wie über den Angriff auf ihren Bruder. »Irgendwann ist Herkules wieder erwacht und hat die Frau todesmutig angegriffen. Ihr Unterschenkel ist schwer verletzt. Matthias hat die Wunden verbunden. Aber allein hätte der Hund sie nicht aufhalten können. Wirklich außer Gefecht gesetzt hat Fanny Roth die Frau.«

»Fanny?«, fragte Sebastian ungläubig.

»Ja, sie hat an der Tür geklopft, aber niemand hat ihr geantwortet. Weil sie das Schreien aus der Küche hörte, hat sie sich Sorgen gemacht. Sie dachte, dass ich Lucretia Pilhamer wäre und Herkules mich angreifen würde. Deshalb ist sie wie du in der Nacht davor über den Zaun in den Garten geklettert und in die Küche gestürzt. Sie hat die Situation sofort erfasst, sich meine Bratpfanne geschnappt und sie mit voller Wucht Frau Pilhamer über den Kopf gezogen.«

»Ist sie tot?«

»Wer?«

»Frau Pilhamer?«

»Nein, sie sitzt im Stadtgefängnis und wartet auf ihren Prozess. Das kann aber noch Monate dauern, weil der Stadtrichter keine Dringlichkeit sieht. Die Mordfälle sind ja bereits geklärt, und die Stadt hat im Moment andere Probleme. Das weiß niemand besser als du, denk an all die neuen Bauaufträge.«

Sebastian war davon überzeugt, dass Frau Pilhamer in den nächsten Jahren keinen Prozess bekommen würde. Sicher war Pernfuß nicht daran interessiert, seine ehemalige Geliebte in aller Öffentlichkeit zu befragen. Wahrscheinlich hoffte er, dass die ungesunden Verhältnisse in einem kalten, feuchten Gefängnis sein Problem lösen würden.

»Wie geht es Fanny Roth?«, fragte er.

»Sie war etwas mitgenommen, schließlich hat sie eine Frau mit einer Bratpfanne beinahe erschlagen. Aber sie hat sich bald wieder gefangen. Als sie hier war, um sich nach dir zu erkundigen, schien sie wieder völlig hergestellt zu sein. Ihre einzige Sorge schien dir zu gelten.«

Sebastian hatte also nicht geträumt. Fanny hatte tatsächlich an seinem Bett gesessen und vielleicht seine Hand gehalten. Der Gedanken gefiel ihm, und er schlief deutlich zufriedener als zuvor wieder ein.

Es dauerte vier weitere Tage, bis die Schmerzen langsam nachließen. Gegen Ende der Woche konnte er mit weichen Knien aufstehen und sich in den Garten in die Sonne setzen wie ein alter Mann. Grete war in der Früh gekommen, um ihre neue Dienststelle anzutreten. Da Frau Pilhamer im Gefängnis saß, hatte sie vorzeitig aus dem Haus in der Herrengasse ausziehen müssen.

Jetzt duftete es in allen Räumen nach würziger Suppe, frischem Brot und süßem Kuchen. Sebastian wusste, dass er sich schnell an diesen Zustand gewöhnen würde. Skeptisch beobachtete Margarethe die kleine fleißige Frau bei ihrem Tun. Sie ging ihr nach und rümpfte die Nase, schaute in die Töpfe über dem Herd und schüttelte missbilligend den Kopf.

Als Matthias, der im Haus der Grüns zu Gast war, die Suppe überschwänglich lobte und sich zweimal Nachschub nahm, begann ihre Skepsis, sich in Neugier zu verwandeln. Erst als ihr Verlobter wieder gegangen war, fragte Margarethe die neue Haushälterin ihres Bruders: »Denkt Ihr, dass Ihr mir das Kochen beibringen könnt?«

»Aber natürlich, meine Liebe«, sagte Grete und tätschelte mütterlich ihre Hand. Dann schnitt sie Margarethe ein weiteres Stück Kuchen ab. »Das ist mein Lieblingsrezept«, verriet sie. »Geriebene Apfelstückchen und etwas Anissamen machen das Geheimnis aus, beides wächst in besonders guter Qualität in Eurem Garten.«

Schon war Margarethes Interesse geweckt, und ihre Bedenken verschwanden. Die folgenden Tage verbrachten die beiden Frauen abwechselnd im Garten und in der Küche, und Sebastian fragte sich, warum er nicht schon eher auf die Idee gekommen war, Unterstützung für seine Schwester ins Haus zu holen. Dank der hervorragenden Speisen nahm er das verlorene Gewicht rasch wieder zu. Jeden Tag fühlte er sich kräftiger. Die Kopfschmerzen verschwanden und kehrten nur noch zurück, wenn er sich kopfüber nach vorn beugte, versehentlich hüpfte, zu schnell ging oder zu lange las. Matthias versprach ihm, dass mit der Zeit auch diese Unannehmlichkeiten verschwinden würden.

Insgeheim hoffte Sebastian, dass Fanny Roth noch einmal kommen und sich nach seinem Gesundheitszustand erkundigen würde. Aber sie ließ sich nicht mehr blicken. Sicher hatte sie alle Hände voll mit ihrer bevorstehenden Hochzeit zu tun. So wie Margarethe kaum noch von etwas anderem redete. Grete ließ sich von der Aufregung anstecken und übernahm rasch die Rolle einer Ersatztante und Freundin.

Gegen Ende der zweiten Woche fühlte Sebastian sich kräftig genug, ins Rathaus zu gehen und in seiner Arbeitskammer nach dem Rechten zu sehen. Matthias riet ihm davon ab, aber Sebastian hielt es zu Hause nicht mehr aus. Das Lesen strengte ihn noch zu sehr an, und so angenehm der Schattenplatz im Garten auch war, auf Dauer langweilte es ihn, den Insekten bei der Futtersuche zuzusehen.

Aufgeregt, so als würde er Wiens Straßen zum ersten

Mal betreten, machte er sich gleich nach dem Frühstück auf den Weg. Die Hitze der letzten Wochen hielt immer noch an. Die Stadt stöhnte unter den ungewöhnlichen Temperaturen. Heute war es besonders heiß und drückend. Die Luft hing über der Stadt wie eine riesige Glasglocke. Es war, als kündigte sich ein Gewitter an. Sebastian ging langsam, hielt immer wieder an und achtete darauf, sich nicht zu überanstrengen.

Als er beim Bäcker Reuz vorbeikam, winkte ihm die Bäckerin freundlich zu. Sebastian konnte die Neugier in ihren Augen sehen und wäre gerne ausgewichen, aber es war zu spät. Die Frau kam bereits auf ihn zu und lenkte ihn zu sich ins Geschäft. »Master Grün, wie schön, dass es Euch wieder gutgeht. Wir haben von Eurer Verletzung gehört und uns große Sorgen gemacht. Die ganze Stadt redet seit Tagen von nichts anderem. Ihr seid der Held der Stunde, der den Mörder der Ratsherren überführt hat. Wie fürchterlich, dass die Ratsherrin Euch hinterrücks überfallen hat. Die Frau war das personifizierte Böse, sie soll in der Hölle schmoren. Ihr müsst mir alles genau erzählen.«

Sebastian wurde von den vielen schnell gesprochenen Worten der Frau schwindelig.

»Kommt und setzt Euch. Kostet eines der Kipferl. Mein Mann hat die Rezeptur verbessert und den Teig mit Nüssen gefüllt. Ihr werdet begeistert sein.«

Sebastian hatte keinen Hunger, er kam gerade vom Frühstück. Wehmütig dachte er an jenen Nachmittag zurück, an dem er mit Fanny hier gewesen war.

Plötzlich bereute Sebastian, den Garten verlassen zu haben. Wie viel angenehmer wäre es jetzt im Schatten des Apfelbaums? Er würde Herkules hinter den Ohren kraulen und den Bienen beim Summen zuhören. Stattdessen redete und redete die Bäckerin ohne Unterlass auf ihn ein. »Ich habe immer gewusst, dass Frau Pilhamer böse war. Sie hat ihren Mann unterdrückt. Vielleicht hat sie ihn umgebracht. Was denkt Ihr?« Ohne auf Sebastians Antwort zu warten, setzte sie ihren Redeschwall fort. »Wie schön, dass die nette Grete jetzt bei Euch arbeiten kann. Sie ist ja so dankbar und glücklich. Im Haus der Pilhamers hat man ihre Arbeit nie geschätzt, dabei ist sie eine der besten Köchinnen der Stadt. Ihr werdet mit ihr zufrieden sein. Sie ist eine Seele von einem Menschen. Hilfsbereit und von Grund auf gut.«

Wo waren die anderen Kunden? Sebastian sah sich hilfesuchend um, aber im Moment war der Laden leer.

»Stimmt es, dass Fanny Roth der Ratsherrin mit der Bratpanne eins übergezogen hat?«

Sebastian nickte.

»Oh, wie wundervoll!« Frau Reuz klatschte in die Hände. »Ewig schade, dass sie nun doch nicht heiraten wird. Es ging ja das Gerücht, dass sie mit dem Schweizer Uhrmacher vor den Traualtar treten wollte. Aber der Mann hat es sich offensichtlich anders überlegt. Die Hochzeit Eurer Schwester wird doch stattfinden, oder hat Master Zotter auch kalte Füße bekommen?«

»Wie bitte?« Hatte Sebastian sich eben verhört?

»Deine – Verzeiht, Eure Schwester wollte doch Master Zotter, den Medikus, heiraten. Es wäre ewig schade, wenn die Hochzeit nicht stattfinden würde.«

»Die beiden werden im Herbst heiraten. Aber was sagtet Ihr über Master Liechti?«

»Der Schweizer hat Hals über Kopf die Stadt verlassen«, erklärte die Bäckerin. Sie stemmte beide Hände in die breiten Hüften und musterte Sebastian neugierig. »Habt Ihr das nicht gewusst?«

»Ich lag zwei Wochen lang im Bett. Wann ist Master Liechti denn abgereist?«

Die Bäckerin überlegte. »Ich glaube, kurz, nachdem die Ratsherrin Euch so zugerichtet hat.«

Sebastian musste auf der Stelle von hier fort. Unsicher stand er auf, er schwankte. »Ich muss weiter.«

»Passt auf Euch auf«, sagte die Bäckerin besorgt. »Wirklich gesund seht Ihr noch nicht aus. Und Kipferl habt Ihr auch noch keines probiert!«

»Packt sie mir ein«, meinte Sebastian. »Ich kenne jemanden, der sich darüber sehr freuen wird.«

Fanny war gerade dabei, eines der Gemüsebeete, das sie meist kläglich vernachlässigte, vom übermäßigen Unkraut zu befreien. Die Hitze der letzten Wochen hatte den Bohnen zugesetzt, während die Zwiebeln und der Lauch prächtig wuchsen. Ihre Hände waren sandig, und unter ihren Fingernägeln saß dunkle Erde. Sie hatte ihre Haube abgenommen, ihr dunkles, dichtes Haar im Nacken zusammengebunden, die Ärmel ihres Kleides bis zu den Ellbogen hochgekrempelt und die Röcke ebenfalls gerafft. Barfuß stand sie im Gemüsebeet und hoffte, dass sich kein Besucher schon am Vormittag zur »Donauprinzessin« verirrte. Bis zum späten Nachmittag würde sie wieder wie eine ehrwürdige Winzerin aussehen.

Dementsprechend verärgert reagierte sie, als sie das Hufklappern eines Pferdes hörte. Ausgerechnet jetzt musste Besuch kommen, es war wie verhext. Gegen das Sonnenlicht konnte Fanny nur den Umriss des Reiters erkennen.

Der Besucher hielt sein Pferd an, rutschte umständlich und äußerst vorsichtig vom Rücken des Tieres und landete so behutsam auf dem Boden, dass es den Anschein hatte, als versuche er, Schmerzen zu vermeiden.

Fanny hielt sich die schmutzige Hand gegen die Stirn. Ihr war klar, dass sie nun Erdflecken im Gesicht hatte. Aber im Schutz der gewölbten Hand konnte sie den Mann vielleicht erkennen. Sobald sie das hellblonde wirre Haar sah, wusste sie, wer langsam auf sie zukam. Ihr Herz setzte für einen Moment aus, um dann doppelt so schnell zu schlagen. Warum nur sah sie ausgerechnet jetzt wie eine Bäuerin aus?

Sebastian kam direkt auf sie zu. Sein Gesicht war ernst. Was wollte er von ihr? Sollte er nicht im Bett liegen? Matthias Zotter hatte sie ausdrücklich gebeten, zwei Wochen lang jede Aufregung von ihm fernzuhalten. Deshalb hatte Fanny gewartet und erst am Montag nach Wien reiten wollen. Wie kam es, dass Sebastian schon wieder auf den Beinen war? Hatte er etwa die Empfehlungen des Medikus ignoriert? Mit jedem Schritt, den er näher kam, wuchs Fannys Aufregung. Er sah müde aus, blass, und er war viel zu dünn.

Fanny ließ die kleine Schaufel fallen. Hektisch versuchte sie, den gröbsten Dreck ihrer Hände an ihrer Schürze abzuwischen. Ohne Erfolg.

»Guten Tag!« Sebastian blieb in einigen Schritten Entfernung von ihr stehen. Was trug er im Arm? Einen Korb.

»Der ist von Frau Reuz. Ihr Mann hat die Rezeptur der Kipferl verbessert.«

»Die Halbmonde der Türken?«

»Ja, jetzt ist eine Füllung aus Nüssen im Teig. Sie ist davon überzeugt, dass die Wiener das Gebäck lieben werden.«

»Deshalb seid Ihr den Weg hierhergeritten?«, fragte Fanny. Sollte sie ihre Haube aufsetzen? Es gehörte sich nicht, dass ein Mann das Haar einer verheirateten Frau oder einer Witwe sah. Auch die nackten Unterarme waren unsittlich und erst recht die unbedeckten Unterschenkel. Sebastian schien sich nicht daran zu stören. Ganz im Gegenteil, er bedachte sie mit wohlwollenden Blicken. Eine Wärme lag darin, die etwas in Fanny zum Schmelzen brachte und ihre Knie weich werden ließ. Er hatte ihre Frage nicht beantwortet.

»Solltet Ihr nicht im Bett liegen?«

»Vermutlich ja, aber Frau Reuz hat mir in ihrer Geschwätzigkeit etwas erzählt, dem ich nachgehen wollte.«

»Wieder ein Mord?«, fragte Fanny entsetzt.

»Um Himmels willen, nein!«

»Was dann?«

»Sie hat gesagt, dass Kasper Liechti die Stadt verlassen hat, und ich habe mich gefragt, was den Narren dazu veranlasst hat?«

Fanny legte den Kopf schief.

»Den Narren?«, fragte sie.

»Er hätte Euch zur Frau haben können, wenn er also floh, kann er nur ein Narr sein.«

Fannys Herz, das ohnehin schon schnell schlug, raste nun förmlich. Wenn sie nicht aufpasste, würde es ihr aus der Brust hüpfen. »Ich habe Kasper gebeten zu gehen, weil ich sein überaus großzügiges Angebot, mich zu heiraten, nicht annehmen konnte.«

Sebastian stellte den Korb neben sich ab. »Dann ist er also nicht geflohen, wie die Bäckerin behauptete.«

»Die Menschen sehen die Dinge so, wie sie sie sehen wollen. Ich hatte Angst, einen großen Fehler zu begehen. *Eine Ehe ohne Liebe reicht für ein Leben.*«

Sebastian erwiderte nichts, und Fanny sprach weiter. »Ich mochte Kasper, er ist ein netter, witziger Mann, und vielleicht hätten wir uns auch ineinander verlieben können. Aber mein Herz gehört bereits einem anderen.«

Konnte es sein, dass Sebastian errötete? Diesen Teil übernahmen doch für gewöhnlich die Frauen. Hinterher fragte sie sich, woher sie den Mut für die nächste Frage nahm.

»Denkt Ihr, dass Ihr mir eines Tages die wichtigste aller Fragen stellen werdet?«

Sebastians Grinsen reichte von einem Ohr zum anderen. »Ich wusste nicht, dass es Fragen gibt, die wichtiger sind als andere«, sagte er belustigt.

Empört verzog Fanny den Mund: »Es ziemt sich nicht für eine Frau, diese eine Frage zu stellen.«

Sebastian trat näher. Die Erde auf ihrer Stirn hielt ihn nicht davon ab, sie in den Arm zu nehmen.

Der Kuss, der folgte, schmeckte nach Sommer. Er fühlte sich gut an, und Fanny wusste, dass sie mehr davon wollte, jeden Tag ihres Lebens.

»Ich mag es, dass du Fragen stellst, die sich nicht ziemen«, flüsterte er in ihr Ohr.

»Wirklich?«

Sebastian bestätigte seine Antwort mit einem weiteren Kuss.

Nachwort

Der Weinbau in Wien ist vermutlich so alt wie die Stadt selbst. Um 1500 war Wien von Weingärten umgeben, die im Laufe der Jahrhunderte der zunehmenden Urbanisierung weichen mussten. Dennoch gibt es heute noch rund 640 Winzer in Wien, die Qualitätsweine keltern. Es werden Sorten wie Grüner Veltliner, Riesling, Weißburgunder, Blauer Zweigelt und Blauburger angebaut. Die traditionsreichste Spezialität des Wiener Weinbaus ist der Gemischte Satz. Hierzu werden mehrere Rebsorten zusammen angebaut und nach gemeinsamer Lese auch gemeinsam gekeltert und vergoren. Genauso, wie Fanny es in der Geschichte plant.

Im Frühjahr 1530 machte man sich in Wien tatsächlich daran, den Ausbau der Verteidigungsanlagen zu verbessern. Die Belagerung der osmanischen Truppen unter dem Kommando von Sultan Süleyman I, dem Prächtigen hatte zahlreiche Schäden hinterlassen, und man hatte berechtigte Angst vor einem neuerlichen Angriff.

Die Idee mit den korrupten Ratsherren stammt von meinem Vater, mit dem ich mich gerne über die Neuigkeiten aus aller Welt unterhalte. Leider vergeht kein Tag, an dem man in österreichischen Zeitungen nicht von neuen Korruptionsfällen liest. Die Vorstellung, dass es vor fünfhundert Jahren nicht besser gewesen ist, sondern die Menschen genauso gierig und skrupellos agierten wie heute, gefiel uns beiden – sie hat etwas Tröstliches.

Wie immer habe ich historische Tatsachen mit fiktiven Elementen verwoben. Wolfgang Treu war tatsächlich von 1528 bis 1530 Bürgermeister der Stadt Wien. 1531 stellte er sich aus unbekannten Gründen keiner Wiederwahl und kehrte erst 1532 wieder in sein Amt zurück.

Diese Pause bot viel Raum für Phantasien ...

Im katholischen Habsburgerreich wurden Lutheranhänger schon sehr früh angefeindet und später auch verfolgt. Schriften, Kunstwerke und Zitate stammen alle aus der Zeit rund um 1520. Wer Interesse an Thomas Morus' »Utopia« gefunden hat, kann in zahlreichen Büchern über seine Schriften nachlesen. Wem diese Kost zu schwer ist, dem empfehle ich ein Glas vom gekühlten Gemischten Satz, den man am besten in einem Wiener Heurigenlokal genießt.

Jetzt bleibt mir nur noch, mich bei all den Menschen zu bedanken, die an der Entstehung des Buches mitgeholfen haben. Bei meiner Agentin Franka Zastrow und meiner Lektorin Heide Kloth vom Ullstein-Verlag sowie bei Lothar Strüh, der mir hoffentlich verzeiht, dass ich auch nach dem sechsten Buch noch Probleme mit der Kommasetzung habe.

Mein ganz besonderer Dank geht wie immer an meinen Mann, der all meine Selbstzweifel tapfer erträgt und mich stets zum Weiterschreiben motiviert.